스펜스
기숙학교의
마녀들

A GREAT AND TERRIBLE BEAUTY
by Libba Bray

Copyright © Martha E. Bray, 2003
Korean Translation Copyright © MUNHAKDONGNE Publishing Corp., 2011

This Korean edition is published by arrangement with
Barry Goldblatt Literary LLC through KCC(Korea Copyright Center Inc.).
All rights reserved.

이 책의 한국어판 저작권은 KCC 에이전시를 통해
Barry Goldblatt Literary LLC와 독점 계약한 (주)문학동네에 있습니다.
저작권법에 의해 한국 내에서 보호를 받는 저작물이므로
무단 전재와 무단 복제를 금합니다.

이 도서의 국립중앙도서관 출판시도서목록(CIP)은
e-CIP 홈페이지(http://www.nl.go.kr/ecip)에서 이용하실 수 있습니다.
(CIP제어번호: CIP2011000999)

스펜스 기숙학교의 마녀들

리바 브레이 장편소설 | 이원경 옮김

문학동네

베리와 조시에게

그녀는 밤낮으로 짰지
화려한 색깔의 신비로운 천을
그녀는 들었지
캐멀롯을 내려다보면
저주가 시작된다는 속삭임을
그것이 어떤 저주일지도 모르고
한결같이 천을 짜는 그녀
오로지 그것 외에는 할 일이 없었던
레이디 오브 샬럿

일 년 내내 그녀 앞에 걸린
투명한 거울 위로
세상의 그림자가 비쳤지
거기서 그녀는 캐멀롯으로 뻗어가는
굽이굽이 넓은 길을 보았지……

◀   ◀   ◀

하지만 거울 속 신비로운 풍경을
천으로 짜는 것은 여전히 그녀의 기쁨이었지
가끔 고요한 밤을 가르며

깃털과 불빛과 음악이 어우러진
장례 행렬이 캐멀롯으로 향했고
때로 머리 위로 달이 뜨면
갓 결혼한 젊은 연인들이 찾아왔지
'거울 속 풍경은 이제 지겨워'라고 말하는
레이디 오브 샬럿

◄　◄　◄

드넓은 강의 어스레한 하류,
자신의 모든 불행을 알고 있는
몽환 상태의 담대한 예언자처럼,
한없이 투명한 표정으로
그녀는 캐멀롯을 바라보았지
그리고 하루가 저물 무렵
밧줄을 풀고 나룻배 안에 누웠지
드넓은 강이 그녀를 멀리멀리 실어갔네
레이디 오브 샬럿

앨프리드 테니슨의 「레이디 오브 샬럿」에서

1장

1895년 6월 21일
인도 봄베이

"설마 이걸 오늘 저녁 내 생일상에 올리려는 건 아니죠?"

나는 쉭쉭거리는 코브라와 얼굴을 마주하고 있다. 섬뜩한 주둥이 사이로 징그러운 분홍색 혀가 날름거리는 사이, 눈동자가 푸르스름한 장님 인도 남자가 엄마 쪽으로 고개를 기울인 채, 뱀이 꽤 맛이 좋을 거라고 힌디어로 설명한다.

엄마는 흰 장갑을 낀 손가락 하나를 내밀어 뱀의 등을 쓰다듬는다.

"어떠니, 제머? 너도 이제 열여섯 살이잖아. 저녁에 한번 먹어 볼래?"

그 미끈미끈한 짐승 때문에 소름이 끼친다.

"고맙지만 됐어요."

눈먼 인도 노인이 치아가 없는 입을 벌리고 웃으면서 코브라를 더 바짝 들이민다. 나는 그 바람에 놀라 뒤로 물러서다가 작은 인도 신상神像들이 진열된 나무 매대에 부딪힌다. 조각상들 중 하나가 땅에 떨어진다. 무수히 많은 팔에 얼굴은 공포로 일그러진 여신상, 파괴의 신 칼리. 최근 엄마는 내가 칼리를 내 비공식 수호신으로 삼은 데 대해 잔소리를 해댔다. 요새 엄마와 나는 사이가 썩 좋지 않다. 엄마 말로는 내가 사춘기에 접어들었기 때문이라고 한다. 나는 누구든 내 말을 들어주는 사람만 있으면, 이게 다 엄마가 나를 런던에 데려가지 않기 때문이라고 박박 우긴다.

나는 부루퉁한 얼굴로 웅얼거린다.

"런던에서는 식사를 하려고 음식물의 이를 뽑는 수고 따위 하지 않아도 된다던데."

우리는 코브라 노인을 지나쳐 떠들썩한 봄베이의 시장에 발 디딜 틈 없이 모여 있는 사람들 사이를 헤치고 간다. 아코디언을 연주하는 풍각쟁이가 원숭이를 데리고 다가오자 엄마는 말없이 손사래를 친다. 참기 힘들 정도로 더운 날씨. 순면 드레스와 크리놀린 페티코트 밑으로 땀이 흐른다. 나의 가장 열렬한 숭배자인 파리 떼가 눈앞을 획획 날아다니고, 나는 그 날개 달린 작은 짐승들 중 한 놈에게 손을 휘두르지만, 놈은 이내 비웃듯 달아나버린다. 놈이 나를 비웃었다는 데 내기를 걸어도 좋을 정도다. 나의 비참한 기분이 다른 사람을 전염시키고도 남을 만큼 커져간다.

머리 위로는 우기가 다가왔음을 알리는 짙은 먹구름이 깔려 있다. 삽시간에 하늘에서 폭우가 쏟아지는 계절. 흙먼지 이는 장터에

선 터번을 두른 남자들이 수런거리고 꽥꽥대면서 햇볕에 익은 갈색 손으로 우리에게 화사한 실크 제품을 내민다. 사방에 늘어선 수레에는 온갖 상품과 음식이 담긴 광주리가 그득하다. 얇은 구리 꽃병, 정교한 꽃무늬가 새겨진 나무 상자, 더위 속에서 익어가는 망고 등.

"톨벗 부인의 새집까지는 얼마나 멀어요? 마차 타고 가면 안 돼요?"

나는 내가 뿔이 났다는 걸 엄마가 눈치 채주길 바라며 새침하게 묻는다.

"걷기에 좋은 날이잖니. 그리고 말투 좀 곱게 하면 고맙겠구나."

내 짜증을 눈치 챈 건 틀림없다.

참을성 많은 우리 집 가정부 사리타가 가죽처럼 거친 손으로 석류를 권한다.

"멤사힙*, 이거 아주 맛있어요. 아씨 아버님께 갖다드리면 좋아하시겠죠?"

내가 착한 딸이라면 아빠에게 석류를 사다주겠지. 아빠가 파란 눈을 반짝이며 그 향긋한 빨간 과일을 잘라, 진짜 영국 신사처럼 은수저로 작은 씨들을 떠먹는 모습을 좋아라 지켜볼 테지.

나는 퉁명스레 대꾸한다.

"그래 봤자 아빠 흰 옷만 더럽힐 거야."

엄마가 나한테 한마디 하려다 마음을 고쳐먹고 한숨을 쉰다. 요샌 늘 그런 식이다. 예전에 엄마는 어디든 나와 함께했다. 오래된

---

* 인도에서 백인 여성에게 쓰는 호칭.

사원을 찾아가고, 인도 풍습을 경험하고, 힌두 축제를 구경하고, 늦게까지 깨어 거리가 촛불로 환히 밝혀지는 광경을 지켜보았다. 이제 엄마는 좀처럼 나를 데리고 외출하려 하지 않는다. 꼭 부락에서 쫓겨난 문둥이 같은 기분이다.

"아빠 옷만 더러워질 거라고. 늘 그랬잖아."

나는 변명하듯 웅얼거리지만, 나를 즐겁게 해주고 돈을 받으려고 줄곧 따라오는 풍각쟁이와 원숭이 말고는 아무도 관심을 보이지 않는다. 드레스의 레이스 깃은 땀에 흠뻑 젖어 있다. 할머니의 편지로만 접한 잉글랜드의 서늘하고 상쾌한 신록이 간절하다. 그 편지에는 지구 반대편 세상에서 벌어지는 티파티 댄스와 무도회를 비롯해 누가 누구와 바람이 났다는 등 흥미진진한 이야기가 가득했다. 반면 지금 나는 따분하고 칙칙한 인도에 처박힌 채, 풍각쟁이의 원숭이가 대추야자를 가지고 저글링하는 꼴이나 구경하고 있다. 아마 저 녀석은 일 년 내내 저짓만 되풀이했으리라.

"저 원숭이 좀 봐요, 멤사힙. 정말 귀엽네요!"

사리타는 내가 아직도 그녀의 사리* 치맛자락에 매달린 세 살배기인 양 말한다. 내가 이제 꽉 찬 열여섯 살이며 런던에 가고 싶어 한다는 것, 아니, 가야만 한다는 걸 아무도 이해하지 못하는 눈치다. 나는 박물관과 무도회, 여섯 살 이상 예순 살 이하 남자들과 가까워질 수 있는 런던에 가야만 한다.

"사리타, 저 원숭이는 훈련받은 도둑이야. 이제 곧 돈을 달라고 애걸할걸."

---

* 인도 여성들이 일상복으로 입는 고유 복장.

내가 한숨을 쉬자, 털북숭이 장난꾸러기가 기다렸다는 듯 내 어깨로 기어올라와 앉더니 손바닥을 내민다. 나는 이를 앙다물고 말한다.

"생일상 스튜에 넣고 끓여버릴까보다."

원숭이가 성난 소리를 낸다. 엄마가 심술궂은 나를 보고 얼굴을 찡그리더니 원숭이 주인의 컵에 동전 한 닢을 떨어뜨린다. 원숭이가 의기양양하게 씩 웃더니, 내 머리를 타넘어 주인에게 달려간다.

한 노점상이 가면을 내민다. 코끼리 귀가 달려 있고, 이를 드러낸 채 으르렁거리는 형상을 조각한 가면이다. 엄마가 말없이 가면을 얼굴에 쓰더니 묻는다.

"내가 누구게?"

엄마는 내가 걸음마를 시작할 때부터 그런 장난을 했다. 어릴 때는 그런 엄마를 보고 웃었다. 유치한 장난. 나는 따분하다는 표정으로 대답한다.

"누구긴 누구야 엄마지. 그 이빨이랑 귀가 엄마랑 똑같네."

엄마는 가면을 노점상에게 돌려준다. 내가 엄마의 약점인 허영심을 제대로 건드린 것이다.

"열여섯 살이 되더니 이젠 남의 딸 같구나."

"맞아, 난 열여섯 살이야. 열여섯. 멀쩡한 여자애들은 대부분 학업을 위해 런던에 보내졌을 나이라고."

나는 엄마가 부끄러움과 책임감을 느끼길 바라며 '멀쩡한'에 힘주어 말한다.

"이건 조금 퍼래 보이는데."

엄마는 망고 하나를 골똘히 보고 있다. 내 이야기에는 관심도 없는 눈치다. 나는 최후의 수단으로 오빠의 이름을 들먹인다.

"톰 오빠가 봄베이를 떠날 때는 아무도 막지 않았어. 런던에 간 지 사 년이나 지났단 말이야! 지금은 벌써 대학생이 됐고."

"남자와 여자는 달라."

"불공평해. 난 평생 이 꼴로 살아갈 거야. 질그릇에 우유를 부어 주며 고양이 수백 마리나 돌보는 노처녀로 늙어 죽을 거라고."

나는 훌쩍이기 시작한다. 볼썽사나운 짓이지만 도무지 그칠 수가 없다. 마침내 엄마가 입을 연다.

"알았으니 그만해. 상으로 주는 말처럼 런던 사교계의 무도회장을 누비면서 번식 능력을 평가받고 싶은 거니? 런던이 아직도 그렇게 매력적으로 보여? 거기서는 조금만 규칙을 어겨도 끔찍한 추문에 시달리게 돼. 런던은 네 할머니의 편지에서처럼 한가롭고 낭만적인 곳이 아니야."

"나야 모르지. 난 본 적도 없는걸."

"제머……"

엄마의 말투가 엄해지기 시작한다. 물론 인도인들이 보기에는 여전히 웃는 표정이다. 영국 여자가 길거리에서 말다툼이나 벌일 만큼 경박하다는 인상을 주면 안 되니까. 우리는 그저 날씨 이야기나 해야 하고, 날씨가 궂을 땐 매사 모른 척해야 한다.

사리타가 애써 웃는다.

"우리 멤사힙이 벌써 아가씨가 되었군요? 요람에 누워 있던 게 엊그제 같은데. 어머, 저거 봐요. 대추야자예요! 멤사힙이 좋아하는 과일이잖아요."

그녀가 틈이 벌어진 이를 드러내며 활짝 웃자, 얼굴에 깊이 팬

주름들이 한층 뚜렷해진다. 날이 덥다. 나는 갑자기 비명을 지르고 싶어진다. 내가 아는 모든 것과 모든 사람으로부터 달아나고 싶다.

"저 대추야자는 속이 썩었을 거야. 이 썩어빠진 인도처럼."

"됐다, 제머. 이제 그만해."

엄마가 투명한 초록색 눈으로 나를 노려본다. 사람들은 엄마의 눈이 예리하고 지혜로워 보인다고 말한다. 나도 엄마처럼 커다랗고 끝이 위로 올라간 초록색 눈을 갖고 있다. 하지만 인도인들은 내 눈을 보면 불안하고 긴장된다고 말한다. 마치 유령의 눈길을 받는 것처럼. 사리타는 웃는 얼굴로 고개를 숙인 채 양손으로 자신의 갈색 사리만 매만질 뿐이다. 나는 그녀의 나라에 대해 그렇게 심한 말을 한 게 미안해서 죄책감을 느낀다. 사실 인도는 내게 고향이나 다름없다. 하지만 요즘은 어딜 가도 고향처럼 편하지는 않다.

"멤사힙, 런던은 좋은 곳이 아니에요. 우중충하고 추운데다, 빵에 발라 먹을 기*도 없어요. 아가씨가 좋아할 만한 곳이 아니에요."

열차 한 대가 요란하게 기적을 울리며 역으로 들어선다. 역 근처에서 햇빛을 받아 반짝이는 만灣은 봄베이, 즉 '좋은 만'이다. 하지만 지금 내 눈에는 하나도 좋아 보이지 않는다. 열차가 내뿜는 검은 연기가 먹구름에 닿을 정도로 치솟는다. 엄마는 그 연기를 지켜보고 있다.

"그래. 춥고 우중충하지."

엄마는 손을 목에 대고 목걸이를 만지작거린다. 초승달 위에서 만물을 내다보는 눈이 새겨진 작은 은빛 메달이 달린 목걸이. 어

---

* 물소 젖으로 만든 버터기름.

느 마을 사람이 준 선물이라고 엄마한테 들었다. 엄마에게는 행운의 부적이다. 나는 엄마가 그 목걸이를 걸지 않은 모습을 본 적이 없다.

사리타가 엄마의 팔에 손을 얹는다.

"돌아갈 시간입니다. 멤사힙."

엄마는 열차에서 눈을 떼고 목걸이에서 손을 내린다.

"그래. 가야지. 톨벗 부인 댁에 가면 즐거울 거야. 틀림없이 네 생일을 축하하기 위해 예쁜 케이크를 주실……"

그때 검고 두꺼운 여행용 망토 차림에 하얀 터번을 쓴 남자가 뒤에서 다가오다가 엄마와 세게 부딪친다.

"정말 너무나 죄송합니다, 고귀한 부인."

그가 빙그레 웃으면서 허리를 깊이 숙여 무례를 사과하자, 그의 뒤에 같은 종류의 이상한 망토를 두른 젊은이가 보인다. 한순간 나는 그와 눈길이 마주친다. 나이는 나보다 그리 많지 않다. 기껏해야 열일곱 살 정도. 갈색 피부에 입이 큼직하고 속눈썹이 아주 길다. 그렇게 긴 속눈썹은 난생처음 본다. 내가 인도 남자에게 매력을 느낄 일은 없지만, 평소에 젊은 남자를 볼 일이 워낙 드물다보니, 나도 모르게 얼굴이 빨개진다. 젊은이는 내게서 눈을 돌리더니 목을 길게 빼고 시장 사람들을 둘러본다.

사리타가 팔뚝으로 나이 많은 쪽 사내를 밀치며 위협하듯 소리친다.

"조심성 없는 양반 같으니. 만약 도둑이라면 벌을 받게 될 게야."

"어이구, 아닙니다, 멤사힙. 제 동작이 좀 굼떴을 뿐입니다."

갑자기 그의 얼굴에서 미소가 걷히고, 그와 함께 빙글빙글 웃는

얼간이 같은 표정도 사라진다. 완벽한 억양의 영어로 그가 엄마에게 나직이 말한다.

"키르케가 가까이 있습니다."

무슨 말이지? 내게는 그저 교활한 도둑이 주의를 돌리려고 지껄이는 소리로 들릴 뿐이다. 엄마한테 그렇게 말하려던 나는 공포에 사로잡힌 엄마의 얼굴을 보고 멈칫한다. 엄마는 홱 돌아서더니 마치 잃어버린 아이를 찾듯 흔들리는 눈빛으로 북적이는 거리를 두리번거린다. 나는 묻는다.

"무슨 일이야? 왜 그래?"

문득 둘러보니 두 남자는 없다. 그들은 움직이는 군중 속으로 사라져버렸다. 흙바닥에 발자국만 남긴 채.

"아까 그 남자가 엄마한테 뭐라고 한 거야?"

엄마는 날이 선 목소리로 대답한다.

"아무것도 아냐. 미친 사람이 틀림없어. 요즘은 이 거리도 안전하지 않군."

엄마가 그런 식으로 말하는 건 처음 듣는다. 딱딱하면서도 겁에 질린 말투.

"제머, 아무래도 엄마 혼자 톨벗 부인 댁에 가는 게 낫겠다."

"하지만…… 케이크는 어쩌고?"

철부지 같은 소리라는 건 나도 안다. 하지만 내 생일을 톨벗 부인의 응접실에서 보내고 싶지는 않지만, 하루 종일 집에서 혼자 지내기는 더 싫다. 검은 망토를 입은 미친 남자와 그 똘마니 때문에 엄마가 겁먹었다는 이유로 그래야 한다니 어처구니가 없다.

엄마가 어깨 위의 숄을 단단히 잡아당긴다.

"케이크는 나중에 먹으면 되고……"

"하지만 약속했잖아."

"물론 그랬지. 하지만 그건……"

엄마가 말꼬리를 흐린다.

"그건 뭐?"

"그건 엄마를 화나게 하기 전 얘기지! 제머, 넌 지금 어디 들를 상태가 아냐. 사리타가 집에 데려다줄 거야."

나는 어이없다는 듯이 반박한다.

"내 상태는 아주 말짱해."

"아니, 그렇지 않아!"

엄마의 초록색 눈과 내 눈이 마주친다. 엄마의 눈 속에는 지금껏 본 적 없는 무언가가 있다. 거대하고 섬뜩한 분노. 나는 숨이 멎을 것만 같다. 갑자기 나타난 분노가 삽시간에 사라지자, 엄마는 본래 모습으로 돌아온다.

"넌 너무 지쳐서 좀 쉬어야 해. 생일 파티는 오늘 저녁에 같이 하자꾸나. 샴페인도 조금 마시게 해줄게."

샴페인도 조금 마시게 해줄게. 그건 약속이 아니라 나를 쫓아버리기 위한 사탕발림이다. 한때 우리는 모든 걸 함께했지만, 이제는 저잣거리를 거닐면서도 서로 날을 세운다. 엄마에게 나는 당혹스럽고 실망스러운 존재다. 어디에도 데려가고 싶지 않은 딸. 런던은커녕, 맹탕 같은 차를 내오는 쭈그렁 할망구의 집에조차.

열차가 다시 기적을 울리자 엄마가 화들짝 놀란다.

"이거, 엄마 목걸이 줄게. 어서 걸어봐. 늘 갖고 싶어했잖아."

엄마가 나를 목걸이로 치장해주는 동안 나는 말없이 서 있다.

18

늘 탐냈던 건 사실이지만, 이제 그 반짝이는 혐오스러운 물건은 나를 짓누르기만 할 뿐이다. 엄마는 흙먼지 이는 시장을 다시 힐끔 쳐다본 다음, 초록색 눈으로 나를 바라본다.

"됐다. 아주…… 어른스러워 보이는구나."

엄마는 장갑 낀 손으로 내 볼을 지그시 누른다. 마치 그 감촉을 손가락 끝으로 기억하려는 듯이.

"집에서 보자."

눈가에 고이는 눈물을 아무에게도 들키고 싶지 않았던 나는, 할 수 있는 가장 못된 말을 생각해내려고 기를 쓰고, 잠시 후 그 말을 내뱉은 뒤 시장 밖으로 뛰쳐나간다.

"엄마가 집에 오건 말건, 상관없어."

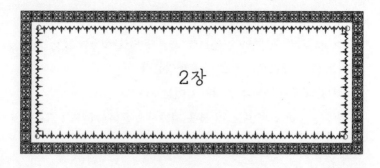

2장

노점상 무리와 거지 아이들, 악취를 풍기는 낙타 떼 사이를 누비며 달아나던 나는, 양쪽 끝에 장대를 하나씩 매단 끈에 사리 더미를 걸고 운반하는 두 남자를 가까스로 피해간다. 이리저리 구부러지고 휘어지는 좁은 골목길을 달리다가, 결국 멈춰 서서 숨을 헐떡인다. 뜨거운 눈물이 볼을 따라 흘러내린다. 주위에 보는 사람이 없어서 이제는 펑펑 울 수 있다.

주여 굽어 살피소서, 제게는 여인의 눈물에 맞설 힘이 없나이다. 아빠가 지금 여기 있다면 이렇게 말하겠지. 내가 재롱을 부리면 웃음을 터뜨리는, 반짝이는 눈에 덥수룩한 수염이 멋진 아빠. 어릴 적 마치 내가 존재하지 않기라도 하는 양, 먼 곳을 보듯이 나를 바라보던 아빠의 시선. 오늘 내가 어떻게 행동했는지 들으면 아빠의 마음이 얼마나 상할지 상상조차 할 수 없다. 엄마한테 못된 말을 하고 멋대로 달아났으니 이제 런던에 가기는 글렀다. 그 생각을 하니 배가 아파온다. 내가 대체 뭘 생각하고 있었던 거지?

자존심을 억누르고 엄마한테 돌아가 사과하는 수밖에 없다. 돌아가는 길을 찾을 수만 있다면. 주위에 낯익은 것이 하나도 없다. 두 노인이 땅바닥에 책상다리를 하고 앉아 작은 갈색 담배를 피우고 있다. 지나가자 그들이 나를 쳐다본다. 문득 처음으로 이 도시에 혼자 있는 거라는 생각이 든다. 보호자도 없이, 친구도 없이, 에스코트도 없이 돌아다니는 숙녀. 심각한 추문거리다. 심장이 점점 빨리 뛰고, 덩달아 발걸음도 빨라진다.

대기가 아주 잠잠해졌다. 폭풍이 몰려올 조짐이다. 멀리서 시장의 떠들썩한 소음이 들려온다. 오후의 폭우로 문을 닫기 전에 모든 가게가 마지막 흥정을 벌이는 것이다. 나는 그 소리를 따라가려 하지만, 결국 다시 제자리로 돌아오고 만다. 노인들이 나를 보고 빙글빙글 웃는다. 봄베이의 거리에서 길을 잃고 혼자가 된 영국 아가씨. 비록 아빠처럼 힌디어를 잘하지는 못해도, 시장으로 돌아가는 길 정도는 물어볼 수 있겠지. 물론 '시장이 어디죠?'라고 묻는 대신 '나는 당신 이웃의 멋진 암소가 탐나요'라고 말하는 꼴이 될 수도 있지만, 그래도 시도해볼 가치는 있다.

나는 흰 수염을 기른, 더 나이 많은 노인에게 묻는다.

"죄송하지만 제가 길을 잃은 것 같아요. 시장으로 가는 길 좀 알려주실 수 있나요?"

갑자기 노인의 얼굴에서 웃음이 사라지고 두려움이 번진다. 그는 알아들을 수 없는 사투리로 다른 노인에게 소리친다. 창문과 문간에서 사람들이 고개를 내밀고 무슨 일인가 싶어 구경한다. 노인이 일어서서 손가락으로 나와 내 목걸이를 가리킨다. 목걸이가 마음에 들지 않는 걸까? 뭔지는 모르지만 나 때문에 놀란 게 틀림없다. 그가 새를 쫓듯 나를 쫓고 집으로 들어가더니, 눈앞에서 문을 닫아버린다. 나를 못마땅하게 여기는 사람이 엄마와 사리타 외에 또 존재한다는 사실에 오히려 속이 후련하다.

창밖으로 내민 얼굴들이 계속 나를 지켜보고 있다. 첫번째 빗방울이 떨어진다. 비가 드레스에 스미면서 얼룩이 번진다. 하늘이 당장이라도 쪼개질 것 같다. 돌아가야 한다. 엄마가 나를 찾느라 비에 흠뻑 젖으면 큰일 날지도 모르고, 그랬다간 순전히 내 잘못이다. 왜 그렇게 까칠한 선머슴처럼 굴었을까? 이제 엄마는 절대로 나를 런던에 데려가지 않을 거야. 오스트리아의 수녀원에서 수염난 여자들에 둘러싸인 채 여생을 보내게 되겠지. 다른 여자들 혼수의 정교한 레이스나 만들면서 눈도 침침해지겠지. 내 못된 성미가 저주스럽지만, 이미 엎질러진 물이다. 방향을 골라, 제머. 어디로든 가란 말이야. 나는 오른쪽 길을 택한다. 낯선 거리에서 낯선 거리로, 또다른 낯선 거리로 이어진다. 그런데 어느 모퉁이를 돌자마자 그가 다가오고 있는 모습이 보인다. 시장에서 만난 젊은이.

당황하지 마, 제머. 저 남자가 너를 보기 전에 천천히 멀어지면 돼.

나는 성급하게 두어 발 뒷걸음친다. 하지만 구두 굽이 미끄러운 돌을 밟는 바람에 길에 나동그라지고 만다. 몸을 추스르고 고개를 드니, 그가 나를 뚫어져라 보고 있다. 해독할 수 없는 묘한 표정으로. 한순간 둘 다 움직이지 않는다. 우리는 주위의 공기처럼 정지되어 있다. 곧 비가 쏟아지거나 폭풍이 몰아칠 것 같다.

불현듯 공포가 뿌리를 내리더니 무서운 속도로 온몸에 퍼진다. 전에 아빠의 서재에서 엿들은 대화 때문이다. 브랜디를 마시고 시

22

가를 피우면서 아빠와 친구들은 에스코트 없이 돌아다니던 여자의 운명에 대해 이야기했다. 못된 남자들에게 강제로 끌려가 영영 인생을 망친다는 괴담. 하지만 실제 상황은 더 무시무시하다. 지금 정말로 한 남자가 힘찬 걸음걸이로 거리를 좁히면서 내 쪽으로 다가오고 있다.

그는 나를 잡으려는 모양이지만, 나도 순순히 잡히지는 않을 생각이다. 심장이 쿵쾅거린다. 나는 치맛자락을 들고 뛸 준비를 한다. 한 걸음 내디디려 하자, 갓 태어난 송아지처럼 두 다리가 후들거린다. 발밑에서 땅이 희미하게 반짝이고 흔들린다.

무슨 일이 벌어지는 거지?

움직여. 움직여야 해. 하지만 그럴 수가 없다. 손가락에서 시작된 이상한 따끔거림이 팔을 타고 올라와 가슴에 이른다. 온몸이 떨린다. 끔찍한 압력 때문에 숨이 막히고 몸이 짓눌려 무릎을 꿇고 만다. 입속에서 공포가 잡초처럼 자라난다. 비명을 지르고 싶다. 말이 나오지 않는다. 소리조차도. 내가 땅에 쓰러지자 그가 내게 팔을 뻗는다. 그에게 도와달라고 말하고 싶다. 그의 얼굴에, 활처럼 아름다운 큰 입술에 정신을 집중한다. 눈 위로 늘어진 검고 구불구불한 머리칼. 길이가 30센티미터는 될 법한 속눈썹을 드리운 짙은 갈색 눈. 두려움에 가득한 눈.

도와줘.

그 말이 내 안에 갇혀 있다. 나는 이제 평판을 잃는 것 따윈 두렵지 않다. 죽게 되리라는 걸 알고 있으니까. 그 말을 하려고 입을 벌려보지만, 목구멍에서는 숨이 막혀 캑캑대는 소리만 나올 뿐이다. 지평선이 사라져가고, 장미와 향료의 강렬한 냄새가 나를 압도한다. 나는 정신을 잃지 않으려고 눈꺼풀을 실룩거린다. 그의 입술이 벌어지더니 말이 새어나온다.

"그게 시작되는 거야."

압력은 점점 커지고, 몸이 터져나갈 것만 같다. 그 직후, 나는 빙글빙글 돌며 물살처럼 나를 끌어당기는, 눈부신 색깔과 빛의 터널 속에 있다. 나는 한없이 추락한다. 형상들이 나를 스쳐간다. 열한 살 때 소풍 가서 잃어버린 봉제 인형 줄리아를 갖고 노는 열 살의 내가 스쳐간다. 저녁 먹기 전에 사리타가 얼굴을 씻기는 여섯 살의 나. 시간이 거꾸로 돈다. 세 살의 나, 두 살의 나, 아기인 나를 지나자 올챙이처럼 작고 약한, 창백하고 이상한 생명체가 보인다. 강한 물살이 다시금 나를 휘어잡고 암흑의 베일 밖으로 끌어내자, 인도의 구불구불한 거리가 보인다. 지금 나는 생생한 꿈속을 걷는 방문자다. 심장이 쿵쾅대는 소리, 숨이 들락거리는 소리, 혈관을 따라 피가 흐르는 소리 말고는 아무 소리도 들리지 않는다. 고개를 들어보니 풍각쟁이의 원숭이가 이빨을 드러낸 채 잽싸게 지붕 위로 뛰어다니고 있다. 말을 해보려 하지만 소리가 나오지 않는다. 원숭이가 어느 가게 지붕으로 건너뛴다. 말린 약초를 처마에 늘어뜨린 가게로, 엄마의 목걸이에 달린 메달과 똑같은 작은 달과 눈의 형상이 문에 붙어 있다. 한 여인이 비탈진 길을 따라 종종걸음으로 올라온다. 엄마다. 엄마가 여기서 뭘 하는 거지? 지금쯤 톨벗 부인의 집에서 차를 마시며 옷감 이야기를 하고 있어야 하는데.

엄마의 입술에 내 이름이 떠오른다. 제머. 제머. 엄마가 나를 찾으러 온 것이다. 터번을 쓴 인도 남자가 엄마 바로 뒤에 있다. 엄마는 그의 기척을 느끼지 못한다. 나는 엄마에게 소리치지만 여전히 소리가 나오지 않는다. 엄마는 한 손으로 가게 문을 밀고 안으로 들어간다. 나도 엄마를 따라 들어간다. 심장의 고동이 점점 더 커지고 빨라진다. 엄마는 뒤에 남자가 있다는 걸 알 거야. 지금쯤 그의 숨소리가 들리겠지. 하지만 엄마는 계속 앞만 보고 있다.

남자가 망토 안쪽에서 단검을 꺼내지만, 엄마는 여전히 돌아서지 않는다. 나는 까무러칠 것만 같다. 엄마를 남자에게서 떼어놓고 싶다. 하지만 걸음을 내디딜 때마다 허공을 밟는 듯하고, 다리가 빨리 움직이지 않아 괴롭기만 할 뿐이다. 갑자기 남자가 걸음을 멈추고 귀를 기울인다. 그의 눈이 휘둥그레진다. 겁을 먹고 있어.

가게 뒤쪽 그늘 속에서 무언가가 뱀처럼 도사린 채 기다리고 있다. 마치 어둠이 움직이기 시작한 것만 같다. 어떻게 어둠이 움직일 수 있지? 하지만 그것은 정말로 움직이고 있다. 차갑게 미끄러지는 소리를 내면서. 그 소리에 소름이 돋는다. 숨어 있던 검은 형체가 퍼져나오고, 점점 커지다가 마침내 사방에 닿을 때까지. 그것의 한가운데 자리 잡은 암흑이 소용돌이친다. 그 안에서 너무도 무시무시한 비명과 신음이 흘러나온다.

남자가 앞으로 돌진하자, 그것이 그를 덮친다. 남자를 삼켜버린다. 이제 그것이 엄마에게 다가가더니 뱀처럼 쉭쉭거리는 소리로 말한다.

"우리에게 오라, 어여쁜 것이여. 이제껏 기다리고 있었느니……"

내 안에서 비명이 터진다. 고개를 돌린 엄마가 땅에 떨어진 단검을 보고는 움켜쥔다. 암흑의 괴물이 분노로 울부짖는다. 엄마는 저놈과 싸울 생각이야. 엄마는 무사할 거야. 그때 눈물 한 방울이 엄마의 볼을 따라 흘러내리고, 엄마는 자포자기의 빛을 띤 눈을 감으면서 내 이름을 기도처럼 나직이 읊조린다. 제머. 그러고는 잽싸게 한 동작으로 단검을 쳐들어 자기 몸에 꽂는다.

안 돼!

강한 물살이 나를 가게에서 끌어낸다. 나는 다시 봄베이의 거리에 있다. 마치 아무 데도 가지 않았던 것처럼. 내가 사납게 비명을 지르자 그 젊은 인도 남자가 내 두 팔을 옆구리에 붙이고 꽉 잡아 휘젓지 못하게 한다.

"뭘 봤지? 말해!"

나는 그에게 붙잡힌 채 몸부림치면서 발길질을 한다. 날 도와줄 사람은 없는 걸까? 무슨 일이 벌어지고 있는 거지? 엄마! 내 마음은 통제력과 논리, 이성을 되찾으려고 애를 쓰다가 마침내 원하던 것을 찾아낸다. 엄마는 톨벗 부인의 집에서 차를 마시고 있어. 당장 거기 가서 확인해야지. 엄마가 화를 내면서 나를 사리타와 함께 집으로 보내면 이따가 샴페인도 못 마시고 런던에도 못 가겠지만, 상관없어. 엄마가 무사히 살아만 있다면, 어떤 벌이라도 달게 받을 거야.

젊은 남자는 여전히 나한테 소리치고 있다.

"우리 형 봤어?"

"날 놔줘!"

나는 기운을 되찾은 다리로 그의 몸에서 가장 연약한 부분을 찬다. 그가 몸을 오그리면서 땅에 쓰러지자, 나는 무작정 거리를 내달린다. 공포가 나를 앞으로 내몬다. 다음 모퉁이를 돌자, 어느 가게 앞에 몇몇 사람들이 모여 있는 게 보인다. 말린 약초가 처마에 매달려 있는 가게.

아냐. 이건 모두 소름 끼치는 꿈이야. 난 곧 침대에서 깨어날 거야. 귀에 거슬리는 시끄러운 목소리로 아빠가 여느 때처럼 길고 지루한 농담을 하면, 곧이어 엄마의 나직한 웃음소리가 들려올 거야.

다리가 저리고 뻣뻣하다. 나는 비틀비틀 가게로 다가가 사람들을 헤치고 나아간다. 풍각쟁이의 꼬마 원숭이가 땅에서 깡충대며 고개를 좌우로 갸우뚱하더니, 호기심 어린 눈빛으로 그곳에 누운 시신을 바라본다. 앞쪽에 서 있던 몇 사람이 길을 비켜준다. 내 마음이 점차 현실을 받아들이기 시작한다. 뒤집힌 구두, 부러진 굽. 펼쳐진 손, 굳어져가는 손가락. 흙바닥에 널린 핸드백의 내용물들. 파란색 드레스 상체 밖으로 드러난 목. 뜨고는 있지만 아무것도 보지 못하는 아름다운 초록색 눈. 죽는 순간 뭔가 말하려 한 듯 살짝 벌어진 엄마의 입.

제머.

엄마의 생기 없는 몸뚱이 밑으로 시뻘건 피의 웅덩이가 퍼져 흘러간다. 흙 사이로 스며드는 피를 보고 있으니, 전에 보았던 칼리의 그림이 생각난다. 피를 뿌리고 뼈를 부수는 어둠과 파괴의 여신 칼리. 나의 수호신. 나는 이 모든 것이 사라지길 바라며 눈을 감는다.

이건 현실이 아냐. 이건 현실이 아냐. 이건 현실이 아냐.

하지만 눈을 뜨자, 엄마는 여전히 쓰러진 채 원망의 눈으로 나를 바라보고 있다. 엄마가 집에 오건 말건, 상관없어. 내가 엄마에게 했던 마지막 말. 달아나기 전에, 엄마가 나를 쫓아오기 전에, 내가 엄마가 죽는 환상을 보기 전에. 나는 땅에 쓰러진다. 가장 아끼는 드레스의 가장자리에 엄마의 핏물이 닿아 지울 수 없는 얼룩이 번져간다. 그 순간, 줄곧 참아왔던 비명이 야간열차처럼 빠르고 세차게 터져나오고, 때마침 하늘이 넓게 열리면서 맹렬한 폭우가 쏟아져 모든 소리를 지워버린다.

두 달 뒤, 잉글랜드, 런던

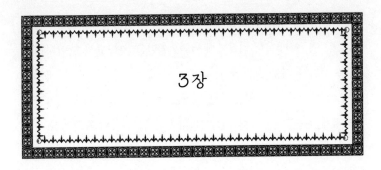

3장

"빅토리아 역! 여기는 빅토리아 역입니다!"

파란 제복 차림의 다부져 보이는 차장이 열차 뒤쪽으로 나아가
면서 내가 마침내 런던에 도착했음을 알려준다. 열차가 서서히 멈
춘다. 창밖에 거대한 구름 같은 증기가 굽이쳐 흐르자 바깥세상은
마치 꿈처럼 보인다.

맞은편 의자에 앉아 있던 톰 오빠가 잠에서 깨어, 검은색 조끼
를 단정히 하고 흐트러진 데가 없는지 구석구석 살핀다. 사 년 동
안 떨어져 지내는 사이, 오빠는 키도 훌쩍 크고 어깨도 조금 더 벌
어졌지만, 여전히 호리호리한 몸매에 파란 눈 위로 멋지게 늘어진
금발 덕분에 스무 살의 나이보다 더 어려 보인다.

"그렇게 뚱한 표정 짓지 마, 제머. 감옥에 끌려가는 것도 아니잖
아. 스펜스는 아주 좋은 학교야. 참하고 매력적인 숙녀를 배출하기
로 유명하지."

아주 좋은 학교. 참하고 매력적인 숙녀. 잉글랜드 시골에 있는 할머니 댁, 플레전트 하우스에서 이 주일을 지내고서 할머니에게 들은 소리가 바로 그거였다. 나의 주근깨투성이 피부와 갈기처럼 부스스한 빨강머리, 부루퉁한 얼굴을 한참 동안 뜯어보던 할머니는 내가 남부끄럽지 않은 결혼을 하려면 정식 신부 학교에 다녀야 한다고 말했다.

"이제야 고국에 돌아왔다는 게 놀라울 따름이구나. 오래전에 왔어야 했는데. 인도의 기후가 피에 좋지 않다는 건 누구나 안단다. 틀림없이 네 엄마도 이러길 바랄 거다."

나는 엄마가 뭘 바라는지 할머니가 어떻게 아냐고 따지고 싶었지만 이를 악물고 참았다. 엄마는 내가 인도에 남기를 바랐다. 나는 런던에 가고 싶어했다. 하지만 런던에 와 있는 지금은 한없이 비참한 기분이다.

열차가 푸른 초원이 펼쳐진 구릉지를 지나고, 비가 열차 창문을 지루하게 두드리는 세 시간 내내 톰 오빠는 잠만 잤다. 하지만 나는 영국에 온 후로 줄곧 옛일을 생각하는 것 외에는 아무것도 할 수가 없었다. 인도의 뜨거운 평원. 경찰의 온갖 질문. 혹시 누구 못 봤습니까? 당신 어머니한테 앙심을 품은 사람은 없나요? 그 거리에서 혼자 뭘 하고 있었습니까? 그리고 시장에서 당신 어머니한테 말을 건 남자는 무슨 관련이 있죠? 아마르라는 이름의 상인이던데. 혹시 아는 사람입니까? 그자와 당신 어머니는 (이 부분에서 경찰은 난처한 표정을 짓더니, 상스럽지 않은 표현을 찾느라 잠시 고민하며 발을 꿈지럭거렸다) '아는 사이'입니까?

내가 본 걸 그들에게 어떻게 말하겠는가. 나 자신조차 그걸 믿어야 할지 말아야 할지 모르겠는데.

차창 밖의 영국은 여전히 싱그럽다. 하지만 사람들로 붐비는 객차를 보니, 우리를 인도에서부터 거친 바다 너머로 데려온 배가 생각난다. 마치 하나의 경고처럼 내 눈앞에 모습을 드러내던 잉글랜드 해안. 영국의 차갑고 모진 땅속 깊이 묻힌 엄마. 아빠는 '버지니아 도일, 사랑하는 아내이자 어머니'라고 적힌 비석을 흐리멍덩한 눈으로 바라보고 있었다. 마음만 먹으면 지난 일을 되돌릴 수 있다는 듯한 눈빛으로. 하지만 결국 현실을 받아들이고 다시 서재에 처박힌 아빠는 늘 함께하는 벗인 로다넘*에 의지했다. 이따금 의자에서 잠든 아빠의 모습을 발견할 때도 있었다. 아빠의 발치에는 개들이 엎드려 있었고, 가까이에는 갈색 병이 놓여 있었으며, 아빠의 거친 숨결에서는 달착지근한 약 냄새가 났다. 한때 우람한 체격이었던 아빠는 슬픔과 아편에 절어 점점 야위어갔다. 그리고 이 모든 것의 원인인 나는 무력하게 말없이 옆에서 지켜볼 수밖에 없었다. 너무나 끔찍해서 말할 엄두조차 안 나는, 마치 쏟아진 등불 기름처럼 내 안에서 흘러나와 모든 사람을 불태워버릴 수도 있는 비밀을 지키려는 사람처럼.

"또 그 생각 하는구나."

톰 오빠가 의심의 눈길로 나를 바라본다.

"미안해."

그래, 미안해. 전부 다 내 잘못이야.

오빠는 길고 무겁게 숨을 내쉬며 그 한숨 사이로, 떨리는 목소

---

* 아편 성분으로 만든 약물의 총칭.

리로 대꾸한다.

"미안해할 거 없어. 더이상 그러지 마."

나는 무심코 같은 말을 되풀이한다.

"응, 미안해."

그러고는 엄마가 준 부적의 테두리를 만진다. 엄마의 유품이자 내 죄의 흔적인 그 목걸이는 지금 내 목에 걸린 채, 앞으로 육 개월 동안 입게 될 뻣뻣한 검은색 크레이프 상복 밑에 감춰져 있다.

걷혀가는 창밖의 연기 사이로 짐꾼들이 보인다. 그들은 승객들이 플랫폼에 내릴 때 딛는 나무 계단을 언제라도 객차 문 앞에 갖다놓기 위해 열차를 따라 움직이고 있다. 마침내 열차가 쉭쉭거리고 한숨을 내쉬더니 멈춰 선다.

오빠가 일어서서 기지개를 켠다.

"자, 어서 가자. 다른 사람들이 짐꾼을 모두 채가버리기 전에."

〰〰〰〰

빅토리아 역은 어찌나 번잡한지 숨이 막힐 지경이다. 수많은 사람이 플랫폼에 북적거린다. 열차의 맨 마지막 칸에서는 3등석 승객들이 팔다리가 뒤엉킨 채로 뒤죽박죽 하차하고 있다. 짐꾼들은 1등석 승객의 짐과 가방을 옮기느라 바쁘다. 신문팔이 소년들은 오늘자 신문을 허공으로 최대한 높이 쳐들고 가장 흥미로운 머리기사 제목을 외쳐댄다. 꽃 파는 소녀들은 가녀린 목에 건 작은 나무 매대만큼이나 딱딱하고 초췌한 미소를 지으며 서성이고 있다.

겨드랑이에 우산을 꽂은 한 남자가 나를 밀치고 지나간다. 하마터면 쓰러질 뻔한 나는 치미는 분노를 억누르고 말한다.

"죄송합니다."

그는 들은 척도 하지 않는다. 플랫폼 끄트머리를 힐끗 쳐다본 나는 무언가 이상한 것을 발견한다. 검은색 여행용 망토. 심장이 점점 빨리 뛴다. 입이 바짝 마른다. 그가 이곳에 있다니, 말도 안 돼. 하지만 지금 분명 그가 간이매점 뒤로 사라지고 있다. 나는 가까이 다가가려 하지만 인파가 너무 북적인다.

"뭐 하는 거야?"

사람들 위로 고개를 내민 나를 보고 오빠가 묻는다.

"그냥 구경해."

나는 목소리에 서린 두려움을 오빠에게 들킬까봐 걱정한다. 그때 한 남자가 신문 더미를 어깨에 짊어지고 간이매점 모퉁이를 돌아간다. 그가 입은 검정 코트는 얇고 너무 커서 헐렁한 망토처럼 걸쳐져 있다. 나는 가까스로 웃음을 참으며 안도한다. 봤지, 제머? 아까는 네가 잘못 본 거야. 신경 쓰지 마.

"구경할 거면 짐꾼이나 좀 찾아봐. 다들 삽시간에 어디로 갔는지 모르겠어."

한 깡마른 신문팔이가 다가오더니 2펜스만 내면 마차를 불러주겠다고 한다. 곧이어 그가 낑낑대면서 내 트렁크를 옮긴다. 트렁크 안에는 나의 조촐한 물건 몇 가지가 담겨 있다. 드레스 몇 벌, 엄마의 일기장, 빨간색 사리, 인도에서 가져온 흰 코끼리 조각상, 행복했던 시절의 아빠를 생각나게 하는 아빠의 보물인 크리켓 배트.

나는 오빠의 부축을 받으며 마차에 오른다. 이윽고 마부가 그
이름을 딴 숙녀, 빅토리아 여왕처럼 당당하게 그 기세를 넓혀나가
고 있는 빅토리아 역으로부터 마차를 돌려, 런던의 심장부를 향해
다가닥다가닥 몰고 간다. 음울한 분위기를 풍기는 런던의 거리에
는 늘어선 가스등의 연기가 자욱하다. 겨우 오후 네시인데도 잿빛
안개 때문에 저녁 어스름처럼 보인다. 이런 어둑한 거리에서는 무
엇이든 뒤에서 덮쳐올 수 있다. 이유는 모르겠지만 그런 생각이 든
다. 나는 재빨리 그 생각을 지워버린다.

굴뚝들의 뿌연 윤곽 위로 바늘처럼 가느다란 의회의 첨탑들이
솟아 있다. 거리에서는 땀에 젖은 인부 여럿이 자갈길에 깊은 도랑
을 파고 있다.

"저 사람들 뭐하는 거야?"

"전등을 설치하려고 전선을 까는 거야."

오빠는 하얀 손수건에 대고 기침을 하며 대답한다. 손수건의 한
귀퉁이에는 특이한 검은색 글씨로 오빠 이름의 머리글자가 수놓
여 있다.

"머지않아 저 숨 막히는 가스등은 과거의 유물이 되겠지."

거리의 노점상들은 수레에 상품을 늘어놓고 제각기 독특한 말
투로 소리치며 손님을 부른다. 칼 갈아요! 물 좋은 생선이 왔습다!
사과 사려, 사과! 낙농가의 아낙네들은 오늘의 마지막 우유를 배
달하고 있다. 묘하게도 이런 풍경을 보니 인도가 생각난다. 점포들
앞에는 손님을 유혹하는 온갖 상품이 진열되어 있다. 차, 리넨, 도

자기, 파리의 최신 패션을 베낀 아름다운 드레스 등. 한 건물의 2층 창문에는 '사무실 임대중, 문의는 안쪽에서'라고 적힌 안내판이 내걸려 있다. 자전거들이 거리의 수많은 마차 옆을 획획 스쳐지나 간다. 나는 우리가 탄 마차의 말이 자전거를 보고 놀랄까봐 마음 졸이지만, 암말은 그저 무덤덤하게 마차를 끌 뿐이다. 나에게는 생소한 이 모든 것이 말에게는 늘 보는 풍경일 테니까.

근사한 말들이 무리 지어 끄는 대형마차 한 대가 승객을 가득 태운 채 우리 옆을 지나간다. 마차 윗좌석에 앉은 여자들은 양산으로 햇빛과 바람을 막고 있다. 페어스 비누*의 길쭉한 나무 광고판이 그들의 발목을 교묘하게 가려 여성의 품위를 지켜주고 있다. 내게는 참으로 희한한 광경이다. 계속 마차를 타고 런던의 거리를 누비며, 지금껏 사진으로만 보아온 역사의 자취를 호흡하고 싶다는 생각이 든다. 검은색 정장 차림에 중산모를 쓴 남자들이 하루 일을 마치고 사무실에서 나와 씩씩하게 집으로 돌아간다. 거무스레한 지붕들 위로 세인트폴 대성당의 희고 둥근 돔 지붕이 보인다. 길가에는 미국 여배우 릴리 트림블이 출연하는 〈맥베스〉의 포스터가 붙어 있다. 야성적으로 헝클어진 적갈색 머리, 가슴 부분이 대담하게 파인 빨간 드레스. 그녀는 정말 매혹적이다. 스펜스의 학생들도 그녀처럼 아름답고 세련된 아가씨들일지 궁금하다.

"릴리 트림블은 진짜 예뻐, 안 그래?"

오빠와 가볍고 즐거운 대화를 나눠보려고 건넨 말이지만, 아무

---

* 1789년 런던 옥스퍼드 가에서 판매하기 시작한 비누로, 브랜드를 처음 내세워 판매한 상품으로 유명하다.

래도 대화는 불가능할 듯싶다.

오빠가 코웃음을 친다.

"여배우라. 남편과 자식, 안정된 가정도 없이 사는 여자가 과연 정상일까? 자기가 인생의 주인인 양 설레발치고 다니는 여자야. 결코 버젓한 숙녀로 사회에서 인정받지 못해."

내가 바란 즐거운 대화는 물 건너갔다.

나는 오만하기 짝이 없는 오빠를 잽싸게 한 대 걷어차고 싶어진다. 하지만 한편으로는 남자들이 여자에게 뭘 바라는지 궁금해 죽을 지경이다. 오빠가 시건방진 건 사실이지만, 내게 유용한 정보를 알고 있을지도 모른다.

"아하. 그럼 어떤 여자가 버젓한 숙녀인데?"

나는 어떤 게 멋진 정원이냐고 묻듯이 심드렁하게 말한다. 차분한 태도로. 방정맞지 않게, 숙녀처럼.

오빠는 입에 담배 파이프라도 문 것 같은 표정으로 대답한다.

"남자의 삶을 편하게 해주는 여자. 남자는 그런 여자를 원해. 매력적이고 교양 있으면서 음악과 미술, 집안 살림에 일가견이 있는 여자. 하지만 무엇보다 남편 이름에 먹칠하지 말고 절대로 만사에 나대지 않아야 해."

지금 농담하는 거겠지? 곧 웃으면서 장난이라고 할 거야. 하지만 오빠의 얼굴에서는 오만한 미소가 사라지지 않는다. 이 모욕만큼은 그냥 넘어갈 수가 없다. 나는 싸늘하게 대꾸한다.

"엄마는 아빠랑 동등했어. 아빠는 엄마가 애정을 구걸하는 천치처럼 뒤에서 졸졸 따라다니길 원치 않았단 말이야."

오빠의 얼굴에서 웃음이 걷힌다.

"물론 그랬지. 덕분에 우리 꼴이 어떻게 됐는지 봐."

다시 침묵이 흐른다. 차창 밖으로 런던의 풍경이 스쳐가자, 오빠는 그쪽으로 고개를 돌린다. 처음으로 오빠의 고통이 보인다. 계속 머리를 쓸어넘기는 오빠를 보니, 얼마나 괴로워하는지와 그 고통을 감추려고 애쓰고 있는지 알 것 같다. 하지만 어떻게 해야 이 어색한 침묵의 강에 다리를 놓을 수 있을지 모르겠다. 우리는 그냥 계속 마차를 타고 간다. 마음이 아닌 눈으로만 세상을 보면서, 아무 말도 없이.

"제머……"

오빠의 목소리가 떨린다. 짧은 정적. 오빠는 마음속에서 끓어오르는 무언가와 싸우고 있다.

"어머니랑 같이 있던 날…… 대체 왜 달아났니? 무슨 생각을 한 거야?"

내 목소리가 기어들어간다.

"모르겠어."

솔직히 전혀 만족스럽지 못한 대답이다.

"여자들은 참 모순투성이야."

"그래."

내가 이렇게 말한 건 오빠의 말에 동의해서가 아니라 오빠한테 뭐라도 해주고 싶기 때문이다. 오빠가 나를 용서해주길 바라기 때문이다. 그러면 나도 스스로를 용서할 수 있을지 모르니까, 어쩌면.

"혹시 너……"

오빠가 이를 악물고 말을 잇는다.

"어머니와 함께 살해된 채로 발견된 남자에 대해 알고 있었니?"

나는 나직이 대답한다.

"아니."

"사리타 말로는 경찰과 함께 너를 발견했을 때 네가 몹시 이상하게 굴었다던데. 웬 인도 젊은이와 무슨…… 환상에 대해 횡설수설하면서."

오빠는 말을 멈추고 손바닥을 바지 무릎에 문지른다. 여전히 나를 보지 않으면서.

내 손이 무릎 위에서 떨린다. 오빠한테 말하면 돼. 이제껏 내 안에 단단히 가둬둔 걸 털어놓는 거야. 머리카락 몇 가닥을 눈앞에 늘어뜨린 저 모습, 바로 내가 그토록 그리워했던 오빠다. 바닷가에서 주워온 돌멩이를 내게 주면서 라자*의 보석이라고 말하던 오빠. 내가 점점 미쳐가는 것 같아서 두렵다고, 이제는 아무것도 현실로 느껴지지 않는다고 오빠한테 말하고 싶다. 그 환상에 대해 털어놓고 싶다. 오빠가 못마땅한 표정으로 내 머리를 톡톡 치면서 지극히 논리적이고 의학적인 설명으로 내가 헛것을 봤을 뿐이라고 말해줬으면 좋겠다. 사랑받지 못할 운명을 타고나는 여자도 있는지, 혹은 후천적으로 그렇게 될 수도 있는지 묻고 싶다. 전부 다 털어놓고 이해받고 싶다.

오빠가 목청을 가다듬고 묻는다.

"그러니까 내 말은, 너 그날 별일 없었어? 혹시 그자가…… 너 정말 멀쩡한 거야?"

목구멍까지 차올랐던 말들이 다시 깊고 어두운 침묵 속으로 가

---

* 힌디어로 '왕'이라는 뜻.

라앉는다.

"오빠는 내가 아직 순결한지 궁금한 거네."

"까놓고 말하자면 그런 거지."

정말로 무슨 일이 있었는지 오빠가 알고 싶어하는 거라고 생각한 내가 이제는 한심하게 느껴진다. 오빠는 내가 혹시나 가문의 명예에 먹칠을 하지나 않았는지에만 관심이 있다.

"그래, 오빠 표현대로 하자면, 난 멀쩡해."

웃음이 나올 것 같다. 이런 터무니없는 거짓말을 하다니. 지금 난 전혀 멀쩡하지 않다. 하지만 이 거짓말이 먹혀든다는 걸 나는 안다. 세상살이란 그런 거다. 하나의 큰 거짓말. 모두가 진실을 외면한 채, 어둠의 악귀나 혼령 같은 불쾌한 일은 아예 존재하지 않는다고 여기는 환상이나 다름없다.

오빠가 안심한 듯 어깨를 편다. 인간적인 순간이 지나가자 그는 다시 냉철한 모습으로 바뀐다.

"그럼 됐어. 잘 들어, 제머. 어머니가 살해당한 일은 우리 집안에 먹구름을 드리웠어. 만약 이 일이 세상에 알려지면 사람들이 우릴 손가락질할 거야."

오빠는 나를 빤히 쳐다보며 힘주어 말한다.

"어머니는 콜레라로 돌아가신 거야."

자신의 거짓말을 정말로 믿는 눈치다. 잔소리가 이어진다.

"물론 너는 반대하겠지만, 네 오빠로서 말하건대, 이 일은 가능한 한 조용히 묻어버리는 게 좋아. 너 자신을 보호하기 위해서도."

지극히 현실적이고 감정이 배제된 말투. 나중에 의사로 살아가는 데는 도움이 될 것이다. 오빠의 이야기가 맞는 말이라는 건 알지만, 그런 말을 하는 오빠가 미워 죽을 지경이다.

"오빠가 걱정하고 있는 게 정말로 내 안전에 대한 거야?"

오빠는 다시 이를 악문다.

"방금 전 말은 못 들은 걸로 하지. 나나 너 자신을 위해서라고 생각하기 싫으면, 아버지 때문이라고 생각해. 아버지는 요즘 상태가 좋지 않으셔, 제머. 너도 알 거야. 어머니의 죽음과 관련된 일들 때문에 완전히 망가지셨어."

오빠는 셔츠의 소맷부리를 만지작거리며 말을 잇는다.

"아버지가 인도에서 아주 나쁜 습관을 들이셨다는 건 너도 알 거야. 인도 사업가들과 물담배를 나눠 피우며 그들의 동료로 인정받았을지는 몰라도, 그 덕분에 몸이 많이 상하셨지. 아버지는 늘 쾌락에 탐닉하셔. 현실에서 도피하시는 거야."

아빠는 하루 일을 마치고 보통 밤늦게 귀가하곤 했다. 엄마와 하인들이 아빠를 부축해 침대로 옮긴 적도 몇 번 있었다. 지난날을 떠올리니 괴롭다. 나한테 이런 이야기를 하는 오빠가 밉다.

"그럼 오빠는 왜 계속 아빠한테 아편제를 주는 거야?"

오빠가 콧방귀를 뀐다.

"아편제는 아무 문제도 없어. 그건 약이야."

"적당히 써야 약이지……"

"아버지는 중독자가 아니야. 절대로."

오빠는 배심원을 설득하듯 힘주어 말한다.

"그리고 이제 영국에 돌아오셨으니 괜찮으실 거야. 아까 내가 한 이야기나 잊지 마. 그 정도는 약속해줄 수 있지? 그래줄 거지?"

"응, 알았어."

내 안에서 무언가가 죽어버린 기분이다. 지금 스펜스에서는 자기들이 어떤 학생을 받아들이게 될지 전혀 모르고 있다. 남들처럼 고개를 끄덕이고, 웃고, 차를 마시지만 실은 내가 이곳에 존재하지 않는 한 소녀의 유령이나 다름없다는 것을.

위쪽에서 마부가 우리에게 소리친다.

"손님, 동부를 지나가야 하니까 언짢으시면 커튼을 치세요."

나는 오빠에게 묻는다.

"저 사람이 뭐라는 거야?"

"우리가 이스트엔드를 지나가야 한대. 화이트채플을 거쳐서? 오, 맙소사. 거긴 빈민굴이야, 제머."

오빠는 자기 쪽 창문의 커튼을 풀어 가난과 불결의 풍경을 가린다.

"빈민굴은 인도에서도 봤어."

나는 내 쪽의 커튼을 가리지 않는다. 마차가 자갈길을 덜컹거리며 달려 좁고 지저분한 거리를 지나간다. 꾀죄죄하고 깡마른 아이들 수십 명이 뒤따라오면서 멋진 마차에 탄 우리를 빤히 쳐다본다. 검댕이 묻은 앙상한 얼굴들을 보니 가슴이 내려앉는다. 가스등 밑에는 몇몇 여자들이 모여 앉아 바느질을 하고 있다. 벌이도 시원치 않은 일에 소중한 양초를 낭비할 수는 없으니 가로등 아래에서 바느질을 할 수밖에 없는 것이다. 쓰레기, 말똥, 오줌, 절망이 뒤섞인 거리의 냄새가 너무 끔찍해서 구역질이 날 것 같다. 술집에서 시끄러운 음악과 고함 소리가 흘러나온다. 곧이어 술 취한 남녀 한 쌍이 비틀거리며 나온다. 여자의 머리는 저녁놀 색깔이고, 짙게 화장한 얼굴은 사나워 보인다. 그들이 우리 마부와 말다툼을 벌이는 바람에 마차가 멈춘다.

"이번엔 또 뭐가 문제야?"

오빠가 마차 지붕을 두드리며 마부를 재촉한다. 하지만 여자는 좀처럼 마부를 놓아주려 하지 않는다. 이러다 여기서 밤을 새우는 건 아닐까. 술 취한 사내가 나를 힐끔거리면서 윙크를 하더니 두 집게손가락으로 뭔가 아주 무례한 제스처를 해 보인다.

불쾌해진 나는 눈길을 돌려 텅 빈 골목을 바라본다. 오빠가 창밖으로 고개를 내민다. 조급하고 거들먹거리는 말투로 거리의 주정뱅이 연인을 설득하려 애쓰는 오빠의 목소리가 들린다. 하지만 뭔가 이상하다. 오빠의 목소리가 점점 작아진다. 귀에 고둥 껍데기를 대고 듣는 것처럼 소리가 먹먹하게 들린다. 곧이어 모든 소리가 사라지고, 들리는 것은 혈관을 따라 피가 빠르고 힘차게 흐르는 소리뿐이다. 엄청난 압력이 나를 짓누르고, 허파에서 바람이 빠져나간다.

그것이 또다시 시작되고 있다.

오빠에게 소리치고 싶지만 그럴 수가 없다. 이윽고 땅속으로 빨려들어간 나는 이번에도 눈부신 색깔과 빛의 터널을 통해 추락한다. 창밖의 골목이 휘어지며 깜박이기 시작한다. 갑자기 몸이 마차 밖으로 두둥실 빠져나오더니, 가장자리만 희미하게 빛나는 어두운 골목으로 사뿐사뿐 걸어들어간다. 지푸라기로 뒤덮인 흙더미 속에 여덟 살쯤 되어 보이는 소녀가 앉아서 너덜너덜한 인형을 가지고 놀고 있다. 얼굴이 지저분한 것만 빼면 이곳과는 어울리지 않는 차림새를 하고 있다. 머리에 꽂은 분홍색 리본, 소녀에게는 너무 커 보이는 빳빳하고 하얀 에이프런 드레스. 소녀가 노래를 흥얼거린다. 내가 어렴풋이 아는 노래. 오래된 영국 민요. 내가 다가가자 소녀가 고개를 든다.

"내 인형 예쁘지 않아요?"

"넌 내가 보이니?"

소녀가 고개를 끄덕이고는 지저분한 손가락으로 다시 인형의 머리를 빗긴다.

"그녀가 당신을 찾고 있어요."

"누가?"

"메리요."

"메리? 메리가 누군데?"

"그녀가 당신을 찾으라고 나를 보냈어요. 하지만 우린 조심해야 해요. 그놈도 당신을 찾고 있으니까요."

갑자기 공기가 바뀌면서 축축한 냉기가 밀려든다. 온몸이 와들와들 떨린다. 멈출 수가 없다.

"넌 누구니?"

소녀 뒤쪽의 음산한 어둠 속에서 이상한 움직임이 느껴진다. 잘못 봤나 싶어 눈을 끔빽이지만, 헛것이 아니다. 어둠이 움직이고 있다. 어둠이 수은처럼 빠르게 솟아오르더니 섬뜩한 형상으로 바뀐다. 희미하게 빛나는 해골의 얼굴, 눈이 있어야 할 자리에 뚫린 검고 움푹한 구멍. 뒤엉킨 뱀들로 이루어진 머리칼. 입이 벌어지면서 귀에 거슬리는 신음이 새어나온다.

"우리에게 오라, 나의 어여쁜, 어여쁜……"

"도망쳐."

말은 내 혀 위에서만 구를 뿐, 입 밖으로 나오지 못한다. 어둠의 괴물이 점점 커지면서 더 가까이 미끄러져 다가온다. 어둠의 내부에서 흘러나오는 울부짖음과 신음에 내 몸의 모든 세포가 얼음처럼 차가워진다. 비명이 내 목구멍을 타고 꾸물꾸물 기어올라온다. 그 비명을 내뱉으면 절대로 멈추지 못하리라.

심장이 쿵쾅거리며 갈비뼈에 세게 부딪친다. 나는 더 강하게 다시 말한다.

"도망쳐!"

괴물이 망설이다가 뒤로 물러난다. 마치 냄새의 흔적을 찾듯 쿵쿵거린다. 소녀가 생기 없는 갈색 눈을 내게 돌리며 말한다.

"너무 늦었어요."

그러자 곧 괴물이 아무것도 보지 못하는 눈을 내 쪽으로 돌린다. 썩어가는 입술이 벌어지자 못 같은 이가 드러난다. 하느님 맙소사, 괴물이 나를 향해 웃고 있다. 무시무시한 입을 크게 벌리고 날카로운 괴성을 지른다. 그 소리에 마침내 내 혀가 풀린다.

"안 돼!"

그 순간 나는 마차 안으로 돌아와 있다. 창밖으로 고개를 내밀고 주정뱅이 커플에게 소리치고 있다.

"빌어먹을, 썩 비켜! 당장!"

나는 가지고 있던 숄로 말의 궁둥이를 후려친다. 놀란 말이 울부짖으며 몸부림치자, 주정뱅이 커플이 안전한 술집으로 달아난다.

마부가 말을 진정시키는 동안, 오빠가 나를 끌어당겨 의자에 앉힌다.

"제머! 대체 왜 이래?"

"난……"

골목에서 괴물을 찾아보지만 이미 온데간데없다. 지금은 흐릿한 불빛이 비추는 평범한 골목일 뿐이다. 체구 작은 아이의 모자를 빼앗으며 장난치는 지저분한 아이들의 웃음소리가 낡은 헛간과 마구간에 부딪혀 울려퍼진다. 그 광경이 우리 뒤, 어둠 속으로 사라져간다.

"제머, 너 괜찮니?"

오빠는 정말로 걱정하고 있다.

난 미쳐가고 있어, 오빠. 도와줘.

"그냥 마음이 급해서 그랬어."

내 입에서 나오는 소리는 웃음과 울음의 중간 같다. 미친 여자가 낼 법한 소리다.

오빠는 마치 내가 희귀병에 걸려 손을 쓸 수 없는 지경이라는 듯한 눈길로 나를 쳐다본다.

"맙소사! 그렇게 긴장할 것 없어. 그리고 제발 스펜스에서는 입조심해. 너를 거기 맡기고 나서 고작 몇 시간 만에 다시 데리러 가기는 싫으니까."

"알았어, 오빠."

마차가 다시 자갈길을 달리며 우리를 런던의 어둠 밖으로 데려간다.

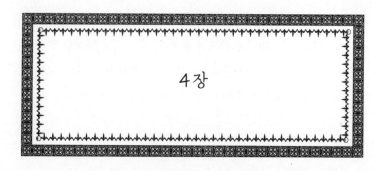

4장

"저 앞에 학교가 있습니다, 손님."

마부가 소리친다.

우리는 한 시간 동안 마차를 타고 나무가 점점이 서 있는 굽이 치는 언덕들을 가로질러왔다. 해 저문 하늘은 부옇고 푸르스름한 황혼의 빛을 띠고 있다. 내 쪽 창밖을 내다보지만, 보이는 건 머리 위를 뒤덮은 나뭇가지뿐이다. 얽히고설킨 나뭇잎 사이로 멜론처 럼 익은 달이 설핏설핏 스쳐간다. 마부도 나처럼 환상을 본 게 틀 림없다는 생각이 든다. 하지만 언덕 하나를 넘자, 으리으리한 스펜 스가 시야에 들어온다.

내가 기대한 건 반 페니짜리 신문에 소개될 법한 작고 아늑한 별장 같은 학교였다. 볼이 장미처럼 발그레한 아가씨들이 산뜻한 초록빛 잔디밭에서 테니스를 즐기는 곳. 하지만 스펜스는 전혀 아 담하지 않다. 어마어마하게 크다. 사람들의 기억에서 사라진 미치광이의 성처럼 크고 뚱뚱한 터릿*과 가느다란 뾰족 탑이 건물 위로 잔뜩 솟아 있다. 여자애 혼자서 이 학교의 방을 모두 구경하려면 족히 일 년은 걸릴 것 같다.

"워!"

갑자기 마부가 마차를 세운다. 길 한가운데에 사람이 있다.

"누가 저곳에 가려는 거냐?"

한 여자가 마차를 돌아 내 쪽 창문으로 다가와 안을 들여다본다. 집시 노파. 화려하게 수놓은 스카프를 머리에 단단히 묶고 순금 장신구를 걸쳤다는 점만 빼면 행색이 엉망이다.

오빠가 한숨을 쉰다.

"이번엔 또 뭐지?"

내가 고개를 밖으로 내민다. 달빛이 내 얼굴에 비치자 집시 여인의 낯빛이 부드러워진다.

"아, 너로구나. 네가 나한테 돌아왔구나."

"죄송합니다, 부인. 저를 다른 사람과 혼동하셨나보군요."

여자가 나직이 신음하기 시작한다.

"아, 그럼 캐럴라이너는 어디 있지? 그애는 어디 있어? 네가 데려갔니?"

결국 마부가 소리친다.

"이제 그만해요, 할머니. 우린 지금 바쁘다고요. 좀 비켜요."

마부가 고삐를 흔들자 마차가 다시 앞으로 나아간다. 뒤에서 노파가 우리에게 소리친다.

---

* 본 건물에 붙어 있는 탑.

"마더 엘레나는 모든 것을 꿰뚫어본다. 난 네 마음을 알아! 난 알고 있어!"

오빠가 코웃음을 친다.

"기가 막혀서 원. 이 동네엔 무슨 도사라도 사나보지. 아주 멋진 곳이야."

오빠는 웃음이 나올지 몰라도, 나는 한시라도 빨리 마차와 어둠에서 벗어나고 싶어 조바심이 난다.

༺ᴧᴧᴧᴧ༻

우리를 태운 마차가 석조 아치 길을 지나 입구를 통과하자, 아름다운 교정이 눈앞에 펼쳐진다. 내 눈에 보이는 것은 테니스나 크로케*를 하기에 더없이 좋은 멋진 초록빛 잔디밭과 푸른 수풀이 무성하게 자란 정원들뿐이다. 조금 더 먼 곳에는 키 큰 나무들이 울창한 숲처럼 모여 있다. 나무들 너머 언덕 꼭대기에는 예배당이 자리 잡고 있다. 예배당은 수 세기 동안 사람 손길이 닿지 않은 채 그대로 서 있었던 듯한 모습이다.

마차가 덜거덕거리면서 스펜스의 정문으로 이어진 언덕을 올라간다. 나는 창밖으로 고개를 내밀고 거대한 건물의 전경을 감상한다. 지붕에 무언가가 튀어나와 있는데, 날이 어두워져서 알아보기가 어렵다. 달이 구름 밑으로 나오자 지붕의 물체가 또렷이 보인

---

* 공과 나무봉을 이용하여 잔디 위에서 벌이는 경기.

다. 가고일*이다. 달빛이 물결처럼 지붕을 훑으며 세세한 부분을 비춘다. 일부만 드러낸 날카로운 이빨, 으르렁거리는 주둥이, 노려보는 눈.

신부 학교에 온 걸 환영한다, 제머. 여기서 수놓는 법, 차를 내오는 법, 무릎 굽혀 인사하는 법을 배워라. 아, 물론 지붕에 앉아 있는 날개 달린 섬뜩한 괴물이 밤에 너를 먹어치울지도 모르지만.

마차가 덜컹거리며 멈춰 선다. 우리는 커다란 나무 문 앞의 거대한 돌계단에 내 트렁크를 내려놓는다. 오빠가 내 머리통만한 커다란 놋쇠 노커로 문을 두드린다. 응답을 기다리는 동안 오빠는 기어이 오라비로서의 마지막 충고를 늘어놓고 만다.

"스펜스에서는 네 신분에 걸맞게 처신하는 것이 아주 중요해. 하층민 아가씨들을 다정하게 대하는 건 좋지만, 그들이 너랑 동등하지 않다는 점을 잊으면 안 돼."

신분. 하층민 아가씨들. 너랑 동등하지 않아. 진짜 웃기는 소리다. 엄마를 죽음으로 내몰고, 기괴한 환상에 시달리는 이상한 여자애인 내가 그런 걸 따질 처지인가. 나는 놋쇠 노커에 모자를 비춰보고 고쳐 쓰는 척한다. 이제 곧 문이 열리고 친절한 집사가 따뜻한 포옹과 인자한 미소로 나를 맞아주면, 내가 느끼는 이 불길한 예감은 죄다 사라질 거야.

그래. 문을 한 번 더 힘껏 두드리자. 모든 섬뜩한 기숙학교에서 기꺼이 받아줄 만큼 내가 용감하고 씩씩한 여자라는 걸 보여주는 거야.

---

* 고딕 양식 건축물에서 괴물 형상으로 만든 낙숫물받이.

육중한 떡갈나무 문이 열리자, 얼굴이 거칠고 허리가 두꺼운 가정부가 1월의 웨일스처럼 싸늘한 표정으로 나타난다. 그녀는 빳빳하게 풀을 먹인 하얀 앞치마에 손을 문지르며 나를 노려본다.

"도일 양이죠? 삼십 분이나 늦었군요. 교장 선생님이 기다리고 계십니다. 자, 날 따라와요."

✦✦✦✦

가정부가 우리더러 응접실에서 잠시 기다리라고 한다. 크고 어두침침한 응접실에는 먼지 쌓인 책들과 시든 양치식물이 가득하다. 벽난로에는 불이 피워져 있다. 불길이 빨간 혀를 날름거리며 마른 장작을 삼킨다. 열린 문을 통해 웃음소리가 흘러나온다. 잠시후 하얀 에이프런 드레스를 입은 소녀들이 홀을 지나가는 모습이보인다. 그중 한 명이 응접실에 고개를 들이밀고 나를 보더니, 마치 내가 가구의 일부인 양 무관심한 표정으로 가버린다. 하지만 그녀는 곧 다른 소녀들과 함께 돌아온다. 그들이 톰 오빠를 보고 까무러칠 듯 좋아하자, 오빠가 멋들어지게 허리 굽혀 인사한다. 여자애들이 얼굴을 붉히며 키득거린다.

주여, 우리를 굽어 살피소서.

이 우스꽝스러운 소란을 잠재우려면 벽난로에서 부지깽이라도 가져와야 하는 걸까. 다행히 지금의 내게는 살인 충동 따윈 전혀일지 않는다. 마침내 무뚝뚝한 가정부가 돌아온다. 이제 오빠와작별인사를 나눠야 할 때이건만, 둘 다 계속 카펫만 내려다보고 있다.

"자, 그럼 다음 달 만남의 날에 보자. 그날 다른 가족들도 올 테
니까."

"그래, 그때 봐."

"우릴 실망시키지 마라, 제머."

그것이 오빠의 마지막 말이다. 사랑한다, 다 잘될 거야, 틀림없어.
이런 감상적인 위로 따위는 없다. 오빠는 여전히 복도에 숨어서 자
신을 흠모하는 여자애들에게 다시 미소를 짓고 떠난다. 이제 나 혼
자다.

"이쪽이에요, 도일 양."

가정부가 말한다. 나는 그녀를 따라 으리으리하고 탁 트인 로비
로 간다. 그곳에서부터 어마어마한 계단이 좌우 양쪽으로 뻗어 올
라간다. 열린 창문으로 들어온 한 줄기 바람이 머리 위의 크리스털
샹들리에를 흔든다. 아름다운 크리스털 조각이 줄줄이 매달려 있
는 금속테는 뱀 모양으로 정교하게 만들어져 있다.

가정부가 충고한다.

"발밑을 조심해요. 층계가 가파르니까."

층계가 어찌나 긴지 몇 마일은 뻗어 올라가는 것 같다. 난간 너
머로 밑을 내려다보니 바닥에 희고 검은 대리석 타일로 그려진 다
이아몬드 무늬가 보인다. 층계 꼭대기에 다다르자, 이십 년 전에
유행했을 법한 드레스를 입은 은발 여인의 초상화가 우리를 맞이
한다.

집사가 내게 알려준다.

"이분이 스펜스 여사님이에요."

"아, 멋지네요."

초상화는 엄청나게 크다. 마치 신의 눈이 나를 내려다보는 것 같다.

우리는 긴 복도를 따라 계속 걸어가다가 두꺼운 여닫이문 앞에 멈춰 선다. 가정부가 투실투실한 주먹으로 문을 노크하자 문 너머에서 대답이 들려온다.

"들어와요."

가정부를 따라 들어간 방은 공작 깃털 무늬의 암녹색 벽지로 꾸며져 있다. 희끗희끗한 갈색 머리에 몸집이 조금 큰 여자가 코에 금속테 안경을 걸치고 커다란 책상에 앉아 있다.

"그만 가도 돼요, 브리짓."

그녀의 말에 따스하고 푸근하기 이를 데 없는 가정부가 밖으로 나간다. 교장 선생님은 다시 편지 쓰기에 몰두한다. 나는 페르시아 양탄자 위에 선 채 어깨에 우유 통을 짊어진 자그마한 독일 아가씨 조각상에 넋이 빠진 척한다. 하지만 실은 돌아서서 문밖으로 뛰쳐나가고 싶을 따름이다.

정말 죄송해요, 제 잘못이에요. 새로 온 학생에게 차를 대접하거나 적어도 의자 정도는 내주는 인간적인 교장 선생님이 운영하는 기숙학교를 기대했거든요. 벽난로 시계의 초침이 똑딱거린다. 안 그래도 피로와 싸우고 있던 나는 그 소리에 노곤해진다.

마침내 교장 선생님이 펜을 내려놓고 책상 앞에 놓인 의자를 가리킨다.

"앉아요."

'오래 기다리게 해서 미안해요'라든가 '이런, 내가 계속 세워놨군요' 같은 말도 없고, 내가 무슨 간유라도 되는 것처럼 푸대접받는 기분이다. 이 못된 여자는 짐짓 반가워 죽겠다는 표정을 짓고 있지만, 내 눈에는 숨 쉬기 힘들어서 괴로워하는 천식 환자처럼 보인다.

"난 스펜스 아카데미의 교장 나이트윙이에요. 여기 오는 동안 언짢은 일은 없었겠죠, 도일 양?"

"아, 예. 감사합니다."

똑딱, 똑딱, 똑딱.

"브리짓이 편안하게 맞아주던가요?"

"네, 감사합니다."

똑, 딱, 똑, 딱.

"원래 나는 도일 양처럼 나이 많은 신입생은 받지 않아요. 그런 학생들은 스펜스의 생활방식에 적응하기가 더 어려우니까요."

시작부터 벌점을 받은 기분이다. 교장 선생님의 말이 이어진다.

"하지만 이번 경우는 예외로 삼는 것이 기독교인의 도리라고 생각해요. 모친의 일은 정말 유감입니다."

나는 말없이 작고 멍청한 독일 아가씨 조각상만 뚫어져라 본다. 그녀는 장미처럼 발그레한 볼로 웃고 있다. 마치 어머니가 기다리고 있는 작은 마을로 돌아가려는 것처럼. 그 마을에는 어둠의 괴물 따위는 숨어 있지 않겠지.

내가 대꾸하지 않자 교장 선생님이 계속 말한다.

"관례상 애도 기간이 최소 일 년이라는 건 나도 압니다. 하지만 슬픔을 그렇게 오랫동안 곱씹는 건 건강에 좋지 않아요. 삶이 아니라 죽음에 집착하게 되니까요. 더구나 이번 일은 통상적인 사망이 아니지요."

교장 선생님은 반박하려는 기색이 있는지 살피려고 안경 위로 눈을 치뜨고 나를 한참 바라본다. 나는 반박하지 않는다.

"도일 양이 이곳에서 다른 아가씨들과 똑같이 자리 잡는 게 중요합니다. 사실 몇몇 학생들은 수년간 우리와 함께 지냈는데, 그 기간은 가족과 지낸 기간보다 훨씬 길죠. 스펜스는 한 가족 같은 학교이고, 이곳에는 애정과 명예, 규율과 처벌이 있어요."

교장 선생님은 마지막 단어를 강조했다.

"그러니 도일 양도 다른 학생들처럼 교복을 입도록 해요. 물론 이의는 없겠죠?"

"네."

상복을 이렇게 빨리 벗는 것이 조금 죄스럽긴 하지만, 솔직히 다른 학생들과 똑같아 보이게 돼서 고마울 따름이다. 그래야 이목을 끌지 않을 테니까.

"좋아요. 도일 양과 동년배인 여학생 여섯 명이 있는 1반에 들어가도록 해요. 아침식사는 아홉시 정각이에요. 프랑스어 수업은 마드무아젤 르파르주, 미술 수업은 미스 무어, 음악 수업은 미스터 그뤼네발트 담당이에요. 그리고 품행 수업은 나한테 받게 될 거예요. 매일 저녁 여섯시에는 예배당에서 기도를 드립니다."

그녀는 벽난로 시계를 힐끔 쳐다보고 말을 잇는다.

"곧 예배당에 가야겠군요. 기도가 끝나면 일곱시에 저녁을 먹어요. 식사 후에는 대회당에서 자유 시간을 갖고, 열시에는 전교생이 잠자리에 듭니다."

교장 선생님은 마치 플로렌스 나이팅게일의 경건한 초상화처럼 뭔가를 은밀히 암시하려는 듯한 미소를 짓는다. 내 경험에 비춰볼 때, 그런 미소는 예의를 차린 태도에 감춰진 진짜 메시지를 해석하라는 뜻이다.

"이곳에서 아주 행복하게 지내리라 믿어요, 도일 양."

해석:이건 명령이야.

"지금껏 스펜스가 배출한 수많은 훌륭한 규수들은 모두 명문가에 시집갔어요."

너한테는 별로 기대하지 않아. 망신만 시키지 말아줘.

"또 알아요? 나중에 도일 양이 여기 내 자리에 앉게 될지."

결국 시집 못 가게 되면 날 찾아오렴. 오스트리아 수녀원에서 레이스 잠옷이나 만들며 사는 것보다는 낫잖아?

교장 선생님의 미소가 조금 흔들린다. 나는 그녀가 뭘 바라는지 안다. 그녀는 내가 감사의 말을 해주길 기다리고 있다. 스펜스에서 교육받을 자격이 전혀 없어 보이는, 슬픔에 젖은 아가씨를 받아들인 것이 실수가 아님을 확신하게 해줄 말. 어서, 제머. 교장한테 뼈다귀를 던져. 스펜스의 가족이 되어서 너무나 행복하고 자랑스럽다고 말해. 나는 고개만 끄덕인다. 교장 선생님의 얼굴에서 미소가 사라진다.

"이곳에서 규율만 잘 지키면 내가 든든한 동지가 되어줄 거예요. 하지만 규율을 어기면 내가 칼이 되어 죄를 도려낼 거예요. 내 말 알아들었죠?"

"네, 교장 선생님."

"좋아요. 이제 내가 학교를 구경시켜주겠어요. 그후에 옷을 갈아입고 기도할 준비를 하도록 해요."

"도일 양의 방은 이곳에 있어요."

우리는 3층에 올라와 문들이 늘어선 기다란 복도를 따라 걷는다. 스펜스의 졸업반들을 찍은 사진들이 벽에 걸려 있다. 안 그래도 뿌연 얼굴들이 침침한 가스등 불빛 때문에 더 흐릿해 보인다. 마침내 우리는 복도 왼쪽 끄트머리 방에 다다른다. 교장 선생님이 문을 활짝 열자 비좁고 곰팡내 나는 방이 드러난다. 좋게 말하자면 쓸쓸해 보이고, 있는 그대로 말하자면 우중충해 보인다. 물 얼룩이 진 책상과 의자, 램프가 하나씩, 왼쪽 벽과 오른쪽 벽에 철제 침대가 붙어 있다. 한 침대는 누비이불이 말쑥하게 정돈된 걸로 보아 사용중인 것 같다. 내가 쓸 나머지 침대는 가파르게 경사진 지붕 밑 구석에 꽉 끼어 있어서, 멋모르고 발딱 일어나다가는 머리가 깨질 듯싶다. 뒤늦게 만든 것처럼 건물 한구석에 튀어나온 방. 마지막 순간에 덤처럼 학생 명부에 등록된 나에게 더없이 잘 어울린다.

교장 선생님이 책상 위를 손가락으로 문지르고, 먼지가 묻어나자 눈살을 찌푸린다. 그녀는 나의 새 보금자리에 대해 사과하는 투로 말한다.

"물론 방의 선택권은 올해 돌아오는 기존 학생들에게 먼저 돌아가요. 하지만 이 방이 상쾌하고 아주 괜찮다는 걸 알게 될 거예요. 창밖 풍경이 기가 막히죠."

그녀의 말이 맞다. 창문 앞에 서니 달빛 비친 뒷마당과 정원들, 언덕 위의 예배당, 거대한 벽처럼 늘어선 나무들이 보인다.

나는 상쾌하고 아주 괜찮은 기분인 듯 대답한다.

"전망이 아름답네요."

그 말에 만족한 교장 선생님이 싱긋 웃는다.

"앞으로 이 방에서 앤 브래드쇼와 지내게 될 거예요. 앤은 착한 학생이니 뭐든 도와줄 거예요. 우리 학교 장학생 중 한 명이죠."

'처지가 딱한 학생 중 한 명'을 듣기 좋게 에둘러 말한 것이다. 먼 친척의 손에 떠밀려 학교로 보내졌거나 스펜스의 후원자 덕분에 장학금을 받고 다니는 가난한 여학생. 앤의 이불은 반듯하게 정돈되어 있고 유리처럼 매끈하다. 나는 그녀가 어떤 처지일지, 나중에 자기 사정을 나한테 들려주고 싶어할 만큼 친해지게 될지 궁금하다.

옷장이 살짝 열려 있다. 안에 교복 한 벌이 걸려 있다. 흰 플레어 스커트. 가슴 부분에 레이스가 달려 있고, 부풀린 소매가 소맷부리에서 줄어드는 흰 블라우스. 후크와 끈이 잔뜩 달린 흰 부츠. 후드가 달린 암청색 벨벳 케이프.

"곧 기도를 드려야 하니 옷을 갈아입어요. 잠깐 시간을 줄게요."

교장 선생님이 문을 닫고, 나는 교복을 입으면서 옷에 잔뜩 달린 작은 단추들을 채운다. 스커트가 너무 짧은 것만 빼면 옷은 잘 맞아 편안하다.

교장 선생님이 짧은 치맛자락을 보고 얼굴을 찡그린다.

"키가 꽤 크군요."

굳이 상기시켜주지 않는 게 고마울 말이다. 교장 선생님의 말이 이어진다.

"브리짓더러 치맛자락에 프릴을 달아달라고 해야겠네요."

교장 선생님이 돌아서자 나는 그녀를 따라 밖으로 나간다.

"저 문은 어디로 통하나요?"

나는 손가락으로 가리키며 묻는다. 층계참 맞은편의 어둑어둑한 부속 건물에는 육중한 여닫이문이 보초처럼 가로막고 있고, 문에는 커다란 자물쇠가 달려 있다. 사람들의 출입을 막기 위한 자물쇠. 혹은 무언가를 안에 가두기 위한 자물쇠.

교장 선생님의 이마에 주름이 지고 입술에 힘이 들어간다.

"저건 동쪽 부속 건물인 이스트윙이에요. 몇 년 전에 화재로 파괴되었죠. 더는 사용하지 않아서 폐쇄해놓은 겁니다. 난방비도 절약할 겸. 자, 어서 갑시다."

교장 선생님이 나를 지나쳐간다. 나는 그녀를 따라가다가 뒤를 힐끔 돌아본다. 잠겨 있는 문 밑으로 시선을 돌리자, 3센티미터 정도의 틈으로 빛이 보인다. 시간이 너무 늦어서일 수도 있고, 오랜 여행의 여독 때문일 수도 있고, 자꾸 헛것을 봐서일 수도 있지만, 틀림없이 문 뒤의 바닥을 따라 그림자가 움직이는 것을 나는 보았다.

아냐. 꺼져버려.

이곳에서 또다시 과거에 시달릴 수는 없다. 정신을 차려야 한다. 나는 잠시 눈을 감고 마음속으로 다짐한다.

저기엔 아무것도 없어. 난 피곤해. 이제 눈을 뜨면 문 외엔 아무것도 없을 거야.

다시 눈길을 돌리자, 이제 그림자는 사라지고 없다.

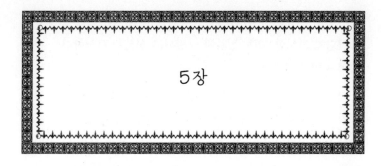

5장

다시 아래로 내려오니, 벨벳 케이프를 걸친 오십 명가량의 여학
생들이 응접실에 모여 있다. 굼실굼실 몰려드는 밤기운이 응접실
을 자줏빛으로 물들인다. 웅얼거리는 말소리 사이로 이따금 키들
거리거나 깔깔대는 웃음소리가 들리고, 낮은 천장에 부딪친 소리
가 내 주위에 유리 조각처럼 떨어진다. 멀리서 교회 종소리가 들려
온다. 학교를 나와 언덕 위로 800미터쯤 걸어서 예배당에 가야 할
시간이 된 것이다.

나는 재빨리 주위를 힐끔거리면서 내 또래 아이들을 찾아본다.
늘어선 줄의 맨 앞에 모여 있는 소녀 몇 명은 열여섯 살이나 열일
곱 살쯤으로 보인다. 그들은 회의라도 하듯 머리를 맞대고 서서 은
밀한 농담을 주고받으며 웃는다. 그중 짙은 갈색머리의 소녀는 믿
을 수 없을 정도로 아름답다. 카메오 핀*에서 튀어나온 것처럼 얼
굴이 상앗빛이다. 지금껏 그렇게 예쁜 여자는 본 적이 없는 것 같

다. 나머지 세 여자아이는 죄다 비슷한 분위기를 풍긴다. 깔끔한 몸차림에 도도한 콧대, 남들과 구별되고 신분을 과시하려고 꽂은 값비싼 빗과 브로치.

한 소녀가 내 눈길을 끈다. 나머지 아이들과 달라 보인다. 연한 금발을 말쑥하고 동그랗게 뒤로 묶은 모습은 젊은 숙녀들이 흔히 하는 스타일이지만, 그럼에도 머리핀을 엉성하게 꽂은 듯 어딘가 살짝 흐트러져 보인다. 자그마한 잿빛 눈 위로 눈썹이 아치를 이루고 있고, 얼굴은 어찌나 창백한지 거의 오팔색이다. 그녀는 고개를 뒤로 젖히고 깔깔대며 굳이 웃음을 참으려 하지 않는다. 비록 완벽한 미녀는 암갈색 머리의 여자아이이지만, 응접실 안에서 모두의 눈길을 끄는 사람은 저 금발머리다. 리더가 틀림없다.

교장 선생님이 손뼉을 치자 웅얼거리던 말소리가 물결이 퍼지듯 잦아든다.

"여러분, 오늘 스펜스 아카데미에 들어온 신입생을 소개할게요. 바로 여기 있는 제머 도일 양입니다. 슈롭셔 주**에서 온 도일 양은 앞으로 1반에서 지낼 거예요. 거의 평생을 인도에서 살았으니 그 나라의 특이한 전통과 풍습을 여러분에게 이야기해줄 겁니다. 나는 여러분이 스펜스의 학생답게 도일 양을 환영하고 이곳의 생활 방식을 잘 알려주리라 믿어요."

오십 쌍의 눈이 나를 서재 벽난로 위에 걸어놓을 장식품처럼 평가하며 바라보는 동안, 나는 천 번은 죽은 기분이다. 잔인하고 이

---

* 조가비 껍데기에 돈을새김한 장식용 핀.
** 잉글랜드 중서부의 주.

상한 죽음. 학생들 사이에 섞여들어 눈에 띄지 않으려던 나의 바람은 교장 선생님의 짧은 연설에 무참히 짓밟혔다. 금발머리 소녀가 고개를 한쪽으로 기울이고 나를 평가한다. 그녀는 나오려는 하품을 참고 다시 친구들과 수다를 떤다. 어쩌면 저애들 틈에 섞여들 수 있을지도 모르겠다.

교장 선생님이 케이프의 목 부분을 단단히 여미며 팔을 뻗어 언덕을 가리킨다.

"여러분, 이제 기도를 드리러 갑시다."

학생들이 줄지어 문밖으로 나가는 사이, 교장 선생님이 한 소녀를 데리고 재빨리 내게 다가온다.

"이쪽은 도일 양의 룸메이트인 앤 브래드쇼예요. 브래드쇼 양은 열다섯 살이지만 도일 양과 같은 1반이죠. 오늘 저녁에 도일 양 곁에서 말벗이 되어줄 거예요."

"안녕?"

브래드쇼가 내게 인사한다. 생기 없고 축축한 눈은 무표정할 따름이다. 문득 말쑥하게 정돈된 그녀의 이불이 생각난다. 장난을 좋아하는 부류는 아닐 듯싶다.

"만나서 반가워."

내가 대답한다. 둘 다 잠시 어색하게 서서 아무 말도 하지 않는다. 앤 브래드쇼는 둔한데다 예쁘지도 않다. 약점을 둘이나 가진 셈이다. 가난해도 얼굴만 예쁘면 신분 상승의 기회가 있을 텐데. 앤이 콧물을 흘린다. 초라한 레이스 손수건으로 코를 닦는다.

"감기에 걸리면 좀 괴롭지?"

나는 애써 친근하게 말한다. 앤의 멍한 눈빛은 바뀌지 않는다.

"난 감기 안 걸렸어."

그래. 참 좋은 질문이었어. 덕분에 브래드쇼와 나의 관계가 멋지게 시작됐잖아. 틀림없이 내일 아침이면 우린 자매 같은 사이가 돼 있겠지. 젠장. 지금 당장 돌아서서 여길 떠날 수 있다면 좋으련만.

그녀가 재치 있는 말 한마디로 서먹한 분위기를 깬다.

"예배당은 이쪽이야. 기도 시간에 늦으면 안 돼."

⋀⋀⋀⋀⋀

무리의 맨 뒤에 선 우리는 숲을 지나 돌과 나무로 지은 예배당을 향해 언덕을 올라간다. 언덕까지 올라온 안개가 땅 위에 낮게 깔리고, 사방이 으스스한 분위기를 풍긴다. 앞쪽에 선 여자애들이 걸친 파란색 케이프가 밤바람에 펄럭인다. 이윽고 안개가 짙어져 모든 것을 삼켜버리고 아이들의 목소리만 울려퍼진다.

"너희 가족은 왜 널 여기 보냈어?"

앤이 아주 시건방진 말투로 묻는다.

"나를 문명인으로 만들려고."

나는 살짝 웃는다. 봐, 내가 얼마나 명랑해? 하하. 앤은 웃지 않는다.

"우리 아빠는 내가 세 살 때 죽었어. 엄마는 일을 해야 했는데, 결국 병에 걸려서 죽었지. 외가에서는 나를 데려가지 않으려 했지만, 구빈원에 보내는 것도 싫어했어. 그래서 가정교사 공부를 시키려고 여기 보낸 거야."

64

놀라워라, 이토록 솔직하다니. 앤은 눈 하나 깜짝하지 않는다. 나는 뭐라고 대꾸해야 좋을지 몰라서 망설이다가 어색하게 말한다.

"저런, 안타까운 일이네."

앤이 생기 없는 눈으로 나를 바라본다.

"정말?"

"그야…… 물론이지. 뭣하러 거짓말을 하겠어?"

"보통은 대개 상대방을 쫓아버리려고 그런 말을 하지. 진심이 아니야."

앤의 말이 맞다. 나는 얼굴을 붉힌다. 일리 있는 말이다. 나도 내 처지에 대해 그런 말을 지껄이는 사람들을 견디느라 수없이 괴로워하지 않았던가. 그때 나는 안개 속에서 땅 위로 튀어나온 두꺼운 나무뿌리에 발이 걸린다. 바닥에 엎어진 나는 아빠가 즐겨 하던 욕을 내뱉는다.

"염병할!"

그 말에 앤이 고개를 홱 쳐든다. 내가 사팔뜨기 흉내만 내도 곧장 교장 선생님한테 쪼르르 달려가 일러바칠 각쟁이가 틀림없다.

"미안. 나도 참, 왜 그런 나쁜 말을 했나 몰라."

어떻게든 실수를 만회해야 한다. 첫날부터 훈계를 듣기는 정말 싫다.

"걱정 마."

누가 엿듣기라도 하듯 앤이 주위를 두리번거린다. 우리가 무리의 맨 뒤에 있으니 다른 사람이 들을 리 없는데.

"교장 선생님은 이곳이 모범학교인 양 떠벌리지만, 꼭 그렇진 않아."

이건 확실히 흥미로운 정보다.

"정말? 어째서?"

앤이 대답한다.

"그건 말할 수 없어."

안개 너머로 나직한 말소리들과 함께 종소리가 들려온다. 그 외는 아주 고요하다. 정말 굉장한 안개다. 사람들이 명랑한 소녀를 좋아한다는 말을 종종 들었던 나는 명랑해 보이려고 한마디 한다.

"여긴 한밤중에 산책하면 좋겠는걸. 좀 있으면 늑대인간들이 놀러 나오겠어."

앤은 무덤덤하게 대꾸한다.

"저녁기도 시간 외에는 밤에 외출하면 안 돼."

농담도 모르는 석상 같으니.

"왜 안 되지?"

"규율 위반이니까. 그리고 난 밤에 돌아다니는 거 별로 안 좋아해."

앤이 콧물을 닦고 다시 말한다.

"가끔 숲속에 집시들이 있을 때가 있거든."

문득 아까 마차에서 본 노파가 생각난다.

"맞아, 나도 한 명 만난 것 같아. 자칭 마더 어쩌고……"

"마더 엘레나?"

"그래, 그 사람이야."

"헛소리 늘어놓는 미친 여자야. 가까이 가지 않는 게 좋아. 잠든 사람을 찌르려고 칼을 갖고 다닐지도 모르거든."

앤이 숨찬 소리로 대꾸한다.

"사람을 해칠 것 같지는 않던데……"

"너 진짜 아무것도 모르는구나."

안개 때문인지, 종소리 때문인지, 아니면 앤의 오싹한 태도 때문인지 절로 걸음이 빨라진다. 헛것을 보는 여자애와 섬뜩한 이야기를 하는 여자애. 기막힌 한 쌍이다. 마치 스펜스에서 일부러 짝을 지어주기라도 한 것처럼.

"넌 나랑 같은 1반이야."

"그래. 나머지 애들은 누구니?"

앤이 차례차례 이름을 읊어댄다.

"……그리고 필리시티와 피파."

그러더니 갑자기 불안한 표정으로 입을 다문다.

"필리시티와 피파. 사랑스러운 이름이네."

나는 명랑하게 대꾸한다. 총살당해도 싸다 싶을 만큼 낯간지러운 말이지만, 우리 반이라는 그 두 여자애에 대해 궁금해 죽을 지경이다.

앤이 목소리를 낮춘다.

"걔들은 사랑스럽지 않아. 전혀."

마침내 종소리가 그치자 기묘하고 공허한 침묵이 흐른다.

"그래? 반은 여자고 반은 늑대인가보지? 걔들이 버터나이프를 핥기라도 하니?"

앤은 내 농담을 재미있어하지 않을뿐더러 싸늘하고 사나운 눈빛으로 노려보기까지 한다.

"걔네들 근처에서는 조심해. 절대로 믿지……"

뒤에서 허스키한 목소리가 앤의 말허리를 끊는다.

"또 입방정 떨고 있니, 앤?"

우리가 홱 돌아서자, 안개 속에서 두 얼굴이 나타난다. 금발과 미녀. 일부러 뒤처졌다가 우리 쪽으로 몰래 다가온 것이 틀림없다. 탁한 목소리는 금발의 목소리다.

"아주 점잖지 못한 버릇이란 거 몰라?"

앤은 입을 딱 벌린 채 아무 말도 하지 못한다.

갈색머리가 웃으면서 금발의 귀에 무언가 속삭이자, 금발이 능글맞게 활짝 웃으며 손가락으로 나를 가리킨다.

"너 새로 온 애지?"

썩 마음에 드는 말투는 아니다. 새로 온 애. 마치 아직 미분류된 곤충이라도 된 기분이다. 학명 히디어스 코르퍼스*, 암컷.

"제머 도일이야."

나는 움츠러들거나 눈길을 돌리지 않고 대답한다. 아빠가 물건 값을 흥정할 때 써먹던 방법이다. 지금 나는 생소하지만 아주 중요한 것을 흥정하고 있다. 스펜스의 서열에서 내가 차지할 자리.

잠시 후 금발이 고개를 돌리더니 싸늘한 눈길로 앤을 노려본다.

"뒤에서 험담하는 건 아주 못된 버릇이야. 이곳 스펜스에서는 못된 버릇을 용납하지 않아, 장학생 아가씨."

심술궂게 마지막 두 낱말을 강조한다. 앤이 자기들과 같은 부류가 아니니 같은 대우를 기대하면 안 된다는 걸 상기시키는 것이다.

"이건 경고야, 앤. 만나서 반가웠어요, 도일리 양."

금발이 이죽거리면서 갈색머리와 팔짱을 끼자, 갈색머리가 우

---

* '끔찍한 시신'이라는 뜻.

리를 지나쳐가면서 내 어깨에 힘껏 부딪친다.

"어머, 미안해서 어쩌나."

그녀는 웃음을 터뜨린다. 내가 남자라면 그녀를 때려눕히겠지만, 나는 남자가 아니다. 숙녀가 되려고 이곳에 왔다. 그 사실이 벌써부터 싫지만 어쩔 수 없다.

그들이 사라지자 앤이 떨리는 목소리로 말한다.

"우리도 어서 가. 기도 드릴 시간이야."

그냥 기도 시간이 되었다는 뜻일까, 아니면 자신을 위해 기도해야겠다는 말일까.

고요한 동굴 같은 예배당을 황급히 가로질러 자리에 앉는 동안, 우리의 발소리가 대리석 바닥에 울려퍼진다. 나무 들보를 가로지른 아치형 천장이 우리 위로 족히 4,5미터는 넘도록 솟아 있다. 예배당 벽을 따라 늘어선 촛대의 양초들이 나무로 된 신도석 위로 긴 그림자를 드리운다. 주님을 위한 화려한 광고판인 스테인드글라스 창들이 벽을 장식하고 있다. 천사들이 마을 사람들을 찾아와 희소식을 전하고, 양을 어루만지고, 아기를 안아 재우면서 소임을 다하는 목가적인 풍경. 그런데 이상한 장면이 하나 있다. 머리 잘린 고르곤* 옆에 선 갑옷 차림의 천사가 피가 뚝뚝 흐르는 칼을 휘

* 머리가 뱀이고, 보는 사람을 돌로 변화시켰다는 괴물.

두르는 광경. 성서에 그런 이야기가 나온다는 말은 들어본 적이 없다. 사실 듣고 싶지도 않다. 나는 조금 섬뜩한 기분이 들어, 허수아비처럼 홀쭉하고 키가 큰 목사가 서 있는 제대祭臺 쪽으로 눈길을 돌린다.

웨이트라는 이름의 목사를 따라 읊조리는 우리의 기도는 모두 '오, 주여'로 시작해, 인간은 하찮은 존재라는 내용—우리는 늘 죄인이었으며 죽을 때까지 영원히 죄인이리라—으로 끝난다. 이렇게 비관적인 기도는 들어본 적이 없는 것 같다. 하지만 다들 열심히 따라 읊는다.

나는 앤과 나머지 학생들을 계속 지켜봐야 한다. 그래야 언제 무릎을 꿇고 언제 일어설지, 언제 찬송가를 따라 부를지 알 수 있다. 우리 가족도 명목상으로는 성공회 신도지만, 인도에서는 교회에 간 적이 거의 없다. 일요일마다 엄마는 나를 데리고 구름 한 점 없는 뜨거운 하늘 아래로 소풍을 갔다. 우리는 담요 위에 앉아 메마른 대지를 가로지르는 바람의 휘파람 소리를 들었다.

"여기가 우리의 교회란다."

엄마는 손가락으로 내 머리를 빗기며 그렇게 말하곤 했다.

아무런 감정 없이 기계적으로 웅얼거리는 동안, 가슴이 꽉 조여 온다. 대부분의 영국 사람들은 무언가를 바랄 때만 성심껏 기도한다고 엄마는 말했다. 지금 내가 주님께 진심으로 바라는 건 엄마를 되돌려달라는 것이다. 불가능한 일이다. 만약 그게 가능하다면, 그 어떤 신에게라도 밤낮으로 기도하겠다.

목사가 자리에 앉고 교장 선생님이 일어선다. 앤이 나지막이 신음하며 소곤댄다.

"오, 맙소사. 교장 선생님이 훈화를 하려나봐."

내가 묻는다.

"저녁기도 때마다 하니?"

앤은 나를 곁눈질하며 대답한다.

"아니. 너 때문에 그러는 거야."

문득 나를 노려보는 모두의 눈길이 느껴진다. 이런, 시작부터 눈 밖에 나겠군.

교장 선생님이 말문을 연다.

"스펜스 아카데미의 숙녀 여러분. 다들 알다시피 지난 이십사 년 동안 스펜스는 잉글랜드의 최고 명문 신부 학교 중 하나로 명성을 누렸습니다. 우리가 여러분에게 훗날 잉글랜드의 아내이자 어머니로서 대영제국의 여성적 전통을 지켜나가는 데 꼭 필요한 기예를 가르치는 동안, 여러분은 각자 자신의 영혼을 살찌우고 고양하면서 품위와 매력, 아름다움을 체득해야 합니다. 이것이 스펜스의 좌우명이에요. 품위와 매력, 아름다움. 모두 일어서서 함께 외쳐봅시다."

요란하게 부스럭거리는 소리와 함께 학생 오십 명이 일어서서 차려 자세로 미래를 향해 턱을 쳐들고 좌우명을 읊조린다.

"고맙습니다. 모두 앉으세요. 올해 다시 돌아온 학생들은 타의 모범이 되어야 합니다. 새로 들어온 학생들은……"

예배당 안을 둘러보던 교장 선생님이 앤 옆에 앉아 있는 나를 발견하고 말을 잇는다.

"반드시 최선의 모습을 보여주길 바랍니다."

나는 훈화가 끝난 줄 알고 신도석에서 일어선다. 앤이 내 치마를 잡아당기며 속삭인다.

"이제부터 시작이야."

그러자 그다음부터 정말로 놀랍도록 장황한 훈화가 이어진다. 인간이 갖춰야 할 미덕, 예절 바른 숙녀, 아침식사에 어울리는 과일, 영국 사회에 끼치는 미국의 악영향, 교장 선생님 자신의 행복했던 학창 시절 등등. 그녀에게 시간은 중요하지 않다. 나는 마치 사막에 버려진 채 죽음을 기다리는 것만 같다. 독수리들이 나를 뜯어먹어 어서 고통을 끝내주기를 간절히 기다리는 기분.

촛불이 벽에 긴 그림자를 드리우고, 우리의 얼굴은 기괴하고 섬뜩해 보인다. 이 예배당은 위안을 주지 못한다. 오싹한 기분이 든다. 이런 곳에는 절대로 밤에 혼자 있고 싶지 않다. 생각만 해도 부르르 몸이 떨린다. 마침내 교장 선생님의 장황한 훈화가 끝나자, 나는 마음속으로 감사의 기도를 읊조린다. 우리는 웨이트 목사의 축복기도를 듣고 저녁을 먹으러 간다.

나이 많은 학생 하나가 문간에 서 있다. 우리가 문에 다다를 때, 그녀가 내민 발에 걸려 앤이 바닥에 나동그라진다. 그녀는 우리를 지나쳐 몇 사람 뒤에 있는 필리시티와 피파에게 눈짓을 한다.

나는 앤을 부축해 일으켜 세운다.

"괜찮아?"

"응."

앤은 여느 때와 다름없이 멍한 눈빛으로 대답한다. 그 표정밖에 지을 줄 모르는 것 같다.

발을 건 학생이 앤을 지나쳐가면서 말한다.

"너, 정말 부주의하구나."

나머지 학생들이 우리 옆을 지나가면서 힐끔거리고 키득거린다.

"품위와 매력, 아름다움."

필리시티가 지나가며 빈정거린다. 필리시티가 잠들어 있을 때 누가 그애의 머리카락을 몽땅 잘라버리면 꼴이 어떻게 될지 궁금하다. 나의 첫 저녁기도는 나를 자비로운 아가씨로 만들어주지 못했다.

예배당을 나서자 잿빛 수프처럼 짙어진 안개가 우리의 다리를 감싼다. 언덕 밑으로는 학교의 거대하고 뿌연 윤곽이 펼쳐져 있고, 크고 작은 창문들을 통해 흐릿한 은빛 등불이 점점이 보인다. 부속건물 한 채만 완전히 캄캄하다. 아마도 화재로 파괴된 이스트윙일 것이다. 건물은 지붕 위의 가고일처럼 고요히 웅크린 채, 무언가를 기다리는 것 같다. 그게 뭔지는 모르겠지만.

움직임. 내 오른쪽이다. 나무들 사이로 검은 망토가 펄럭이다가 안개 속으로 사라진다. 두 다리가 후들거린다.

"저거 봤어?"

나는 떨리는 목소리로 묻는다.

"뭘 봐?"

"저쪽 말이야. 누군가 검은 케이프를 걸치고 달려갔잖아."

"아니. 안개 때문에 헛것을 봤겠지."

나는 분명히 보았다. 누군가 우리를 지켜보고 있었다.

앤이 재촉한다.

"추워 죽겠어. 좀더 빨리 걷지 않을래?"

종종걸음치며 앞서서 안개 속으로 향한 그녀는 희미한 형체에서 퍼런 점으로 바뀌더니, 이내 사라져버린다.

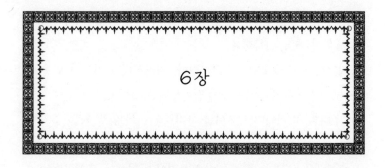

6장

누군가 나를 계속 지켜보고 있다. 양고기와 감자를 먹고 후식으로 푸딩을 먹는 지루한 저녁식사 내내 그 느낌이 가시지 않는다. 누가 왜 나를 보고 있는 걸까? 교장 선생님이 포크를 축 늘어뜨린 학생을 꾸짖을 때만 빼고 내 쪽을 계속 힐끔거리며 자기들끼리 소곤대는 스펜스의 여자애들 말고 대체 누구?

저녁식사가 끝나자 대회당에서 자유 시간이 주어진다. 편하게 책을 읽거나, 웃고 떠들거나, 친구를 사귀거나, 그냥 앉아서 쉴 수 있는 시간. 대회당은 이름 그대로 거대하다. 커다란 벽난로가 한쪽 벽의 중앙을 차지하고 있으며, 아름답게 조각된 대리석 기둥 여섯 개가 방 한가운데 원을 이루고 있다. 날개 달린 요정이나 님프, 사티로스 같은 신화 속 존재들이 각각의 기둥에 새겨져 있다. 아무리 봐도 기묘한 장식이다.

대회당의 한쪽 끄트머리에는 나이 어린 여자애들이 앉아서 인형을 갖고 논다. 모여서 책을 읽거나, 수를 놓거나, 수다를 떤다. 가장 근사한 모퉁이 쪽에서는 피파와 필리시티가 다른 학생 몇 명과 이야기를 나누고 있다. 필리시티는 자리의 출입을 제한하여 자신의 영지로 만들었다. 이국적인 스카프로 장식해서 마치 아라비아 족장의 텐트처럼 보인다. 필리시티가 무슨 이야기를 하건, 모두 그녀의 말 한 마디 한 마디에 귀를 기울이는 것 같다. 거기 초대받지 않은 나로서는 그게 얼마나 신나는 일인지 알 길이 없다. 초대받고 싶지도 않다. 전혀 관심 없다.

앤이 어디 갔는지 통 보이질 않는다. 방 한가운데 멀뚱멀뚱 서 있는 내 모습이 꼭 천치 같다. 나는 이글거리는 불 옆의 고즈넉한 자리에 앉아 엄마의 일기장을 펼친다. 어쩐지 오늘 밤에는 나 자신을 괴롭히고 싶다. 벽난로 불빛에 엄마의 우아한 글씨가 종이 위에서 춤을 춘다. 놀랍게도 엄마가 쓴 글을 보자마자 눈물이 고여 눈가가 따끔거리기 시작한다. 엄마에 대한 기억은 희미해져가기 시작했고, 나는 그 기억의 끈을 놓고 싶지 않다. 그래서 엄마의 일기를 읽는다. 티파티와 사원 구경, 집안일 목록에 관한 기록들을 한 장 한 장 넘기며 읽다보니 어느덧 마지막 일기에 다다른다.

6월 2일

제머가 또 나한테 삐쳤다. 런던에 보내달라고 성화다. 엄청난 황소고집. 난 이제 지칠 대로 지쳤다. 그애의 생일에는 무슨 일이 벌어질까? 그때까지 기다리기가 괴롭다. 그리고 딸에게 미움받는 건 고문이다.

눈물이 고이자 글자가 뒤섞이고 문장이 흐려진다. 과거로 돌아가서 모든 것을 되돌릴 수 있다면 얼마나 좋을까.

"뭐 해?"

앤이 내 옆에서 얼쩡거리며 묻는다. 나는 고개를 들지 않고 손등으로 젖은 볼을 닦는다.

"아무것도 아냐."

앤이 자리에 앉아 바구니에서 뜨개질거리를 꺼낸다.

"나도 독서 좋아해. 『루시의 시련:어느 소녀의 인생 역정』 읽어 봤어?"

"아니. 못 본 것 같은데."

나는 그런 류의 책을 잘 안다. 학대와 시련 속에서도 모두가 흠모하는, 부드럽고 상냥하게 여성미를 잃지 않으면서 역경을 이겨 낸 여자들을 다룬 감상적인 싸구려 통속소설. 절대로 가족에게 근심이나 고통을 안기지 않는 여자들. 나랑 전혀 다른 여자들. 기분이 너무 씁쓸해서 한마디 내뱉는다.

"아, 생각났어. 기숙학교에서 모두에게 바보 취급을 받으며 괴롭힘당하는 가난하고 소심한 여자가 주인공이지? 장님에게 책을 읽어주거나 절름발이인 남동생을 키우는 여자. 심지어 남동생은 장님인 동시에 절름발이일 수도 있지. 그리고 결국 귀족 집안의 후손이라는 사실이 밝혀져 켄트 주에서 여왕처럼 살게 돼. 그 모든 역경 속에서도 웃음과 사랑을 잃지 않은 보답으로 말이야. 정말 터무니없어!"

너무 열을 내서 숨이 찰 지경이다. 근처에서 수를 놓으며 수다를 떨던 애들이 내 말을 듣고는 나의 심술궂은 태도가 놀랍고 재미

있는지 키들거린다.

앤이 조용히 말한다.

"꼭 그렇진 않아."

나는 내가 뱉은 모진 말에 대해 변명하듯 허탈하게 웃으며 대꾸한다.

"솔직히 그런 여자가 어디 있어? 거의 이름조차 없이 살다가 하루아침에 귀부인이 되는 고아 소녀. 허무맹랑하지 않아?"

마음을 굳게 먹어, 제머. 울면 안 돼.

앤이 고집스러운 말투로 대답한다.

"하지만 불가능한 일은 아냐. 안 그래? 어느 누구에게도 주목받지 못하던 고아 소녀, 친척들이 짐으로 여겨 학교에 버려진 소녀, 품위와 매력, 아름다움이 없다고 다른 학생들에게 놀림받던 소녀…… 그녀가 모두를 놀라게 하는 날이 올 수도 있어."

앤은 난롯불을 물끄러미 바라보며 맹렬히 뜨개질을 한다. 털실 사이로 날카로운 이빨처럼 솟은 뜨개바늘 두 개가 서로 부딪혀 잘 가닥거린다. 나는 뒤늦게 내가 무슨 짓을 했는지 깨달았다. 앤의 소망을 무참히 짓밟은 것이다. 자신은 결코 알지 못할 멋진 삶과 기회를 누릴 부잣집 애들의 가정교사로 여생을 보내는 게 아니라, 전혀 다른 사람이 되는 소망.

나는 목쉰 소리로 조용히 말한다.

"그래, 그럴 수도 있을 거야."

"루시를 얕보던 여학생들은 모두…… 나중에 후회할 거야, 그치?"

"응, 그럴 거야."

달리 해줄 말이 없다. 우리는 앉아서 난롯불이 딱딱 소리를 내며 타오르는 모습을 지켜볼 뿐이다.

먼발치 모퉁이에서 터져나온 새된 웃음소리가 눈길을 끈다. 여전히 몇몇 아이들이 앉아 있는 족장 텐트에서 피파가 나온다. 그녀는 우리 두 사람 쪽으로 다가오더니 앤의 팔에 팔짱을 낀다.

"가엾은 앤. 필리시티와 내가 아까 못되게 굴어서 미안해. 우리가 너무 야비했어."

앤의 표정은 여전히 멍하지만, 낯빛이 붉어진다. 예쁜 아이들 사이에서 새롭고 멋진 삶이 시작될 거라 믿고 기뻐하는 게 틀림없다. '앤의 시련'이 끝난 거라고.

"필리시티의 엄마가 초콜릿을 한 상자 보내셨어. 같이 먹지 않을래?"

나를 초대한다는 말은 없다. 한마디로 개무시. 저쪽에 앉아 있는 다른 아이들은 내가 어떻게 반응하는지 보려고 기다리고 있다. 앤이 죄스러운 표정으로 나를 흘끔거린다. 그녀가 어떤 대답을 할지 빤하다. 자기를 괴롭히던 바로 그애들과 함께 앉아서 초콜릿을 먹겠다고 하겠지. 이제 보니 애도 다른 학생들 못지않게 얍삽하다. 나는 집에 돌아가고 싶어서 미칠 것만 같다. 하지만 이제 내겐 집이 없다.

앤이 자기 발을 내려다보며 웅얼거린다.

"글쎄……"

앤이 계속 난처해하다가 결국은 나를 무시하도록 내버려둬야 할지도 모른다. 하지만 저애들한테 이대로 당하고만 있을 수는 없다.

나는 태양도 기죽일 만큼 환한 미소를 날리며 말한다.

"어서 가. 난 읽던 것 마저 읽어야 해."

내가 너를 따라가면 즐거울 수도 있겠지만, 그건 창피한 짓이잖아? 제발 더이상 고민하지 않게 해줘.

피파가 활짝 웃는다.

"재미있을 거야. 어서 가자, 앤."

그녀는 앤을 데리고 춤을 추듯 걸으며 대회당 끄트머리로 돌아간다. 나는 텐트에서 나를 지켜보고 있는 소녀들을 위해 억지로 하품을 한 다음, 무시하건 말건 상관없다는 듯이 엄마의 일기장을 다시 편다. 이미 다 읽었지만 짐짓 심취한 표정으로 책장을 넘긴다. 나한테 이런 식으로 굴 만큼 너희들이 그렇게 대단해? 한 장 한 장 계속 넘긴다. 텐트에서는 계속 웃음소리가 흘러나온다. 아마 맨체스터에서 만든 싸구려 초콜릿일 거야. 저 스카프들은 우스꽝스러워. 필리시티는 잉글랜드 은행만큼이나 제멋대로지. 그때 일기장 안에서 무언가 빳빳하고 바삭한 것이 손가락에 닿는다. 전에는 이런 게 있는 줄도 몰랐다. 상류층 사람들이 일부러 외면하는 선정적인 런던 신문에서 오려낸 기사 한 토막. 어찌나 여러 번 접었는지 접힌 자리뿐만 아니라 여기저기에 잉크가 번져서 읽기가 어렵다. 간신히 읽어낸 그 기사의 요지는 '여자 기숙학교들의 흉흉한 소문!'에 관한 것이다.

물론 저속한 기사다. 그리고 그 때문에 흥미진진하다. 기사에는 웨일스의 어느 학교에서 여학생 몇 명이 산책을 나갔다가 '영영 돌아오지 않았다!'는 오싹한 이야기가 실려 있다. 스코틀랜드의 한 신부 학교에서 '잉글랜드의 고결한 장미 한 송이가 비극적인 자살의 단검에 잘리고 말았다'는 내용도 있고, '악마적인 오컬트

집단'에 기묘하게 연루된 뒤 '완전히 미쳐버린' 여학생도 언급되어 있다. 진짜 악마적인 것은, 누가 이런 쓰레기 기사를 쓰고 돈을 받았다는 사실이다.

그 종이를 치워버리려는데, 기사의 맨 밑에 이십 년 전에 일어난 스펜스의 화재에 관한 내용이 눈에 띈다. 하지만 종이가 너무 해져서 읽을 수가 없다. 이런 저질 기사를 걱정거리에 추가하려고 보관해두다니, 엄마답다. 엄마가 나를 런던에 보내지 않으려 한 것도 이해가 간다. 내가 신문 1면에라도 실릴까봐 걱정한 것이다. 우습다. 엄마에 대해 못마땅하게 생각했던 것들이 이제는 가슴을 아프게 한다.

필리시티의 성역에서 비명이 터져나온다.

"내 반지! 너 내 반지 어쨌어?"

스카프들이 펄럭이며 젖혀진다. 앤이 뒷걸음치고, 다른 아이들이 그녀에게 다가선다. 필리시티가 범인을 지목하듯 손가락으로 앤을 가리킨다.

"그거 어디 있어? 당장 말해!"

"나한테 어, 어, 없어. 난 아무 짓도 하, 하지 아, 아, 않았어."

앤이 더듬더듬 대답한다. 문득 나는 앤이 말을 더듬지 않으려고 평소에 일부러 무뚝뚝하게 대답한다는 사실을 알아차린다.

필리시티의 얼굴에 장난기와 혐오가 오간다.

"아, 아, 안 하셨어? 그 말을 어떻게 미, 미, 믿지? 너를 초대해 옆에 앉혀준 나의 친절에 이런 식으로 보답하기야? 우리 아빠가 나한테 준 반지를 훔치니까 즐겁니? 하긴, 너 같은 애한테 뭘 기대하겠어. 이런 짓을 저지를 줄 예상했어야 하는데."

'너 같은'이 뭘 뜻하는지, 우리 모두 안다. 하층민. 천한 인간. 못생기고, 가난하고, 희망 없는 존재. 사람은 자신의 태생에서 벗어나지 못해. 언제나, 영원히. 그런 뜻이다.

얼굴이 잘생기고 당당해 보이는 한 여자가 다가와 앤과 필리시티 사이에 서더니 묻는다.

"무슨 일이니?"

앤은 잔뜩 움츠려 있고, 필리시티는 당장이라도 앤을 꼬챙이에 꽂아 구워먹을 듯한 표정이다.

피파가 나쁜 연극에 등장하는 천진난만한 소녀처럼 눈을 휘둥그레 뜨고 대답한다.

"마침 잘 오셨어요, 무어 선생님! 앤이 필리시티의 사파이어 반지를 훔쳤어요."

필리시티가 증거를 보이듯 반지 없는 손가락을 내밀고 서글픈 표정으로 샐쭉거린다.

"아까까지만 해도 끼고 있었는데, 저애가 오고 나서 보니 없어졌지 뭐예요."

설득력이 떨어지는 연기다. 사기 치는 솜씨는 아코디언을 연주하던 풍각쟁이의 원숭이가 더 낫다. 하지만 저 둘의 말을 무어 선생님이 믿을지 안 믿을지는 알 수 없다. 어쨌거나 그들에게는 돈과 지위가 있고, 앤에게는 없으니까. 그 두 가지가 돕기만 하면 가해자가 피해자로 바뀌는 놀라운 일은 흔하기 짝이 없다. 나는 무어 선생님이 허리를 꼿꼿이 세우고 모두가 보는 앞에서 앤에게 억지로 죄를 시인하게 하여 창피를 주는 모습을 상상하며 마음의 준비를 한다. 어쩌면 온갖 끔찍한 욕을 퍼부을지도 모른다. 이 세상에는 '본을 보인다'는 명목으로 남을 괴롭히는 것을 즐기는 노처녀 부류가 존재한다. 하지만 놀랍게도 무어 선생님은 미끼를 물지 않는다.

"알았다. 그럼 다들 바닥을 살펴보자. 아마 어딘가에 떨어졌을 거야. 자, 모두 미스 워딩턴의 반지를 함께 찾아보자꾸나."

앤은 선 채로 자기 신발만 내려다본다. 자신이 도둑으로 판명날 거라고 예상하는 듯, 움직이지도 않고 말도 하지 않는다. 그녀를 안쓰러워해야 마땅하지만, 나를 버리고 간 것 때문에 나는 여전히 조금 뿔이 나 있다. 그리고 내 마음의 모진 부분은 앤이 그들을 믿었으니 그런 일을 당해도 싸다고 생각한다. 다른 학생들은 의자를 치우고 커튼 뒤를 살피면서 마지못해 반지를 찾는 시늉을 한다.

반지가 나타나지 않자 잠시 후 옹색한 얼굴을 한 한 학생이 의기양양하게 말한다.

"반지는 여기 없어요."

무어 선생님은 길게 한숨을 내쉬고 잠시 아랫입술을 잘근잘근 씹는다. 결국 부드러우면서 단호한 목소리로 말문을 연다.

"앤, 네가 반지를 가져갔니? 잘못을 인정하면 처벌의 수위가 낮아질 거야."

앤의 얼굴에 먹구름이 낀다. 다시 말을 더듬는다.

"아, 아, 아뇨, 선생님. 저는 후, 훔치지 아, 아, 않았어요."

필리시티가 능글맞게 웃으며 쏘아붙인다.

"스펜스 같은 학교에 하층민을 받아들이면 이런 일이 벌어져요. 저애의 질투심에 우리 모두 피해를 입을 거예요."

나머지 학생들이 고개를 끄덕인다. 어리석은 양 떼. 나는 양들이 우글거리는 기숙학교에 처박혀 있다.

"이제 그만해, 필리시티."

무어 선생님이 매섭게 노려본다. 필리시티도 한 손을 엉덩이에 대고 선생님을 노려본다.

"그 반지는 우리 아빠가 제 열여섯 살 생일에 준 선물이라고요. 누군가 그 반지를 훔쳐갔는데 아무도 책임지려 하지 않았다는 소릴 들으면 아빠는 몹시 언짢아할 거예요."

무어 선생님이 앤에게 돌아서서 한 손을 내민다.

"미안하구나, 앤. 아무래도 네가 들고 있는 뜨개질 바구니 속을 살펴봐야겠다."

앤은 참담하기 그지없는 표정으로 뜨개질 바구니를 건넨다. 문득 나는 필리시티 일당의 꿍꿍이를 알아챘다. 이제 곧 무슨 일이 벌어질지 안 봐도 빤하다. 이건 못된 장난이다. 비열하고 악랄한 장난. 무어 선생님은 바구니에서 반지를 찾아낼 테고, 이 사건은 앤의 학적부에 기록될 것이다. 과연 어떤 집안이 절도범 딱지가 붙은 가정교사를 고용하려 들겠는가. 가엾고 멍청한 앤은 멀뚱멀뚱 서서 자신의 운명을 받아들이려 하고 있다.

무어 선생님이 바구니 속에서 눈부시게 파란 사파이어를 꺼낸다. 서글픈 실망감이 그녀의 눈에 살짝 비친다. 하지만 곧 표정을 고치고 절제와 원칙의 가면을 쓴다.

"자, 앤. 스스로를 변호할 말은 없니?"

깊은 좌절감과 체념 때문에 앤의 고개와 어깨가 축 처진다. 피파의 입이 양옆으로 벌어지면서 얼굴에 미소가 번진다. 필리시티는 잽싸게 피파와 눈길을 주고받으며 씩 웃는다. 아까 예배당으로 가는 길에 나와 수군댔다고 벌을 주려는 모양이다. 나에게도 조심하라고 경고하는 걸까?

"교장 선생님을 뵈러 가는 게 좋겠다."

무어 선생님이 사형 집행인에게 데려가기 위해 앤의 손을 잡는다. 지금 내가 할 일은 다시 화재 기사를 살펴보고 일기장을 읽는 것이다. 마음속의 이성은 하나같이 나더러 입을 다물라고, 쓸데없이 튀지 말라고, 승자의 편에 서라고 아우성이다. 하지만 가끔은 이성이 감정에 압도당할 때도 있다.

"가엾은 앤."

나는 아까 들었던 피파의 나긋나긋한 말투를 흉내 낸다. 모두가 내 말을 듣고 놀라지만, 그 순간 가장 놀란 사람은 바로 나다.

"겁먹을 거 없어. 무어 선생님께 사실대로 말해."

앤이 무슨 말인지 몰라 눈을 휘둥그레 뜨고 내 눈을 들여다본다.

"사, 사, 사실이라니?"

나는 작전이 먹혀들길 바라며 대답한다.

"미스 워딩턴이 오늘 저녁기도 시간에 반지를 잃어버렸다는 사실 말이야. 네가 그걸 발견하고 안전하게 뜨개질 바구니에 넣어뒀잖아."

"그럼 왜 곧바로 돌려주지 않았지?"

필리시티가 앞으로 나서며 도전적으로 묻는다. 그녀의 회색 눈은 내 눈앞에서 겨우 몇 센티미터 떨어져 있다.

교묘하게, 그럴싸하게. 잘해야 돼, 젬*.

---

* '제머'의 약칭이자 '보석'이라는 뜻.

"모두가 보는 앞에서 돌려주면 네가 당황할까봐 그런 거야. 네가 그렇게 소중한 물건을 함부로 다룬 것처럼 보일 테니까. 네 아버지가 주신 선물이라며. 그래서 앤은 너를 따로 만나려고 기다렸어. 앤이 얼마나 착한지 너도 알잖아."

『루시의 시련』을 살짝 흉내 내, 아빠가 언짢아할까봐 걱정이라는 필리시티의 핑계를 살짝 써먹은 것이다. 썩 나쁘지 않다.

무어 선생님이 나를 물끄러미 바라본다. 내 말을 믿는지 안 믿는지는 알 수 없다.

"앤, 그게 정말이니?"

어서, 앤. 장단을 맞춰. 맞서 싸워.

앤이 침을 꿀꺽 삼키고 무어 선생님 쪽으로 고개를 든다.

"마, 마, 맞아요. 사실이에요."

잘했어.

나 자신에게 몹시 만족하던 나는 필리시티와 눈이 마주친다. 그녀는 감탄과 증오가 뒤섞인 눈길로 나를 노려보고 있다. 이번에는 내가 이겼지만, 필리시티나 피파 같은 애들은 한 번으로 끝내는 법이 없다.

무어 선생님이 나를 빤히 쳐다본다.

"문제가 해결돼서 다행이구나. 그런데 네 이름이……?"

"도일이에요. 제머 도일."

"그래, 제머 도일. 우리가 너한테 빚을 진 것 같구나. 아마 필리시티도 잃어버린 반지를 되찾아서 너희 두 사람 모두에게 고마워할 거야. 그렇지, 필리시티?"

오늘 밤 무어 선생님은 나를 두 번 놀라게 한다. 영국 여인의 기품이 느껴지는 그녀의 입가에 만족스러운 미소가 번지는 것을 본 듯하다.

필리시티가 고맙다는 말 대신 샐쭉거린다.

"더 일찍 알려주지 그랬니. 그랬으면 우리가 그렇게 놀라지 않았을 텐데."

무어 선생님은 손가락 하나를 저으면서 필리시티를 꾸짖는다.

"품위와 매력, 아름다움을 잊으면 안 돼."

필리시티는 방금 막대사탕을 흙에 떨어뜨린 꼬마 같은 표정을 짓는다. 하지만 이내 분한 마음을 가슴속 깊이 억누르고 다시 활짝 웃는다.

"내가 너한테 빚을 진 것 같구나, 제머."

필리시티는 허락도 없이 마음대로 내 이름을 친구처럼 부르며 내 성질을 건드린다. 나도 똑같은 방식으로 맞받아친다.

"별말을 다 하는구나, 필리시티."

"이 반지는 우리 아빠인 워딩턴 제독이 선물로 주신 거야. 너도 그 이름은 들어봤겠지?"

영연방 국민의 절반쯤은 워딩턴 제독에 대해 익히 알고 있을 것이다. 빅토리아 여왕에게 직접 훈장을 받은 해군 영웅. 나는 거짓말을 한다.

"아니. 못 들어봤는걸."

"아주 유명한 분이야. 세계 곳곳을 여행하면서 나한테 온갖 종류의 선물을 보내주시지. 우리 엄마는 파리에서 살롱을 운영하셔. 피파랑 내가 여길 졸업하고 파리로 가면 엄마가 프랑스에서 가장 뛰어난 재단사들을 불러다 우리 옷을 만들어주실 거야. 너도 생각

있으면 우리랑 같이 가."

이건 초대가 아니다. 떠보는 것이다. 내가 자기들과 어울릴 만큼 잘 사는지 알아보려는 수작이다. 나는 짧게 대꾸한다.

"봐서."

그들은 앤은 초대하지 않는다.

"이번 사교 시즌은 아주 멋질 거야. 물론 사람들의 관심은 온통 피파에게 쏠리겠지만."

그 말에 피파가 활짝 웃는다. 아마 수많은 청년들이 그녀를 소개해달라고 친척들을 졸라댈 것이다.

"너랑 나는 그냥 그러려니 하고 지내면 돼."

"앤도."

"그래, 물론 앤도 그래야지. 우리 앤."

필리시티가 웃으면서 앤의 뺨에 살짝 입을 맞추자 앤의 얼굴이 다시 빨개진다. 마치 방금 전 일을 죄다 잊어버린 것처럼.

시계가 열시를 알리자 교장 선생님이 문간에 나타난다.

"잠자리에 들 시간입니다, 여러분. 모두 잘 자요."

소녀들은 두세 명씩 짝을 이루어 팔짱을 낀 채 명랑하게 떠들면서 대회당 밖으로 나간다. 여기에서 저기로 이어지는 속삭임이 오늘 저녁의 흥분을 연장시키고 있다. 우리는 메이폴댄스*를 추듯 원을 그리며 끊임없이 계단을 올라가, 침실들이 늘어서 있는 문의 미로를 향해 서서히 다가간다.

결국 내가 참다못해 앤에게 짜증을 낸다.

---

* 큰 기둥을 가운데 두고 둥글게 추는 춤.

"너도 참 답답한 애야."

앤이 묻는다.

"대체 왜 그랬어?"

여기는 '고마워'라는 말을 아무도 할 줄 모르나?

"넌 왜 스스로를 지키지 않았니?"

앤이 어깨를 으쓱한다.

"그게 무슨 소용이야? 어차피 걔들한테 이길 수도 없는걸."

그때 피파가 다가와 앤의 팔을 잡는다.

"여기 있구나, 우리 앤."

그 바람에 앤이 뒤로 처지자 필리시티가 내 옆으로 껴든다. 그리고 고백하듯 조용한 목소리로 내 귀에 속삭인다.

"오늘 밤에 네가 반지를 찾아줬는데 보답해야 하지 않겠니? 우린 일종의 비밀 클럽을 결성하고 있어. 피파와 세실리, 엘리자베스와 나, 이렇게 넷이지만 너도 받아줄 수 있을 거야."

"어머, 내가 운이 좋은 거구나? 당장 나가서 모임에 쓰고 갈 새 보닛*이라도 사야겠는걸."

필리시티가 실눈을 뜬다. 하지만 입가의 미소는 사라지지 않는다.

"이런 제안을 받고 싶어서 안달이 난 애들이 많아."

"잘됐네. 그럼 걔들한테 가서 말해."

"이것 봐, 난 지금 너한테 스펜스에서 편하게 지낼 기회를 주는 거야. 우리와 어울리면서 다른 애들의 선망의 대상이 될 기회 말이

---

* 턱 밑에서 끈을 매는 여성용 모자.

야. 그러니 잘 생각해보는 게 좋아."

"너희와 어울려? 오늘 앤한테 그랬던 것처럼 말이지?"

나는 몇 계단 밑에 서 있는 앤을 내려다본다. 그녀는 또 코를 흘리고 있다.

필리시티가 그 모습을 보고 말한다.

"앤을 끼워주기 싫어서 그러는 게 아냐. 저애의 삶이 우리의 삶과 같을 수 없을 뿐이지. 넌 친절을 베푼다고 생각하지만, 바깥세상에서 저애와 친구가 될 수 없다는 건 너도 잘 알아. 괜한 친절로 오해하게 만드는 게 더 잔인한 짓이야."

필리시티의 말이 옳다. 그녀를 믿느니 차라리 코르셋 차림으로 거리를 뛰어다니고 싶지만, 지금은 그녀의 말이 옳다. 진실은 모질고 불공평하지만, 그게 현실이다.

"너희와 어울릴 마음이 있다면, 물론 정말로 그렇다는 건 아니지만, 만약 그럴 마음이 있다면 내가 뭘 해야 하지?"

필리시티는 빙그레 웃으며 대답한다. 보는 이를 불안하게 하는 미소.

"아직은 아무것도 할 필요 없어. 걱정 마. 우리가 너한테 갈 테니까."

그녀는 치맛자락을 쳐들고 계단을 뛰어오르면서 혜성처럼 우리 모두를 지나쳐간다.

7장

이상한 소리가 나를 깨운다. 나는 꿈의 찌꺼기를 떨쳐버리려고 눈꺼풀을 씰룩거린다. 오른쪽으로 누워 있어서 앤의 침대가 눈앞에 보인다. 발치에서 멀찌감치 떨어져 있는 방문 근처에 무언가가 있다. 자세히 보려면 몸을 돌려 일어나 앉아야 하지만, 내가 깨어 있다는 것을 알리고 싶지 않다. '내가 그것을 보지 못하면, 그것도 나를 보지 못한다.' 오 년 전부터 믿어온 나만의 논리다. 물론 같은 생각을 하면서 안심하다가 목이 날아간 운 나쁜 이들도 있겠지만.

좋아, 젬. 겁먹을 필요 없어. 아무것도 아닐 거야. 나는 눈을 끔벅여 시야가 어둠에 익게 한다. 기다란 벨벳 커튼 틈으로 달빛이 손가락처럼 뻗어들어와 벽을 타고 낮은 천장에 닿으려 하고 있다. 바깥에서는 나뭇가지가 유리창에 부딪쳐 끽끽 소리가 난다. 나는 다른 소리에 귀 기울인다. 방 안에 있는 무언가의 소리. 하지만 앤이 일정하게 코 고는 소리 말고는 고요하다. 순간 나는 꿈을 꿨나보다 생각한다. 하지만 또다시 소리가 들린다. 조심스러운 발걸음에 마룻바닥이 삐걱거린다. 역시 환청이 아니다. 나는 눈꺼풀을 내리고 가늘게 실눈을 뜬다. 그렇게 하면 앞을 보면서도 잠든 척할 수 있다. 순순히 내 목을 내주지는 않으리라. 형체 하나가 가까이 다가온다. 혀가 뻣뻣해지고 입이 마른다. 그것이 손을 내밀자, 나는 잽싸게 일어나다가 침대 위의 낮은 천장에 머리를 부딪힌다.

나는 손님의 존재도 잊은 채, 손바닥을 욱신거리는 이마에 대고 고통스럽게 신음한다.

놀랍도록 작은 손이 내 입을 가린다.

"우라질 학교 전체를 깨우고 싶어?"

필리시티가 내 위로 몸을 수그리자 달빛이 그녀의 얼굴을 비춘다. 넓고 각이 진 얼굴과 우유처럼 하얀 피부가 도드라진다. 마치 달의 얼굴을 보는 것 같다.

나는 머리선을 따라 거위알만 하게 솟은 혹을 손으로 문지르며 묻는다.

"여기서 뭐하는 거니?"

"우리가 너한테 갈 거라고 말했잖아."

나는 필리시티의 말투를 흉내 내며 대꾸한다.

"우라질 한밤중일 거라고는 안 했잖아."

필리시티에게는 왠지 승부욕을 불러일으키는 무언가가 있다. 내가 결코 만만치 않은 상대라는 것, 나한테 쉽게 이길 수 없다는 걸 보여주고 싶어지게 한다.

"어서 일어나. 너한테 보여주고 싶은 게 있어."

"뭔데?"

필리시티는 어린애를 대하듯 느릿느릿 대답한다.

"따라오면 보여줄게."

천장에 부딪힌 머리가 아직도 아프다. 앤은 우리가 대화를 나누고 있는 걸 전혀 알지 못한 채 살짝 코를 골고 있다.

"아침에 다시 와."

나는 도로 베개에 누우며 대꾸한다. 이제 잠이 다 깨서, 이 시간에 필리시티가 뭘 보여주려 하건 좋은 것일 리 없다는 판단이 선다.

"이런 제안은 두 번 하지 않아. 지금 안 갈 거면 관둬."

도로 자, 젬. 좋은 일 같지 않아. 내 마음이 말한다. 하지만 난 앞으로 이 년 동안 티타임에 시답잖은 잡담이나 하면서 머리가 돌아버릴 만큼 따분하게 살고 싶지 않다. 이건 도전이며, 난 평생 도전을 거부한 적이 없다.

"좋아, 알았어. 일어날게."

나는 내가 너무 물렁해 보일까봐 한마디 덧붙인다.

"하지만 시시한 거면 안 돼."

"걱정 마. 틀림없이 재미있을 거야."

나는 필리시티를 따라 방에서 나와 잠들어 있는 학생들의 방이 늘어선 복도를 지나간다. 그들을 가둔 벽에는 스펜스를 거쳐간 옛 여인들의 사진이 걸려 있다. 하얀 드레스를 입은 섬뜩한 얼굴의 유령들. 우리의 작은 일탈이 못마땅한 듯 그들의 침울한 입은 굳게 다물어져 있지만, 그들의 서글픈 눈은 하나같이 이렇게 말하는 것 같다. 어서 가. 할 수 있을 때 해. 자유는 잠깐이야.

거대한 층계참에 다다르자 밑으로 뻗은 계단이 보인다. 나는 어두워서 보이지도 않는 4층으로 뻗어 있는 어마어마한 층계를 올려다보며 잠시 망설이다가 묻는다.

"교장 선생님은 어쩌지?"

"그 여자 걱정은 하지 마. 셰리주 한 잔만 마시면 밤새 뻗어버리니까."

필리시티가 밑으로 내려가기 시작한다.

"기다려!"

나는 아무도 깨지 않을 정도의 최대한 큰 소리로 속삭인다. 필리시티가 걸음을 멈추고 내 쪽으로 돌아서더니 창백한 얼굴로 나를 비웃는다. 그러고는 엉덩이를 실룩거리면서 바로 내 밑의 계단까지 다시 올라온다.

"이 학교에서 '우리 집에 주님의 축복이' 같은 글귀나 수놓고 코르셋과 치마 차림으로 테니스 치는 법이나 배우며 지낼 생각이면 네 침대로 돌아가. 하지만 진짜 재미있는 일을 원한다면……"

그 말과 함께 필리시티는 가볍게 층계를 내려가 모퉁이를 돌더니 다음 층계로 내려가 내 시야를 벗어난다.

〰〰〰

대회당에서 피파가 우리를 맞이한다. 거대한 벽난로는 완전히 꺼져 있다. 약간의 깜부기불이 여전히 딱딱 소리를 내며 타고 있지만, 진짜 온기와 빛은 조금도 남아 있지 않다. 피파는 커다란 양치식물 뒤에 숨어 있었다. 방금 거기서 튀어나온 그녀는 눈을 희번덕거리며 화를 낸다.

"왜 이렇게 오래 걸렸어?"

필리시티가 대답한다.

"겨우 몇 분 지났잖아."

"난 여기서 기다리는 거 싫어. 기둥에 새겨진 눈들이 쳐다보는 것 같단 말이야."

어둠 속에서 대리석의 정령들과 님프들이 도깨비 같은 분위기를 풍긴다. 방 전체가 살아서, 우리의 일거수일투족을 주시하고 숨소리까지 세고 있는 것 같다.

"바보같이 굴지 마. 우리 모두 용감해져야 해. 다른 애들은 어디 있어?"

때마침 두 소녀가 계단을 내려오자 필리시티가 그들에게 나를 소개한다. 생쥐처럼 생긴 엘리자베스는 다른 사람들이 모두 말한 다음에야 겨우 자기 생각을 이야기하고, 옹색한 얼굴의 세실리는 내 모습을 보자마자 얇은 윗입술을 오므린다. 예배당에서 앤의 발을 걸었던 마사가 없는 걸 보니, 그녀는 이 모임의 일원이 아니다. 끼고 싶어할 뿐이다. 그 때문에 자진해서 앤을 넘어뜨린 것이다. 필리시티 패거리의 환심을 사려고.

세실리가 콧방귀를 뀐다.

"준비는 됐니?"

대체 내가 여기 왜 온 거지? 그냥 이렇게 말해버릴까. 좋아, 얘들아. 아주 멋졌어. 야밤의 고궁 산책에 초대해줘서 정말 고맙다. 물론 밤에 저 응접실에서 멋진 도깨비불이 넘실거리는 광경을 못 보게 돼서 아쉽지만, 난 이제 그냥 돌아가서 잘래. 하지만 나는 그들을 따라 건물 바깥의 뒷마당으로 나간다. 얇고 높은 구름 뒤에서 보름달이 노란 빛을 뿌리고 있다. 우라질 안개는 아직도 그대로이고, 날씨는 오싹할 정도로 춥다. 나는 겨우 잠옷만 입었고, 이 영리한 아가씨들은 파란색 벨벳 케이프를 걸치고 있다.

"날 따라와."

필리시티가 예배당을 향해 언덕을 오르기 시작한다. 고작 몇 걸음 만에 안개가 그녀를 완전히 삼켜버린다. 나는 그녀 뒤에 서고, 나머지 세 명이 내 뒤에 서서 이제는 되돌아갈 수도 없다. 갑자기 후회가 밀려든다. 내가 미친 짓을 하는 게 아닐까. 이 수수께끼의 자매들을 따라 광대하고 안개 자욱한 밤을 가로질러 예배당 문까지 가고 있다니.

필리시티가 말한다.

"이곳 스펜스에는 한 가지 관례가 있어. 우리의 비밀 클럽에 들어올 신입 회원의 자격을 심사하는 입회 의식이야."

나는 조금 대담하게 묻는다.

"겨우 네 명 갖고 무슨 클럽이야? 차라리 계모임이라고 하지그래?"

세실리가 쏘아붙인다.

"넌 운이 좋아서 여기 온 거야."

그래, 끝내주게 운도 좋지. 얼어 죽을 것 같은 추위에 잠옷만 입고 서 있으니 말이야. 어리석기 짝이 없는 짓이라고 비웃을 사람도 있겠지만, 난 굉장히 낙관적인 기분인걸.

"그래, 그 비밀 입회 의식이란 게 뭔데?"

엘리자베스가 허락을 구하듯 필리시티를 슬쩍 보고 대답한다.

"예배당에서 어떤 물건을 가져오기만 하면 돼."

"훔쳐오란 소리니?"

나는 못마땅한 표정으로 묻는다. 분위기가 심상치 않지만, 발을 빼기에는 너무 멀리 왔다.

필리시티가 대답한다.

"훔치는 건 아냐. 스펜스 밖으로 가지고 나갈 것도 아니잖아. 그냥 너의 신뢰성을 입증하는 시험일 뿐이야."

나는 몇 초간 생각에 잠긴다. 관심 없다고 말하고 내 방으로 돌아가는 것이 가장 이성적인 행동이겠지만, 내 대답은 다르다.

"뭘 가져오면 되는데?"

구름이 흩어지면서 점점 옅어진다. 노란 버터기름 같은 달빛이 퍼져나가며 지상을 비춘다. 필리시티가 입을 벌리고 혀로 윗니를 훑는다.

"성찬식 포도주."

내가 복창하듯 묻는다.

"성찬식 포도주?"

피파의 목에서 기침 소리가 나더니 이내 키득거리는 소리로 바뀐다. 나는 이것이 즉석 제안이라는 사실을 눈치 챈다. 새삼 필리시티의 대담함이 느껴진다.

세실리가 놀란 얼굴로 말한다.

"안 돼, 피*. 그건 불경한 짓이야!"

나도 한마디 한다.

---

* '필리시티'의 약칭.

"그래. 좋은 생각 같지 않아."

필리시티가 쏘아붙인다.

"정말? 난 멋진 아이디어라고 생각하는데."

부하들이 말을 듣지 않아 못마땅한 제독의 딸은 엘리자베스를 보며 묻는다.

"넌 어때? 네가 보기에도 좋지 않니?"

꼭두각시 엘리자베스는 두 주인 필리시티와 세실리를 번갈아 보며 대답한다.

"아, 내, 내 생각에는……"

피파가 말을 가로챈다.

"진짜 끝내주는 아이디어 같아!"

나무들이 속삭이는 소리가 들리는 것만 같다. 바보. 대체 내가 여기 왜 온 거지?

필리시티가 말한다.

"설마 혼자 들어가기 무서운 건 아니겠지?"

내 심정이 딱 그렇지만 그렇게 말할 수는 없다.

"성찬식 포도주가 사라진 걸 웨이트 목사가 알면 어쩌지? 그가 의심하지 않을까?"

깔보는 듯한 '허' 하는 소리가 필리시티의 입에서 터져나온다.

"그 주정뱅이는 자기가 마셔버린 줄로만 알 거야. 더구나 해마다 요맘때면 이 근처에 항상 집시 무리가 어정거려. 혹시라도 문제가 생기면 그들에게 덮어씌우면 돼."

썩 내키지 않는다. 예배당 문은 저녁기도 때보다 더 커진 것 같고 더 불길해 보인다. 불안감에도 아랑곳없이 나는 안에 들어가기로 마음먹는다.

"목사가 포도주를 어디 두는데?"

피파가 나를 문 쪽으로 민다.

"제대 뒤에 작은 반침牛寢이 있어."

그녀는 있는 힘껏 빗장을 당긴다. 문이 삐걱거리며 열리고, 무덤 같은 내부의 어둠이 보인다.

"저렇게 어두운 데서 무슨 수로 찾으라는 거야?"

필리시티가 나를 안으로 밀면서 대답한다.

"손으로 더듬어 찾아."

믿을 수가 없다. 내가 도적질이라는 엄청난 불경을 저지르기 위해 이 어둡고 음울한 예배당 안에 들어오다니. 십계명 중 하나가 생각난다. 도적질하지 말라. 지금 내게는 '그랬다가는 너를 벌하여 재로 만들리라'는 경고 같다. 교회에서 거룩한 주님의 피라 여기는 것을 훔친들 내 처지가 나아질 리도 없다. 아직 늦지 않았다. 지금이라도 돌아서서 다시 자러 가면 된다. 아직은 가능하다. 하지만 그랬다가는 저애들에게 영영 눌려 지내야 하겠지.

맞아. 그냥 빨리 끝내자. 열린 문으로 빛이 새어들어 입구는 환하지만, 제대와 포도주가 있는 맞은편 끄트머리는 칠흑같이 어둡다. 나는 제대 쪽으로 걷기 시작한다. 그때 문이 삐걱거리며 닫히는 소리가 들리고, 필리시티 일당과 함께 빛이 사라지더니, 문밖에서 나무 빗장이 묵직한 소리를 내며 걸린다. 나를 가둔 것이다. 나는 생각할 겨를도 없이 아직은 문을 밀어서 열 수 있기를 기대하며 어깨를 문에 부딪친다. 꿈쩍도 하지 않는다. 어깨가 몹시 아프다.

한심해, 한심해, 한심해, 젬. 대체 뭘 기대한 거니? 어떻게 비밀 클럽에 넣어주겠다는 꾐에 넘어갈 수가 있지? 앤의 목소리가 내 머릿속에 울려퍼진다. 그게 무슨 소용이야? 어차피 걔들한테 이길 수도 없는걸. 자책하고 있을 시간이 없다. 생각을 해야 한다.

여기서 나가는 다른 길이 반드시 있을 것이다. 찾기만 하면 된다. 사방의 움직이는 그림자들을 보고 있으니 마치 교회가 숨을 쉬는 것 같다. 신도석 밑에서는 쥐들이 발톱으로 대리석 바닥을 긁으며 돌아다닌다. 쥐 생각을 하니 살갗에 소름이 돋는다. 하지만 달빛은 환하다. 달빛이 스테인드글라스 유리창을 통해 쏟아져들어오자 천사가 살아나고, 이어서 고르곤의 머리에 달린 노란 눈이 어둠 속에서 이글거린다.

나는 몸을 추스르고 털북숭이 설치류나 더 끔찍한 것이 밟히지 않길 바라면서 신도석을 차례차례 더듬어 나아간다. 사방에서 온갖 소리가 들려오는 것만 같다. 지렁이가 기어가는 소리. 바람 속에서 나무가 삐걱거리며 신음하는 소리. 나는 그런 몹쓸 장난의 먹이로 전락한 나 자신을 속으로 꾸짖는다. 이건 스펜스에서 행해지는 간단한 입회 의식일 뿐이야. 여기서는 서로 괴롭히는 걸 즐겨. 아름다움, 품위, 매력 좋아하시네. 여긴 차를 잘 대접할 줄 아는 사디스트를 양성하는 학교야.

달가닥, 달가닥. 삐걱.

어쩌면 필리시티는 나만큼이나 워딩턴 제독과는 무관할지도 몰라.

달가닥, 달가닥. 삐걱.

난 파리에 가고 싶지도 않아.

달가닥, 삐걱. 쿨럭.

쿨럭. 나는 기침하지 않았다. 내가 아니면 누가 한 거지?

불과 일 초 만에 그 생각이 다리에 전해지자, 나는 휘청거리면서 최대한 빨리 중앙 통로를 따라 달린다. 이윽고 내 발이 제대의 첫번째 계단에 닿는다. 앞으로 넘어져 딱딱한 대리석 위로 엎어지는 바람에 다리가 날카로운 계단 모서리에 찍힌다. 하지만 뒤에서 빠르게 다가오는 발소리를 들은 나는 풍금 뒤로 보이는 문을 향해 정신없이 기어간다. 문은 살짝 열려 있다. 마지막 계단이 손에 닿자, 후들거리는 다리로 일어서서 문 너머에 안전한 공간이 있길 바라며 힘껏 달린다. 이제 손을 뻗어. 그리고……

머리 위에 무언가가 있다. 하느님 맙소사, 내가 헛것을 보는 게 틀림없다. 무언가가, 누군가가, 내 머리 위로 날아와 문과 나 사이에 털썩 내려앉는다. 손 하나가 내 입을 덮어 비명을 입속에 가둔다. 다른 팔이 나를 잡아당겨 꽉 붙잡는다.

나는 입을 가린 손을 본능적으로 깨문다. 그러자 갑자기 바닥에 내동댕이쳐진다. 나는 곧바로 다시 일어서서 문을 향해 달려간다. 손 하나가 뱀처럼 내 발목을 감아쥔다. 앞으로 세게 고꾸라진 나는 아파서 눈을 감는다. 따끔한 불빛이 감은 눈 안쪽에서 번쩍한다. 기어서 도망가려 해보지만, 무릎과 머리가 너무 아프다.

"멈춰. 제발."

어렴풋이 귀에 익은 젊은 남자의 목소리다.

어둠 속에서 성냥불이 켜진다. 내 눈이 불빛을 따라가는 사이, 그 빛은 랜턴 안으로 옮겨진다. 빛이 커지자 널찍한 어깨와 검은 망토의 윤곽이 드러나고, 랜턴을 들자 짙은 속눈썹을 드리운 크고 검은 눈이 자리 잡은 얼굴이 보인다. 헛것을 본 게 아니다. 정말로 남자가 있다. 나는 벌떡 일어난다. 하지만 그가 더 빨리 문을 가로

막는다.

"소리를 지르겠어. 정말로 소리칠 거야."

내 목소리는 기껏해야 어둠 속에서 벽을 긁는 소리 같다.

남자는 무언가에 대비하듯 긴장한 표정이다. 왜 그러는지 이유는 알 수 없지만 그 모습을 보니 다시 심장이 쿵쾅거린다.

"아니, 그러지 못할걸. 한밤중에 옷도 제대로 입지 않고 나와서 여기서 함께 뭘 했는지 어떻게 설명할 거야, 제머 도일?"

나는 얇은 흰색 잠옷 아래 드러난 몸매를 감추려고 본능적으로 내 몸을 두 팔로 감싼다. 이 남자는 나를 안다. 이름도 알고 있다. 귀에서 두근두근 맥박이 뛴다. 내 비명 소리가 누군가에게 닿으려면 시간이 얼마나 걸릴까? 내 목소리를 들을 사람이 밖에 있을까?

나는 제대 뒤로 물러난다. 우리는 제대를 사이에 두고 마주 본다.

"당신 누구야?"

"내가 누군지는 알 필요 없어."

"당신은 내 이름을 알아. 난 왜 당신 이름을 알면 안 되지?"

남자는 잠시 생각하다가 짧게 대답한다.

"카르틱."

"카르틱. 그게 진짜 이름이야?"

"난 너한테 이름을 알려줬어. 그거면 충분해."

"원하는 게 뭐야?"

"그냥 너와 이야기하는 거야."

계속 생각해, 제머. 이자에게 계속 말을 시켜.

"당신은 줄곧 내 뒤를 밟았어. 오늘 기차역에서. 그리고 아까 기도 시간에도."

그가 고개를 끄덕인다.

"봄베이에서 메리 엘리자베스 호를 타고 밀항했어. 힘겨운 여행이었지. 영국 사람들은 바다에 대해 지독히 감상적이지만, 난 이제 바다라면 신물이 나."

랜턴 불빛이 그의 그림자를 벽에 뿌리자, 날개 달린 괴물이 꿈틀대는 것처럼 보인다. 그는 여전히 문을 막고 있다. 우리 둘 다 움직이지 않는다.

"어째서? 왜 여기까지 따라온 거야?"

"방금 말했다시피, 난 너랑 이야기해야 해."

그가 내 쪽으로 한 걸음 다가온다. 내가 뒤로 움츠리자 그가 멈춰 선다.

"그날 네 어머니에 관한 이야기야."

"당신이 우리 엄마에 대해 뭘 아는데?"

서까래에 숨어 있던 새가 내 고함에 놀라서 미친 듯이 날개를 퍼덕이며 다른 들보로 날아간다.

"우선 그분이 콜레라로 돌아가시지 않았다는 것."

나는 억지로 심호흡을 한다.

"혹시 우리 가족을 협박할 생각이라면……"

"그런 게 아냐."

그가 다시 한 걸음 다가온다.

서늘한 대리석 제대를 붙잡은 두 손이 떨린다. 이 손으로 눈앞의 사내와 싸워야 하는 걸까.

"그럼 뭐야?"

"넌 그 일이 벌어지는 걸 봤어, 그렇지?"

"아냐."

거짓말을 하자 숨이 가빠지고 빨라진다.

"거짓말."

"아, 아냐…… 난……"

갑자기 그가 뱀처럼 잽싸게 제단 위로 뛰어올라 내 앞에 웅크리더니, 랜턴을 내 얼굴 몇 센티미터 앞에 댄다. 마음만 먹으면 그는 나를 태워버리거나 내 목을 꺾을 수 있다.

"마지막으로 묻겠어. 그날 뭘 봤지?"

입이 바짝 마른 나는 두려움에 사로잡혀 뭐든 말해버릴 것만 같다.

"난…… 엄마가 살해당하는 걸 봤어. 그 남자와 엄마가 살해당하는 모습을 봤어."

그가 이를 앙다문다.

"계속해."

나의 거친 숨소리가 흐느낌으로 바뀌려 한다. 나는 울음을 꾹 눌러 참는다.

"난…… 엄마한테 소리치려 했지만, 엄마는 내 말을 듣지 못했어. 그런데 그때……"

"뭘 봤지?"

가슴속에 들어찬 돌덩이가 너무 무거워서 단어 하나조차 말하기 힘들다.

"모르겠어. 마치 어둠이 움직이기 시작하는 것 같았어…… 그런 건 난생처음이야…… 무시무시한 괴물 같았어."

이유는 모르겠지만, 모두에게 숨겨온 것을 생판 모르는 사람한테 털어놓으니 기분이 후련하다.

"네 어머니는 스스로 목숨을 끊으셨어, 그렇지?"

이 남자가 그걸 알고 있다니. 나는 놀라서 나직이 대답한다.

"맞아."

"운이 좋으셨어."

"어떻게 그런 말을……"

"정말이야. 네 어머니는 운이 좋아서 그것에게 끌려가시지 않은 거야. 반면 우리 형은 그렇게 운이 좋지 못했어."

"그것이 뭔데?"

"네가 싸울 수 없는 상대."

"난 그걸 또 봤어. 마차를 타고 이곳으로 오다가. 또다른…… 환상을 봤어."

남자가 흠칫 놀란다. 그에게서 두려움이 엿보인다. 괜한 소리를 늘어놨구나 싶다. 그는 단번에 제대에서 내려와 내 앞에 선다.

"내 말 잘 들어, 제머 도일. 네가 본 것에 대해 아무에게도 말하지 마. 알았지?"

달빛이 스테인드글라스를 통해 흐릿하게 조각조각 쏟아져들어온다.

"왜 안 되는데?"

"위험에 빠질 테니까."

"내가 뭘 본 거야?"

"그건 경고였어. 그리고 끔찍한 일이 또 벌어지길 원치 않는다면, 앞으로는 환상을 보지 마."

밤, 몹쓸 장난, 두려움, 피로. 그것들이 한데 뒤섞여 웃음을 멈출 수가 없다.

"어떻게 하면 그럴 수 있지? 알면 좀 말해줘. 애초에 그런 걸 보여달라고 한 것도 아니란 말이야."

"그것들에게 마음을 닫으면 곧 멈출 거야."

"내가 그러지 못하면?"

그가 소리도 없이 재빨리 한 손을 내밀어 나의 연약한 손목을 움켜쥔다.

"할 수 있어."

쥐 한 마리가 중앙 통로를 따라 예배당 문 쪽으로 겁 없이 달려가면서 바닥 긁는 소리가 또다시 들린다. 나는 손목이 아파서 몸을 수그린다. 그가 만족스럽게 씩 웃으며 손을 놓아준다. 나는 팔을 내 쪽으로 당겨 아픈 살갗을 문지른다.

"우리가 널 지켜볼 거야, 제머 도일."

떡갈나무로 만든 육중한 예배당 문에서 덜거덕 하는 소리가 난다. 웨이트 목사가 술에 취해 노래를 부르며 빗장을 들어올리다가 도로 떨어뜨려서 욕설을 내뱉는 소리도 들린다. 여기서 그에게 들키게 되었다는 사실에 겁먹어야 할까, 고마워해야 할까. 그 순간 고개를 돌려보니, 나를 괴롭히던 남자가 자취를 감췄다. 그냥 사라진 것이다. 이제 문을 가로막은 사람은 없다. 나갈 길이 생겼다. 바로 그때, 그것이 눈에 띈다. 받침 속에 준비되어 있는, 술이 가득 찬 성찬식 포도주 병.

나무 빗장이 스르르 벗겨진다. 목사가 곧이어 안으로 들어온다. 하지만 오늘 밤 웨이트 목사는 포도주를 마시지 못할 것이다. 나는 포도주를 한 팔로 안고 옆문을 통해 밖으로 나가 어두운 계단통 꼭

대기에 멈춰 선다. 저 어두컴컴한 층계 밑에서 그 남자가 날 기다리고 있으면 어쩌지?

웨이트 목사가 반쯤 취한 목소리로 소리친다.

"거기 누구 있소?"

나는 대포에서 발사된 포탄처럼 잽싸게 층계를 내려가 예배당 뒤로 나간다. 한동안 비틀거리며 언덕을 내려가다가 스펜스의 위풍당당한 벽돌 건물이 보이자 멈춰 서서 숨을 고른다. 근처에서 까마귀 한 마리가 까악까악 울어대는 바람에 화들짝 놀란다. 사방에서 나를 지켜보는 눈이 느껴진다.

우리가 널 지켜볼 거야.

그게 무슨 뜻이지? '우리'가 누구지? 기숙학교의 장난꾸러기 사인조도 당해내지 못하는 멍청한 여자애를 뭐하러 감시하는 거야? 그 남자는 엄마에 대해 뭘 알고 있는 거지?

계속 학교 쪽만 봐, 제머. 아무 일 없을 거야. 나는 저 앞에 늘어선 창문들만 바라본다. 걸음을 내디딜 때마다 창문들이 오르락내리락 한다. 앞으로는 환상을 보지 마.

어이가 없다. 실은 화가 난다. 환상은 내 마음대로 보고 말고 할 수 있는 게 아니잖아. 한번 해볼까? 나는 눈을 감고 환상을 떠올려본다. 숨소리가 느려지면서 점점 커진다. 마치 장미 향수를 뿌린 향기로운 목욕물에 떠 있는 듯, 온몸이 따뜻해지고 긴장이 풀린다. 장미 향기에 나는 눈을 번쩍 뜬다.

그 골목에 있던 어린 소녀가 눈빛을 반짝이며 내 앞에 서 있다. 그리고 내게 손짓한다.

"이쪽으로."

8장

"우리 어디 가는 거니?"

소녀는 대답하지 않고 수풀 속으로 달려갈 뿐이다. 소녀의 밝은 기운이 유리병 속의 불꽃처럼 밤길을 밝혀준다.

나는 다시 말한다.

"기다려. 너무 빨라."

"서둘러야 해요."

소녀가 앞으로 튀어나간다. 내가 지금 뭘 하는 거지? 방금 난 하지 말라고 부탁받았던 일을 또 했다. 환상을 불러온 것이다. 하지만 정말로 내 마음대로 가능한 일일까? 우리는 숲속 빈터 같은 곳에 다다른다. 눈앞에 어두컴컴한 둔덕이 있다. 나는 그 어둠이 살아날까봐 두렵다. 골목에서 섬뜩한 목소리가 들려올까봐 두렵다. 하지만 소녀는 조금도 겁내지 않는 것 같다. 둔덕은 안쪽이 파여 있는데, 마치 인공 동굴처럼 보인다. 소녀가 나를 축축한 냄새가 나는 어둠 속으로 데리고 들어간다. 소녀의 빛이 동굴 안을 밝히는데도, 내 눈에 보이는 것은 어렴풋이 보이는 돌덩이와 반짝이는 이끼뿐이다.

"저 바위 뒤예요."

소녀의 작고 빛나는 손이 근처의 동굴벽을 가리킨다. 벽의 아래쪽에 커다란 돌덩이가 놓여 있다.

"그녀는 당신이 저 바위 뒤를 봐야 한대요."

"그녀가 누군데?"

"당연히 메리죠."

"전에도 말했지만, 난 메리라는 사람 몰라."

나는 지금 환영과 이야기하고 있다. 유령 같은 소녀와. 아마 다음번에는 루마니아 여왕을 자칭하며 침대 시트를 케이프처럼 두른 채 거리를 활보하게 될지도 모른다.

"그녀는 당신을 알아요."

메리. 잉글랜드 전체에서 가장 흔한 이름이다. 이 모든 것이 나를 시험하려는 수작이면 어쩌지? 그 남자는 내가 위험에 처해 있다고 말했다. 이 유령 같은 소녀가 나를 해치려는 악령이면 어쩌지? 아이들을 겁주려고 잠자리에서 들려주는 이야기—귀신과 도깨비와 마녀가 아이들을 꾀어 영혼을 빼앗아간다는 이야기—가 사실이면 어쩌지? 길 잃은 장난꾸러기로만 보이는 사악한 힘이 지금 나를 이곳에 가둔 건 아닐까?

나는 침을 꿀꺽 삼킨다. 목구멍에 맺힌 덩어리는 내려가려 하지 않는다.

"별로 보고 싶지 않은걸."

"그녀는 당신이 꼭 봐야 한대요. 당신한테 벌어지는 일을 이해하려면 그 수밖에 없어요. 그 힘을 이해하려면."

이 아이가 무슨 소릴 하는지 당최 알 수가 없다. 하지만 딱히 소녀에게 등을 돌리고 싶지는 않다.

"그럼 네가 하지 그러니?"

소녀는 고개를 젓는다.

"그녀는 당신이 직접 찾아야 한대요. 그게 이 세계의 방식이에요."

춥고 피곤한 나는 더이상 수수께끼로 고민할 기분이 아니다.

"이해가 안 돼. 제발 그냥 말해줘! 이게 다 무슨 일인지."

"서두르는 게 좋겠어요."

소녀의 커다란 갈색 눈이 동굴 입구를 힐끔 쳐다보고 다시 나를 본다. 소녀가 바깥의 어둠 속에 있는 무언가를 두려워한다고 생각하니 소름이 끼친다.

무슨 일이 벌어지건 지금처럼 아무것도 모른 채 끝낼 수는 없다. 돌덩이는 단단하지만 고정되어 있지는 않다. 나는 끙끙대면서 돌덩이를 치운다. 동굴벽에 구멍이 하나 나 있다. 깊이는 한 팔 길이 정도. 심장이 두근거린다. 구멍에 손을 넣어 차갑고 딱딱한 바위 안쪽을 더듬는다. 그 속에 뭐가 꾸물거리고 있을지는 아무도 모른다. 나는 비명을 참으려고 입술을 깨문다. 어깻죽지까지 들어갔을 때 무언가 딱딱한 것이 만져진다. 단단히 끼어 있어서 힘껏 잡아당겨 가까스로 꺼낸다. 가죽으로 제본한 일기장이다. 첫 장을 펼쳐본다. 먼지가 한 줄기 흘러내린다. 나는 나머지 먼지를 손으로 털어낸다. 일기장 표지 안쪽에 봉투 하나가 끼워져 있다. 봉투 안에 돌아다니는 종이 하나를 바스락거리는 소리와 함께 꺼낸다.

뭐가 겁나니?

무엇 때문에 팔의 털이 쭈볏 서고, 손바닥에 땀이 나고, 우리에 갇힌 짐승처럼 숨 막혀 하는 거니?

어둠 때문이야? 잠자리에서 들었던, 어둠 속에 숨은 귀신과 도깨비와 마녀에 대한 기억 때문에 그러는 거야? 폭풍이 오기 전에 거세지는 바람, 그 바람의 축축한 느낌 때문에 허둥지둥 집에 가서 안전한 난롯가에 앉고 싶은 거야?

아니면 더 깊은 어떤 것, 훨씬 더 무서운 것, 파편으로만 언뜻 보았던 마음속 깊은 곳의 괴물, 광포한 힘을 지닌 비밀들이 모여드는 네 영혼의 광대한 미지의 영역, 그 내면의 어둠 때문이야?

귀를 기울인다면 내가 이야기 하나를 들려줄게. 그 이야기 속의 귀신들은 이글거리는 난롯불의 안락함으로도 몰아낼 수 없어. 내가 들려줄 이야기는 우리가 발견한 어떤 세계에 관한 것이야. 꿈이 형성되고, 운명이 정해지고, 눈밭에 찍힌 손자국처럼 생생한 마법이 존재하는 세계. 우리가 어떻게 우리만의 판도라의 상자를 열고, 자유를 맛보고, 피와 선택으로 우리의 영혼을 더럽히고, 세상에 공포를 퍼뜨렸는지, 그리하여 그토록 소중한 오더order를 어떻게 해서 파멸시켰는지 들려줄게. 이 종이들에 적힌 글은 이 차가운 잿빛 새벽을 초래한 모든 것에 대한 고백이야. 이제 과연 어떤 아침이 찾아올지는 나도 몰라.

이제 심장이 더 빨리 뛰니?

지평선 위로 구름이 몰려드는 게 느껴지니?

두려워하는 동시에 간절히 바라던 키스를 위해 목을 길게 빼는 그런 느낌이니?

넌 겁을 먹게 될까?

넌 과연 진실을 알게 될까?

메리 다우드, 1871년 4월 7일

이 메리라는 여자는 나를 안다고 생각하는 걸까? 나는 메리 다우드라는 사람을 모른다. 머리가 지끈거린다. 잠옷만 걸치고 밖에 나와 있으니 춥다.

"메리한테 날 내버려두라고 말해. 그녀가 나한테 준다는 힘, 난 필요 없다고."

"그녀는 당신한테 힘을 주지는 않아요. 길을 안내할 뿐이지."

나는 동굴에 소리친다.

"난 따라가고 싶지 않아! 알아들었어, 메리 다우드?"

내 목소리가 귓가에 메아리친다. 그 덕분에 환상에서 벗어난 나는 일기장을 손에 쥔 채 홀로 동굴 속에 서 있다.

✻✻✻✻✻

침대 위에 놓인 메리 다우드의 삶이 나를 비웃고 있다. 일기장을 태워버릴 수도 있다. 도로 동굴에 가져가 묻어버릴 수도 있다. 하지만 그러기에는 호기심이 너무 강하다. 나는 침대에 홀로 앉아 양초를 켜 창턱에 올려놓고, 그 흐린 불빛 속에서 가능한 한 많이 읽으려 애쓴다. 보아하니 메리 다우드는 1871년에 열여섯 살이다. 숲속에서 산책하기를 좋아하고, 가족을 그리워하고, 자기 피부가 더 고와지길 바란다. 이 세상에 둘도 없는 그녀의 단짝은 새러 리즈 툼이라는 소녀인데, '세상에서 가장 매력적이고 고결한 아이'라고 적혀 있다. 그들은 자매처럼 가깝고, 결코 떨어지는 법이 없다. 나는 만난 적도 없는 소녀에게 샘이 난다. 일기장의 처음 스무 쪽은 대체로 지독히 따분하다. 그 소녀가 왜 나한테 이걸 주려고 했는지 이해할 수가 없다. 졸음이 몰려와 눈꺼풀이 자꾸 감기고 고개가 처진다. 결국 나는 옷장 깊숙이 아빠의 크리켓 배트 뒤에 일기장을 넣어둔 다음, 마음속에서 지워버리고 잠에 빠져든다.

꿈속에 엄마가 나온다. 엄마가 손으로 내 머리를 부드럽게 쓸어넘긴다. 엄마의 따스한 손가락들이 햇살처럼 내 머리카락 사이를 누비자 졸음이 몰려오고 편안해진다. 엄마가 두 팔로 나를 꼭 껴안는다. 하지만 나는 엄마의 품에서 미끄러져나와 오래된 사원의 폐허 속으로 떨어진다. 제단 위에 무성하게 자란 초록색 덩굴을 따라 뱀들이 기어다닌다. 폭풍이 몰려오자 두꺼운 밧줄 같은 구름들이 하늘에서 빠르게 뒤엉킨다. 두려움으로 긴장한 엄마의 얼굴이 흐릿해지고 있다. 엄마가 번개처럼 재빨리 목걸이를 끌러 나에게 던진다. 공중에서 천천히 나선을 그리며 내려온 목걸이가 내 손에 내려앉고, 나는 은빛 눈의 모서리에 손바닥을 베인다. 상처에서 피가 스며나온다. 고개를 들어보니 엄마가 폭풍 너머에서 내게 소리치고 있다. 울부짖는 바람 소리 때문에 잘 들리지 않는다. 하지만 다른 말은 몰라도 한 마디는 똑똑히 알아들을 수 있다.

도망쳐.

9장

잠에서 깨자 정말로 환하고 푸른 아침이 눈앞에 펼쳐진다. 진짜 햇살이 창문으로 쏟아져들어와 바닥에 유리창 무늬를 그린다. 바깥세상은 온통 황금빛이다. 아무도 내게 뭔가를 훔치라고 하지 않는다. 수수께끼 같은 경고를 던지는 망토 차림의 남자도 없다. 어두컴컴한 동굴에서 구멍 속을 뒤지는 동안 옆에 서서 망을 보던, 몸에서 빛이 나는 이상한 소녀도 없다. 마치 어젯밤이 존재하지도 않았던 것만 같다. 나는 두 팔을 머리 위로 뻗어 기지개를 켜면서 엄마에 관한 이상한 꿈을 기억해내려 하지만, 도무지 생각이 나지 않는다. 그 일기장은 옷장 속에 있다. 거기에 먼지 쌓이게 내버려 둘 참이다. 오늘 맨처음 머릿속에 떠오른 건 복수다.

"일어났네."

앤이 말한다. 옷을 다 차려입고 말쑥하게 정돈된 침대에 앉아 나를 지켜보고 있다.

"응."

내가 대답한다.

"따뜻한 아침을 먹고 싶으면 얼른 옷 입는 게 좋을걸. 식으면 도저히 못 먹으니까."

그녀가 말을 멈추고 물끄러미 나를 쳐다본다.

"네가 묻혀온 진흙은 내가 닦았어."

재빨리 밑을 내려다보니, 오, 이런, 지저분한 발 한쪽이 빳빳한 흰색 시트 밖으로 나와 있다. 나는 잽싸게 시트로 발을 덮는다.

"어제 어디 갔었어?"

이런 대화는 하고 싶지 않다. 밖은 화창하다. 아래층에는 베이컨이 있다. 내 삶이 오늘 다시 시작되고 있다. 방금 그렇게 다짐했다.

"아무 데도 아냐. 진짜야. 그냥 잠이 안 왔어."

나는 환한 웃음으로 보일 법한 미소를 지으며 거짓말을 한다.

앤이 지켜보는 가운데 나는 꽃이 꽂혀 있던 물주전자의 물을 대야에 부어 진흙이 들러붙은 발과 발목을 씻는다. 그리고 숙녀답게 탈의용 칸막이 뒤로 가서 흰 잠옷을 머리 위로 쳐들어 벗은 다음, 메두사의 곱슬머리처럼 헝클어진 머리칼을 빗으로 한 번 빗고 돌돌 말아 목덜미에 꽉 붙잡는다. 헤어핀을 꽂다가 그만 보드라운 두피를 긁는다. 어릴 때처럼 머리를 그냥 늘어뜨리고 다닐 수 있으면 좋으련만.

코르셋을 입는 게 문제다. 혼자서는 등의 끈을 조일 수가 없다. 옷 입기를 거들어줄 하녀도 없을 듯싶다. 나는 한숨을 쉬고 앤을 돌아본다.

"좀 도와줄래?"

앤이 끈을 힘껏 잡아당기자, 허파에서 바람이 빠져나가고 갈비뼈가 부러질 것만 같다.

"조금 느슨하게."

나는 신음하듯이 말한다. 앤이 부탁을 들어주자, 이제 조금 불편할 뿐 숨이 막힐 정도는 아니다.

마지막 끈이 조여지자 나는 말한다.

"고마워."

"목에도 얼룩이 있어."

제발 앤이 나를 그만 좀 뜯어봤으면 좋겠다. 책상 위의 작은 손거울로 보니, 턱 밑 오른쪽에 얼룩이 있다. 나는 손가락에 침을 묻혀 얼룩을 닦는다. 그걸 보고 앤이 불쾌해져서 딴 데로 눈을 돌리기를 바라며. 안 그러면 상처의 딱지 뜯기, 흉터 헤집기, 코털 뽑기 같은 진짜 끔찍한 짓을 해서라도 프라이버시를 확보해야 한다. 마지막으로 거울을 한 번 더 들여다본다. 거울 속에서 나를 바라보는 얼굴은 아름답지는 않지만, 말들이 질겁할 정도로 흉하지는 않다. 따스한 햇볕에 볼이 발그레해진 오늘 아침에는 내가 엄마를 쏙 빼닮은 것 같아 보이기도 하다.

앤이 목청을 가다듬고 말한다.

"여기서는 혼자 나다니면 안 돼."

난 혼자가 아니었다. 앤도 그걸 알고 있지만, 나는 내가 다른 학생들의 놀림감이 된 일을 앤에게 말하고 싶지 않다. 앤이 우리 둘 다 부적응자라며 동지애를 느낄지도 모른다. 더구나 나의 괴팍한 면은 너무 복잡해서 누군가에게 설명하거나 이해시킨다는 게 불가능하다.

"다음에 또 잠이 안 오면 널 깨울게. 맙소사, 여긴 왜 이래?"

앤의 손목 안쪽이 소맷부리에 수놓은 격자무늬처럼 가늘고 빨간 금으로 끔찍하게 뒤덮여 있다. 마치 바늘이나 핀으로 긁은 것 같다. 앤이 잼싸게 소매를 밑으로 잡아당겨 손목을 가린다.

"아, 아, 아무것도 아냐. 사, 사, 사고였어."

대체 무슨 사고이기에 그런 흔적이 남지? 내가 보기엔 의도적으로 낸 상처 같다. 하지만 나는 '아, 그렇구나'라고만 대꾸하고 고개를 돌린다.

앤이 문 쪽으로 다가간다.

"오늘은 신선한 딸기가 나올 거야. 딸기는 피부에 좋지.『루시의 시련』에서 읽었어."

앤은 문턱에 서서 몸을 앞뒤로 살짝 흔든다. 침착하던 눈빛이 조금 떨리고 있다. 그녀는 자기 손가락을 내려다보며 말한다.

"피부가 좋아진다면, 할 수 있는 건 해야지."

나는 옷깃을 매만지는 척하며 대꾸한다.

"네 피부는 고와."

앤은 쉽사리 넘어가주지 않는다.

"괜찮아. 나도 내가 예쁘지 않다는 거 알아. 다들 그렇게 말하니까."

그렇지 않다고 말해보라는 듯 도전적인 눈빛이다. 만약 내가 그렇게 말하면 앤은 내가 거짓말한다고 생각할 것이다. 만약 아무 말도 안 하면, 앤이 차마 인정하지 못하던 것을 내가 확인해주는 셈일 테고.

"딸기가 나온다고 했어? 나도 좀 먹어야겠는걸."

다시 위장된 고요가 감돈다. 앤은 나에게 거짓말을 기대했다. 자기가 못생기지 않았다고, 아름답다고 누군가가 말해주기를 바랐다. 나는 그녀를 실망시켰다.

"맘대로 해."

결국 앤은 나를 혼자 두고 가버린다. 과연 내가 스펜스에서 친구를 한 명이라도 사귈 수 있을까.

오늘 아침에는 먼저 들를 데가 있어서 시간이 빠듯하다. 어젯밤 필리시티가 베풀어준 친절에 대한 작은 감사 표시를 해야 하니까. 일을 마친 후에는 갑자기 배가 고파져서 아침을 먹으러 간다. 식사에 늦은 덕분에 필리시티와 피파, 나머지 두 아이들과는 마주칠 일이 없다. 불행히도 그건 다 식은 달걀과 포리지*를 먹어야 한다는 뜻이기도 하다. 앤이 경고한 대로 맛이 고약하다. 아니, 그보다 더 끔찍하다. 차가운 포리지는 숟가락에 굵게 엉겨붙는다.

"그러게 내가 뭐래."

앤이 마지막 남은 베이컨 조각을 먹어치우며 말한다. 내 입속에 침이 고인다.

---

* 오트밀에 물이나 우유를 넣고 끓인 죽.

나의 행운은 마드무아젤 르파르주의 1교시 프랑스어 시간에 끝나버린다. 구역을 이루고 앉은 필리시티 패거리가 각자의 자리에서 나를 지켜본다. 그들이 작고 비좁은 교실의 뒷줄을 막고 있어서 내 자리로 가려면 이 관문을 통과해야 한다. 좋아. 가자.

필리시티가 자기 나무 책상과 피파의 책상 사이의 좁은 통로에 우아한 발 한 짝을 내밀고 나를 막는다.

"잘 잤니?"

"물론."

나는 간밤에 여학생들이 벌인 장난 따윈 대수롭지 않다는 걸 보여주려고 지나칠 정도로 명랑하게 대답한다. 필리시티는 발을 치우지 않는다.

"어떻게 했지? 어떻게 나왔느냔 말이야."

세실리가 묻는다.

"나한테 숨겨진 힘이 있거든."

나는 이 한심한 대답이 제법 마음에 든다. 마사는 간밤의 소동에 자신이 끼지 못했음을 깨닫는다. 하지만 차마 제 입으로 그걸 말할 수는 없다. 대신 필리시티 패거리의 일원인 양 내 흉내를 내며 이죽거린다.

"나한테 숨겨진 힘이 있거든."

내 뺨이 화끈거린다.

"그건 그렇고, 너희가 부탁한 물건은 가져왔어."

필리시티의 눈이 번득인다.

"정말? 어디 숨겨놨는데?"

나는 명랑하게 대답한다.

"숨기는 건 좋지 않다고 생각했어. 다시 찾지 못할 수도 있으니까. 그래서 대회당에 있는 네 의자 위에 잘 보이도록 놔뒀지. 아마 거기가 가장 잘 어울리는 장소일 거야."

필리시티가 입을 딱 벌린 채 겁에 질린다. 나는 발로 그녀의 발을 살짝 밀어내고 앞줄 책상으로 다가간다. 필리시티 패거리의 눈길에 목덜미가 따갑다.

"대체 어떻게 된 일이야?"

앤이 모범생처럼 두 손을 책상 위에 다소곳이 포개고 묻는다.

"떠벌릴 만한 일은 아냐."

"쟤들이 널 교회에 가둔 거지?"

나는 책상 뚜껑을 올려 앤의 얼굴을 가린다.

"그럴 리가 있니. 말도 안 되는 소리야."

하지만 처음으로 앤의 입가에 어렴풋이 번지는 미소가 보인다. 진짜 미소.

앤이 고개를 저으며 중얼거린다.

"한 번 실패했다고 쟤들이 그만둘까?"

내가 대꾸하기도 전에 몸무게가 100킬로그램은 족히 되어 보이는 르파르주 선생님이 교실로 들어와 명랑하게 인사한다.

"봉주르(안녕)."

그녀는 이미 깨끗한 석판을 천조각으로 열심히 닦으면서 수업 내내 프랑스어로 재잘거린다. 이따금 질문을 하는데, 놀랍게도 모두가 대답을 한다. 프랑스어로. 나는 당황한다. 무슨 이야기가 오가는지 전혀 모르겠다. 나는 늘 프랑스어를 들으면 양치질하는 소리 같다고 생각했었다.

르파르주 선생님이 내 책상 앞에 멈춰 서더니 뜻밖의 발견을 한 듯 박수를 친다.

"아, 윈 누벨 피유! 코망 부 자플레 부?(아, 신입생이구나! 이름이 뭐지?)"

선생의 얼굴과 내 얼굴이 위험스러울 정도로 가까워서, 두 앞니 사이의 틈과 널찍한 코의 모공까지도 눈에 전부 들어온다.

내가 되묻는다.

"죄송하지만, 뭐라고 하셨죠?"

선생님은 오동통한 손가락을 저으며 말한다.

"농, 농, 농…… 앙 프랑세, 실 부 플레. 맹트낭, 코망 부 자플레 부?(아니, 아니, 아니…… 프랑스어로 말해야지. 자, 네 이름이 뭐니?)"

그녀가 다시 희망찬 미소를 짓는다. 내 뒤에서 필리시티와 피파가 키득거리는 소리가 들린다. 새로운 삶의 첫날, 시작부터 곤경에 처하다니.

마치 몇 시간은 흐른 것 같다. 그때 앤이 자진해서 나를 돕는다.

"엘 사펠 제머.(걔 이름은 제머예요.)"

네 이름이 뭐니? 겨우 그런 멍청한 우라질 질문을 하려고 그렇게 괴상망측한 소리를 낸 거야? 정말 지구상에서 가장 한심한 언어다.

"아, 봉, 안. 트레 봉.(아, 고맙다, 앤. 정말 고마워.)"

필리시티는 여전히 숨죽여 키들거리고 있다. 르파르주 선생님이 필리시티에게 질문을 던진다. 나는 걔가 얼간이처럼 더듬거리길 바란다. 하지만 그녀는 흠잡을 데 없는 프랑스어로 대답한다. 세상은 너무 불공평하다.

르파르주 선생님이 내게 질문할 때마다 나는 멍하니 앞만 보면서 '뭐라고 하셨죠?'를 수없이 되풀이한다. 예절 바른 귀머거리 행세를 하면 이 구제불능 언어를 이해하는 데 도움이 될 것처럼. 선생님의 환한 미소가 서서히 오만상으로 바뀌더니 결국 나한테는 아예 질문하지 않는다. 그게 나도 편하다. 마침내 고문 같은 수업이 끝날 무렵, 나는 '정말 멋져'와 '응, 내 딸기는 아주 맛있어'를 프랑스어로 더듬더듬 말할 수 있게 되었다.

선생님이 두 팔을 들자 우리 모두 동시에 일어서서 인사한다.

"오 르부아, 마드무아젤 르파르주.(또 봬요, 르파르주 선생님.)"

"오 르부아, 메 피유.(또 보자, 얘들아.)"

다들 책상 속에 책과 잉크병을 챙겨넣고 있는데, 선생님이 내게 말한다.

"제머, 잠깐 남아줄래?"

줄곧 노래하듯 프랑스어로 재잘거리던 그녀가 영어로 말하니, 차가운 물벼락을 맞은 듯 정신이 번쩍 든다. 지금 마드무아젤 르파르주는 프랑스인이 아니라 나처럼 영국인이다.

필리시티가 문밖으로 나가려고 미친 듯이 뛰어가다가 넘어질 뻔한다.

"마드무아젤 필리시티! 서둘 것 없다."

필리시티는 나를 노려보며 대답한다.

"죄송해요, 마드무아젤 르파르주. 다음 수업 시간 전에 찾아와야 할 물건이 방금 생각났거든요."

이윽고 교실이 한산해지고 나와 선생님 둘만 남자, 그녀는 자기 책상 뒤 의자에 육중한 몸을 앉힌다. 책상 위에는 제복을 입은 잘생긴 남자의 틴타이프* 사진 말고는 아무것도 없다. 남동생이거나 친척인 듯하다. 그녀는 미혼인 마드무아젤이고 나이도 스물다섯 살은 넘어 보이니까 즉, 이제는 결혼할 가망이 없는 노처녀다. 그렇지 않다면 뭐하러 여기서 이러고 있겠는가. 최후의 종착역으로 학교를 선택한 것이다.

르파르주 선생님이 고개를 젓는다.

"프랑스어 공부를 많이 해야겠어, 마드무아젤 제머. 물론 너도 알고 있겠지. 앞으로 또래 여학생들과 같이 내 수업을 들으려면 아주 열심히 공부해야 할 거야. 나아지는 기미가 안 보이면 초급반으로 강등시킬 수밖에 없어."

"네, 마드무아젤."

"언제든 도움이 필요하면 다른 학생들에게 부탁해. 필리시티는 프랑스어 실력이 아주 뛰어나단다."

"네."

나는 침을 꿀꺽 삼키며 대답한다. 필리시티의 도움을 받느니 못을 삼키겠다고 다짐하면서.

---

* 크롬을 도금한 금속판에 인화지를 밀착시킨 옛날식 사진.

남은 하루는 별일 없이 느릿느릿 지나간다. 화술 수업이 끝나자 무용 수업, 자세 수업, 라틴어 수업이 이어진다. 음악 담당인 그뤼네발트 선생님은 작고 구부정한 오스트리아 남자인데, 처진 얼굴에 패배자 같은 표정이 서려 있고 목소리는 지쳐 있다. 우리에게 연주와 노래를 가르치는 것이 천천히 고문당하며 죽는 것과 진배없다고 생각하는 듯, 툭하면 한숨을 쉰다. 비록 깜짝 놀랄 만큼 훌륭하다고는 할 수 없지만, 적어도 우리는 열심이기는 하다. 하지만 앤은 그중 예외다.

일어서서 노래를 부를 때, 앤의 입에서는 맑고 고운 목소리가 흘러나온다. 조금 소심하긴 해도 아름답다. 꾸준히 연습하고 감정만 조금 더 실으면 정말로 잘 부를 것 같다. 그럴 기회가 없다는 게 안타까울 따름이다. 앤은 가정교사가 되는 훈련을 받으려고 이곳에 왔을 뿐이다. 음악이 끝나자 앤이 여전히 고개를 숙인 채 다시 자리에 앉는다. 그녀는 하루에 몇 번이나 죽는 걸까.

"네 목소리 아주 근사해."

나는 자리에 앉은 앤에게 속삭인다.

"예의상 하는 말인 거 알아."

그녀는 손톱을 물어뜯으며 대꾸한다. 하지만 넓고 혈색 좋은 얼굴이 더욱 발그레해지는 걸 보니 그녀에게는 노래를 부르는 것이 전부인 듯싶다. 설령 잠깐 동안일 뿐이라 해도.

〜〜〜

감각을 무디게 하는 기계적인 일상이 한 주 내내 되풀이된다.
기도 시간. 품행 수업. 자세 수업. 아침과 밤에는 나도 앤과 같은
사회 부적응자 신세를 즐긴다. 저녁에 우리 둘은 대회당 벽난로 옆
에 앉는다. 그 고요를 깨는 것은 노골적으로 우리를 무시하는 필리
시티와 그녀의 똘마니들이 터뜨리는 웃음뿐이다. 주말 무렵에는
내가 아예 투명인간이 된 것 같다. 하지만 나를 지켜본 누군가가
있었다.

카르틱이 메시지를 보냈다. 일기장을 발견하고 하루가 지난 다
음날 밤, 오래전에 아빠가 보낸 편지 한 통이 작은 칼에 찍힌 채 침
대 위에 꽂혀 있었다. 예전에 그 두서없는 산만한 편지를 읽고 너
무 괴로워서 책상 서랍에 넣어 숨겨버렸는데. 아마도. 아빠의 서명
위에 '난 네게 경고했어'라는 글귀가 적힌 채 칼에 찍혀 침대에 놓
인 그 편지를 보니 뼛속까지 오싹했다. 위협이 분명하다. 나와 우
리 가족이 안전하려면 마음의 문을 닫고 환상을 보지 않는 수밖에
없다. 하지만 마음을 닫으면 나머지 부분도 닫힌다. 두려움 때문에
내면으로 숨어버리자 모든 것에서 멀어지고, 나는 불타버린 위층
이스트윙처럼 쓸모없는 존재가 되었다.

〜〜〜

오직 무어 선생님의 미술 시간에만 살아 있는 느낌이 든다. 처

음에는 지루할 줄 알았다. 잉글랜드의 시골 들판에서 느긋하게 코를 벌름거리는 토끼 떼나 그리겠지 싶었다. 하지만 무어 선생님은 이번에도 나를 놀라게 했다. 그녀는 우리에게 영감을 불어넣으려고 테니슨 경의 저 유명한 시 「레이디 오브 샬럿」을 골랐다. 그 시의 주인공인 여자는 안전한 상아탑 안에 살고 있지만, 그곳을 벗어나면 죽는다. 무어 선생님이 나를 놀라게 한 것은 그뿐만이 아니다. 그녀는 미술에 대한 우리의 생각을 알고 싶어한다. 멍청하게 과일 정물화만 죽어라 그리지 말고 자기 생각을 용감하게 이야기하면서 토론하길 바란다. 그러자 양들은 엄청난 혼란에 빠진다.

"레이디 오브 샬럿을 그린 이 스케치에 대해 말해볼 사람?"

무어 선생님이 이젤에 그림을 올려놓으며 묻는다. 그림 속의 여자는 높다란 창문 앞에 서서 숲속의 기사를 내려다보고 있다. 거울에는 방의 내부가 비친다.

잠시 정적이 흐른다.

"누구 없니?"

앤이 대답한다.

"목탄화예요."

"그래, 그건 틀림없는 사실이야, 미스 브래드쇼. 다른 사람?"

무어 선생님은 출석한 학생 여덟 명을 둘러보며 제물을 찾는다.

"미스 템플? 미스 풀?"

둘 다 묵묵부답이다.

"아, 미스 워딩턴. 너는 언제나 대답을 잘하지."

필리시티는 고개를 갸우뚱하면서 그림을 골똘히 보는 척하지만, 나는 그녀가 무슨 말을 하려는지 이미 알고 있다.

"아름다운 스케치예요, 무어 선생님. 거울과 여인을 잘 배치해서 균형감이 있고, 여인을 라파엘 전파* 스타일로 그린 것 같아요."

필리시티는 빙그레 웃으면서 칭찬받을 준비를 한다. 선생의 비위를 맞추는 그녀의 재주야말로 진정 예술이다.

무어 선생님이 고개를 끄덕인다.

"정확하지만 조금 기계적인 감상이로구나."

필리시티의 얼굴에서 웃음기가 싹 걷힌다. 무어 선생님이 계속 이야기한다.

"이 그림에서 어떤 일이 벌어지고 있는 것 같니? 화가가 이 여인에 관해 무얼 알려주려는 걸까? 그림을 보고 있으면 어떤 느낌이 들지?"

어떤 느낌이 드냐고? 지금껏 이런 질문은 한 번도 받아본 적이 없다. 우리 모두. 우리는 느껴서는 안 된다. 우리는 영국인이다. 교실 전체에 침묵이 흐른다.

엘리자베스가 말한다.

"아주 멋지네요. 예뻐요."

자기 견해라고 하기에는 너무 빤한 소리다.

무어 선생님이 묻는다.

"그림을 보니 예쁘다는 느낌이 드니?"

"아뇨. 네. 그런 느낌이 들어야 하나요?"

"미스 풀, 미술 작품을 보고 어떤 느낌을 받을지는 선생님이 정해주는 게 아니란다."

---

* 라파엘로 이전의 그림으로 되돌아가자는 운동을 펼쳤던 19세기 영국 회화의 일파.

피파가 목소리를 높인다.

"하지만 그림은 멋지고 예쁘거나 쓰레기거나 둘 중 하나예요. 안 그런가요? 우리는 예쁜 그림 그리기를 배워야 하는 거 아닌가요?"

"꼭 그렇지는 않단다. 다른 식으로 생각해보자. 지금 이 스케치에서 어떤 일이 벌어지고 있지, 미스 크로스?"

"창밖으로 랜슬롯 경을 내려다보는 거죠?"

피파는 눈앞에 보이는 것조차 확신하지 못하는지 질문하듯 대답한다.

"그래. 너희는 모두 테니슨의 시를 잘 알고 있어. 레이디 오브 샬럿에게 무슨 일이 벌어지지?"

마사가 적어도 이건 대답할 수 있다고 좋아하며 말문을 연다.

"성에서 나와 보트를 타고 하류로 떠내려가요."

"그리고?"

마사의 얼굴에서 자신감이 사라진다.

"그리고…… 죽죠."

"어째서?"

소심한 웃음소리가 살짝 들린다. 하지만 아무도 대답하지 못한다.

마침내 침착하고 차분한 앤의 목소리가 침묵을 가른다.

"저주받았기 때문이에요."

그러자 피파가 처음으로 자신만만하게 말한다.

"아뇨, 사랑 때문에 죽는 거예요. 그 남자 없이는 못 사니까요. 끔찍하게 낭만적이죠."

무어 선생님이 심술궂은 미소를 지으며 대꾸한다.

"아니면 낭만적으로 끔찍하거나."

피파는 당황한 표정이다.

"저는 낭만적이라고 생각해요."

"사랑을 위해 죽는 것이 낭만적이라고 할 수도 있지. 물론 죽으면 다른 멋진 젊은 커플들처럼 알프스로 신혼여행을 갈 수 없어서 안타깝겠지만."

그러자 앤이 말한다.

"하지만 저주받은 건 사실이잖아요? 사랑 때문이 아니에요. 자기 뜻대로 할 수 없는 운명 때문이죠. 탑을 떠나면 그녀는 죽어요."

"하지만 그녀가 죽는 건 탑을 떠날 때가 아니야. 강 위에서 죽지. 흥미롭지 않니? 자기 생각을 이야기할 사람 더 없어? 미스…… 도일?"

나는 내 이름을 듣고 화들짝 놀란다. 금세 입이 마른다. 이마를 찡그리고 그림을 뚫어져라 보면서 생각이 떠오르길 기다린다. 도무지 근사한 대답이 떠오르지 않는다.

"억지로 짜낼 필요는 없다, 미스 도일. 나는 미술을 가르친다는 명목으로 학생들을 사팔뜨기로 만들 생각은 없어."

킥킥대는 소리가 터져나온다. 나는 당황해야 마땅하지만, 대답할 수 없는 질문의 답을 지어내지 않아도 된다는 안도감이 더 크다. 다시 내 안으로 숨는다.

무어 선생님이 교실을 서성이면서 기다란 탁자를 지나친다. 탁자 위에는 칠하다 만 캔버스 몇 개, 유화물감 통, 쌓아놓은 수채화, 지푸라기 같은 털로 만든 붓이 가득 담긴 양철 컵이 놓여 있다. 한쪽 구석에는 그림 한 점을 올려놓은 이젤이 있다. 숲과 잔디밭, 첨

탑을 그린 풍경화. 우리 앞에 늘어선 창밖에도 같은 풍경이 펼쳐져 있다.

"내가 보기에 저 여인이 죽는 건, 탑에서 벗어나 바깥세상으로 나가기 때문이 아니라, 강물에 몸을 맡긴 채 물살에 이끌려 어떤 꿈을 좇아 세상을 가로질러 흘러가기 때문이야."

잠시 정적이 흐른다. 책상 밑에서 발들이 움직이는 소리 말고는 고요하다. 앤은 마치 가상의 피아노인 양 책상을 손톱으로 두드린다.

세실리가 묻는다.

"그녀가 노를 저었어야 했다는 뜻인가요?"

무어 선생님이 웃는다.

"그렇게 말할 수도 있겠지."

앤이 책상 두드리기를 멈춘다.

"하지만 노를 젓고 안 젓고는 중요하지 않아요. 그녀는 저주받았어요. 무얼 하든 죽을 운명이라고요."

무어 선생님이 부드럽게 대꾸한다.

"계속 탑에서 지내도 죽을 거야. 꽤 오랫동안 살겠지만 결국 죽겠지. 우리 모두 언젠가는 죽어."

앤은 쉽게 물러서지 않는다.

"하지만 그녀에겐 선택권이 없어요. 이길 수가 없다고요. 세상이 용납하지 않을 거예요!"

앤이 의자에서 떨어질 정도로 몸을 앞으로 내민다. 나뿐만 아니라 우리 모두 그녀가 더이상 그림 속의 여자 이야기를 하고 있지 않다는 걸 눈치 챈다.

"맙소사, 앤. 이건 그냥 바보 같은 시일 뿐이야."

필리시티가 눈알을 굴리며 비웃는다. 그녀의 패거리도 덩달아 킬킬대면서 수군수군 조롱한다.

무어 선생님이 꾸짖는다.

"쉿, 다들 그만해. 그래, 앤. 이건 그냥 시일 뿐이야. 저건 그냥 그림일 뿐이고."

갑자기 피파가 열을 낸다.

"하지만 사람이 저주받을 수도 있지 않나요? 자기 힘으로 어쩔 수 없는 병 같은 것에 걸릴 수 있잖아요. 안 그런가요?"

갑자기 숨이 턱 막힌다. 손가락 끝이 따끔거리기 시작한다. 안 돼. 난 끌려내려가지 않을 거야. 꺼져버려.

무어 선생님이 다정하게 대답한다.

"인간은 누구나 괴로움을 안고 살아간단다, 미스 크로스. 중요한 건 그걸 어떻게 짊어지느냐일 거야."

필리시티가 도전적인 말투로 묻는다.

"선생님은 저주를 믿으세요?"

나는 비어 있어. 공허하단 말이야. 아무것도, 아무것도, 아무것도 느끼지 못해. 네가 메리 다우드건 누구건 제발, 제발 가줘.

무어 선생님은 자신이 그린 파스텔 수채 정물화들 사이에 답이 숨어 있기라도 한 듯 우리 뒤의 벽을 훑어보기 시작한다. 빨갛게 잘 익은 사과. 과즙이 가득한 포도. 빛을 받아 반짝이는 오렌지. 죄다 한 그릇 속에서 썩어가고 있다.

"나는……"

선생님이 말꼬리를 흐린다. 마치 넋이 나간 사람 같다. 열린 창문으로 한 줄기 바람이 불어와 붓이 담긴 컵을 쓰러뜨린다. 내 손가락의 따끔거림이 멎는다. 이제 당분간은 안전하다. 참고 있던 숨이 한꺼번에 터져나온다.

무어 선생님이 붓을 들어올린다.

"이번 주에는 다같이 숲속을 거닐면서 오래된 동굴들을 탐험하자꾸나. 그곳에 정말 놀라운 원시 그림들이 있는데, 나보다는 그것들이 미술에 관해 훨씬 더 많은 걸 알려줄 거야."

반 전체가 환호성을 터뜨린다. 교실 밖으로 나갈 기회가 생긴 건 정말로 기쁜 일이며, 저학년에겐 없는 특권이 우리에게 있다는 뜻이다. 하지만 나는 동굴에 다녀온 일과 여전히 옷장 속에 있는 메리 다우드의 일기장이 생각나 불안해진다.

"교실에서 보트에 탄 저주받은 처녀 이야기나 하고 있기에는 날씨가 너무 아름답구나. 당장 나가서 자유를 만끽하렴. 혹시 누가 물으면 예술적 영감을 얻으려고 바깥세상을 관찰하는 중이라고 둘러대."

무어 선생님은 자신의 스케치를 살펴보며 말을 잇는다.

"아무래도 이건 손 좀 봐야겠다."

그녀는 과장된 몸짓으로 레이디 오브 샬럿에게 멋들어진 콧수염을 그려넣는다.

"이러니까 예수님 닮았는걸."

세실리 말고는 다들 무어 선생님의 불경한 장난에 키득거리며 즐거워한다. 나는 은근히 독실한 세실리의 모습에 새삼 놀란다. 무어 선생님의 얼굴에 웃음꽃이 피면서 생기가 돌자 나의 불안감도 사라진다.

나는 메리 다우드의 일기장을 가져오려고 전속력으로 방에 뛰어들어갔다가, 새로 온 위층 하녀의 훈련을 감독하던 브리짓의 등에 정통으로 부딪친다.

"정말 죄송합니다."

나는 치맛자락이 무릎까지 올라간 채 바닥에 쓰러진 내 꼴을 생각해 최대한 예의 바르게 말한다. 브리짓의 널찍한 등에 부딪히자 마치 뱃전에 몸을 날린 듯한 느낌이다. 강한 충격 때문에 머릿속이 울린다. 설마 귀머거리가 되는 건 아니겠지.

"죄송? 그래요, 당연히 그렇겠죠."

브리짓은 나를 일으켜 세우고 옷깃과 소맷부리를 펴서 매무새를 고쳐준다. 새로 온 하녀는 고개를 돌린다. 하지만 들썩이는 어깨를 보니 웃음을 참고 있는 게 틀림없다.

나는 일으켜줘서 고맙다고 말하려 하지만, 그녀의 지루한 훈계는 막 시작되었을 뿐이다.

"거세당하지 않으려고 발광하는 말처럼 방정맞게 뛰어다니다니! 자, 대답해봐요. 조신한 숙녀가 그런 식으로 행동하면 되겠어요? 응? 만약 그런 꼴사나운 광경을 교장 선생님이 본다면 뭐라고 하시겠어요?"

"죄송해요."

나는 깊이 반성하는 것처럼 보이려고 고개를 숙인 채 발만 내려다본다. 브리짓은 끌끌 혀를 찬다.

"뉘우치니 다행이군요. 그럼 이제 왜 그렇게 서둘렀는지 말해보겠어요? 이 늙은 브리짓에게 사실대로 말해요. 여기서 이십여 년을 보냈으니 나도 꽤 눈치가 빠르답니다."

"책을 놓고 왔어요."

나는 재빨리 옷장으로 다가가 케이프를 꺼내들고 그 안에 일기장을 슬며시 감춰넣는다.

"책 한 권 때문에 그 난리를 피워 사람을 죽일 뻔했군요."

브리짓은 방금 바닥에 나동그라져 얼떨떨해 있던 사람이 내가 아니라 자기인 양 툴툴댄다.

"방해해서 죄송해요. 그만 가볼게요."

나는 그녀를 지나가려 한다.

"잠깐 기다려요. 우선 다친 데 없는지 봅시다."

브리짓이 내 턱을 잡고 불빛 쪽으로 얼굴을 기울여 살펴본다. 그녀의 뺨이 창백해진다.

"뭐가 잘못됐나요?"

나는 내가 생각보다 심하게 다쳤는지 궁금해서 묻는다. 브리짓의 등짝이 엄청나긴 해도 거기 부딪쳤다고 머리에서 피가 나진 않을 텐데.

브리짓이 내 턱에서 손을 떼고 뒤로 조금 물러서더니, 두 손이 더러워지기라도 한 듯 앞치마에 닦는다.

"아무것도 아니에요. 단지…… 눈동자가 아주 진한 초록색이군요. 그뿐이에요. 이제 가봐요. 다른 학생들을 놓치면 안 되니까."

말을 마친 그녀는 깃털 먼지떨이를 쓰는 게 서툰 몰리에게 눈길을 돌린다. 나는 안도의 한숨을 쉬고 내 볼일을 보러 간다.

10장

드넓은 잔디밭으로 나오니 이미 학생들이 바람을 쐬고 있다. 하루 종일 해가 나서 오후에도 날이 환하고 푸르다. 낮은 구름이 느릿느릿 하늘을 가로지른다. 언덕 위에는 예배당이 우뚝하니 곧게 솟아 있다. 잔디밭에서는 어린 학생들이 갈색머리 소녀의 눈을 눈가리개로 가리고 그 주위를 빙빙 돌다가 구슬처럼 흩어진다. 소녀가 두 팔을 불안하게 내밀고 비틀비틀 잔디밭을 걸으며 '장님 나가신다!' 하고 소리친다. 나머지 아이들이 '나 잡아봐라!' 하고 맞받아치자, 소녀는 친구들이 꺅꺅 소리치는 쪽으로 더듬더듬 나아간다. 앤은 벤치에 앉아서 싸구려 잡지를 보고 있다. 그녀가 힐끔힐끔 나를 쳐다보지만 나는 모른 척한다. 야박하긴 하지만 지금은 혼자 있고 싶다.

내 오른쪽에 펼쳐진 숲이 근사해 보여서 재빨리 그 서늘한 은신처로 들어간다. 나뭇잎 사이로 새어드는 햇살이 은은하니 따사롭다. 나는 그 다정한 햇살을 잡아보려 하지만, 햇살은 손가락 사이로 빠져나가 땅을 비출 뿐이다. 까막잡기를 하는 학생들의 '나 잡아봐라' 소리만 희미하게 들려올 뿐, 이곳은 고요하기 그지없다. 메리 다우드의 일기장은 내 케이프 안쪽에 조용히 숨겨져 있다. 주머니 속에 담긴 그녀의 비밀들이 내 넓적다리를 짓누른다.

그녀가 내게 무얼 알려주려 하는지만 알아내면 나한테 벌어지는 일을 이해할 길이 열릴 것이다. 나는 또다른 페이지를 펴고 읽는다.

1870년 12월 31일

오늘은 나의 열여섯번째 생일이야. 새러가 나한테 아주 쾌활하게 말했어.

"이제 너도 그게 뭔지 알게 될 거야."

더 자세히 말해달라고 졸랐지만 그녀는 거부했지. 친자매나 다름없는 나한테!

"말할 수 없어, 사랑하고 사랑하는 나의 친구야! 하지만 넌 곧 알게 돼. 그리고 너에게 새로운 문이 열릴 거야."

솔직히 난 새러에게 몹시 화가 났어. 그애는 나보다 먼저 열여섯 살이 되었고, 아는 것도 더 많지. 하지만 새러가 곧 내 손을 꼭 잡아줘서 마음이 풀렸어. 이렇게 상냥하기 그지없는 새러를 어떻게 좋아하지 않을 수 있을까.

열여섯 살이 되는 게 뭐 그리 대단한 일인지 이해가 안 간다. 메리의 일기가 흥미진진하거나 유익하길 기대했다면 그건 나의 착각이었다. 하지만 달리 할 일도 없어서 다음 일기로 넘어간다.

1871년 1월 7일

내 소중한 일기야, 너무나 무서운 일이 벌어지고 있어서 털어놓을 수조차 없어. 입 밖에 내기가 두렵다. 새러한테조차. 나는 과연 어떻게 될까?

뱃속이 뒤틀리는 묘한 느낌이 든다. 대체 얼마나 끔찍한 일이기에 자기 일기장에조차 털어놓지 못할까? 아이들의 목소리가 바람 한 줄기에 실려 들려온다. 장님 나가신다. 나 잡아봐라. 다음 일기의 날짜는 2월 12일이다. 읽는 동안 심장박동이 점점 더 빨라지기 시작한다.

나의 소중한 일기야, 이제야 마음이 놓인다! 정말 행복해. 걱정했지만 다행히 나는 미치지 않았어. 더이상 환상의 힘에 압도당하지 않아. 마침내 내가 그것들을 통제하기 시작했어. 오, 일기야, 이젠 그것들이 무섭지 않고 아름다워! 새러가 내게 곧 그렇게 될 거라고 장담했지만, 솔직히 나는 그것들이 너무 황홀해서 완전히 빨려들어갈까봐 두려웠거든. 늘 내 의지와 상관없이 발버둥치다가 끌려들어갔으니까. 하지만 오늘, 오, 정말 황홀한 경험이었어! 열병 같은 그 느낌이 밀려들자 나는 그것에게 오라고 했어. 문을 보여줘, 라고 말한 다음 마음을 굳게 먹고 용기를 냈어. 그러자 나를 짓누르는 엄청난 압박감은 느껴지지 않았지. 그냥 가볍게 몸이 떨릴 뿐이었어. 곧이어 그것이 나타났지. 아름다운 빛의 문. 오, 일기야, 내가 그 문을 통해 들어간

곳은 강물이 노래하고 나무에서 꽃잎이 보슬비처럼 떨어지는 아름답기 그지없는 정원이었어. 거기서는 상상만 하면 뭐든 가질 수 있어. 나는 억세고 강한 다리로 사슴처럼 빨리 달렸고, 설명할 수 없는 기쁨으로 가슴이 벅찼어. 거기서 몇 시간 동안 있었던 것 같은데, 다시 문밖으로 나오니 마치 어디에도 다녀오지 않은 듯한 기분이었어. 내가 다시 방으로 돌아오자, 기다리고 있던 새러가 나를 얼싸안았어.

"우리 메리, 결국 해냈구나! 내일은 나랑 손잡고 우리 자매들과 하나가 되자. 그러면 우린 그 세계의 모든 비밀을 알게 될 거야."

내 몸이 떨린다. 메리와 새러는 둘 다 환상을 보았다. 나 혼자가 아니다. 바깥세상 어딘가에 나를 도울 수 있는 두 소녀—아니 두 여자—가 있다. 메리가 이걸 나한테 알려주려는 걸까? 빛의 문. 난 그런 건 한 번도 못 봤다. 정원도 본 적이 없다. 내 환상 속에서 아름다운 것은 없었다. 내 환상이 그들의 환상과 다른 것이면 어쩌지? 카르틱은 그 환상이 나를 위험에 빠뜨릴 거라고 했고, 지금껏 내가 겪은 일들을 돌이켜보면 그의 말이 옳은 것 같다. 바로 지금 이 숲속에서 카르틱이 나를 지켜보고 있을지도 모른다. 하지만 그가 틀렸다면 어쩌지? 그가 거짓말을 하는 거라면?

～～～～

이제 고개를 제대로 쳐들고 있기가 힘들다. 나는 일기장을 다시 주머니에 넣고 거대한 나무들 사이를 천천히 누비며 우둘투둘하고 오래된 나무껍질을 손으로 훑는다. 땅바닥에는 도토리 껍질과 낙엽, 잔가지 같은 숲의 생명들이 수북이 쌓여 있다.

빈터에 이르자 유리처럼 매끈한 작은 호수가 눈앞에 펼쳐진다. 맞은편에는 보트창고가 보초처럼 서 있다. 노가 하나뿐인 허름한 파란색 보트 한 척이 나무 그루터기에 끈으로 매여 있다. 산들바람이 보트를 앞뒤로 흔들자 수면에 살랑살랑 잔물결이 인다. 주위를 둘러보니 아무도 없다. 나는 그루터기에 묶인 끈을 풀고 보트에 오른다. 뱃머리에 머리를 누이자 따스한 햇살이 내 얼굴에 입을 맞춘다. 나는 메리 다우드와 그녀가 말한 아름다운 환상을 생각한다. 빛의 문과 황홀한 정원. 환상을 내 마음대로 볼 수 있다면, 무엇보다 엄마의 얼굴이 보고 싶다.

"엄마를 보여줘."

나는 눈을 깜박이며 눈물을 억누르고 속삭인다. 차라리 울어버려, 젬. 결국 한 팔로 얼굴을 가리고 조용히 흐느낀다. 지치도록 울고 나니 눈이 따끔거린다. 규칙적으로 뱃전을 두드리는 물소리에 나른해져 어느덧 잠의 마법에 빠져든다.

꿈이 찾아온다. 나는 밤안개 속에서 맨발로 숲속을 달리며 짧고 빠르게 하얀 입김을 내뿜는다. 내가 뒤쫓고 있는 사슴의 뽀얀 갈색 몸뚱이가 도깨비불의 장난처럼 나무들 사이로 언뜻언뜻 보인다. 하지만 거리는 점점 좁혀져간다. 나는 다리에 속도가 붙어 나는 듯 달리면서 사슴의 옆구리를 향해 손을 뻗는다. 손가락으로 털을 만지자 사슴이 엄마의 파란 드레스로 변한다. 엄마가 있다. 이곳에 엄마가 있다. 엄마가 입은 드레스의 질감이 정말로 손에 느껴진다. 엄마가 빙그레 웃더니 달아나면서 말한다.

"날 잡을 수 있으면 잡아보렴."

드레스 자락 일부가 나뭇가지에 걸려 찢어지지만 엄마는 계속 달아난다. 그 천 조각을 집어 보디스* 속에 쑤셔넣고 엄마를 쫓아가던 나는 안개 낀 숲을 가로질러 바닥에 백합 꽃잎이 널린 오래된 사원의 폐허에 도착한다. 엄마를 놓쳤을까봐 걱정하는데, 길 저쪽에서 엄마가 손짓한다. 안개 속에서 쫓고 쫓기다가 결국 스펜스의 케케묵은 건물 안으로 들어온 우리는 끝없는 계단을 올라가 졸업반 사진 액자 다섯 개가 일렬로 걸려 있는 3층 복도를 따라 달린다. 엄마의 웃음소리를 쫓아 마지막 층계 꼭대기까지 올라온 나는 결국 이스트윙의 닫힌 문 앞에 홀로 선다. 바람이 나에게 자장가를 속삭인다. 우리에게 오라, 우리에게 오라, 우리에게 오라. 손바닥으로 문을 밀어 연다. 이제 그곳은 불에 탄 폐허가 아니다. 황금 벽과 반짝이는 바닥으로 방 전체가 빛으로 가득하다. 엄마는 사라지고, 대신 인형을 안고 있는 소녀가 보인다.

소녀는 커다란 눈을 깜박이지 않는다.

"그들이 나한테 인형을 주겠다고 약속했어요."

미안해, 무슨 말인지 모르겠어. 그렇게 말하고 싶다. 하지만 벽이 녹아내려 사라진다. 우리는 헐벗은 나무와 눈, 얼음으로 덮인 모진 겨울의 땅에 있다. 지평선에서 어둠이 움직인다. 한 남자의 얼굴이 나타난다. 내가 아는 남자다. 카르틱의 형 아마르. 그는 길을 잃고 추위에 떨면서 나한테는 보이지 않는 무언가로부터 달아나고 있다. 이윽고 어둠이 내게 말한다.

---

* 드레스의 가슴 부분.

"아주 가깝구나……"

나는 퍼뜩 정신을 차린다. 물에 비친 햇살이 날카롭고 뾰족하게 반짝인다. 내가 어디 와 있는지 잠시 헷갈린다. 가슴속에서 심장이 방망이질치고 있다. 내 손가락을 핥는 물보다 방금 꾼 꿈이 더 현실 같다. 그리고 엄마. 엄마는 나에게 닿을 만큼 가까웠다. 엄마는 왜 달아났을까? 나를 어디로 데려가려던 걸까?

보트창고 뒤에서 들려오는 나직한 여자 웃음소리에 생각이 흩어진다. 이곳엔 나 혼자만 있는 게 아니다. 소리가 다시 들려오자, 나는 그것이 필리시티의 웃음소리라는 걸 알아차린다. 내 안에서 모든 것이 충돌한다. 꿈속에서조차 나를 멀리하는 엄마에 대한 그리움. 메리의 일기에 겹겹이 쌓인 수수께끼들. 필리시티와 피파, 근심 하나 없이 살아가는 모든 자들에 대한 날선 증오. 못된 장난을 하시겠다 이거지? 날을 잘못 잡았어. 상대도 잘못 골랐어. 내가 본때를 보여주지. 난 너희의 가냘픈 목을 나뭇가지처럼 부러뜨릴 수도 있어.

조심해. 난 괴물이야. 안전한 데로 도망치는 게 좋을걸. 그 작은 사슴 발로 달아나보라고.

나는 눈 위에 떨어지는 깃털처럼 소리 없이 보트에서 내린 뒤, 수풀 속에 몸을 숨긴 채 살금살금 보트창고 뒤쪽으로 돌아간다. 오늘 놀랄 사람은 내가 아니다. 절대 그럴 리 없다. 웃음소리가 작아져 웅얼거림으로 바뀌더니 뜻밖의 소리가 들린다. 굵은 저음. 남자다. 이곳에는 고문꾼 쌍둥이들만 있는 게 아니다. 더 잘됐어. 셋 다 놀라게 해주지. 두 번 다시 바보 취급당하지 않겠다는 의지를 보여주마.

나는 두 걸음 더 다가가 수풀 밖으로 뛰쳐나간다. 때마침 필리시티가 집시 사내와 끌어안고 있는 모습이 보인다. 나를 본 그녀는 등골이 오싹해질 만큼 섬뜩한 비명을 지른다. 나도 비명을 지른다. 그녀가 다시 비명을 지른다. 우리 둘이 헐떡이는 동안, 흰 셔츠 차림의 집시 사내는 놀란 표정으로 우리의 오두방정을 물끄러미 지켜본다. 금빛 반점이 있는 눈과 아치를 그리는 두터운 검은 눈썹에 당혹감이 서려 있다.

필리시티가 헉헉대며 말한다.

"여기서 뭐, 뭐 하는 거야?"

나는 그녀의 동료를 고갯짓으로 가리키며 대답한다.

"그건 내가 하고 싶은 말인걸."

남자와 단둘이 있다가 들킨다는 건 충격적인 일이다. 당장 결혼식을 올려야 하는 사유가 된다. 하지만 집시와 함께 있었다니! 내가 이 사실을 퍼뜨리면 필리시티의 인생은 끝장이다. 내가 입을 연다면.

집시 억양이 강한 말투로 사내가 말한다.

"난 이설이라고 합니다."

여전히 떨고 있는 필리시티가 쏘아붙인다.

"얘한테 아무 말도 하지 마."

귀에 거슬리는 교장 선생님의 목소리가 숲을 뚫고 우리 쪽으로 다가온다.

"얘들아! 얘들아!"

필리시티의 잿빛 눈동자에 선명한 두려움이 서린다.

"오, 맙소사. 교장한테 들키면 안 돼."

우리를 찾는 십여 명의 목소리가 들린다. 점점 가까워진다.

이설이 필리시티를 안으려고 다가선다.

"바테르(내버려둬). 그냥 들켜버리자고. 난 이렇게 숨는 거 싫어."

필리시티가 그를 밀치면서 매섭게 쏘아붙인다.

"그만해! 미쳤어? 난 당신이랑 같이 있다가 들키면 안 돼. 어서 돌아가."

"나랑 같이 가."

그는 필리시티의 손을 잡고 데려가려 하지만, 그녀가 거부한다.

"못 알아들었어? 난 당신과 같이 못 가."

필리시티가 나를 보며 말한다.

"네가 날 좀 도와줘야겠어."

나는 팔짱을 끼고 대꾸한다.

"지난주에 날 예배당에 가둔 장본인께서 그런 부탁을?"

이설이 한 팔로 필리시티의 허리를 감으려 하자 그녀가 뿌리친다.

"별 뜻 없이 한 거야. 그냥 웃자고 한 짓이라고. 그뿐이야."

나의 심드렁한 표정을 본 그녀는 방법을 바꾼다.

"부탁이야, 제머. 달라는 대로 다 줄게. 펜 세트, 장갑, 사파이어 반지, 뭐든 다!"

필리시티가 반지를 빼려 하자 나는 그녀의 손을 잡고 제지한다. 교장 선생님의 심문에 쩔쩔매는 필리시티를 지켜보는 것도 꿀맛이겠지만, 내 덕분에 궁지에서 벗어났다는 걸 깨닫게 해주는 편이 더 좋을 듯싶다. 그 정도면 충분히 벌받는 셈이니까.

"너 나한테 빚지는 거야."

"알았어."

나는 필리시티를 호수 쪽으로 민다.

"무슨 짓이야?"

"널 구해주려고."

나는 그녀를 호수에 밀어넣는다. 그녀가 차가운 호수에서 물을 튀기며 비명을 지르는 동안, 나는 뒤에 있던 이설을 보며 숲 쪽을 가리킨다.

"저애를 다시 만나고 싶으면 어서 가요!"

"겁쟁이처럼 달아나긴 싫습니다."

그는 고집스럽게 꿋꿋이 서서 제 딴에는 씩씩한 자세를 취한다. 지나가던 비둘기가 똥을 갈기고 갈 한심한 인간 같으니.

"당신이 필리시티가 물려받을 유산을 구경이나 하게 될 거 같아요? 저애는 땡전 한 푼 못 받고 쫓겨날 거예요. 물론 그전에 먼저 당신이 족쇄를 차고 뉴게이트 교수대에 매달리겠죠."

나는 일부러 런던에서 가장 악명 높은 감옥을 들먹인다. 이설의 얼굴이 창백해진다. 하지만 여전히 꿈쩍도 하지 않는다. 꼴에 남자라고 자존심은. 여기서 이 남자를 쫓아버리지 못하면 우린 끝장이다.

그때 나무 뒤에서 카르틱이 나타난다. 나는 화들짝 놀란다. 그의 옷차림은 검은 망토를 제외하면 집시와 똑같다. 목에 두른 목도리, 화려한 조끼, 바짓부리를 쑤셔넣은 장화. 더듬거리는 집시어로 카르틱이 이설에게 중얼거린다. 그가 뭐라고 말했는지는 모르지만, 집시 사내는 그와 함께 조용히 떠난다. 도중에 카르틱이 뒤를 돌아보자 우리의 눈이 마주친다. 나도 모르게 고개를 끄덕여 말없이 감사인사를 한다. 그도 고개를 살짝 끄덕여 화답한다. 곧이어 두 남자는 안전한 집시 캠프 쪽으로 재빨리 가버린다.

"자, 내 손 잡아."

나는 성난 필리시티를 호수에서 끌어낸다. 그녀는 버둥거리다가 내 손을 놓친다.

"대체 왜 그런 거야?"

흠뻑 젖은 필리시티는 두 뺨이 분노로 시뻘겋다.

교장 선생님이 우리를 발견한다.

"무슨 일이지? 아까 그 비명 소리는 대체 뭐야?"

"아, 교장 선생님! 필리시티와 제가 보트를 호수에 띄우려고 밀다가, 필리시티가 실수로 물에 빠졌어요. 저희가 너무 어리석었어요. 다들 놀라게 해서 정말 죄송해요."

내 평생 말을 이렇게 빨리 하기는 처음이다. 정말로 어리둥절해져서 침묵하던 필리시티가 때마침 재채기를 하자, 곧바로 교장 선생님이 신경질적으로 안달복달하면서 부산을 떤다.

"미스 도일, 미스 워딩턴이 큰 병 걸리기 전에 네 케이프를 덮어줘라. 우리 모두 학교로 돌아가야 해. 여기는 젊은 숙녀들에게 어울리지 않아. 이 숲에는 이따금 집시들이 어슬렁거리거든. 그들 때문에 불미스러운 일이 벌어질 수도 있다는 걸 상상하니 소름이 끼치는구나."

필리시티와 나는 계속 발만 내려다본다. 놀랍게도 그녀가 팔꿈치로 내 옆구리를 쿡 찌르더니 웃음기 없는 표정으로 말한다.

"정말 생각만 해도 끔찍하네요. 저희 둘 다 선생님 말씀에 감사드려요."

필리시티의 교묘한 말재주에 넘어간 교장 선생님이 살짝 우쭐해져서 헛기침을 한다.

"그래, 앞으로는 조심하도록 해라. 좋아요, 학생 여러분. 학교로 돌아갑시다. 아직 날이 저물지 않았고 수업도 남아 있어요."

교장 선생님이 학생들을 불러 모아 다시 학교로 데려가기 시작한다. 나는 필리시티의 어깨에 내 케이프를 덮어준다.

"'저희 둘 다 선생님 말씀에 감사드려요.' 낯간지럽지도 않니?"

나는 필리시티가 나를 아무 때나 써먹을 수 있다고 생각하는 게 싫다.

"어쨌든 먹혀들었잖아? 상대가 듣고 싶어하는 말을 해주면 상대도 날 성가시게 하지 않거든."

피파가 우리에게 달려와 숨찬 목소리로 묻는다.

"맙소사, 어떻게 된 거니? 어서 말해줘. 궁금해 죽겠단 말이야!"

갑자기 앤이 그림자처럼 내 곁에 따라붙는다. 그녀는 아무 말도 하지 않고 성큼성큼 내 곁을 따라온다.

필리시티는 거짓말을 한다.

"제머가 말한 대로야. 내가 물에 빠지자 제머가 꺼내줬어."

피파가 고개를 갸우뚱한다.

"그게 다야?"

"응, 그게 다야."

"더 없어?"

"오늘 내가 익사할 뻔한 걸로 부족하니?"

필리시티가 화를 낸다. 어찌나 연기가 뛰어난지 제 말을 진심으로 믿는 눈치다. 이제 보니 필리시티는 그 집시 미남에 대해 단짝인 피파에게조차 털어놓은 적이 없는 것이다. 필리시티와 나는 한 가지 비밀을 알고 있다. 그녀가 다른 누구에게도 말하지 않을 비밀. 피파는 우리가 사실을 전부 말하지 않는다는 걸 눈치 챈다. 그녀의 눈에 의심의 기운이 서린다. 우정의 정점을 다른 사람에게 빼앗기고 밀려났지만, 그런 변화가 언제 어떻게 해서 일어났는지 모르는 소녀의 눈빛.

피파가 필리시티에게 바짝 몸을 숙인다.

"저애랑 무슨 짓 했어?"

필리시티가 콧방귀를 뀐다.

"교장은 한 명으로 충분해, 피파. 너의 그 뛰어난 상상력은 나중에 소설가가 될 때 써먹으렴. 제머, 나랑 같이 걷자."

그녀는 내 팔에 팔짱을 끼고 나와 함께 피파를 지나친다. 체면을 구긴 피파는 앤에게 꺼지라는 시늉을 하고 다른 학생들과 수다를 떨기 시작한다.

아이들 뒤로 몇 걸음 떨어지자 필리시티가 말한다.

"가끔 쟤는 철부지 같아."

"난 너희 둘이 단짝인 줄 알았는데."

"피파를 좋아하긴 해. 정말이야. 하지만 쟤는 너무 곱게 컸어. 그래서 쟤한테는 절대 말할 수 없는 것들이 있지. 이설이 그런 경우야. 하지만 넌 날 이해해. 틀림없어. 아마 우린 멋진 친구가 될 거야, 제머."

나는 미심쩍어하는 표정으로 묻는다.

"내가 너한테 비밀을 전부 털어놓은 뒤에도 우리가 계속 좋은 친구일까?"

"항상 비밀을 나누는 사이가 친구 아니니?"

내 비밀을 이애들 중 누구한테 말할 수 있을까? 나에 대한 진실을 알면 다들 무서워서 도망치지 않을까? 저 앞에서 무어 선생님이 어린 학생들을 이끌고 나무들을 지나 드넓은 잔디밭에 들어선다. 그녀가 묘한 표정으로 우리를 바라본다. 마치 우리가 과거의 창문인 것처럼. 혹은 유령인 것처럼.

그녀가 소리친다.

"어서 와라, 애들아. 꾸물대지 말고."

필리시티가 코웃음을 친다.

"꾸물대? 난 이 언덕을 뛰다시피 올라와서 숨이 끊어질 지경이라고!"

내가 묻는다.

"무어 선생님은 스펜스에서 얼마나 오래 가르쳤지?"

필리시티가 대답한다.

"지난여름에 왔어. 이 엄격하고 오래된 학교에 불어온 신선한 바람 같은 존재지. 정말이야. 어머, 그건 뭐니?"

"뭐가 뭐야?"

"네 보디스 속에 있는 거 말이야. 찢어진 천 조각이네. 게다가 진흙투성이잖아. 제대로 된 손수건이 필요하면 말만 해. 나한테 잔뜩 있으니까."

그녀는 천 조각을 내 손바닥에 내려놓는다. 나뭇가지에 걸려 찢어지고 가장자리에 흙이 묻은 파란색 실크. 다리가 후들거린다. 나는 처음 눈에 띈 나무에 몸을 기댄다.

필리시티가 어리둥절한 표정으로 묻는다.

"왜 그러니?"

나는 속삭이듯이 힘겹게 대답한다.

"아무것도 아냐."

"귀신이라도 본 사람 같다."

그랬을지도 모른다.

내 손에 쥐여진 파란색 진흙투성이 실크는 하나의 증거다. 엄마가 이곳에 있었다. 엄마를 보여줘. 잠이 들기 전에 난 그렇게 말했다. 내가 무언가를 변화시켰다. 이 기묘한 힘으로 엄마를 불러낸 것이다. 이제 나는 내게 벌어지는 일에 관한 모든 것을 알고 싶다. 카르틱이 말해주지 않는다면 스스로 알아내리라. 메리 다우드를 찾아내 내가 알아야 할 것들을 듣고 말리라. 아무도 나를 막을 수 없다.

필리시티가 내 손을 잡아당긴다.

"너무 느려. 좀 빨리 걷자."

"응, 갈게."

걸음을 재촉해 숲에서 빠져나오자 다시 따사로운 햇살이 비친다.

11장

저녁식사 후 두통 때문에 머리가 아픈 시늉을 하자, 교장 선생님은 더운물이 담긴 물병을 주면서 나를 곧장 방으로 보낸다. 그바람에 필리시티의 초대는 거절해야 했지만—비밀을 지키는 자로서 얻은 새로운 지위 덕분에 대회당에 있는 필리시티의 성역이 갑자기 나에게 개방되었다—내 마음속에는 오로지 한 가지 생각뿐이었다. 환상에 끌려다니지 않고 그것을 다스릴 방법이 반드시 있을 거라는 생각.

복도를 따라 내 방 앞에 다다랐을 때, 조그맣게 털썩 하는 소리가 들려와 걸음을 멈춘다. 바닥과 벽에 그림자가 일렁인다. 내 방에 누군가 있다. 심장이 쿵쾅거린다. 나는 벽에 등을 붙인 채 살금살금 방으로 다가가 안을 들여다본다. 카르틱이 책상 앞에 있다. 또 수수께끼 같은 경고를 남기려는 게 틀림없다. 그래, 이번엔 어림없어. 나는 그가 안으로 들어올 때 넘어온 창문으로 바람같이 달려가 걸쇠를 건다. 카르틱이 싸울 자세를 취하고 홱 돌아선다.

나는 숨을 헐떡이며 말한다.

"이제 나갈 길은 하나뿐이야."

그가 실눈을 뜬다.

"비켜."

"몇 가지 질문에 대답해주기 전에는 안 돼."

나는 그의 유일한 탈출구를 봉쇄했다. 만약 내가 소리를 내면, 비명을 지르면, 그는 붙잡힐 것이다. 잠깐 동안 그는 내 포로가 된 셈이다. 그는 팔짱을 끼고 노려보면서 내가 입을 열기를 기다린다.

"내 방에서 뭐하는 거야?"

"아무것도 아냐."

카르틱이 손에 든 종이를 움켜쥐자, 구겨지는 소리가 내 귀에까지 들린다.

"또 메시지를 남기시려고?"

그가 어깨를 으쓱한다. 서둘 것 없다. 우린 아무 데도 못 가니까.

"오늘 숲에서 왜 날 도와줬지?"

"네가 원했으니까."

나는 버럭 성질을 낸다.

"절대 그런 적 없어."

카르틱이 콧방귀를 뀐다. 그러자 한결 덜 위협적으로 보인다. 열일곱 살 젊은이로 돌아온 것 같다.

"좋을 대로 생각해."

"내 계략이 통했잖아, 안 그래?"

그가 팔짱을 푼다. 눈이 커진다.

150

"내가 이설을 설득해서 자리를 떴으니까 통했지. 안 그랬다면 무슨 일이 벌어졌을 것 같아?"

솔직히 그건 모르겠다. 딱히 대꾸할 말이 떠오르지 않는다.

"좋아. 내가 말해주지. 그 고집 센 집시 녀석이 계속 거기 있었다면, 불장난 좋아하는 네 친구는 심한 화상을 입게 됐을 거야. 퇴학당하고, 사회에서 매장당하고, 평생 남들 입방아에 시달리겠지."

그는 상류사회 귀부인의 새침 떠는 새된 말투를 흉내 낸다.

"'어머, 그 아가씨 소식 들었어요? 세상에나, 맙소사, 이교도랑 같이 숲속에 있다가 들켰대요.' 네 친구한테 더이상 이설을 갖고 놀지 말고 자기 부류랑 어울리라고 전해."

내가 쏘아붙인다.

"걘 내 친구 아냐."

그가 눈썹을 치키며 묻는다.

"그래서? 그럼 네 친구들은 대체 누구지?"

나는 입을 벌려보지만 아무 말도 나오지 않는다.

그가 씩 웃는다.

"이제 가도 될까?"

"아직 안 돼."

나는 없는 용기를 짜내어 대담하게 말한다. 그에게서 정보를 더 캐내야 하기 때문이다. 내가 묻는다.

"지난번에 당신이 언급한 '우리'가 누구야? 어째서 그들이 나의 환상을 두려워하는 거지?"

"난 네 질문에 대답할 의무가 없어."

얄미운 놈. 내 방에 서서 마치 이 방과 나의 주인인 양 굴고, 경고와 모욕의 말을 내뱉으면서도 아무것도 알려주지 않겠다니.

"지금 당장 내가 '사람 살려!' 하고 소리쳐서 당신이 강도로 붙잡히게 되면 어떻게 될지 말해줄까?"

하지 말았어야 할 말이다. 카르틱이 번개처럼 빠르게 나를 벽에 밀어붙이고 팔뚝으로 내 목을 누른다.

"네가 나를 막을 수 있다고 생각해? 난 라크샤나야. 템플 기사단*, 아서 왕, 샤를마뉴 대제 시대에 이르기까지 우리 조직은 수 세기 동안 존재해왔어. 지금은 네가 본 그 세계의 수호자지. 우린 그 세계를 돌려줄 생각이 없어. 옛 체제의 시대는 지났어. 우린 네가 그걸 다시 불러오지 못하게 할 거야."

그의 팔이 나를 너무 세게 눌러서 머리가 어지럽다.

"나, 난 무슨 말인지 모르겠어."

"넌 모든 것을 바꿀 수 있어. 그 세계에 들어갈 수 있으니까. 그래서 그들이 널 원하는 거야."

카르틱이 팔을 내리고 나를 놓아준다.

내 눈에 눈물이 그렁그렁하다. 나는 손으로 목을 문지른다.

"누구? 누가 나를 원한다고?"

카르틱이 그 이름을 내뱉는다.

"오더. 키르케."

키르케. 시장에서 카르틱의 형이 엄마한테 말했던 이름이다.

"난 전혀 모르는 얘기들이야. 대체 라크샤나, 오더, 키르케가 뭐……"

---

* 십자군 원정 때 창설된 비밀 기사단.

그가 말허리를 자른다.

"넌 내가 하라는 대로만 하면 돼. 그들이 너를 위험에 빠뜨리기 전에 환상은 그만 봐."

"오늘 우리 엄마가 환상 속에서 나를 찾아왔다면 어쩔 건데?"

"난 네 말 안 믿어."

말은 그렇게 해도 그의 얼굴에서 핏기가 사라진다.

"엄마가 나한테 이걸 남겼어."

나는 내 심장 근처에 꽂아둔 천 조각을 꺼낸다. 카르틱이 물끄러미 쳐다본다.

"거기서 당신 형도 봤어."

"아마르 형을 봤다고?"

"응. 얼어붙은 황무지 같은 곳에 있었는데……"

조용하지만 매서운 목소리로 카르틱이 쏘아붙인다.

"그만해."

"거기가 어딘지 알아? 그곳에 우리 엄마가 있는 거야?"

"그만하라니까!"

"하지만 그들이 이런 환상을 통해 나에게 접근하는 거라면 어쩌지? 그게 아니라면 어째서 엄마가 나한테 이걸 남겨준 거지?"

나는 파란색 실크를 내민다.

"이건 아무 증거도 아냐!"

카르틱이 내 두 팔을 꽉 붙잡고 말한다.

"내 말 잘 들어. 네가 본 건 우리 형도, 네 엄마도 아냐. 알아들어? 그냥 환각일 뿐이야. 그걸 네 마음속에서 몰아내야 해."

마음속에서 몰아내? 내 삶의 유일한 목적을?

"아무래도 엄마가 나한테 뭔가를 알려주려는 것 같아."

카르틱이 고개를 젓는다.

"그건 진짜가 아냐."

"당신이 그걸 어떻게 알아?"

그는 매섭고 단호하게 대답한다.

"그것이 키르케와 오더가 하는 짓이니까. 그들은 원하는 걸 얻으려고 온갖 속임수를 이용해. 네 엄마와 우리 형은 죽었어. 그들이 너에게 다가가려고 죽인 거야."

그의 눈에 연민이 서린다. 증오보다도 오히려 더 불쾌하다.

"다음에 또 그런 환상이 널 유혹하면 절대로 그 세계의 문을 열지 마, 미스 도일. 우리 모두를 위해서."

그들의 죽음은 내 책임이다. 카르틱은 그걸 소리 내어 말하지 않았을 뿐이다. 그는 나를 도와주지 않을 것이다. 애원해봐야 소용없다. 학생들이 조잘대는 소리가 밑에서 희미하게 들려온다. 곧 다들 이리로 몰려올 것이다. 하지만 아직 한 가지 더 물어봐야 할 것이 있다.

"메리 다우드는 어떻게 된 거야?"

나는 카르틱이 그녀에 대해 뭘 아는지 궁금했다.

"메리 다우드가 누군데?"

그는 층계를 올라오는 가벼운 발소리에 정신이 팔린 채 대답한다. 그는 메리를 모른다. 누구 밑에서 일하는지는 몰라도, 그들이 카르틱을 완전히 신뢰하지는 않는 것 같다.

"내 친구야. 아까 나한테 친구가 있냐고 물었잖아."

"그랬지."

층계참에서 발소리가 들려온다. 카르틱은 나를 옆으로 밀치고 고양이처럼 창턱을 넘어 창밖으로 나간다. 보아하니 매듭을 지은 밧줄을 작은 난간의 고리에 걸어 벽에 늘어뜨려둔 모양이다. 무성한 담쟁이덩굴에 가려져 있어서 일부러 찾지 않으면 보이지 않는다. 영리한 방법이긴 하지만 완벽하지는 않다. 카르틱 자신도 마찬가지다.

나는 창문을 닫고 유리창에 입을 가까이 댄 채, 유리에 입김이 서리는 것을 보면서 조용히 중얼거린다.

"전령 카르틱. 나 대신 라크샤나에 메시지를 전해줘. 오늘 난 숲속에서 엄마를 만났어. 당신이 돕건 말건 난 엄마를 찾아낼 거야."

12장

다음날 오후는 바람이 불고 날이 우중충하지만, 무어 선생님은 약속대로 우리를 동굴에 데려간다. 보트창고와 호수 너머 깊은 골짜기를 따라 숲속을 걷는 일은 결코 만만치 않다. 앤은 흙이 무른 비탈을 걷다가 휘청거려서 하마터면 골짜기로 떨어질 뻔했다.

무어 선생님이 주의를 준다.

"다들 조심하렴. 이 골짜기는 조금 위험해. 갑자기 발밑이 꺼져서 밑으로 떨어지면 목이 부러질 수도 있단다."

작은 다리를 건너 골짜기를 가로지르자 숲이 걷히면서 작고 둥그런 빈터가 나타난다. 나는 숨이 멎을 지경이다. 이곳은 내가 소녀를 따라가서 메리 다우드의 일기장을 발견한 장소다. 커다란 바위 아래 안쪽 깊숙이 동굴이 나 있고, 우리는 무성하게 자란 덩굴에 팔을 찔리면서 벨벳 같은 암흑 속으로 들어간다. 무어 선생님이 우리가 가져온 랜턴에 불을 붙이자, 갑자기 환해진 동굴벽에서 그

림자가 춤을 춘다. 수 세대 동안 내린 비에 씻긴 돌들이 군데군데
어찌나 반들거리는지, 울퉁불퉁한 벽면에 내 모습이 조각조각 비
쳐 보일 정도다. 눈과 입, 또 하나의 눈. 잘 맞지 않는 조각들을 합
쳐놓은 듯한 형상이다.

"다 왔다. 바로 여기 이 벽에 상형문자가 있단다."

무어 선생님의 깊고 아름다운 목소리가 동굴벽의 우둘투둘한
면과 판판한 면에 부딪쳐 메아리친다.

그녀는 랜턴을 든 채 크고 탁 트인 공간으로 들어선다. 우리 모
두 랜턴을 들고 따라간다. 마치 보물이 그 모습을 드러낼 때처럼
그림들이 불시에 생명력을 띠고 되살아난다.

"좀 조악하지 않나요?"

뱀의 윤곽을 서툴게 그린 그림을 보며 앤이 말한다. 문득 주름
하나 없고 실밥 하나 터지지 않은 그녀의 말쑥한 누비이불이 생각
난다.

"이건 원시시대 그림이란다, 앤. 이 동굴에 살던 사람들은 주위
의 온갖 물건을 활용해서 그림을 그렸어. 날카로운 돌, 즉석에서
만든 칼, 흙으로 만든 물감이나 염료 같은 것 말이다. 심지어 피를
쓰기도 했지."

"너무 끔찍해요!"

물론 피파가 한 말이다. 나는 어둠 속에서도 그녀가 작고 앙증
맞은 코를 찡그리며 불쾌해하는 것을 똑똑히 느낄 수 있다.

필리시티가 웃으면서 멋쟁이 부인의 말투를 흉내 낸다.

"자기야, 옆집 사람들이 사람 피로 응접실에 아주 굉장한 그림
을 그렸대. 우리도 당장 하나 그려야겠어!"

"하나도 안 웃겨."

피파가 툴툴댄다. 보아하니 그녀는 피를 들먹이는 농담 때문이 아니라 필리시티와 내가 죽이 맞아서 못마땅한 것이다.

무어 선생님이 희미한 붉은 그림을 가리킨다. 돌을 파서 색을 넣은 그 그림은 활과 화살을 그린 것 같다.

"피는 신성한 그림에 사용되었단다. 이건 막강한 힘을 지닌 한 여신에게 바친 그림이야. 달과 사냥을 관장하는 로마의 여신 디아나. 그녀는 처녀의 수호자, 순결의 수호자였지."

그 말에 필리시티가 내 옆구리를 세게 쿡 찌른다. 다들 당혹감을 감추려고 괜히 헛기침을 하고 발을 꼼지락거린다. 무어 선생님은 이에 아랑곳하지 않고 계속 이야기한다.

"이 동굴의 놀라운 점은 여기에 온갖 종류의 여신들이 그려져 있다는 사실이란다. 이교나 로마의 여신뿐만 아니라 북유럽, 게르만, 켈트의 여신도 있지. 십중팔구 이곳은 다양한 여행자들이 안전하게 마법을 행할 수 있다는 소문을 듣고 찾던 곳일 거야."

엘리자베스가 묻는다.

"마법이라고요? 그럼 그들은 마녀였나요?"

"우리가 생각하는 그런 마녀는 아니야. 약초로 병을 치료하는 치료사나 출산을 돕는 산파 등 신비한 능력을 가진 여자들이었겠지. 하지만 세상은 그녀들을 미심쩍게 보았을 거야. 그런 힘을 지닌 여인들은 늘 두려움의 대상이거든."

그녀는 서글픈 표정으로 말한다. 나는 무어 선생님이 어쩌다 이 학교에 왔는지 궁금하다. 예쁜 그림을 그리는 법이 아니라 세상 살아가는 법을 가르쳐야 할 사람 같다. 매력이 없는 사람도 아니다.

따스한 표정에 잘 웃고 몸매는 날씬하다. 루비가 여러 개 박힌 브로치를 옷깃에 달고 있는 걸 보면 재산이 없는 여자도 아니다.

"이건 아주 특이해 보이는데요."

필리시티가 랜턴을 벽에 바짝 대고 말한다. 그녀가 손으로 훑은 그림은 두 여자를 양옆에 끼고 있는 까마귀 여인을 그린 거친 실루엣이다. 세월에 쓸려 일부는 지워져 있다.

"어휴, 좀 흉측해요."

세실리가 눈살을 찌푸리며 말한다. 그림자가 그녀의 얼굴을 스쳐가는 순간, 나는 그녀가 늙었을 때 어떤 모습일지 상상이 간다. 옹색하고 깡마른 얼굴에 커다란 코만 도드라진 노파.

무어 선생님이 그 그림을 빤히 쳐다본다.

"저 특별한 여인은 아마 모리간과 관련이 있을 거야."

"그게 뭔데요?"

피파가 눈을 깜짝이고 빙그레 웃으며 묻는다. 훗날 수많은 남자들이 그 웃음에 녹아 별도 따다주려 할 것이다.

"모리간은 고대 켈트족이 섬기던 전쟁과 죽음의 여신이야. 엄청난 공포의 대상이었지. 그녀가 싸움터에서 죽을 자들의 옷을 빨래하고, 나중에는 분노에 사로잡혀 전장을 날아다니며 망자의 두개골을 모은다는 전설도 있단다."

세실리가 와들와들 떤다.

"대체 왜 그런 여신을 숭배하죠?"

무어 선생님이 되묻는다.

"너에게는 전사의 혼이 없니, 미스 템플?"

세실리는 기겁한다.

"당연히 없겠죠. 너무…… 꼴사납잖아요."

"왜 그게 꼴사납지?"

세실리는 몹시 거북한 표정으로 대답한다.

"그야 너무…… 남자 같으니까요. 안 그런가요? 여자는 절대로 그런 야만적인 모습을 보이면 안 돼요."

"하지만 그런 분노의 불꽃이 없다면, 파괴 행위가 없다면, 재생과 부활은 불가능하지. 모리간은 힘과 독립, 다산의 여신이기도 해. 그녀는 영혼이 부활할 때까지 그 영혼을 지키는 자란다. 전설에 따르면 그래."

"여기 이 여자들은 누구죠?"

앤이 짤막한 손가락으로 흐릿해진 그림들을 가리킨다.

"모리간은 세 가지 모습을 한 여신이란다. 때로는 아름다운 여인, 때로는 위대한 어머니, 때로는 피에 굶주린 노파로 나타나지. 자유자재로 변신하는 여신. 정말 매력적이야."

필리시티가 무어 선생님을 싸늘하게 바라본다.

"여신과 전설에 대해 어떻게 그렇게 잘 아시죠, 미스 무어?"

무어 선생님이 필리시티 쪽으로 고개를 기울이자, 두 사람의 얼굴이 거의 숨결이 맞닿을 만큼 가까워진다. 나는 필리시티가 너무 건방지게 물어서 혼쭐이 나겠구나 생각한다. 무어 선생님은 천천히 또박또박 대답한다.

"책에서 읽었거든."

그녀는 고개를 뒤로 빼고 두 손으로 엉덩이를 짚고 선 채로 우리를 독려한다.

"다들 책 좀 읽는 게 어떨까? 평소에 자주 읽어야 해. 날씨나 여왕의 건강 말고 다른 이야기를 하는 것도 즐거운 일이거든. 너희의 마음은 감옥이 아니야. 정원이지. 그러니 가꿔야 해. 자, 신화 이야기는 충분히 한 것 같구나. 이제 스케치를 해볼까?"

우리는 순순히 스케치북과 가느다란 목탄을 꺼낸다. 피파는 벌써부터 동굴 안이 너무 더워서 그림을 못 그리겠다고 투덜거린다. 실은 그림 실력이 형편없다. 뭘 그려도 결국 칙칙한 바위 덩어리로 보인다. 한마디로 그림에 소질이 없다. 평소에 완벽주의자인 앤은 세밀하고 신중하게 그려가며 과제를 수행한다. 나는 목탄을 스케치북에 휘갈기듯 그린다. 끝내고 보니, 손에 창을 들고 달아나는 사슴을 쫓는 사냥의 여신과 얼추 비슷하다. 조금 썰렁해 보여서 나의 상징물을 그려넣는다. 금세 종이 하단이 엄마의 목걸이에 달린 달과 눈의 상징물로 채워진다.

무어 선생님이 내 어깨 뒤에서 내려다본다.

"아주 흥미로운 그림이구나, 미스 도일. 초승달 눈을 그렸네."

"이것에 이름이 있나요?"

"그럼. 아주 유명한 상징인걸. 프리메이슨*의 피라미드와 조금 비슷하지."

앤이 입을 연다.

"네가 걸고 다니는 이상한 목걸이랑 비슷하네."

학생들이 의심의 눈으로 나를 바라본다. 앤의 저 가벼운 입을 냅다 때려주고 싶다. 무어 선생님이 한쪽 눈썹을 치켜세우며 묻는다.

"네 목걸이에 이 상징이 달려 있니?"

---

* 16세기 말에서 17세기 초에 걸쳐 생겨난 비밀단체.

나는 높은 옷깃 밑에 숨겨둔 목걸이를 가까스로 꺼낸다.

"엄마의 목걸이였어요. 오래전에 어느 마을 여자가 엄마한테 준 거예요."

무어 선생님이 구부정히 서서 목걸이를 살펴본다. 망치로 두드려 만든 금속 달을 엄지손가락으로 문지른다.

"그래, 맞아. 틀림없어."

나는 목걸이를 다시 보디스 속에 밀어넣으며 묻는다.

"대체 이게 뭔가요?"

무어 선생님은 모자를 고쳐 쓰면서 대답한다.

"전설에 따르면 초승달 눈은 오더의 상징이란다."

세실리가 얼굴을 찡그리며 묻는다.

"오더? 그게 뭔데요?"

"오더에 대해 한 번도 못 들어봤니?"

마치 우리가 그걸 덧셈 뺄셈만큼 잘 알아야 한다는 듯한 말투다.

"말해주세요, 무어 선생님!"

피파가 잽싸게 옆에 다가와 말한다. 그림 그리기에서 벗어날 수만 있다면 뭐든 할 태세다.

"오더에 관한 흥미로운 이야기가 하나 있지. 그 전설에 대한 내 기억이 정확하다면, 그들은 태초부터 존재해온 강력한 여자 마법사들의 집단이야. 우리가 사는 세상 너머의 불가사의한 세계로 들어가 그곳의 수많은 영역에서 마법을 행한다더구나."

카르틱이 말한 그 세계다. 메리 다우드도 일기에 언급했다. 살갗에 소름이 돋는다. 더 알고 싶어 미칠 것 같은 마음에 나도 모르게 질문을 한다.

"어떤 마법이죠?"

"가장 놀라운 것은…… 환각을 일으키는 마법이란다."

"썩 특별한 마법 같지 않은데요."

세실리가 콧방귀를 뀌며 말한다. 엘리자베스는 팔짱을 낀다. 둘 다 무어 선생님을 별로 좋아하지 않는 눈치다.

"정말 그럴까, 미스 템플? 네 머리에 꽂혀 있는 빗, 그거 최신 유행이지?"

세실리가 우쭐해한다.

"그럼요. 당연하죠."

"그걸 꽂으면 멋쟁이가 될까? 아니면 단순히 그렇다는 환상일 뿐일까?"

세실리는 이글거리는 눈으로 대답한다.

"무슨 말씀인지 통 모르겠는데요."

무어 선생님은 다시 심술궂게 웃으며 대꾸한다.

"물론 모르겠지."

내가 묻는다.

"그들이 다른 것도 할 수 있나요?"

"그럼. 그 여인들은 영혼이 저승으로 건너가도록 도울 수 있었어. 예언과 투시력도 갖고 있었지. 그들에게 초자연적인 세계와 이 세계 사이의 장막은 아주 얇았거든. 그래서 남들이 보거나 느낄 수 없는 것들을 보고 느꼈단다."

입안이 톱밥처럼 바짝 마른다.

"환상을 보았나요?"

"너 진짜 관심 많구나."

엘리자베스가 이죽거린다. 필리시티가 머리끄덩이를 잡아당기자 엘리자베스가 악 소리를 지르더니 이내 입을 다문다.

"그들이 다른 세상으로 어떻게 갔죠?"

이번에는 필리시티의 목소리다. 내가 하고 싶었던 질문이다. 차가운 전율이 두 팔을 타고 내려간다.

무어 선생님이 웃으며 대답한다.

"이런, 내가 호기심에 불을 질렀나보구나. 너희 어릴 때는 밤에 까불지 말고 얌전히 자라고 이런 이야기를 들려주던 심술궂은 유모가 없었니? 세상에, 아이들을 겁주지도 못할 미래의 가정교사들이라니. 대영제국의 앞날이 걱정이로구나."

피파가 필리시티를 힐긋 보고 무어 선생님에게 애원한다.

"제발 이야기해주세요."

"나의 못된 유모가 들려준 전설에 따르면―주여, 그녀의 심술궂은 영혼이 편히 쉬게 하소서―오더의 자매들은 손을 맞잡고 마음을 모았단다. 어떤 입구, 일종의 관문을 떠올리면서."

빛의 문.

"거기로 들어가려면 뭘 어떻게 해야 했나요? 주문 같은 걸 읊조렸나요?"

내가 꼬치꼬치 캐묻는다. 뒤에서 마사가 밉살맞게 흉내를 낸다. 내가 이토록 열중해 있지만 않다면 어떻게든 저애의 콧대를 꺾어놓을 텐데.

무어 선생님이 웃으면서 고개를 젓는다.

"맙소사, 내가 그걸 어떻게 알겠니? 이건 전설이란다. 여기 그려진 상징들과 마찬가지야. 수많은 세대를 거치면서 전해졌지. 그

와중에 일부는 사라지기도 했고. 이런 전설은 산업화 사회에서 계속 살아남기 어렵거든."

필리시티가 묻는다.

"우리가 과거의 삶으로 돌아가야 한다는 말씀인가요?"

"그건 절대 아니야. 아무도 과거로 돌아갈 수는 없어. 인간은 항상 앞으로 나아가야 해."

나는 참지 못하고 또 묻는다.

"무어 선생님, 그 마을 여자가 어째서 우리 엄마한테 이 초승달 눈을 줬을까요?"

무어 선생님이 잠시 생각한다.

"아마 네 어머니한테 보호가 필요하다고 생각했겠지."

섬뜩한 생각이 내 안으로 밀려든다.

"하지만 만약 이 목걸이가 없다면, 그것의 보호가 없다면, 엄마한테 무슨 일이 벌어질까요?"

무어 선생님이 고개를 젓는다.

"네가 이렇게 감수성이 풍부한 줄은 몰랐구나, 미스 도일."

아이들이 키들거린다. 내 얼굴이 화끈거린다. 무어 선생님의 말이 이어진다.

"그 상징들은 토끼 발*처럼 미신일 뿐이야. 나라면 그 목걸이가 아무리 예뻐도 보호의 힘을 기대하지는 않겠다."

이대로 물러날 수는 없다.

"하지만 만약 이게……"

---

* 토끼의 발은 일부 문화권에서 행운의 부적으로 여겨진다.

무어 선생님이 말허리를 자른다.

"모두들 고대 전설에 관해 더 알고 싶다면, 너희를 도와줄 곳을 알려주지. 도서관이라고 불리는 곳이란다. 스펜스에도 하나 있을 거야."

그녀는 미술 도구가 담긴 천가방에서 회중시계를 꺼낸다. 남자 시계를 갖고 다니는 여자는 난생처음 본다. 무어 선생님이 점점 더 수수께끼 같은 존재로 보인다. 그녀는 시계 뚜껑을 닫고 단호하게 말한다.

"돌아갈 시간 다 됐다. 벽화 감상하러 왔다가 고대 여신들 이야기에 시간 가는 줄 몰랐구나. 난 동굴 입구 근처에서 스케치를 좀 해야겠다. 자기 물건 다 챙긴 사람은 따라와도 돼."

선생님은 가방을 겨드랑이에 끼더니 우리를 어두침침한 동굴 안에 남겨둔 채 씩씩하게 동굴 입구 쪽으로 향한다. 나는 손이 너무 떨려서 미술 도구를 제대로 챙기지 못한다. 다른 학생들의 존재도 흐릿하게만 느껴진다. 그들이 수군대는 소리가 윙윙거리는 파리 떼처럼 동굴 안을 가득 채운다.

세실리가 중얼거린다.

"이건 완전히 시간 낭비야. 무어 선생님이 우리에게 뭘 가르치고 있는지 교장 선생님한테 알려야겠어. 보나마나 난리가 날 거야."

엘리자베스가 고개를 끄덕인다.

"희한한 사람이야. 이상해."

필리시티가 말한다.

"난 아주 재미있던데."

세실리가 툴툴댄다.

"내 미래의 남편은 좋아하지 않을 거야. 보기 좋은 그림을 그려서 손님들을 감동시킬 줄 아는 아내를 원할 테니까. 피에 굶주린 마녀들 이야기로 저녁식사를 망치길 바라진 않을 거야."

필리시티는 모두의 기억을 상기시켜준다.

"어쨌거나 이 수업 덕분에 오후 내내 저 따분하고 오래된 학교를 벗어날 수 있었잖아."

앤의 연필들이 손에서 미끄러져 땅에 떨어지고, 그 소음이 요란하게 메아리친다. 앤이 연필들을 주워 모으려고 꼴사납게 무릎을 꿇고 앉는다.

"쟤 얼굴은 모든 남자를 멀리하는 부적일 거야."

엘리자베스가 소곤소곤 말하지만 소리는 모두에게 들릴 만큼 충분히 크다. 나머지 학생들이 킥킥댄다. 자기들의 본심을 누군가가 잔인하게 정말로 입 밖에 냈다는 사실을 믿지 못하겠다는 듯한 웃음. 앤은 고개조차 들지 않는다.

필리시티가 팔로 내 팔을 감고 나직이 속삭인다.

"그렇게 인상 쓰지 마. 해로운 애들은 아니니까. 정말이야."

나는 그녀의 팔을 뿌리친다.

"쟤들은 지옥의 사냥개들이야. 네가 좀 쫓아줄래?"

세실리가 키득거린다.

"조심해, 필리시티. 개가 우리한테 그 사악한 눈을 사용할지도 몰라."

이번에는 필리시티마저 웃음을 터뜨리고 만다. 정말로 이 사악한 눈을 사용할 수 있으면 좋으련만. 그게 안 된다면 내 사악한 장화로라도 세실리의 등짝을 갈겨줄까.

무어 선생님을 따라 동굴 밖으로 나온 우리는 올 때와는 다른 길로 숲을 지나 작은 흙길에 다다른다. 그 길에 접해 있는 낮은 돌담을 가로지를 때, 저만치 나무들 사이에 자리 잡은 집시 캠프가 보인다. 필리시티가 갑자기 내 옆에 바짝 붙는다. 근처에 이설이 있을지도 모르니 내 키를 이용해 자기 몸을 가리려는 것이다.

"앤, 무어 선생님이 너 좀 보재."

필리시티의 말에 앤은 꼴사납게 코를 씨근대면서 순순히 선생님 쪽으로 간다. 필리시티는 고개를 빼고 두리번거린다.

"제머, 나한테 화내지 말아줘. 혹시 그 남자 보이니?"

마차 세 대와 말 몇 마리 말고는 아무것도 없다. 나는 부루퉁한 말투로 대답한다.

"아니."

필리시티는 내가 화났다는 걸 무시한 채 내 팔에 팔짱을 낀다.

"정말 다행이야. 안 그랬음 몹시 거북했을 텐데. 상상이 가니?"

그녀는 애교로 환심을 사려 한다. 먹혀든다. 나도 모르게 그만 싱긋 웃는다. 필리시티의 보기 드문 환한 미소를 보니 세상이 재미있고 매력적인 곳처럼 느껴진다.

"내 말 들어봐. 멋진 생각이 떠올랐어. 우리만의 오더를 결성하면 어떨까?"

나는 얼어붙은 듯 멈춰 선다.

"뭘 하려고?"

"살려고."

나는 안도하면서 다시 걷기 시작한다.

"우린 이미 살고 있어."

168

"아니. 우린 남이 정해놓은 시시한 게임을 하고 있어. 하지만 우리 자신의 원칙에 따라 놀 수 있는 장소가 있다면 어떨까?"

"대체 어디서 그럴 건데?"

필리시티가 주위를 둘러본다.

"아까 그 동굴에서 만날까?"

"농담이겠지. 너 지금 농담하는 거지?"

그녀는 고개를 젓는다.

"한번 생각해봐. 우리 스스로 계획을 세우고 우리만의 권력을 휘두르면서 좀 즐기는 거야. 즐길 수 있을 때 즐기자고. 우리가 스펜스의 주인이 되는 거야."

"퇴학당할 거야. 틀림없어."

"들키지만 않으면 돼. 우린 그 정도로 멍청하진 않으니까."

저 앞에서 세실리와 엘리자베스가 재잘거리고 있다. 엘리자베스는 장화에 자꾸 진흙이 묻어서 몹시 짜증이 난 표정이다. 나는 필리시티를 슬쩍 본다. 그녀가 말한다.

"쟤들도 알고 보면 그렇게 나쁜 애들은 아냐."

"피라니아도 제 식구한테는 다정할걸. 하지만 난 그 물고기 옆에 있고 싶지는 않아."

앤이 입을 딱 벌린 채 돌아와 나를 바라본다. 무어 선생님이 자기를 찾지 않았다는 걸 확인하고 온 것이다. 아무도 그녀를 찾지 않는다. 그게 문제다. 하지만 어쩌면 그걸 변화시킬 방법이 있으리라.

내가 필리시티에게 말한다.

"좋아, 할게. 대신 조건이 하나 있어."

"말해봐."

"앤을 끼워줘야 해."

필리시티는 웃어야 할지 독설을 내뱉어야 할지 고민하는 눈치다.

"설마 진심은 아니겠지?"

내가 대답하지 않자 그녀가 말한다.

"그렇게는 못 해."

"잊었나본데, 넌 나한테 빚졌어."

필리시티는 전부 없던 일로 하겠다는 듯 싸늘하게 억지웃음을 짓는다.

"다른 애들이 용납하지 않을 거야. 너도 알잖아?"

"그건 네 문제야."

나는 빙그레 웃으며 덧붙인다.

"그렇게 인상 쓰지 마. 해로운 애들 아니라며. 정말 그래?"

필리시티는 실눈을 뜨고 노려보다가 이내 피파, 엘리자베스, 세실리 쪽으로 간다. 잠시 후 그들이 말다툼을 벌인다. 엘리자베스와 세실리는 고개를 절레절레 젓고, 필리시티는 못마땅한 듯 콧김을 내뿜는다. 피파는 필리시티가 관심을 보여줘서 마냥 기뻐하는 눈치다. 잠시 후 필리시티가 내 옆으로 돌아와서 씩씩거린다.

"어떻게 됐어?"

"내가 말한 대로야. 앤은 넣어줄 수 없대. 자기들과 신분이 다르다고."

"그거 참 딱하구나. 너의 멋진 클럽이 시작도 하기 전에 파장이라니."

나는 일부러 조금 밉살맞게 말한다.

"내가 언제 그만둔댔니? 피파는 내가 하자는 대로 할 거야. 세실리는 요즘 너무 건방져졌어. 나 아니면 아무것도 아니었을 계집 애가. 걔랑 엘리자베스가 나 없이도 이 학교에서 잘나갈 수 있다고 믿는다면 그건 가엾은 착각이야."

나는 필리시티의 지배욕을 과소평가했다. 그녀는 제 똘마니들 에게 졌다는 걸 인정하느니 차라리 나랑 앤과 같이 다닐 애다. 어 쨌거나 제독의 딸이니까.

"그럼 우리 언제 만날까?"

필리시티가 대답한다.

"오늘 밤 자정에."

보나마나 이번 일은 창피와 불행을 안겨줄 것이다. 기껏해야 낭 만적이고 이상적인 사랑을 찬미하는 피파의 역겨운 헛소리나 듣 겠지. 하지만 적어도 한동안은 저애들이 앤을 괴롭히지는 않을 것 이다.

길이 구부러지는 지점에 이설이 있다. 겁먹은 말처럼 필리시티 가 돌연 멈춰 선다. 내 팔에 찰싹 달라붙은 채 그쪽을 보려고도 하 지 않는다.

그녀의 숨이 가빠진다.

"오, 하느님."

나는 내 팔뚝을 깊이 파고드는 필리시티의 손가락을 애써 무시 하며 소곤거린다.

"설마 사람들 다 보는 데서 너한테 말을 걸기야 하겠니?"

이설이 땅에서 꽃 한 송이를 꺾어든다. 그러고는 노래를 부르면 서 담장 위로 폴짝 뛰어오르더니, 두 사람 사이에 서 있는 나를 꽤 넘치지 않는 듯 필리시티에게 꽃을 건넨다. 나머지 학생들이 걸음을 멈추고 돌아서서 무슨 일인지 구경한다. 그들은 눈앞의 광경에 흠칫 놀라면서도 재미있어 죽겠다는 표정으로 쿡쿡거린다. 필리시티는 고개를 푹 숙인 채 땅만 내려다본다.

무어 선생님도 재미있어하는 눈치다.

"너한테 팬이 있나보구나, 필리시티."

학생들이 이설과 필리시티를 번갈아 보면서 잠자코 기다린다.

이설이 필리시티에게 꽃을 내민다. 꽃은 그의 손안에서 빨갛고 향기롭다. 그가 낮게 울리는 목소리로 말한다.

"아름다운 이에게 아름다운 꽃을."

나직이 소곤거리는 세실리의 목소리가 내 귀에 들린다.

"어쩜 저리 뻔뻔할까."

필리시티는 돌처럼 굳은 표정으로 꽃을 땅바닥에 내던진다.

"무어 선생님, 이 숲에서 이런 쓰레기를 몰아낼 수 없나요? 이건 질병이에요."

따귀를 때리듯 모진 말이다. 그녀는 두 손으로 조심스럽게 치마를 들고 장화로 꽃을 짓밟은 다음 학생들을 앞질러 달려간다. 다들 그녀를 뒤따라간다.

나는 모욕감에 치를 떨 이설이 안쓰럽다. 그는 담장 앞에 서서 우리가 멀어져가는 모습을 바라본다. 우리가 학교로 진입하는 옆길로 들어설 때도 뭉개진 꽃을 손에 든 채 거기 그대로 서 있다. 우리 뒤로 멀어진 그는 마치 우리의 별자리에서 떨어져나가 죽어가는 작은 별과도 같다.

13장

자정이 지나자마자 학교를 몰래 빠져나온 우리는 랜턴 불빛에
의지해 숲을 누비고 지나 깊고 어두운 동굴 안으로 들어간다. 필리
시티가 찬장에서 훔쳐온 양초들을 차례차례 켠다. 몇 분 뒤, 동굴
안이 환해지고 암벽의 그림들이 다시 춤을 춘다. 으스스한 불빛 속
에서 모리간의 머리들이 뒤틀리고 구부러져 마치 살아 움직이는
것 같다. 나는 눈을 돌리고 만다.

"어휴, 여긴 너무 축축해."

피파가 동굴 바닥에 조심스레 앉으며 투덜댄다. 필리시티가 간
신히 설득해서 데려온 그녀는 지금껏 사사건건 불평만 했다.

"음식 가져올 생각은 아무도 안 했어? 배고파 죽겠다."

그녀의 눈길이 방금 케이프 호주머니에서 사과 하나를 꺼낸 앤
에게 쏠린다. 앤은 사과를 손에 쥔 채 갈등한다. 배고픔에 굴복할
지, 다른 학생들과 어울리고픈 욕망에 굴복할지. 고통스러운 일 분

이 지나자 앤이 피파에게 사과를 내민다.

"내 사과 먹어도 돼."

피파가 한숨을 내쉬며 말한다.

"아무래도 그래야겠어."

그녀가 사과에 손을 뻗자 필리시티가 먼저 그것을 채간다.

"아직 안 돼. 이 모임은 제대로 해야 해. 우선 건배부터."

필리시티가 눈빛을 반짝이면서 자기 드레스 속에 손을 넣어 성찬식 포도주 병을 꺼낸다. 피파가 기쁜 나머지 동굴 전체가 울릴 정도로 시끄럽게 꺅 소리를 지르며 두 팔로 필리시티를 얼싸안는다.

"오, 피, 너 진짜 멋져!"

"암, 내가 좀 그렇지."

나는 그 포도주를 가져오려고 목숨과 팔다리, 영혼을 걸고 퇴학의 위험마저 무릅쓴 사람이 나라는 사실을 상기시켜주고 싶다. 하지만 무의미한 짓이라는 걸 알기에 그냥 부루퉁한 표정만 짓고 만다.

앤이 묻는다.

"그게 뭐야?"

필리시티가 눈알을 희번덕거리며 대답한다.

"간유라면 어쩔래? 뭘 거 같니?"

앤의 얼굴에서 핏기가 사라진다.

"술은 아니겠지?"

피파가 연극배우처럼 자기 목을 부여잡고 외친다.

"맙소사, 안 돼!"

앤은 뒤늦게 자신이 어떤 일에 엮였는지 깨닫는다. 그녀는 불안감을 떨치려고 교장 선생님의 낭랑한 목소리를 흉내 낸다.

"숙녀는 술 마시면 안 돼."

말투가 너무 똑같아 모두 웃음을 터뜨린다. 신이 난 앤이 같은 말을 계속 되풀이하자 결국 재미는 사라지고 짜증만 남는다.

"이제 그만하시지."

필리시티가 핀잔을 놓는다. 앤은 다시 가면 뒤로 숨는다.

"교장 선생은 밤마다 셰리주를 마셔. 전부 다 위선자들이야. 건배."

피파가 숙녀답지 않게 병째 들고 꿀꺽꿀꺽 마신다. 잠시 후 술병을 건네받은 앤은 손으로 입을 닦고 망설인다.

필리시티가 재촉한다.

"자, 어서 마셔. 무슨 큰일 나는 것도 아니잖아."

"난 술을 마셔본 적이 없어."

"정말? 충격적인걸."

피파가 짐짓 놀란 척하며 낄낄댄다. 나는 그녀의 완벽한 곱슬머리에 술을 쏟아부으면 기분이 어떨지 궁금하다.

앤이 술병을 돌려주려 하자 필리시티가 단호히 말한다.

"이건 부탁이 아냐. 술을 마시든가, 아니면 모임에서 빠져. 스펜스로 혼자 돌아가면 돼."

앤의 눈이 휘둥그레진다. 이 날라리 아가씨들은 규칙을 깨는 것이 앤에게 얼마나 괴로운 일인지 전혀 모른다. 그들은 어느 정도 말썽을 피워도 언제든 빠져나갈 수 있지만, 앤에게는 사소한 규칙 위반도 파멸을 부를 수 있다.

내가 한마디 한다.

"걔 내버려둬, 필리시티."

그녀는 모질고 냉정한 말투로 대꾸한다.

"앤을 여기 데려오자고 한 사람은 너지 우리가 아냐. 더는 봐주기 없어. 모임에 들어오고 싶으면 마셔야 해. 그건 너도 마찬가지야."

"좋아, 알았어. 나한테 술 줘."

술병이 내게 넘어온다. 필리시티가 이죽거린다.

"술병 속에 도로 뱉으면 안 돼."

술병을 들어 입에 대자 향긋하면서도 독한 냄새가 난다. 강렬하고 신비로운 금단의 향기. 술을 마시자 목이 타들어가는 느낌이다. 쿨럭쿨럭 기침이 터져나온다. 마치 누가 내 허파에 불을 지른 것만 같다.

"아, 생명의 술이로군."

필리시티가 악마 같은 미소를 지으며 말하자 모두 웃어댄다. 심지어 앤까지. 배은망덕한 계집애.

나는 가까스로 목소리를 낸다.

"이게 뭐야?"

지금껏 엄마나 아빠의 술잔에서 훔쳐 마신 술 중에 이런 포도주는 없었다. 하인들이 바닥을 청소할 때 쓰는 세제이거나, 매니큐어를 만들 때 넣는 용액이 틀림없다.

필리시티가 싱글거린다. 나는 그렇게 즐거워하는 필리시티를 본 적이 없다.

"위스키야. 네가 실수로 웨이트 목사의 개인 소장품을 가져온 거야."

얼얼한 기운 때문에 눈이 따갑지만 적어도 이제 숨은 쉴 수 있다. 놀라운 온기가 온몸으로 퍼지면서 나를 따스하게 내리누른다. 기분이 좋다. 하지만 필리시티가 내 손에서 술병을 낚아채 앤에게 건넨다. 앤은 쓰디쓴 약을 먹으며 아주 조금 얼굴을 찡그리는 착한 소녀처럼 순순히 술을 마신다. 이어서 필리시티가 한 모금 마시자, 모두 가입이 끝났다. 무엇에 가입되었는지는 여전히 모르겠다. 술병이 몇 차례 더 돌자 마침내 다들 갓 태어난 송아지처럼 흐느적거린다. 내 살갗 속에 내가 떠다닌다. 며칠 동안 이렇게 떠다닐 수 있을 것 같다. 슬픔과 실망으로 가득한 현실세계는 지금 우리를 에워싼 술기운의 보호막 바깥에서 고동칠 뿐이다. 그것이 우리 몸 외부 어딘가에서 기다리고 있지만, 우리는 너무 어질어질해서 세상을 신경 쓰지 못한다. 새 친구들이 나직이 웅얼거리며 이야기하는 동안, 나는 번들거리는 암벽을 쳐다보면서 아빠가 아편제 보호막에 꽁꽁 싸여 보낸 나날들의 풍경과 느낌이 이런 게 아닐까 생각한다. 아무런 고통 없이, 아련한 기억의 고동만 느껴지는 상태. 홍수처럼 덮쳐오는 슬픔 속에서 익사할 것만 같다.

"제머? 너 괜찮니?"

필리시티가 일어나 앉아 나를 바라보며 묻는다. 나는 내가 울고 있다는 걸 깨닫는다.

"아무것도 아냐."

나는 손등으로 눈을 닦으며 대답한다.

"설마 울보 주정뱅이가 되려는 건 아니겠지?"

그녀가 농담으로 한 말이지만, 오히려 내 눈물 줄기는 더 거세진다.

"아무래도 넌 그만 마셔야겠다."

필리시티가 술병을 바위 뒤에 놓고는 아직 먹지 않은 사과를 나에게 내민다.

"파티가 점점 따분해지고 있어. 누구 근사한 아이디어 없니?"

"이게 클럽이라면 적당한 이름이 있어야 하지 않니?"

피파가 바위에 머리를 기댄 채 말한다. 술 때문에 눈빛이 번들거린다.

앤이 제안한다.

"'스펜스의 젊은 아씨들' 어때?"

필리시티가 눈살을 찌푸린다.

"이빨 썩은 노처녀들 같아."

나는 조금 요란하게 웃는다. 비록 훌쩍임이 완전히 가시지는 않았지만 눈물이 멈춰서 기쁘다.

"그냥 떠오른 이름이었어."

앤이 쏘아붙인다. 위스키 덕분에 배짱이 생긴 것이다.

필리시티가 맞받아친다.

"우리한테 성질내지 마. 자, 한 모금 더 마셔."

앤은 절레절레 고개를 젓는다. 하지만 필리시티가 손에 든 술병을 내려놓지 않자, 결국 앤이 입을 앙다물고 꿀꺽거리는 시늉을 한다.

피파가 손뼉을 친다.

"생각났어. '레이디스 오브 샬럿'이라고 하는 거야!"

"그럼 우리가 다 죽는다는 소리니?"

나는 그렇게 묻고서 낄낄대기 시작한다. 웃음이 그치지 않는다. 바람에 날리는 깃털처럼 머리가 가볍다.

필리시티도 덩달아 키득거린다.

"제머 말이 맞아. 너무 울적한 이름이야."

우리는 온갖 이름을 쏟아낸다. 너무나 어처구니없는 이름들—아테네의 여사제들! 페르세포네의 딸들!—에는 웃음을 터뜨리고, 정말로 끔찍한 이름—사랑을 찾는 네 가지 바람!—에는 끙 소리를 낸다. 마침내 모두 입을 다물고 바위에 기대자, 머리가 바위에 살짝 부딪친다. 벽에 그려진 여신들이 모든 구속에서 벗어나 사냥을 하고 신나게 날뛴다. 스스로 규칙을 만드는 자들, 침입자를 벌하는 자들.

내가 말한다.

"오더라고 부르면 어떨까?"

필리시티가 어찌나 빨리 일어나 앉았던지, 그녀의 자리에 남은 온기가 한동안 내 옆에 머물다가 서서히 사라져간다.

"정말 완벽해! 제머, 넌 천재야."

나는 약간 당황해하며 손에 들고 있던 사과를 비튼다. 그러자 쩍 소리와 함께 사과가 쪼개진다. 필리시티는 내 손을 자기 입으로 끌어당겨 손안에 담긴 과일을 깨문다. 그러고는 끈적이는 과즙이 묻은 입으로 내 입술에 키스한다. 나는 화끈거림을 멈추려고 한 손을 입술에 댄다. 금세 온몸이 빨개진다.

필리시티가 자신의 창백한 손으로 내 손과 사과를 한꺼번에 꽉 쥐고 높이 쳐든다.

"여인들이여, 부활한 오더를 너희에게 선사하노라!"

"부활한 오더!"

우리의 목소리가 동굴벽에 부딪쳐 물결처럼 퍼져나간다. 피파가 나를 얼싸안는다. 새로운 비밀에 우리는 들뜬다. 우리를 하나로 묶어주고, 끝없이 되풀이되는 일상 말고는 기대할 게 없는 권태로운 시간들이 아닌 신선한 무언가를 선사하는 비밀. 위스키를 마실 때보다 훨씬 더 강해지는 기분이 든다. 이 기분이 영원히 계속되면 좋겠다.

"그런 여자들의 집단이 정말로 있었다고 생각해?"

필리시티가 코웃음을 친다.

"얼빠진 소리 하지 마, 핍. 그건 전설이야."

피파가 상처받은 표정으로 대꾸한다.

"그냥 궁금해서 물어봤을 뿐이야."

나는 오늘 저녁의 마법이 너무 빨리 깨지길 바라지 않는다.

"만약 사실이라면 어쩔래?"

나는 깊이 생각하지도 않고 얇은 가죽 제본 일기장을 꺼내서 친구들 앞에 내민다.

앤이 묻는다.

"그게 뭐야?"

"메리 다우드의 비밀 일기."

앤은 자기만 모르는 일일까봐 걱정하는 표정이다.

"메리 다우드가 누군데?"

나는 메리 다우드와 그녀의 친구 새러, 그들과 오더의 관계에 대해 아는 대로 털어놓는다. 필리시티가 일기장을 낚아채고는 나머지 애들과 함께 읽기 시작한다. 책장이 점점 더 빨리 넘어가고, 다들 놀라서 입을 다물지 못한다.

내가 묻는다.

"메리가 정원에 들어간 부분 찾았어?"

필리시티가 대답한다.

"거긴 이미 지났는걸."

나는 징징대는 어린애처럼 말한다.

"기다려! 나도 거기까지밖에 못 읽었단 말이야! 지금 어딘데?"

필리시티가 대답한다.

"3월 15일. 자, 내가 큰 소리로 읽을게."

새러와 나는 오늘 장난기가 발동해서 자매들의 안내도 없이 그 세계로 다시 들어갔어. 처음에는 안개 낀 숲에서 길을 잃을까봐 겁이 났지. 그곳에 떠도는 수많은 가련한 영혼들이 우리에게 도와달라고 애원했지만, 우리가 해줄 수 있는 일은 하나도 없었어. 유지니아의 말에 따르면……

앤이 묻는다.

"유지니아? 스펜스 여사를 말하는 걸까?"

우리가 조용히 하라고 쉬잇 하자, 필리시티가 계속 읽는다.

유지니아의 말에 따르면 그들은 어떤 식으로든 생전의 한이 풀릴 때까지 안개 숲을 벗어나지 못하며, 거길 벗어나야만 마침내 영면할 수 있대. 결국 풀려나지 못한 영혼들은 타락하여 온갖 해악을 불러일으키는 악령이 된대. 그들은 불과 얼음과 어둠의 영역인 윈터랜드로 쫓겨나지. 우리 자매들 중에서 가장 강력하고 지혜로운 자만 거기 들어갈 수 있는데, 그곳의 악령들이 천 가지 욕망을 속삭이기 때문이야. 원로 자매들처럼 그것들을 이용하고 쫓아버리는 방법도 모르면서 섣불리 들어갔다간 힘의 노예가 되고 말아. 만약 그런 타락한 영혼의 꾐에 넘어가면, 악령을 떨쳐버리지 못하면, 그 세계의 균형은 영영 무너지게 돼.

필리시티가 읽기를 멈춘다.
"우와, 솔직히 이건 내가 지금껏 읽어본 그 어떤 괴기소설보다도 섬뜩해. 바닥이 삐걱거리는 음산한 성에다 순결을 잃을 위기에 놓인 여주인공만 있으면 딱이겠는데."
피파가 일어나 앉으며 킥킥댄다.
"걔들이 정말로 순결을 잃는지 계속 읽어보자!"

　오늘 우리는 다시 그 아름다운 정원에 들어갔어. 거기서는 아무리 무모한 소망도 이룰 수 있으며……

필리시티가 말한다.
"바로 이거야. 틀림없이 야한 이야기가 나올 거야."

　포도주 빛깔의 향기로운 헤더 꽃이 오렌지 황금색 하늘 아래 지천으로 피어 있었지. 네 시간 동안 우리는 꽃밭에 누워 아무것도 바라지 않으면서 손끝으로 풀잎을 톡 건드려 나비로 만들었어. 우리의 의지와 소망으로 무엇이든 상상만 하면 현실이 되었지. 자매들은 우리가 할 수 있는 놀라운 일들을 알려주었어. 치료술, 아름다움과 사랑의 주문……

"오오오오, 이거 진짜 배우고 싶다!"

피파가 소리친다. 그녀보다 더 크게 말하려고 필리시티가 목소리를 높인다. 결국 피파가 다시 입을 다문다.

……남들 눈에 보이지 않도록 몸을 감추는 은신술, 사람의 마음을 조종하여 오더의 뜻에 따르게 하고 그들의 생각과 꿈에 영향을 주어 그들의 운명이 밤하늘의 별자리처럼 눈앞에 펼쳐지게 하는 비술. 모두 룬의 오라클에 적혀 있었어. 그 크리스털에 손만 대도 우리는 관管이 되었고, 그 속으로 우주가 강물처럼 빠르고 거세게 흘렀지. 사실 우리가 그러고 있었던 시간은 고작 몇 초뿐이었는데도 너무나 놀라웠어. 하지만 손을 떼자 우리의 내면이 변화했어. 자매들이 말하기를 '너희는 방금 열렸노라'……

피파가 낄낄댄다.

"결국 정말로 순결을 잃었나보네."

필리시티가 툴툴거린다.

"끝까지 읽게 좀 해줄래?"

……우리도 그걸 느꼈어. 장막 너머 이 세계로 돌아올 때 우리는 약간의 마법을 마음에 담아왔지. 우선 저녁 식탁에서 시험해봤어. 새러가 맛대가리 없는 수프와 빵을 노려보다가 눈을 감고 '꿩'이라고 말했거든. 그러자 그것들이 정말 꿩으로 변했고, 씹는 맛도 영락없는 꿩 같았어. 아주 만족스러웠지. 나중에 새러가 함박웃음을 지으며 말

했어.

"더 배우고 싶어."

생각에 깊이 빠져든 나는 필리시티가 읽기를 멈춘 것도 몰랐다. 벽에서 물방울이 떨어지는 소리 말고는 고요하다. 필리시티가 범죄자를 심문하듯 나를 보며 묻는다.

"이거 어디서 찾았니?"

유령 같은 꼬맹이가 밤에 나를 그 일기장이 있는 곳으로 데려다줬어. 너한테는 그런 일 안 일어나니?

나는 거짓말한다.

"도서관에서."

필리시티는 골똘한 표정으로 나를 보며 묻는다.

"정말로 이게 스펜스의 마법 수업에 관한 실제 기록이라고 생각해?"

나는 또 거짓말한다.

"물론 아니지. 그냥 너희한테 장난 좀 쳐본 거야."

"오오오오. 오더의 마법 수업이라. 기도 시간 직전이니 찬송가 부른 직후니?"

피파가 심하게 낄낄대며 말처럼 코를 씨근거린다. 볼썽사납기 그지없다. 잔인하게도 나는 그런 꼴을 보며 즐긴다.

"정말 웃긴다. 너 진짜 재담꾼이구나."

유쾌한 듯 말하려고 애쓰지만 실은 짜증이 나고 모욕당한 기분이다.

필리시티가 짐짓 근엄하게 일기장을 높이 쳐든다.

"나는 이제 열렸노라, 자매들이여. 지금부터 이 일기장을 우리의 성서로 삼겠다."

그녀는 나를 힐끔 보고 말을 잇는다.

"앞으로는 이 흥미롭고 철저히 진실한 일기를 읽고 모임을 시작하자."

그러자 피파가 아우성을 친다.

"진짜 끝내주는 아이디어야!"

술기운에 혀가 꼬이는 모양이다.

"잠깐, 그건 내 거야."

내가 일기장에 손을 뻗자 필리시티가 자기 주머니에 넣는다.

"아까는 도서관에서 찾았다고 했잖아."

앤이 말한다.

"하! 말 한번 잘했다, 앤."

피파가 앤을 보고 씩 웃는다. 나는 이들과 친구가 된 것이 벌써 후회스럽다. 거짓말이 나를 궁지로 몰아넣었다. 일기장 없이는 나에게 무슨 일이 벌어지고 있는지, 내 환상이 무얼 뜻하는지 알 수가 없다. 하지만 일기장을 되찾으려면 전부 사실대로 털어놓아야 하는데, 그럴 준비가 되어 있지 않다. 그걸 내가 이해하기 전까지는 말할 수 없다.

앤이 다시 술병을 내게 건넨다. 나는 손사래를 치면서 엉터리 프랑스어로 웅얼웅얼 말한다.

"주 느 부드레 파 르 위스키(위스키 마시기 싫어)."*

---

* 올바른 표현은 '주 느 뵈 파 드 위스키(Je ne veux pas de whiskey)'이다.

필리시티가 비아냥거린다.

"너 우리한테 프랑스어 강습 좀 받아야겠다, 제머. 르파르주 선생님이 초급반으로 낙제시키기 전에."

나는 뿌루퉁한 표정으로 묻는다.

"넌 어떻게 그렇게 프랑스어를 잘하니?"

"궁금해하시니 알려드리죠, 미스 도일. 우리 엄마는 파리에서 아주 유명한 살롱을 운영하셔."

필리시티는 '살롱'에 힘주어 말한다. 그녀가 계속 이야기한다.

"유럽에서 가장 잘나가는 작가들은 죄다 그 살롱의 고객이었어."

"네 엄마 프랑스 사람이니?"

위스키 때문에 머릿속이 조금 뿌옇다. 무슨 말만 들어도 키들키들 웃음이 나온다.

"아니, 영국인이야. 요크 왕가의 후손이지. 사는 곳이 파리일 뿐이야."

그녀는 남편이 여왕의 임무를 완수하고 돌아올 이곳 대신 어째서 파리에 살고 있을까?

"부모님이 함께 사시지 않니?"

필리시티가 나를 노려본다.

"우리 아빠는 거의 일 년 내내 먼 바다에 나가 계셔. 우리 엄마는 미인이야. 그런 여자가 파리에서 친구들 사귀는 게 뭐가 이상해?"

내가 무슨 말실수라도 했나. 내가 사과하려고 하자 피파가 먼저 끼어든다.

"우리 엄마도 살롱 주인이면 좋겠어. 아니면 뭐든 재미있는 일

을 하거나. 엄마가 하는 일이라고는 끊임없는 잔소리로 날 미치게
하는 것뿐이야. '피파, 구부정하게 걷지 마. 그래서는 절대로 남편
못 구해.' '피파, 여자는 항상 외모에 신경 써야 해.' '피파, 중요한
건 네가 너 자신을 어떻게 생각하느냐가 아니라 남들이 너에 대해
무슨 말을 하느냐란다.' 요즘 우리 집에 들락거리는 남자가 하나
있어. 꼴사납고 볼품없는 미스터 범블."

내가 묻는다.

"미스터 범블이 누군데?"

필리시티가 능글맞게 웃으며 말한다.

"피파의 애인이야."

피파가 꽥 소리친다.

"그 남자는 내 애인 아냐!"

"그래. 하지만 그렇게 되고 싶어하지. 아니면 뭣하러 밤낮 찾아
오겠어?"

"오십 살은 먹은 중늙은이란 말이야!"

"그리고 엄청난 부자야. 안 그럼 네 엄마가 너한테 던져줄 리 없
지."

피파가 한숨을 내쉰다.

"엄마는 돈이 인생의 목적이야. 그래서 아빠가 노름하는 걸 싫
어해. 우리 재산을 몽땅 날릴까봐 걱정하거든. 나를 부자한테 시집
보내려고 혈안이 된 것도 그 때문이야."

필리시티가 웃는다.

"내반족*에 자식이 열두 명이나 딸린 영감탱이를 남편감이라고
구해줄지도 몰라."

피파가 부르르 몸을 떤다.

"엄마가 내 앞에 줄 세운 남자들을 너희도 봤어야 해. 그중 한 남자는 키가 겨우 120센티미터였어!"

내가 대꾸한다.

"말도 안 돼!"

"어쩌면 150센티미터였는지도 몰라."

피파가 웃자 그 웃음에 감염된 우리도 미친 듯이 웃어댄다.

"한번은 엄마가 소개해준 남자랑 춤을 추러 갔는데, 글쎄 춤추는 동안 자꾸 내 엉덩이를 꼬집지 뭐야. 상상이 가니? '오, 멋진 왈츠군요.' 꼬집, 꼬집. '펀치 한 잔 마실까요?' 꼬집, 꼬집. 그날 생긴 멍이 일주일이나 갔어."

우리는 짐승처럼 깍깍대고 자지러지며 난리법석을 피운다. 잠시 후 소란이 기침과 웅얼거림으로 잦아들자 피파가 말한다.

"앤, 제머. 너희는 눈만 뜨면 들들 볶아대는 구제불능 엄마 때문에 속 썩지 않아도 되겠구나. 진짜 운 좋은 거야."

내 허파에서 숨이 전부 빠져나간다. 필리시티가 피파의 정강이를 세게 걸어찬다.

"그래, 별로 좋은 말은 아니었어, 그치?"

피파가 손으로 다리를 문지른다.

"너무 예민하게 굴 거 없어."

필리시티가 도도하게 말한다. 하지만 마주친 그녀의 눈에서 언뜻 다정함이 느껴진다. 나 때문에 피파를 혼내준 것이다. 처음으로

---

* 발이 안쪽으로 휘는 질병.

우리가 진짜 친구가 될 수도 있을 거라는 생각이 든다.

"너무 역겨워!"

일기장을 훌훌 넘기던 앤이 소리친다. 삽화처럼 보이는 것을 두 손에 들고 있던 그녀는 마치 불에 데기라도 한 듯 내던진다.

"그거 뭐니?"

피파가 호기심 때문에 체면도 잊고 후다닥 달려가서 줍는다. 우리는 몸을 숙이고 그림을 가까이 들여다본다. 머리카락에 포도가 달린 여자가 짐승 가죽 옷을 입고 뿔이 달린 가면으로 머리를 장식한 남자와 뒤엉켜 있는 그림이다. 제목은 '새러 리즈 툼 작, 〈봄의 제전〉.'

우리는 화들짝 놀라 역겹다고 소리치면서도 좀더 잘 보려고 고개를 들이민다.

"이 남자, 아랫도리가 빳빳해졌겠는걸."

나는 새된 소리로 깔깔댄다. 도무지 내 목소리 같지 않다.

앤이 잽싸게 고개를 돌리고 묻는다.

"둘이서 뭘 하는 걸까?"

피파가 꽥 소리친다.

"여자는 누워서 영국을 생각하고 있겠지!"

영국의 모든 엄마가 딸에게 성행위를 설명할 때 하는 말이다. 우리는 성性을 즐기면 안 된다. 오로지 대영제국의 미래를 위해 아기를 만들고 남편을 즐겁게 해주는 것만 생각해야 한다. 이유는 모르겠지만 카르틱의 얼굴이 내 눈앞에 어른거린다. 짙은 눈썹을 두른 그의 동그란 눈이 점점 가까이 다가오자 내 입이 벌어진다. 기묘한 온기가 배에서 시작되어 온몸 구석구석 스며든다.

"앤, 설마 남녀가 함께 있을 때 뭘 하는지 모른다는 건 아니겠지? 내가 시범을 보여줄까?"

미끄러지듯 바위에서 내려온 필리시티가 두 손으로 땅을 짚고 기어가서 앤에게 바짝 몸을 들이대자, 앤은 뒤로 물러나 동굴벽에 등을 기대며 나직이 중얼거린다.

"고맙지만 됐어."

잠시 뚫어져라 바라보던 필리시티가 앤의 뺨을 한 번 길게 핥는다. 질겁한 앤이 뺨을 닦는다. 필리시티는 그저 웃기만 한다. 곧이어 그녀는 얕은 바위에 기대앉아 두 팔을 머리 위로 뻗는다. 풍만한 가슴이 보디스에 눌려 터져나올 것만 같다. 그녀는 우리의 머리 너머 한 곳을 응시한다.

"난 많은 남자랑 사귈 거야."

마치 날씨 이야기를 하듯 무덤덤한 말투지만, 남들 입방아에 오르내리기에 딱 좋은 말이라는 걸 모를 리 없다.

피파는 놀라야 할지 웃어야 할지 몰라서 둘 다 한다.

"필리시티, 그건 충격적인 발언이야!"

필리시티가 피 냄새를 맡는다. 우리의 당혹감을 감지하고 더욱 박차를 가한다.

"농담 아냐. 남자를 떼거리로 사귈 거야! 국회의원에서 마부까지. 무어인이든 아일랜드인이든. 관직에서 쫓겨난 공작들! 그리고 왕들!"

피파가 두 손으로 귀를 막고 소리친다.

"그만! 더이상 말하지 마!"

하지만 그녀도 웃고 있다. 그녀는 필리시티의 뻔뻔함을 좋아

190

한다.

필리시티가 일어서서 데르비시*처럼 빙글빙글 돌고 춤을 추며
뛰어다닌다.

"정치가와 사업가도 사귈 거야! 배우와 집시! 시인과 화가! 내
치맛자락을 만져보려고 목숨도 내던질 남자들!"

"왕자를 빼먹었잖아!"

앤이 죄인처럼 맥없이 웃으며 외친다.

"왕자도!"

필리시티가 기쁨에 겨워 소리친다. 그러고는 앤의 손을 잡고 빙
글빙글 춤을 추자 필리시티의 금발이 허공에 휘날린다.

피파도 일어서서 함께 춤춘다.

"음유시인도!"

"사파이어 같은 내 눈을 찬미할 음유시인도!"

나도 그 정신없이 도는 춤에 끼어든다.

"마술사와 곡예사, 제독도 빼면 안 돼!"

필리시티가 춤을 멈춘다. 그녀의 목소리가 싸늘하다.

"아니. 제독은 안 돼."

"미안해, 필리시티. 별 뜻 없이 한 말이야."

내가 옷매무새를 고치는 동안 피파와 앤은 멋쩍은 표정으로 발
만 내려다본다. 우리 사이에 강한 전류 같은 침묵이 흐른다. 손길
한 번, 말 한 마디 잘못하면 모두 타버릴 것이다. 술병은 필리시티

---

* 이슬람교 신비주의 종파의 수도승으로, 빙빙 돌며 춤추는 육체적 수련을 통해 최
면 상태와 황홀경에 빠진다.

의 손에 들려 있다. 꿀꺽꿀꺽 길게 마신 그녀는 위스키의 독한 기운에 몸을 접는다. 잠시 후 술 때문에 검붉어진 입술을 창백한 손등으로 닦아낸다.

"의식을 치르는 게 어떨까?"

"무, 무, 무슨 의, 의, 의식?"

앤은 자기도 모르게 동굴의 널찍한 입구 쪽으로 몇 걸음 물러난다.

"난 알아. 맹세를 하는 거야!"

피파는 꽤나 즐거운 눈치다.

필리시티가 꿈꾸는 듯한 눈빛으로 말한다.

"우릴 하나로 묶으려면 더 강한 게 필요해. 말로 한 약속은 쉽게 잊혀져. 피의 의식을 치르자. 누구 날카로운 물건 좀 없니?"

그녀의 눈길이 내 목에 걸려 있는 부적에 쏠린다.

"그거면 될 것 같은데."

나는 본능적으로 목걸이를 움켜쥔다.

"뭘 하려고?"

필리시티가 한숨을 쉬고 눈을 희번덕거린다.

"네 창자를 꺼내서 꼬챙이에 꽂아 마당에 세워놓을 거야. 커다란 장신구를 걸치지 말라는 경고의 표시로."

"이건 우리 엄마의 유품이야."

모두가 나를 바라보며 기다린다. 마침내 나는 무언의 압박에 굴복하고 목걸이를 내준다.

"메르시(고마워)."

필리시티가 무릎을 굽혀 인사한다. 그러고는 단 한 번의 동작으로 잽싸게 달의 가장자리로 자기 손가락의 살을 벤다. 곧바로 피가 샘솟는다.

그녀는 자기 피를 내 두 뺨에 문지르며 말한다.

"이렇게 서로 표시를 하는 거야. 피의 서약인 셈이지."

목걸이를 건네받은 피파가 오만상을 짓는다.

"나더러 이걸 하라고? 말도 안 돼. 이건 짐승 같은 짓이야. 난 피 보는 거 싫어."

"좋아. 그럼 내가 대신 해줄게. 눈 감아."

필리시티가 피파의 살을 베자, 피파는 치명상이라도 입은 듯 비명을 지른다. 필리시티가 이죽거린다.

"맙소사, 너 안 죽었어. 바보같이 굴지 마."

그녀는 피파의 손가락으로 앤의 발그레한 뺨에 피를 바른다. 이어서 앤이 자신의 피 묻은 손가락으로 창백한 피파의 얼굴을 문지른다.

피파가 징징거린다.

"제발 빨리 해. 나 지금 까무러칠 것 같아. 느낌이 온다고."

드디어 내 차례가 되었다. 달의 뾰족한 부분이 내 손가락 위에 맴돈다. 문득 어떤 꿈이 파편처럼 떠오른다. 폭풍, 엄마의 비명, 베인 상처가 벌어지는 손바닥.

필리시티가 재촉한다.

"자, 어서 해. 설마 너도 내가 해줘야 하는 건 아니겠지?"

"아니."

나는 뾰족한 부분으로 손가락을 찌른다. 고통이 팔을 타고 치솟자, 입에서 짧은 신음이 새어나온다. 작은 상처에 금세 피가 맺힌다. 그 손가락으로 도자기처럼 하얀 필리시티의 광대뼈를 문지른다. 따갑다.

필리시티는 양초 불빛 속에서 새로이 세례받은 우리를 둘러보며 말한다.

"됐어. 이제 손 내밀어."

그녀가 한 손을 내밀자, 우리는 그 위에 손을 차곡차곡 올린다.

"우리는 서로에게 충실하면서 오더의 의식을 비밀에 부칠 것을 맹세한다. 또한 자유를 만끽하면서 결코 서로를 배신하지 않을 것이다. 결코."

필리시티는 나를 보면서 말을 잇는다.

"이곳은 우리의 성소다. 여기 있는 동안 우리는 오로지 진실만을 말할 것이다. 모두 맹세해."

"맹세한다."

필리시티가 양초 하나를 중앙으로 옮긴다.

"이 양초를 보면서 각자 마음속의 소원을 비는 거야."

피파가 양초를 받아들고 엄숙하게 말한다.

"참된 사랑을 찾게 해주소서."

"이건 바보짓이야."

앤이 필리시티에게 양초를 넘기며 말한다. 필리시티가 양초를 거부하고 재촉한다.

"마음속의 소원을 말해, 앤."

앤은 아무도 보지 않고 중얼거린다.

"아름다워지게 하소서."

필리시티는 양초를 꽉 쥐고 단호한 목소리로 말한다.

"누구도 무시 못 할 만큼 강해지게 하소서."

갑자기 양초가 내게 넘어오자, 뜨거운 촛농이 넘쳐흐르면서 내 살갗을 익히고는 손목 위에서 식어 밀랍 덩어리가 된다. 내 마음속의 소원이 뭘까? 다들 진실을 원하지만, 내가 할 수 있는 가장 진실한 대답은 내 마음을 이들의 마음만큼도 모른다는 것이다.

"나 자신을 이해하게 해주소서."

그 말에 만족했는지 필리시티가 낭랑하게 외친다.

"오, 동굴벽의 위대한 여신들이여, 우리의 진심 어린 소원을 들어주소서."

그때 동굴 입구에서 한 줄기 바람이 불어와 촛불을 끈다. 모두 흠칫 놀란다.

내가 속삭인다.

"여신들이 우리의 기도를 들었나봐."

피파가 두 손을 입에 대고 말한다.

"이건 징조야."

필리시티가 술병을 건네자 우리는 마지막으로 술을 마신다.

"여신들이 우리의 기도에 답한 것 같아. 우리의 새로운 삶에. 모두 마셔. 이제 오더의 첫 모임이 끝났어. 초가 다 녹기 전에 돌아가자."

14장

이튿날 아침 마드무아젤 르파르주의 프랑스어 시간에 나는 거의 시체나 다름없다. 극악한 위스키의 후유증 때문이다. 머리는 쉴 새 없이 지끈거리고, 아침에 먹은 바싹 마른 토스트와 마멀레이드는 배 속의 바다에 불안하게 떠 있다.

다시는, 절대로, 위스키를 마시지 않으리라. 앞으로는 오로지 셰리주만 마셔야지.

피파도 나처럼 맛이 간 표정이다. 앤은 멀쩡해 보인다. 어제 그녀는 많이 마시는 척했지만 실은 별로 안 마신 모양이다. 이 교훈을 잊지 말고 다음엔 나도 마시는 시늉만 해야지. 필리시티는 눈 밑에 반달 모양의 그늘이 드리운 것 말고는 그리 망가져 보이지 않는다.

엘리자베스가 엉망인 내 모습을 보고 눈살을 찌푸린다.

"쟤 왜 저러니?"

다시 필리시티와 피파의 환심을 사려는 말투다. 나는 그들이 미끼를 물까 걱정이다. 결국 어젯밤의 우정은 하루 만에 잊히고, 앤과 나는 또 왕따가 되어 멀리서 구경만 하는 게 아닐까.

필리시티가 내게 은밀하게 눈길을 주고 대답한다.

"미안하지만 오더의 비밀은 절대로 누설할 수 없어."

엘리자베스가 실쭉거리면서 마사에게 속삭이자 마사가 고개를 끄덕인다. 세실리는 쉽사리 포기하지 않고 다정함이 묻어나는 말투로 묻는다.

"피, 기분 풀어. 내가 문방구에서 새 편지지 사 왔어. 이따 저녁에 대회당에서 우리 같이 집에 보낼 편지 쓸래?"

필리시티는 아주 또박또박 대답한다.

"선약이 있어서 곤란해."

"이제 아예 우릴 따돌릴 셈이니?"

세실리가 얇은 입술을 오므린다. 자신이 늘 옳다는 오만함과 남을 용서할 줄 모르는 무자비함이 치명적으로 결합된 성격의 소유자 세실리. 나중에 완벽한 목사 아내가 될 것이다. 이렇게 숙취로 몸 상태가 엉망이 되지만 않았다면 그녀에게 떨어진 인과응보를 좀더 즐길 텐데. 내 입에서 트림이 나오자 다들 기겁한다. 하지만 나는 기분이 한결 낫다.

마사가 한 손을 자기 코앞에 대고 휘젓는다.

"너한테서 양조장 냄새 나."

그 말에 세실리가 고개를 홱 쳐든다. 그녀와 필리시티의 눈이 마주친다. 세실리의 입가에 심술궂은 미소가 살포시 번지자 필리시티의 표정이 험악해진다. 르파르주 선생님이 교실에 들어오면

서 프랑스 말을 뇌까리자 나의 가엾은 머리가 어질어질해진다. 그
녀는 문장 열다섯 개를 적어주고 책에 해석을 쓰라고 지시한다. 세
실리가 자기 책상 위에 두 손을 포개고 말한다.

"르파르주 선생님⋯⋯"

"프랑스어로!"

"죄송해요, 마드무아젤. 하지만 미스 도일이 몸이 좋지 않은 것
같아요."

그녀가 의기양양한 얼굴로 필리시티를 바라보는 사이, 르파르
주 선생님이 나를 자기 책상으로 불러 유심히 살펴본다.

"정말 조금 수척해 보이는구나, 미스 도일."

그녀는 킁킁 냄새를 맡더니 낮고 엄한 목소리로 말한다.

"미스 도일, 너 술 마셨니?"

등 뒤에서 들려오던, 펜으로 종이에 끼적거리는 소리가 느려진
다. 내 모공에서 새어나오는 위스키 냄새와 교실 안에 번지는 당혹
감의 냄새. 어느 것이 더 또렷할까.

나는 애써 미소를 띠고 대답한다.

"아뇨, 마드무아젤. 아침에 마멀레이드를 너무 많이 먹었어요.
제가 마멀레이드라면 사족을 못 쓰거든요."

선생님은 냄새를 잘못 맡은 거라고 믿으려는 듯 다시 킁킁댄다.

"좋아, 자리로 돌아가 앉아라."

비틀거리며 자리에 앉아 살짝 고개를 들고 보니, 필리시티가 나
를 보고 입이 귀에 걸리도록 웃는다. 세실리는 내가 잠들면 기꺼이
목 졸라 죽일 듯한 표정이다. 필리시티가 쪽지를 조심스럽게 나에
게 건넨다.

난 너 끝장나는 줄 알았어.

나는 답장을 써준다.

나도 그럴 줄 알았어. 지금 기분 완전 꽝이야. 넌 머리 안 아프니?

쪽지를 접어 몰래 주고받는 모습을 본 피파가 혹시 자기 이야기를 쓰는 건 아닌지 궁금해서 목을 빼고 훔쳐본다. 필리시티는 한 손을 벽처럼 세워 쪽지의 내용을 가린다. 피파는 마지못해 다시 수업에 열중한다. 물론 그전에 보랏빛 눈동자로 나를 노려본다.

필리시티가 잽싸게 다시 쪽지를 건네자마자 르파르주 선생님이 고개를 든다.

"거기 뒤에서 뭐하니?"

"아무것도 아닌데요."

필리시티와 내가 동시에 말한다. 딴짓하고 있었다는 걸 입증한 셈이다.

"오늘 수업은 나중에 다시 해주지 않을 테니 건성으로 듣지 말고 빠짐없이 전부 받아적도록 해."

필리시티가 방긋 웃으면서 매력적인 프랑스어로 대답한다.

"위, 마드무아젤(네, 선생님)."

선생님이 다시 고개를 숙이자, 나는 필리시티가 준 쪽지를 편다.

오늘 밤 자정 후에 모두 다시 만나자. 오더에 충성을!

또 불면의 밤을 보내야 하나. 나는 마음속으로 신음한다. 따뜻한 양모 이불이 덮여 있는 내 침대. 공작과 차를 마시는 것보다 내 침대가 더 좋다. 하지만 일기장의 비밀을 더 듣기 위해 오늘 밤 내가 숲속을 누비리라는 걸 난 이미 알고 있다.

피파가 쪽지를 접어 필리시티에게 건네는 모습이 언뜻 보인다.

인정하기는 싫지만, 그 쪽지에 뭐라고 적혀 있는지 궁금해 미치겠다. 필리시티의 얼굴에 험악하고 야비한 표정이 스치더니 금세 말 없는 미소가 번진다. 놀랍게도 그녀는 피파에게 답장을 보내지 않고 그 쪽지를 나에게 건넨다. 당연히 피파는 기겁한다. 이번에는 르파르주 선생님이 일어서더니 통로를 따라 우리 책상들 사이로 온다. 나는 하는 수 없이 쪽지를 책 사이에 끼우고 나중에 읽기로 한다. 수업이 끝나자 르파르주 선생님이 나를 다시 자기 책상으로 부른다. 필리시티가 교실 밖으로 나가면서 내게 경고의 눈길을 준다. 나도 그녀를 노려보며 마음속으로 말한다. 날더러 어쩌라고? 자기 쪽지가 여전히 내 프랑스어 책 속에서 활활 타고 있다는 걸 아는 피파는 두려움인지 분노인지 모를 표정을 짓는다. 그녀가 나한테 뭔가 말하려 하자 앤이 문을 닫는다. 이제 교실에는 나와 르파르주 선생님만 남았다. 심장박동이 빨라진다.

선생님이 나를 유심히 쳐다보며 묻는다.

"미스 도일, 정말로 네가 숨 쉴 때 나는 냄새가 다른 음식 때문이 아니라 마멀레이드 때문이니?"

나는 가능한 한 적게 숨 쉬려고 애쓰며 대답한다.

"네, 선생님."

그녀는 거짓말이라고 의심하지만 증거가 없다. 실망감에 짓눌린 그녀가 한숨을 쉰다. 나는 항상 사람들을 실망시키나보다.

"마멀레이드를 너무 많이 먹으면 몸매가 망가진단다."

"네, 선생님. 명심할게요."

허리둘레가 엄청난 마드무아젤 르파르주. 그녀가 몸매 관리에 대해 조언을 하다니 기가 찬다. 하지만 지금 나의 소망은 멀쩡히 살아서 여길 빠져나가는 것뿐이다.

"그래, 당연히 그래야지. 남자들은 뚱뚱한 여자를 좋아하지 않아."

선생님의 솔직한 말에 우리는 서로에게서 눈길을 돌린다. 그녀가 한마디 덧붙인다.

"물론 안 그런 남자도 있지만."

본능적으로 그녀는 군복 차림의 젊은 남자 사진을 한 손가락으로 문지른다.

"친척이신가요?"

나는 예의 바른 태도로 묻는다. 이제 내 배 속을 뒤집는 것은 위스키가 아니라 죄책감이다. 솔직히 나는 르파르주 선생님을 좋아한다. 그래서 그녀를 속이고 싶지 않다.

"내 약혼자 레지널드란다."

굉장한 자랑스러움과 더불어 그리움이 어렴풋이 담긴 말투다. 내 얼굴이 빨개진다.

"얼굴이…… 아주……"

나는 문득 이 남자에 대해 할 말이 없다는 걸 깨닫는다. 만난 적도 없는 남자. 낡은 사진 속의 존재일 뿐이다. 하지만 시작한 말은 끝맺어야 한다. 나는 힘겹게 말한다.

"믿음직스럽네요."

그러자 르파르주 선생님이 기뻐하는 눈치다.

"참 다정한 얼굴이지?"

"정말 그래요."

"널 여기 붙잡고 있으면 안 되겠다. 그뤼네발트 선생님 수업에 늦으면 곤란하잖아. 잊지 마라. 마멀레이드는 조금만 먹도록 해."

"네, 그럴게요. 고맙습니다."

나는 비틀거리면서 문밖으로 나간다. 갑각류보다도 못한 하등 동물. 르파르주 선생님 같은 분의 제자가 될 자격도 없다. 그런데도 나는 오늘 밤 내가 동굴에 가리라는 걸 알고 있다. 거기서 르파르주 선생님이 실망할 짓들을 하겠지만, 부디 그녀에게 알려지지 않길 바랄 뿐이다.

프랑스어 책 가장자리 밖으로 삐져나온 피파의 쪽지가 눈에 띈다. 나는 천천히 쪽지를 펼친다. 그녀의 완벽하고 둥그런 글씨가 심술궂게 나를 조롱한다.

이따가 오후에 보트창고에서 만나자. 우리 엄마가 새 장갑을 보내셨는데, 너한테 빌려줄게. 제발 그애는 부르지 마. 걔가 그 커다란 황소 발 같은 손을 끼우면 장갑이 찢어져서 걸레가 될 거야.

오늘 처음으로 진짜 토할 것 같다. 절대로 위스키 때문이 아니다. 지금 이 순간 그애들이 너무나 혐오스럽기 때문이다. 이 쪽지를 쓴 피파, 그리고 이걸 나한테 준 필리시티.

⋀⋀⋀⋀⋀

결국 피파는 보트창고에 갈 수 없게 되었다. 대회당이 뜻밖의 소식 때문에 왁자지껄하다. 미스터 범블이 이곳에 온 것이다. 여섯 살 소녀부터 열여섯 살 아가씨까지 스펜스의 모든 학생이 브리짓을 에워싸고 있다. 지금 그녀는 숨 가쁘게 최근의 소문을 전하고 있다. 훌륭하고 멋진 남자인 범블과 아름답기 그지없는 피파가 천

202

생배필이라며 수다를 떤다. 그토록 생기발랄한 브리짓은 본 적이 없는 것 같다. 이 늙고 뚱한 여편네가 실은 로맨티스트였을 줄 누군들 짐작했겠는가?

"그 남자 어떻게 생겼어요?"

마사는 궁금해 죽겠다는 표정이다.

"잘생겼나요? 키가 커요? 이는 전부 멀쩡한가요?"

세실리가 꼬치꼬치 묻는다.

"그럼."

브리짓은 어린애들을 대하듯 말한다. 마치 예언자라도 된 듯 즐기고 있다. 그녀는 우리가 범블의 두드러진 특징을 잊었을까봐 다시 말해준다.

"잘생기고 훌륭한 분이지. 오, 우리 피파가 정말로 멋진 짝을 만났단다. 너희도 이번 일을 교훈으로 삼아야 해. 교장 선생님과 여러 선생님들을 비롯해 이 내가 해주는 이야기를 마음에 새기면 너희도 피파가 가는 길을 갈 수 있어. 부유한 남자의 마차를 타고 예식장으로."

교장 선생님과 여러 선생님들, 그리고 브리짓이 그토록 모든 걸 잘 알면서 왜 예식장으로 못 갔냐고 묻기에는 때가 그리 좋지 않은 듯싶다. 황홀한 표정으로 눈에 이슬이 맺힌 아가씨들은 브리짓의 말을 복음의 진리로 받아들이고 있다.

필리시티가 묻는다.

"지금 두 사람 어디 있죠?"

브리짓이 얼굴을 바짝 들이댄다.

"교장 선생님 말씀으로는 둘이 정원에서 산책할 거라더구나. 하지만……"

필리시티가 학생들 쪽으로 돌아선다.

"2층 층계참 창문으로 정원을 내려다볼 수 있어!"

브리짓의 만류에도 아랑곳없이 다들 창문을 향해 미친 듯이 계단을 뛰어오른다. 나이 많은 상급생인 우리는 어린 학생들을 팔꿈치로 밀치며 나아간다. 하급생들은 '불공평해!' 하고 악을 쓰며 분통을 터뜨리지만, 우리의 힘과 박력에 상대가 되지 않는다. 몇 초만에 우리가 창가를 차지하자, 나머지 학생들이 뒤에서 밀려들어 창밖을 보려고 기를 쓴다.

정원에서는 교장 선생님이 피파와 범블을 데리고 장미와 히아신스가 가득 피어 있는 꽃밭 사이의 길을 따라 걷고 있다. 어색하게 떨어져서 걷는 그들의 모습이 열린 창문 밖으로 훤히 보인다. 피파는 범블이 가져온 것으로 보이는 장미 꽃다발에 얼굴을 묻고 있다. 지겨워서 미쳐버릴 듯한 표정이다. 교장 선생님은 길 위에 자라난 온갖 식물에 대해 수다를 떨고 있다.

"우리도 구경하게 자리 좀 내줄래?"

오동통한 여자애가 양손으로 엉덩이를 짚고 요구한다.

"꺼져."

필리시티가 일부러 험악한 말로 상대의 성질을 돋우며 쏘아붙인다.

"교장 선생님한테 일러바칠 거야!"

여자애가 씩씩거린다.

"그랬다가는 어떤 일이 벌어질지 두고 봐. 이제 입 다물어. 너 때문에 아무 말도 안 들리잖아!"

많은 몸뚱이들이 뒤에서 꿈틀대고 밀지만, 적어도 이젠 아무도 툴툴거리지 않는다. 피파와 범블이 함께 있는 광경은 몹시 괴상하다. 브리짓의 열띤 소개와 달리 실제 미스터 범블은 뚱뚱하고 수염이 텁수룩하며 피파보다 한참 나이가 많다. 이 모든 일에 무관심한 듯 교장 선생님의 머리 위로 한눈을 팔고 있다. 내가 보기에는 특별한 구석이 전혀 없는 남자다.

우리 밑으로 기어들어온 어린 학생 몇 명이 창밖의 빛을 향해 자라는 잡초처럼 우리의 몸과 창문 사이로 낑낑대며 일어선다. 우리가 내리눌러도 다시 밀고 올라온다. 다들 더 잘 보고 더 잘 들으려고 서로를 타고 올라간다.

세실리가 중얼거린다.

"운 좋은 핍. 적당한 남자가 나타났으니 이제 결혼만 하면 되겠네. 신붓감을 찾는 온갖 사내와 그들의 엄마들에게 저울질 당하면서 사교 시즌을 보낼 필요도 없고."

필리시티가 대꾸한다.

"핍은 너랑 다른 생각일걸. 저건 핍이 바라는 게 절대 아닐 거야."

엘리자베스가 한마디 한다.

"어차피 우린 우리가 바라는 걸 할 수도 없잖아?"

그 말에 아무도 대답하지 않는다. 우리 쪽으로 부는 산들바람에 교장 선생님의 목소리가 실려온다. 장미가 참된 사랑의 꽃이라는 말이 들린다. 이윽고 그들은 키 큰 울타리를 돌아 시야에서 사라진다.

15장

"그 남자가 나한테 빨간 카네이션을 가져다줬다는 게 믿어지니? 카네이션의 꽃말이 뭔지 알아? '사모'야! '난 당신을 사모합니다.' 이젠 아예 노골적으로 들이대는 거야."

피파는 카네이션 꽃잎을 차례차례 뜯어 그 화려한 시체를 동굴 바닥에 뿌린다.

앤이 말한다.

"어쨌건 카네이션은 예쁜 꽃이야."

"난 겨우 열일곱 살이란 말이야! 꽃다운 시절이 이제 막 시작됐어. 그 시절을 즐길 거야. 돈 많고 늙은 변호사 나부랭이랑은 결혼 안 해."

피파가 손에 든 카네이션의 꽃잎을 마저 뜯어내자, 꽃대와 꽃받침만 휑뎅그렁하게 남는다.

난 아직 한마디도 하지 않았다. 오늘 오후에 본 야비한 편지 때문에 여전히 뿔이 나 있다. 더구나 지금 필리시티는 피파가 받은 새 장갑의 한 짝을 끼고 있고, 나머지 한 짝은 피파가 끼고 있다. 우정의 징표라도 되는 양.

"교장 선생님은 왜 그렇게 서둘러 널 결혼시키려는 걸까?"

앤이 묻는다.

"남들이 눈치 챌까봐……"

피파가 흠칫하며 말꼬리를 흐린다.

내가 묻는다.

"뭘 눈치 채는데?"

"내 문제를 사람들이 눈치 채기 전에 결혼시키려는 거야."

피파는 꽃대를 땅바닥에 던진다.

무슨 소릴 하는지 모르겠다. 피파는 아름답다. 집안이 상인 계급이긴 하지만 살림이 넉넉하고 존경도 받는다. 허영심 많고, 밉살맞고, 낭만적인 망상에 빠지는 것만 빼면 아무 문제도 없다.

앤이 목 잘린 카네이션으로 흙에 작은 X자를 계속 그리며 묻는다.

"구혼자와 함께 있을 때는 뭘 하니?"

피파가 한숨을 푹 쉰다.

"대개 똑같아. 남자의 비위를 맞춰줘야 해. 눈물이 날 정도로 따분한 재판 이야기를 듣고 나면 눈을 내리깔고 이렇게 말하지. '어머, 법이 그렇게 흥미진진한 것인 줄은 몰랐어요, 범블 씨. 당신이 이야기해주시니까 마치 소설을 읽는 기분이에요!'"

우리는 웃다가 쓰러진다. 필리시티가 소리친다.

"설마! 아무렴 정말 그렇게 말했으려고!"

피파의 얼굴에서 침울한 기운이 사라진다.

"진짜 그랬다니까! 이건 어떤지 들어봐."

그녀는 눈을 깜박이면서 상냥하고 수줍은 태도로 말한다.

"음, 저도 초콜릿 하나 정도는 먹을 수 있어요……"

그 말에 나도 모르게 웃음이 나온다. 우리는 피파가 숨은 대식 가라는 사실을 알고 있다.

필리시티가 깔깔대며 말한다.

"초콜릿 하나? 맙소사, 네가 태피* 한 쟁반 먹어치우는 걸 보면 그 남자 까무러칠 거야! 너 결혼하면 태피를 안방에 숨겨놓고 그 남자가 안 볼 때 몰래 먹어야겠다."

피파가 꺅 소리치고는 카네이션 꽃대로 필리시티를 때리는 시 능을 한다.

"못된 계집애! 난 절대로 범블 씨랑 결혼 안 해. 세상에, 이름도 범블이 뭐야!** 저주가 틀림없어!"

필리시티는 꽃대를 살짝 피하며 대꾸한다.

"무슨 소리, 넌 그 남자랑 결혼할 거야! 지금까지 네 번이나 널 찾아왔잖아. 우리가 이야기하는 동안에도 틀림없이 네 엄마는 결 혼 계획을 세우고 있을걸!"

피파가 웃음을 그친다.

"진짜 그렇게 생각하는 건 아니지?"

필리시티가 재빨리 대답한다.

---

* 설탕과 버터로 만든 씹는 캔디.
** 'Bumble'에는 '무언가를 할 때 어설프게 군다'는 뜻이 있다.

"당연히 아니지. 짓궂은 농담이었을 뿐이야."

"난 정말로 사랑하는 남자와 결혼하고 싶어. 바보 같다는 건 알지만, 어쩔 수가 없어."

흩어진 꽃잎들 사이에 앉아 있는 피파의 모습이 갑자기 너무 작아 보여서 하마터면 내가 얼마나 화났는지 잊을 뻔했다. 사실 난 원한을 오래 품어본 적이 없다.

필리시티가 손가락으로 피파의 턱을 쳐든다.

"그렇게 될 거야. 자, 오늘 모임을 시작하자. 핍, 신성한 술을 모두에게 나눠주지 않을래?"

피파가 또 위스키를 꺼낸다. 나는 마음속으로 신음한다. 하지만 내 차례가 되자 군말 없이 독주를 마신다. 조금씩 홀짝이니 썩 나쁘지 않다. 오늘은 몸이 따뜻해지고 가벼워질 정도만 마시고 그 이상은 마시지 말아야지.

"우리의 자매 메리 다우드의 일기부터 읽도록 하자. 제머, 오늘 밤에는 네가 읽어주겠니?"

필리시티가 고개를 까닥이고 일기장을 내게 건넨다. 나는 목청을 가다듬고 읽기 시작한다.

1871년 3월 21일

오늘 우리는 예언의 룬들 사이에 섰어. 유지니아의 지도를 받으며 거기에 아주 잠깐 손가락을 대자 마법이 우리 안으로 흘러들어왔지. 강렬한 느낌이었어. 마치 우리가 서로의 생각을 느끼는 듯한 기분, 마치 우리가 하나가 된 듯한 기분.

필리시티가 한쪽 눈썹을 치켜세운다.

"야한 느낌인걸. 메리와 새러는 사피스트인 것 같아."

"사피스트가 대체 뭐야?"

피파는 벌써 지루한 표정이다. 그녀는 자신의 검은 곱슬머리 끝 부분을 장갑 끼지 않은 손가락으로 돌돌 말아 더 완벽한 곱슬머리로 만드는 중이다.

필리시티가 콧방귀를 뀐다.

"내가 일일이 다 말해줘야 하니?"

나도 그게 뭔지 모르지만, 지금은 물어보지 않을 생각이다.

"여자와의 사랑을 즐긴 그리스 여류 시인 사포에서 비롯된 말이야."

피파가 머리카락 감기를 멈춘다.

"그게 이 일이랑 무슨 상관인데?"

필리시티가 고개를 숙이고 피파를 험악하게 노려본다.

"사피스트는 남자보다 여자를 더 좋아한다고."

그제야 나는 완벽하게 이해한다. 앤도 그런 모양이다. 두 손으로 초조하게 치마 주름을 펴면서 아무와도 눈을 마주치지 않으니까 말이다. 피파는 필리시티의 이마에서 의도를 읽어내려는 듯 그녀를 힐끔힐끔 쳐다본다. 하지만 이내 천천히 홍조가 목을 지나 뺨에 이르고, 피파는 말을 더듬는다.

"오, 맙소사. 설마 네 말은…… 그들이…… 남편과 아내 같은 사이라는……?"

"바로 그거야."

피파는 충격을 받고 벙어리가 된다. 그녀의 얼굴과 목에서 붉은 기운이 가실 줄 모른다. 당황하긴 나도 마찬가지지만, 애들한테 그런 모습을 보이기는 싫다.

"계속 읽어도 되겠니?"

오늘 집시들이 돌아와 캠프를 쳤어. 그들의 모닥불 연기를 본 새러와 나는 마더 엘레나를 황급히 만나러 갔지.

앤이 흠칫 놀란다.

"마더 엘레나!"

피파가 불쾌한 듯 코를 찡그린다.

"누더기 같은 스카프를 머리에 두른 그 미치광이 말이야?"

필리시티가 말한다.

"쉿! 계속 읽어."

그녀는 허브차와 여행 이야기로 우리를 따뜻하게 맞아주었어. 캐럴라이너는 우리가 준 사탕을 게걸스럽게 먹어댔지. 우리는 마더에게 5펜스를 건넸어. 이윽고 그녀는 예전처럼 우리에게 카드점을 쳐주겠다고 했지. 하지만 마더는 새러의 카드를 익숙한 십자 무늬로 늘어놓자마자 곧바로 흩뜨려버렸어.

"오늘은 카드가 까탈을 부리는구나."

살짝 웃으면서 그렇게 말했지만, 실은 어떤 예감에 놀란 눈치였어. 이어서 내 손바닥을 보자고 하더니, 내 손금을 따라 뾰족한 손톱을 구불구불 짚었지. 잠시 후, 뜨거운 돌멩이를 쥐기라도 한 듯 내 손을 떨어뜨리며 말했어.

"어두운 여행을 하고 있구나. 결과는 나도 모르겠다."

그러고는 캠프가 잘 쳐졌는지 둘러봐야 한다면서 갑자기 우리더러 가라고 했어.

앤이 먼저 읽으려고 내 팔뚝 위로 고개를 들이민다. 내가 일기장을 옆으로 빼다가 그만 떨어뜨려서 종이들이 흩어진다.

필리시티가 환호성을 지른다.

"브라보, 우아한 아가씨!"

앤이 나와 함께 종이를 그러모아 내 팔에 안겨준다. 그녀는 무질서한 것을 참지 못한다. 그녀의 손목이 살짝 드러난다. 빨간 격자무늬 자국이 강렬하고 선명하게 보인다. 사고가 아니다. 자기 손으로 한 것이다. 내 눈길을 느낀 앤은 소맷부리를 바짝 당겨 자신의 비밀을 덮는다.

필리시티가 보챈다.

"자, 어서. 오늘 밤에는 메리 다우드의 일기가 우리에게 뭘 알려줄까?"

나는 종이 한 장을 들고 말한다.

"그럼 읽을게."

아까 읽던 일기는 아니지만 아무도 신경 쓰지 않는다.

1871년 4월 1일

새러가 울면서 나한테 왔어.

"메리, 메리, 난 문을 못 찾겠어. 힘이 나한테서 떠나고 있어."

"너무 지쳐서 그래, 새러. 별일 아냐. 내일 다시 해봐."

새러는 울부짖었어.

"아냐, 아냐. 벌써 몇 시간째 해봤어. 틀림없이 힘이 사라지는 거야."

얼음 같은 냉기가 내 가슴을 옥죄었어.

"새러, 기운 내. 네가 문을 찾도록 내가 도와줄게."

새러가 나를 보고 어찌나 격노하던지 내 친구가 맞나 의심스러울 지경이었어.

"모르겠어? 이건 내 힘으로 해야 해. 안 그러면 실현되지 않아. 네 힘에 얹혀서 갈 수는 없단 말이야, 메리."

결국 그녀는 울음을 터뜨렸어.

"오, 메리, 메리. 내가 다시는 룬을 만지지 못하고, 내 안으로 흘러드는 마법을 느끼지도 못한다고 생각하니 견딜 수가 없어. 이제부터 나만 평범한 새러가 된다고 생각하니 견딜 수가 없어."

그날 저녁 내내 나는 쉬지도 먹지도 못했어. 유지니아가 괴로워하는 나를 보고는 자기 방으로 데려가 앉혔지. 그녀의 말에 따르면, 이건 흔한 일이래. 힘이 타오르다가 사라지는 경우도 있다는 거야. 그힘을 영혼의 깊은 곳에서 키워나가지 않으면 맛보기로 끝나버린대. 오, 일기야, 유지니아는 새러의 힘이 그렇게 순간적이고 일시적인 것이라고 실토했어. 그녀의 설명에 따르면, 오더의 높은 자리에 올라 고대의 모든 비술을 깨칠 자와 뒤에 남아야 할 자를 그 세계가 결정한다고 해. 유지니아는 내 손을 토닥이면서 내 안의 힘이 강하다고 털어놓았지만, 난 친자매나 다름없는 가장 소중한 친구 없이 나아갈 생각을 하니 어찌할 바를 모르겠다.

그날 저녁 늦게 새러가 찾아왔을 때, 나는 우리가 예전과 다름없이 친자매처럼 가깝게 지내면서 함께 그 세계의 마법을 쓸 수 있다면 무슨 일이든 하겠노라 다짐했어. 새러에게도 그렇게 말했지.

그애는 울먹였어.

"오, 메리. 네 덕분에 한결 기운이 난다. 난 우리가 언제나 함께할 수 있는 길을 찾았어."

"무슨 뜻이야?"

"솔직히 말할게. 나 윈터랜드에 다녀왔어. 그곳을 봤어."

나는 깜짝 놀랐어. 등골이 오싹했지.

"하지만 새러, 거긴 아직 우리가 알면 안 되는 영역이잖아. 그곳에는 원로 자매들의 안내 없이는 보면 안 되는 것들이 있어."

새러는 아주 험악한 눈빛으로 대꾸했어.

"모르겠니? 원로 자매들은 자신들이 통제할 수 있는 것만 우리한테 알려주려고 해. 우릴 두려워하는 거야, 메리. 유지니아가 나에게서 힘을 빼앗아가는 건 그 때문이야. 난 윈터랜드를 떠도는 한 정령과 이야기를 나눴어. 그녀가 내게 진실을 알려줬지."

그애의 말은 사실 같았지만 나는 여전히 두려웠어.

"새러, 난 두려워. 어둠의 정령을 부르는 건 지금껏 우리가 배운 모든 것을 거스르는 짓이야."

새러는 내 두 손을 꽉 잡았어.

"우리에게 필요한 힘을 가져오는 것뿐이야. 그 정령을 받아들이되 우리의 뜻에 복종하게 하는 거지. 너무 걱정하지 마, 메리. 우리가 그 정령의 주인이 될 테니까. 그 반대가 될 일은 절대 없어. 오더의 자매들이 우리의 능력, 우리 스스로 얻은 힘을 보면 우릴 쫓아내지 못할 거야. 우린 영원히 함께할 거야."

나는 떨면서 큰 소리로 물었어.

"그 정령이 우리한테 뭘 원할까?"

새러는 내 뺨을 다정하게 쓰다듬었어.

"작은 제물. 별것 아냐. 아마 풀뱀이나 참새 따위겠지. 그녀가 우리
한테 알려줄 거야. 이제 자, 메리. 내일은 우리끼리 계획을 세우자."

오, 일기야, 내 마음은 이 제안 때문에 몹시 불안해. 하지만 어쩌
겠어? 나에게 새러는 온 세상에서 가장 소중한 친구인걸. 그녀 없이
나 혼자 계속할 수는 없어. 그리고 어쩌면 그녀가 옳을 수도 있지.
우리가 강하고 순수한 마음을 잃지만 않으면 그 정령을 우리가 뜻하
는 대로 좋은 일에만 쓸 수 있을 거야.

피파는 긴장해서 숨이 멎을 지경이다.

"음, 여기서 그만두는 게 좋을 듯싶은데."

필리시티가 대꾸한다.

"그래, 이야기가 복잡해지고 있어. 사실 좀 오싹한걸."

나만 빼고 모두 킥킥거린다. 방금 읽은 글 때문에 불안하다. 어
쩌면 더위 때문일 수도 있다. 9월의 밤답지 않게 덥다. 동굴 내부
의 공기가 끈끈하고, 코르셋 밑에서 땀이 나기 시작한다.

앤이 골똘한 표정으로 묻는다.

"마더 엘레나가 우리의 미래를 말해줄 수 있을까?"

잠시 생각을 하자 나도 모르게 눈길이 필리시티에게 간다. 슬쩍
봤을 뿐인데 마치 내가 배신이라도 한 것처럼 그녀가 나를 뚫어져
라 노려본다.

필리시티가 대답한다.

"그 여잔 오늘이 무슨 요일인지도 모를 거야."

✧✧✧✧✧

"아주 기똥찬 생각이 떠올랐어."

피파가 떨리는 목소리로 말한다. 나는 문득 우리가 무얼 하게 될지 알아차린다.

"우리도 마법을 부릴 수 있을지 시험해보는 거야."

필리시티가 동조한다.

"난 찬성. 저승과 교류하고 싶은 사람 또 없니?"

피파는 필리시티의 오른쪽에 앉아 있고, 그들은 장갑 낀 손을 맞잡고 있다. 앤이 피파 옆에 털썩 주저앉는다. 목덜미의 머리털이 쭈뼛 선다.

"좋은 생각 같지 않아."

그렇게 말하고 나니 겁쟁이가 된 기분이다.

"우리가 너를 개구리로 만들까봐 무섭니?"

필리시티가 자기 옆의 땅을 톡톡 친다. 이젠 빠져나갈 길이 없다. 이들과 함께 원을 만드는 수밖에 없다. 나는 마지못해 자리에 앉아 앤과 필리시티의 손을 잡는다.

피파가 다시 킥킥거린다.

"마법이 시작되게 하려면 무슨 말을 해야지?"

필리시티가 지시한다.

"한 명씩 돌아가며 하고 싶은 말을 하자. 나부터 할게. 오, 위대한 오더의 정령들이여. 우리는 그대들의 딸입니다. 이제 우리에게 목소리를 들려주소서. 그대들의 비밀을 말해주소서."

"우리에게 오라, 오, 사포의 딸들이여."

피파는 웃음을 참지 못하고 키들거린다. 필리시티가 짜증난다는 듯 말한다.

"그들이 사피스트인지 아닌지는 알 수 없는 일이야. 하려면 제대로 해."

피파가 웃음기를 거두고 나직이 중얼거린다.

"지금 이곳으로 우리에게 와주소서."

앤이 덧붙인다.

"간절히 비나이다."

정적이 흐른다. 다들 내 말을 기다리고 있다.

나는 한숨을 쉬고 눈을 희번덕거리며 말한다.

"알았어. 하긴 하겠지만, 이건 내 의지가 아냐. 나중에 내가 한 말을 가지고 장난이랍시고 놀리지 말아주면 좋겠어."

나는 눈을 감은 다음 앤의 무겁고 답답한 숨소리에 집중하면서 마음을 비운다.

"새러 리즈 툼과 메리 다우드여. 그대들이 이 세상 어디에 있건 모습을 보이소서. 우리가 여기서 기다리고 있나이다."

동굴벽을 따라 물이 똑똑 떨어지는 소리 말고는 고요하다. 유령은 없다. 환상도 없다. 안도감을 느껴야 할지, 나의 무능력에 조금 실망해야 할지 혼란스럽다.

그 고민은 오래가지 못한다. 갑자기 허공에서 섬광이 마구 터진다. 동굴 안에 불이 난 것처럼 사방에서 불길이 치솟고, 너무 더워서 숨이 막힌다.

"안 돼!"

나는 젖 먹던 힘을 다해 원에서 벗어난다. 동굴이 다시 고요해진다. 피파와 앤, 필리시티가 어리둥절한 표정으로 나를 바라본다.

앤이 힘겹게 숨을 쉬며 묻는다.

"제머, 왜 그래?"

나는 헐떡인다. 필리시티가 비아냥거린다.

"이런, 살짝 겁먹었군."

"그랬나봐."

나는 바닥에 쓰러지며 말한다. 두 팔이 무겁게 느껴지지만, 아무 일도 벌어지지 않아 마음이 놓인다.

피파가 말한다.

"근데 좀 이상해. 아까 잠깐 동안 따끔따끔한 느낌이 들었어. 정말이야."

필리시티가 놀란 얼굴로 대꾸한다.

"나도 그랬어."

앤이 고개를 끄덕인다.

"나도."

다들 나를 바라본다. 심장이 너무 세차게 뛰어 가슴 밖으로 터져나갈 것만 같다. 나는 흥분을 억누르고 애써 차분하게 말한다.

"난 너희가 무슨 소릴 하는지 모르겠는걸."

필리시티가 자기 머리카락 끝 부분을 입에 넣고 혀로 핥으며 묻는다.

"아무것도 못 느꼈단 말이야?"

나는 고개를 젓지 않으려고 애쓰면서 대답한다.

"전혀."

필리시티는 의기양양한 미소를 지으며 말한다.

"너만 빼고 우리 모두 마법을 살짝 경험했나보네. 딱하구나, 제머."

지금은 그저 우스울 따름이다. 이들은 내가 초자연적인 현상에 무디다고 생각한다. 이렇게 두려움에 사로잡혀 있지만 않다면 푸하하 하고 비웃어줄 텐데.

피파가 불쾌한 듯 코를 찡그리며 말한다.

"맙소사, 제머. 부두 일꾼처럼 땀을 흘리고 있잖아."

나는 화제가 바뀌자 안도하며 대꾸한다.

"젠장, 동굴 안이 너무 더워서 그래."

필리시티가 일어서서 내게 손을 내민다.

"자, 어서. 밤바람이나 쐬러 가자."

〰〰〰

우리는 비틀거리며 동굴 밖으로 나온다. 달은 우리 위로 까마득히 높은 곳에서 이울기 시작해 가장자리가 뜯겨 있지만, 우리는 달빛을 만끽하면서 늑대 울음소리를 흉내 낸다. 손에 손을 맞잡고 달리며 주위를 한 바퀴 돈다. 이끼 냄새가 나는 차가운 밤바람이 허파로 들어왔다가 곧바로 빠져나간다. 금세 기분이 한결 좋아진다.

필리시티가 말한다.

"더워 미치겠다. 이 코르셋 때문에 숨이 막혀."

앤이 맞장구친다.

"맞아. 호수에 뛰어들고 싶을 지경이야."

필리시티가 곰곰이 생각한다.

"안 될 거 있니? 누가 내 옷 끈 좀 풀어줄래? 아무도 없어?"

피파가 손으로 입을 가리고 살짝 키득거린다. 발가벗고 물에 들어간다는 생각에 몹시 당황하면서도, 한편으로는 너무 얌전빼는 것처럼 보일까봐 걱정하는 눈치다.

"우린 그러면 안 돼."

"왜 안 되는데? 보는 사람도 없잖아. 난 잠깐이라도 자유롭게 숨 쉬고 싶어. 자, 제머. 좀 도와줘."

내 손가락이 끈을 푸느라 허둥댄다. 하지만 곧 필리시티의 얇은 시프트 드레스와 그 밑의 보드라운 살갗이 한꺼번에 드러난다. 달빛을 받아 반짝이는 그녀는 은빛 해골처럼 보인다.

"나랑 같이 호수에 들어갈 사람?"

피파가 비틀거리며 그녀를 따라간다.

"잠깐! 지금 뭐 하는 거니? 필리시티, 이건 볼썽사나운 짓이야!"

필리시티가 맞받아친다.

"내 발목과 팔이 볼썽사납다는 거니?"

"그걸 드러내면 안 된다는 말이야. 점잖지 못한 짓이라고!"

필리시티의 목소리가 우리 쪽으로 흘러온다.

"너희 하고 싶은 대로 해. 난 물에 들어갈 테니까."

호수는 시원하고 상쾌해 보인다. 나는 낑낑대면서 갑갑한 코르셋으로부터 내 몸을 해방시킨다. 꽉 끼어 있던 몸이 풀어지면서 고마워하는 게 느껴진다.

그녀를 지나쳐가는 나에게 피파가 한마디 한다.

"너까지 왜 이래?"

차디찬 물이 내 몸에서 순식간에 열기를 빨아내고, 허파 속의 공기가 얼어 단단하게 덩어리진다. 마침내 숨을 몰아쉰 나는 목쉰 소리로 피파와 앤에게 말한다.

"들어와. 물이 정말 끝내줘. 어찌나 차가운지 숨 쉬기가 힘들고 다리에 감각이 없어."

무릎까지 물에 들어온 피파가 귀 따갑게 비명을 지른다. 그러자 필리시티가 경고한다.

"쉿, 목소리 낮춰. 만약 교장한테 들키면 평생 스펜스에서 선생 노릇이나 하는 벌을 받게 될 거야. 지금 우리를 가르치는 찌무룩한 표정의 노처녀 선생들처럼."

피파는 양손으로 자기 몸을 가린다. 누가 정숙한 아가씨 아니랄 까봐. 지금 나는 설령 앨버트 공公이 나를 본대도 상관없다. 시간 속에서 흐름을 멈춘 채 이곳에 떠 있고 싶을 따름이다.

필리시티가 피파에게 말한다.

"그렇게 정숙하다면 차라리 물속으로 들어가."

피파는 아까와 똑같은 새된 소리로 대답한다.

"너무 차가워!"

필리시티는 호수 한가운데로 헤엄쳐가며 대꾸한다.

"그럼 너 편할 대로 해."

앤은 옷을 하나도 벗지 않고 그대로 호숫가에 서 있다.

"난 망을 볼게."

나머지 우리 셋은 추워서 서로 팔짱을 끼고 발로 모랫바닥을 더듬는다. 마치 물 위에 떠다니는 방랑자 무리 같다.

피파가 낄낄댄다.

"지금 품위와 매력, 아름다움을 뽐내는 우릴 보면 교장이 뭐라고 할까?"

앤이 대답한다.

"아마 뒤로 나자빠져 죽을 거야."

필리시티가 말한다.

"하! 그러길 바라는 말투인걸."

그녀가 뒤로 눕자 머리카락이 후광처럼 물 위에 퍼진다.

갑자기 피파가 고개를 홱 쳐든다.

"방금 그 소리 들었어?"

"무슨 소리?"

귀에 물이 들어가서 소리가 잘 들리지 않는다. 하지만 피파의 말이 맞다. 나뭇가지 꺾이는 소리가 숲속에 울려퍼진다.

"또 그 소리야! 들었지?"

"어머나!"

앤이 질겁한다.

"우리 옷!"

피파가 무거운 다리를 끌고 물 밖으로 기어나와 자기 속옷을 향해 달려가는데, 때마침 카르틱이 엉성하게 깎은 크리켓 배트를 들고 숲에서 걸어나온다. 카르틱과 피파. 과연 둘 중에 누가 더 충격받고 놀랐을까.

"눈 돌려!"

피파는 레이스 달린 천 쪼가리로 필사적으로 몸을 가리면서 미친 여자처럼 소리친다.

카르틱은 너무 놀라서 대꾸도 못한 채 시키는 대로 한다. 하지만 그전에 나는 그의 눈에 어린 표정을 보았다. 감탄과 경외. 사람으로 환생한 여신을 본 것 같은 표정이다. 그녀의 아름다움이 준 정신적 충격은 그 어떤 말이나 행동보다 강력했다. 뿌옇던 정신이 잠시 맑아지면서 나는 그 광경을 마음에 아로새긴다.

호수에서 필리시티가 호통을 친다.

"옛날 같았으면 당신을 잡아다가 그 음탕한 눈을 뽑아버렸을 거야."

카르틱은 아무 말도 하지 않는다. 나타날 때와 마찬가지로 잽싸게 달려 숲속으로 사라진다.

필리시티가 피파를 도우러 가면서 중얼거린다.

"다음에는 반드시 저 자식 눈알을 뽑아버리겠어."

꺄꺄꺄

방은 어두컴컴하지만, 나는 그녀가 깨어 있다는 걸 안다. 코 고는 소리가 나지 않으니까.

"앤, 너 깨어 있지?"

그녀는 대답하지 않지만 나도 포기하지 않는다.

"안 자는 거 알아. 그러니 대답하는 게 좋을걸."

침묵.

"대답할 때까지 계속 말 시킬 거야."

바깥에서 올빼미 울음소리가 들린다. 가까이 있는 듯하다.

"어째서 그런 짓을 하니? 왜 자해를 하는 거야?"

족히 일 분 동안 대답이 없자, 나는 앤이 잠들었을지도 모른다고 생각한다. 하지만 곧 그녀의 말이 들린다. 목소리가 너무 작아서 어둠 속에서 귀를 쫑긋 세우고 듣는다. 애써 울음을 참는 소리가 희미하게 들려온다.

"모르겠어. 가끔 아무것도 느낄 수가 없어서 너무 무서워. 영영 느끼지 못하게 될까봐 겁이 나. 내 안으로 사라져버릴 것만 같아."

콜록거리고 훌쩍이는 소리가 들린다.

"그냥 무언가를 느끼려고 그러는 거야."

한밤의 올빼미 울음소리가 다시 들려온다. 가족을 찾는 듯 구슬픈 울음.

"앞으로는 그러지 마. 약속할 수 있어?"

다시 훌쩍이는 소리가 들린다.

"알았어."

이 자리에서 뭔가 해야만 할 것 같은 기분이다. 한 팔로 그녀를 감싸줘. 따뜻하게 안아줘. 뭘 해야 우리 둘 다 멋쩍거나 당황하지 않을까.

"안 그러면 내가 네 바늘을 압수할 수밖에 없어. 그렇게 되면 넌 일곱 색깔 실로 수놓던 네덜란드 소녀와 풍차를 완성하는 기쁨을 누리지 못할걸. 그럼 곤란하잖아, 응?"

앤이 힘없이 살짝 웃자 나는 안도한다. 잠시 후 그녀가 대답한다.

"제머."

"음?"

"아무한테도 말하지 않을 거지?"

"응."

또 비밀. 그 많은 비밀을 어떻게 다 지킨담. 안심한 앤이 침대에서 꼼지락거리고, 이윽고 귀에 익은 코골이가 시작된다. 나는 벽의 일부를 응시하면서 잠이 오길 기다린다. 올빼미는 밤늦도록 울지만 대답은 들려오지 않는다.

16장

"네가 어젯밤에 벌어진 일을 믿지 않는 건 알지만, 난 우리가 그 세계와 다시 접촉해야 한다고 생각해."

필리시티가 내게 속삭인다. 우리는 동굴 같은 무도장 한가운데 서서 교장 선생님의 무용 수업이 시작되길 기다리고 있다. 머리 위로 수많은 크리스털이 달린 네 개의 샹들리에가 눈부신 빛으로 대리석 바닥에 현란한 네모 무늬를 그린다.

"별로 좋은 생각 같지 않아."

나는 두려움을 억누르며 말한다.

"어째서? 우리가 느낀 걸 너만 못 느껴서 기분이 상했니?"

"말도 안 되는 소리 하지 마."

나는 콧방귀를 뀐다. 그 소리가 내 거짓말과 어우러져 너무나 한심스럽게 들린다. 요즘 나는 점점 콧방귀나 뀌는 바보가 되어가는 것 같다.

"그럼 뭐야?"

"그냥 시시해 보여. 그뿐이야."

필리시티의 입이 딱 벌어진다.

"시시해? 그게 시시하다고? 진짜 시시한 건 좀 이따가 우리가 하게 될 일이야."

세실리 무리와 함께 서 있는 피파는 필리시티의 관심을 끌려고 필사적이다.

"피, 이리 와서 우리랑 같이 서. 교장 선생님이 우릴 짝지어줄 거야."

내가 피파를 좋아하려고 노력하는 순간마다 그녀는 미움 살 짓만 골라 한다. 나는 필리시티에게 조용히 빈정거린다.

"사랑받으니 좋기도 하시겠어."

멋쟁이 무리를 쓱 둘러본 필리시티는 일부러 노골적으로 그들에게 등을 돌린다. 피파가 고개를 떨군다. 나도 모르게 히죽 웃음이 나온다.

교장 선생님의 목소리가 무도장에 울려퍼진다.

"학생 여러분, 여기 집중해주겠어요? 오늘 우리는 왈츠 연습을 할 겁니다. 명심하세요. 자세가 생명이라는 것. 여러분의 등뼈가 주님이 잡고 계신 줄에 매달려 있다고 생각해야 해요."

앤이 웅얼거린다.

"우리가 주님의 꼭두각시라는 말 같네."

필리시티가 윙크하며 말한다.

"웨이트 목사와 교장 선생님 말씀이 바로 그거야."

"우리 모두에게 알려줄 일이라도 있니, 미스 워딩턴?"

"아뇨, 교장 선생님. 죄송해요."

교장 선생님이 잠시 우리를 빤히 쳐다보자 다들 꼼질거린다.

"미스 워딩턴, 너는 미스 브래드쇼와 짝을 이뤄라. 미스 템플은 미스 풀과 짝을 이루고, 미스 크로스, 네 짝은 미스 도일이다."

운도 지지리 없다. 피파가 못마땅한 듯 한숨을 내쉬고는 토라진 얼굴로 내 앞에 서서 필리시티를 힐긋 쳐다본다. 필리시티는 어깨를 으쓱한다.

내가 말한다.

"나 보지 마. 내 잘못 아니니까."

피파가 쏘아붙인다.

"네가 리드해. 난 여자 하고 싶어."

교장 선생님이 피곤한 표정으로 말한다.

"서로 번갈아 리드할 테니 모두에게 기회가 간단다. 자, 여러분. 팔을 높이 들어요. 팔꿈치가 처지면 안 됩니다. 자세, 항상 자세를 신경 쓰세요. 훌륭한 결혼 상대를 차지한 숙녀들은 대부분 자세가 완벽했어요."

필리시티가 농담을 지껄인다.

"거기다 돈까지 많으면 금상첨화지."

교장 선생님이 노려보며 경고한다.

"미스 워딩턴……"

그러자 필리시티가 클레오파트라의 바늘*처럼 허리를 곧게 편다. 그 모습에 만족한 교장 선생님은 빅트롤라**의 톤암을 들어 음

---

* 옛 이집트에 세워졌던 높고 기다란 건축물 오벨리스크의 별칭.

반 위에 바늘을 내려놓는다. 이윽고 왈츠의 곡조가 무도장을 가득
채운다.

"하나, 둘, 셋, 하나, 둘, 셋. 음악을 느껴요! 미스 도일! 발걸음
에 신경 써! 작고 숙녀다운 스텝을 밟으란 말이야. 여러분은 코끼
리가 아니라 가젤이에요. 몸은 꼿꼿이! 바닥을 보면서 춤추면 절
대로 남편을 얻지 못해요!"

왈츠를 추면서 내 옆을 지나가던 필리시티가 속삭인다.

"남자들이 브랜디 몇 잔 걸치면 어떻게 되는지 한 번도 못 봤
나봐."

교장 선생님이 세차게 손뼉을 친다.

"말은 필요 없습니다. 남자들은 말 많은 여자를 좋아하지 않아
요. 모두 큰 소리로 박자를 셉시다. 하나, 둘, 셋, 하나, 둘, 셋. 남
녀 바꾸고 하나, 둘, 셋."

남녀가 바뀌자 엘리자베스와 세실리가 혼동한 나머지 서로 리
드하려고 허둥대면서 피파와 나에게로 다가온다. 그 바람에 우리
는 앤과 필리시티와 충돌하고, 많은 학생들이 바닥에 쓰러져 뒤엉
킨다.

갑자기 음악이 멈춘다.

"그렇게 꼴사납게 춤추면 여러분의 사교 시즌은 시작도 하기 전
에 끝날 거예요. 누누이 말하지만, 이건 장난이 아닙니다. 런던의
사교 모임은 아주 중요한 행사예요. 여러분이 현모양처의 덕목을
갖추고 있다는 걸 증명할 기회입니다. 그리고 더욱 중요한 점은,

** 빅터 사(社)에서 만든 축음기.

여러분의 행동 하나하나가 스펜스의 정신을 반영한다는 거예요."

문에서 노크 소리가 들리자 교장 선생님이 잠시 자리를 비운다. 그사이 우리는 낑낑대며 일어선다. 아무도 앤을 도와주지 않는다. 내가 그녀에게 손을 내민다. 그녀는 내 눈을 보지도 않고 수줍게 손을 잡는다. 어젯밤의 고백 때문에 여전히 부끄러워하는 눈치다.

나는 어색한 분위기를 깨려고 농담을 건넨다.

"스펜스에도 정신이 있었나?"

피파가 성마르게 대꾸한다.

"농담할 때가 아냐. 우리 중에는 춤이 서툰 애들이 더러 있어. 듣자하니 첫 무도회의 문에 들어서는 순간부터 은밀히 점수가 매겨진대. 난 '춤 못 추는 여자'로 찍히기 싫어."

필리시티가 자기 치마를 펴면서 말한다.

"긴장 풀어, 피파. 넌 잘할 거야. 어차피 노처녀로 남을 일도 없잖아. 범블 씨가 책임져줄 텐데 뭐."

피파는 모두의 눈길이 자신에게 쏠리는 것을 느낀다.

"내가 언제 범블 씨와 결혼한댔니? 그런 말 한 적 없는 걸로 아는데? 어쩌면 무도회에서 아주 특별한 사람을 만날지도 모르는걸."

엘리자베스가 꿈꾸는 듯한 표정으로 말한다.

"공작 아니면 영주. 난 그런 남자가 좋아."

"바로 그거야."

피파가 필리시티를 보면서 조금 거만한 미소를 짓는다. 그러자 필리시티의 눈빛에서 험악한 기운이 번득인다.

"우리 사랑스러운 핍, 너 또 망상에 빠지기 시작한 거니?"

피파는 사교계에 처음 나선 아가씨 같은 미소를 고집한다.

"무슨 망상?"

"요즘 네 머릿속에서 얇디얇은 날개를 퍼덕이며 떠다니는 망상 말이야. 공주를 찾는 어느 왕자가 너의 진짜 사랑이고, 그 공주의 드레스가 네 옷장에 곱게 개켜져 있다는 망상."

피파는 평정을 잃지 않으려고 애쓴다.

"여자는 항상 더 높은 곳을 바라봐야 하는 법이야."

"상인의 딸에게는 좀 과분한 소망인걸."

필리시티는 팔짱을 끼고 이죽거린다. 분위기가 험악하다. 무도장 안에 긴장감이 흐른다.

피파의 얼굴이 상기된다.

"네가 남한테 충고할 처지는 아닐 텐데? 네 집안 문제를 생각하면."

"그게 무슨 뜻이지?"

필리시티는 얼음처럼 차가운 말투로 묻는다.

"아무 뜻도 없어. 사실을 말하는 거야. 내 부모님이 귀족이건 평민이건 뭐건 간에 우리 엄마는 적어도 네 엄마처럼……"

피파가 갑자기 말을 멈춘다. 필리시티가 으르렁거린다.

"우리 엄마가 뭐?"

"교장 선생님이 오는 소리가 들리는 것 같아."

앤이 초조하게 말한다.

"그래, 우리 제발 말다툼은 그만두자, 응?"

세실리가 말한다. 그녀는 필리시티를 끌어가려 하지만 소용없다.

필리시티가 피파에게 더 바짝 다가선다.

"아니, 피파가 내 가족에 대해 할 말이 있다니 한번 들어봐야겠어. 자, 하던 말 계속해. 우리 엄마가 뭐?"

피파가 어깨에 힘을 준다.

"적어도 우리 엄마는 창녀는 아냐."

필리시티가 뺨을 때리는 소리가 총성처럼 무도장에 울려퍼진다. 우리는 그 갑작스러운 폭력에 화들짝 놀란다. 피파의 입이 동그랗게 벌어지고, 따끔한 고통 때문에 눈에서 눈물이 솟는다.

필리시티가 이를 앙다물고 말한다.

"그 말 취소해!"

피파가 훌쩍이면서 맞받아친다.

"싫어! 틀린 말 아니잖아. 네 엄마는 고급 창녀이자 정부야. 어느 화가랑 눈이 맞아서 네 아빠를 버렸어. 그 남자랑 같이 프랑스로 달아난 거야."

"그렇지 않아!"

"사실이야! 널 버리고 달아났어."

앤과 나는 둘 다 너무 놀라 꼼짝도 못 한다. 세실리와 엘리자베스의 얼굴에서는 좀처럼 웃음이 걷히지 않는다. 나중에 이 충격적인 소식을 퍼뜨리고 다닐 게 뻔하다. 앞으로 필리시티가 스펜스 안을 걸어다닐 때면 늘 뒤에서 수군대는 소리가 들릴 것이다. 전부 피파 탓이다.

필리시티가 험악하게 웃는다.

"내가 졸업하면 엄마가 사람을 보내 나를 데려갈 거야. 내가 파리에 가면 유명한 화가가 내 초상화를 그려줄 거야. 그때 넌 날 의심한 걸 후회하게 될 거야."

"아직도 네 엄마가 사람을 보내 널 데려갈 거라고 생각해? 네가 여기 온 이후로 엄마를 몇 번이나 만났니? 내가 말해줄까? 한 번 도 못 만났어."

필리시티의 눈이 증오로 이글거린다.

"엄마는 날 데려가려고 사람을 보낼 거야."

"자기 딸 생일에 선물 하나 안 보냈잖아."

"난 네가 싫어."

멋쟁이 무리의 학생들이 동시에 흠칫 놀란 소리를 낸다. 놀랍게 도 피파가 기가 죽어 나직이 중얼거린다.

"넌 날 싫어하지 않아, 피. 그렇지 않아."

교장 선생님이 부랴부랴 다시 안으로 들어온다. 그녀는 날씨가 변한 것처럼 무도장 안에 말썽이 있었다는 걸 눈치 챈다.

"무슨 일이지?"

"아무것도 아니에요."

우리 모두 한목소리로 대답한다. 그러고는 서로에게서 떨어져 각자 자기 자리의 바닥만 내려다본다.

"그럼 춤 연습을 계속합시다."

교장 선생님이 축음기의 톤암을 음반에 내려놓는다. 필리시티가 앤의 손을 꽉 잡자, 피파와 나도 자세를 취한다. 이번에는 피파가 남자라서 오른팔로 내 허리를 감싸고 왼손으로 내 오른손을 잡는 다. 우리는 창가에서 왈츠를 추면서 앤과 필리시티와 거리를 둔다.

피파가 참담한 표정으로 말한다.

"나 때문에 엉망진창이 돼버렸어. 전에는 우리 사이가 아주 좋 았단 말이야. 모든 일을 함께했지. 하지만 그게 전부 바뀐 건……"

그녀는 말꼬리를 흐린다. 무슨 말이 이어질지는 우리 둘 다 알

고 있다. '네가 오고 나서부터야.'

피파는 방금 필리시티를 파멸시켜놓고 지금은 내게 동정심까지
바란다.

"내일이면 너흰 다시 단짝이 될 거야. 오늘 일은 깨끗이 잊고."

나는 필요 이상으로 세게 돌면서 대꾸한다.

"아냐. 이번엔 달라. 요즘 쟤는 나보다 너를 먼저 찾아. 내 자리
를 빼앗긴 거야."

"그렇지 않아."

이런 심각한 상황에서도 거짓말을 하다니. 나 자신이 가증스러
워서 입가에 희미한 냉소가 흐른다.

"쟤가 다음에는 너도 지겨워할지 모르니 조심해. 추락의 길은
길고 괴로워."

교장 선생님이 음악에 맞춰 큰 소리로 박자를 세면서 우리의 스
텝과 자세를 교정해주고, 우리의 생각마저 미리미리 고쳐준다. 피
파가 나를 리드하면서 플로어를 누빈다. 문득 카르틱이 피파를 품
에 안는 상상을 하지 않을까 하는 생각이 든다. 피파는 자신의 미
모가 남자의 마음을 얼마나 뒤흔드는지 전혀 모른다. 나는 딱 한
번만이라도 그런 힘을 경험해보고 싶다. 여기를 벗어나 아무도 나
에 대해 모르고, 아무것도 기대하지 않는 곳에서 한동안 내가 아닌
다른 사람이 될 수 있다면 얼마나 좋을까.

잠시 후 벌어지는 일은 내 잘못이 아니다. 적어도 난 그럴 마음
이 없었다. 달아나고픈 욕망이 나를 사로잡은 것이다. 익숙한 따끔
거림이 다시 시작되고, 내가 저항하기도 전에 나를 밑으로 깊숙이
끌어당긴다. 하지만 이번에는 다르다. 그냥 추락하는 게 아니라 내

가 움직인다! 안개 낀 숲으로 들어가는 빛나는 입구를 지나고 있다. 두 세계의 경계인 그곳에 잠시 머무는 동안, 문득 피파의 얼굴이 보인다. 창백하다. 당황하고 겁먹은 표정. 그녀 역시 나처럼 이 세계로 들어오고 있다.

맙소사, 무슨 일이 벌어지는 거지? 여긴 어디야? 어떻게 피파가 이곳에 왔지? 당장 멈춰야 해. 그녀를 데리고 추락할 수는 없어.

나는 눈을 감고 내가 가진 모든 것을 동원해 환상의 압도적인 물결과 맞서 싸운다. 하지만 아무리 기를 써도 작은 섬광이 자꾸 보인다. 어두컴컴한 수평선. 첨벙첨벙 튀기는 물. 그리고 물속으로 잠기는 듯한 피파의 숨 막히는 비명.

어느새 우린 돌아와 있다. 나는 여전히 피파의 손을 죽어라 움켜잡고서 몹시 헐떡인다. 피파가 뭔가 봤을까? 이제 그녀가 내 비밀을 아는 걸까? 그녀는 아무 말도 하지 않는다. 뒤집혀서 흰자위를 드러낸 두 눈이 퍼덕이는 날개처럼 떨린다.

"피파, 왜 그래?"

두려움에 사로잡힌 내 목소리를 듣고 교장 선생님이 놀란다. 그녀가 우리 쪽으로 달려오는 사이, 피파의 전신이 뻣뻣해진다. 그녀의 팔이 내 입을 세게 치더니 그녀의 가슴에 착 붙는다. 벌겋게 달아오른 구리 같은 입술에서 피 맛이 느껴진다. 날카롭게 울부짖는 소리와 함께 피파가 바닥에 쓰러지더니, 고통스러운 듯 몸을 뒤틀고 경련한다.

피파가 죽어가고 있다. 내가 무슨 짓을 한 거지?

교장 선생님이 피파의 양어깨를 움켜잡고 바닥에 고정시킨다.

"앤, 부엌에서 나무 숟가락 하나 가져오너라! 세실리, 엘리자베스, 당장 아무 선생님이나 모셔와! 빨리 가. 어서!"

피파의 머리가 내 두 손안에서 요동친다. 피파, 정말 미안해. 제발 용서해줘.

교장 선생님이 말한다.

"나랑 같이 피파를 돌려뉘자. 혀를 깨물면 안 되니까."

우리는 끙끙대면서 피파를 옆으로 뉜다. 아름다운 외모에 걸맞지 않게 놀라울 정도로 묵직하다. 학생들을 밀치고 무도장으로 들어온 브리짓이 비명을 지른다.

교장 선생님은 훈장받은 사령관처럼 우렁차게 지시를 내린다.

"브리짓! 당장 사람을 보내 닥터 토머스를 모셔와요! 미스 무어, 이리 와서 좀 도와줘요."

브리짓이 허겁지겁 밖으로 나가자 무어 선생님이 숟가락을 손에 들고 부리나케 들어온다. 그녀는 꺽꺽대는 피파의 입에 숟가락을 물린다. 마치 그걸로 질식시키기라도 할 것처럼.

내가 소리친다.

"뭐 하시는 거예요? 그러면 숨을 못 쉬잖아요!"

내가 숟가락을 붙잡고 빼내려 하자 무어 선생님이 내 손을 잡는다.

"그래야 혀를 깨물지 않는단다."

나는 그녀의 말을 믿고 싶다. 하지만 플로어 위에서 요동치는 피파를 보면, 우리가 아무 도움도 줄 수 없을 것만 같다. 갑자기 광포한 경련이 그친다. 피파는 눈을 감고 시체처럼 얌전해진다.

"설마 피파가……"

차마 말을 끝맺을 수가 없다. 무서운 대답을 듣게 될까봐 겁이 난다.

교장 선생님이 힘겹게 일어선다.

"미스 무어, 닥터 토머스와 함께 경과를 살펴봐주겠어요?"

무어 선생님이 고개를 끄덕이고 열린 문 쪽으로 향하더니, 무도장 안을 힐끔거리는 학생들에게 돌아가라고 꾸짖는다. 교장 선생님이 자기 숄을 피파에게 덮어준다. 바닥에 누워 있는 피파는 동화에 나오는 잠자는 공주와 똑같아 보인다.

나는 내가 피파에게 나직이 속삭이고 있다는 것조차 깨닫지 못한다.

"미안해, 피파. 정말 미안해."

교장 선생님이 나를 이상하다는 듯 쳐다본다.

"무슨 생각을 하는지는 모르겠지만 이건 네 잘못이 아니란다, 미스 도일. 피파는 간질 환자야. 그래서 발작을 일으킨 거고."

"간질이요?"

세실리가 놀라서 묻는다. 마치 나병이나 매독이라고 말한 것처럼 들린다.

"그래, 미스 템플. 이제 너희한테 부탁하건대, 앞으로 그 말은 두 번 다시 입에 담지 마라. 잊어버려야 해. 만약 그 말과 관련된 소문이 들리면 그걸 퍼뜨린 학생 모두에게 벌점을 30점씩 주고 모든 특권을 박탈하겠다. 내 말 똑똑히 알아들었지?"

우리는 말없이 고개만 끄덕인다.

앤이 묻는다.

"저희가 도울 일이 없을까요?"

교장 선생님은 손수건으로 자기 이마를 두드리며 대답한다.

"기도나 해주렴."

∿∿∿∿

살포시 땅거미가 진다. 높다란 창문으로 이른 어둠이 스며들어와 방 안의 색깔들을 서서히 앗아간다. 나는 입맛이 없어서 저녁을 거르고, 필리시티의 스카프가 드리운 성역에 모인 학생들과 어울리지도 않는다. 대신 복도를 배회하다가 피파의 방 앞에 선다. 살며시 노크하니, 무어 선생님이 문을 열어준다. 그녀 뒤로 침대에 누워 있는 피파가 보인다. 아름답고 고요하다.

"좀 어떤가요?"

무어 선생님이 대답한다.

"자고 있어. 들어오렴. 복도에 서 있는 건 도움이 안 돼."

문이 활짝 열린다. 선생님은 침대 옆 의자에 나를 앉히고 자기는 다른 의자를 끌어다 앉는다. 작은 친절. 어쩐지 그 때문에 나는 더 슬퍼진다. 만약 선생님이 내가 피파에게 한 짓을 안다면, 내가 얼마나 몹쓸 거짓말쟁이인지 안다면, 나한테 그런 친절은 베풀지 않으리라.

피파는 깊이 숨 쉬고 있어서 차분해 보인다. 나는 잠들기가 두렵다. 나의 그 빌어먹을 한심한 환상 속으로 빨려들던 피파의 겁먹은 얼굴을 보게 될까봐 두렵다. 두려움과 죄책감 때문에 진이 빠져버렸다. 너무 지쳐서 눈물을 삼키지 못한 나는 두 손에 얼굴을 묻고 흐느낀다. 피파 때문에, 엄마 때문에, 아빠 때문에, 모든 것 때문에.

무어 선생님이 한 팔을 내 어깨에 두른다.

"울지 마. 피파는 하루 이틀만 지나면 괜찮아질 거야."

나는 고개를 끄덕이고 더 크게 운다.

"어쩐지 그 눈물이 피파 때문만은 아닌 듯싶구나."

"저는 끔찍한 여자예요, 무어 선생님. 제가 무슨 짓을 했는지 선생님은 몰라요."

"진정하렴. 이게 무슨 터무니없는 소리니."

"사실이에요. 저는 절대로 좋은 사람이 아니에요. 저만 없었으면 우리 엄마는 지금도 살아계실 거예요."

"네 어머니는 콜레라로 돌아가셨어. 그건 네 잘못이 아니야."

너무 오랫동안 갇혀 있던 진실이 그만 쏟아져나오면서 사방으로 흩뿌려진다.

"아뇨, 콜레라 때문이 아니에요. 엄마는 살해당했어요. 제가 엄마를 버리고 달아났는데, 엄마가 저를 쫓아오다가 살해당했죠. 저의 심술이 엄마를 죽인 거예요. 모두 제 잘못이에요. 전부 다."

흐느낌이 너무 거세서 몸이 들썩인다. 무어 선생님은 믿음직한 두 팔로 여전히 나를 안고 있다. 그 느낌이 엄마와 너무 비슷해 견디기 힘들다. 마침내 울 만큼 울고 난 내 얼굴은 풍선처럼 부어 있다. 무어 선생님이 자기 손수건을 건네주면서 코를 풀라고 한다. 나는 다시 다섯 살짜리 아이가 된다. 내가 아무리 성숙해졌다고 생각해도, 울 때면 늘 다섯 살짜리로 돌아간다.

나는 하얀 레이스 손수건을 돌려주며 말한다.

"고맙습니다."

선생님은 축 늘어진 지저분한 손수건을 바라보며 재치 있게 대꾸한다.

"또 필요할지 모르니 갖고 있으렴. 미스 도일, 아니, 제머, 선생님 말 잘 들어. 넌 네 어머니를 죽이지 않았어. 사람은 누구나 이따금 심술을 부린단다. 일을 저지르고 나서야 죽도록 후회하지. 하지만 그런 후회도 다른 모든 것들과 마찬가지로 인간이라는 존재의 일부일 뿐이란다. 그걸 바꾸려고 시간을 허비하는 건 구름을 쫓는 것과 같아."

또다시 눈물이 내 뺨을 따라 흘러내린다. 무어 선생님은 손수건을 쥐고 있는 내 손을 잡고 내 얼굴에 대준다.

나는 피파를 보면서 묻는다.

"정말 괜찮아질까요?"

"그럼. 물론 그런 비밀을 지키려면 고통이 따르겠지만."

"그걸 왜 감춰야 하죠?"

무어 선생님은 피파의 이불을 턱 밑까지 당겨주고 대답한다.

"알려지면 결혼할 수 없게 되니까. 사람들은 간질이 정신병처럼 유전된다고 여기거든. 어떤 남자도 그런 병을 가진 여자와는 결혼하지 않아."

문득 피파가 동굴에서 했던 이상한 말이 생각난다. 남들이 눈치 채기 전에 결혼해야 한다던 말. 이제야 이해가 간다.

"너무 불공평해요."

"그래, 맞아. 하지만 세상살이가 그런 법이야."

우리는 앉아서 잠시 피파가 숨 쉬는 모습을 지켜본다. 편안한 리듬으로 이불이 오르락내리락한다.

"무어 선생님······"

나는 말을 하려다 만다.

"지금은 둘만 있으니 헤스터라고 불러도 돼."

"네, 헤스터."

어쩐지 그렇게 부르면 안 될 것 같다. 내가 묻는다.

"오더에 관해서 저희한테 들려주신 이야기 말인데요. 그게 사실일 수도 있다고 생각하세요?"

"선생님은 어떤 것이든 가능하다고 생각해."

"만약 그런 힘이 존재한다면, 그게 좋은 힘인지 나쁜 힘인지 몰라도 일단 찾아보시겠어요?"

"너 그 문제에 관심이 아주 많구나."

나는 내 발을 바라보며 말한다.

"그냥 궁금해서요."

"본질적으로는 좋은 것도, 나쁜 것도 없단다. 우리가 그걸로 뭘 하느냐가 선악을 결정하지. 적어도 내 생각은 그래."

선생님은 묘한 미소를 지으며 묻는다.

"자, 진짜 이유가 뭔지 말해줄래?"

나는 갈라지는 목소리로 대답한다.

"그런 거 없어요. 그냥 궁금할 뿐이에요."

선생님이 빙그레 웃는다.

"동굴에서 나눈 이야기는 우리끼리만 알고 있는 게 좋을 거야. 모든 사람이 그런 열린 마음을 갖고 있지는 않으니까 말이다. 만약 말이 새어나가면 앞으로는 너희를 아무 데도 데려가지 못하고 오후 내내 미술실에서 싱그러운 과일 그릇만 그리게 해야 할지도 몰라."

그녀는 여전히 눈물에 젖어 있는 내 얼굴에서 머리카락 몇 가닥을 쓸어 귀 뒤로 넘겨준다. 너무나 다정하고, 너무나 엄마 같아서 다시 울음이 터질 것만 같다.

마침내 내가 입을 연다.

"알았어요."

피파의 손이 잠깐 꿈틀거린다. 손가락들이 허공을 움켜쥔다. 그녀는 망설이듯 숨을 깊이 들이마시고는 다시 잠에 빠져든다.

"깨어나면 자기한테 벌어진 일을 기억할까요?"

내가 생각하는 것은 피파의 발작이 아니라 그전에 벌어진 일, 그녀가 나에게 끌려 환상 속으로 들어온 일이다.

무어 선생님이 대답한다.

"글쎄다."

내 배에서 꼬르륵 소리가 난다.

"오늘 저녁에 뭐 좀 먹었니?"

나는 고개를 젓는다.

"아래층에 내려가서 다른 학생들과 함께 차라도 마시지그러니? 기분이 나아질 거야."

"그럴게요, 무어 선생님."

"헤스터."

"헤스터."

문을 닫고 나오면서 나는 기도한다. 피파가 아무것도 기억하지 못하게 해달라고.

〰〰〰

복도로 나오자 졸업반 사진 액자 네 개가 침울한 표정으로 나를 맞이한다. 나는 공허하고 체념한 눈들에게 말한다.

"안녕, 아가씨들. 너무 즐거워하지는 말아줘. 그랬다가는 나 무너지고 말 거야."

그들의 얼굴 위에 먼지가 두껍게 앉아 있다. 손가락으로 둥글게 닦아내자 뿌연 얼굴들이 나타난다. 그들은 비밀을 드러내지 않는 미래를 응시하고 있다. 이들도 초승달 아래 어두컴컴한 숲속으로 숨어들었을까? 위스키를 마시면서 말로는 설명할 수 없는 것들을 꿈꿨을까? 친구를 사귀고, 적을 만들고, 엄마를 그리워하고, 자신이 통제할 수 없는 것들을 보고 느꼈을까?

내가 알기로 이들 중 두 사람은 그랬다. 새러와 메리. 어째서 지금껏 이 벽에서 그들을 찾아볼 생각을 안 했을까? 틀림없이 여기 있을 텐데. 나는 재빨리 사진들 밑에 적힌 연도를 훑어본다. 1870년, 1872년, 1873년, 1874년.

1871년 졸업반 사진은 없다.

〰〰〰

식당에 들어서자 다른 학생들이 눈에 띈다. 힘겨운 오후를 보낸 우리를 딱하게 여긴 교장 선생님이 브리짓을 시켜 주방장에게 커스터드를 한 번 더 내오라고 지시한 것이다. 허기져 있던 나는 마치 곧 자다가 죽을 사람처럼 그 달콤하고 크림이 가득한 후식을 게걸스럽게 먹는다.

교장 선생님이 핀잔을 준다.

"맙소사, 방금 경주를 마치고 돌아온 서러브레드* 같구나, 미스 도일. 좀 천천히 먹으렴."

나는 커스터드를 삼키면서 온순하게 대답한다.

"네, 교장 선생님."

"자, 우리 무슨 이야기를 할까?"

교장 선생님은 우리가 좋아하는 인형의 이름을 궁금해하는 마음씨 좋은 할머니처럼 말한다.

마사가 묻는다.

"정말로 저희가 다음 주에 월스턴 부인 댁에서 열리는 심령술 시연회에 참석하나요?"

"그래, 사실이란다. 마담 로마노프라는 진짜 영매가 온다고 초대장에 적혀 있더구나."

세실리가 한마디 거든다.

"제 어머니도 강령회에 참석한 적이 있어요. 아주 근사하대요. 심지어 여왕께서도 열렬한 추종자라던데요."

"제 사촌 루시는, 아, 물론 지금은 손턴 부인이죠."

마사는 자신의 인맥을 우리 모두에게 과시하려고 호칭을 바꾼다. 그녀의 말이 이어진다.

"그녀가 전에 한 시연회에 참석했는데, 마치 누가 잡고 있는 것

---

* 영국산 경주마의 한 품종.

처럼 유리 꽃병이 공중에 떠 있었대요!"

극적인 효과를 주려는 듯 끝에는 일부러 숨을 죽인다.

필리시티가 눈을 희번덕거린다.

"그냥 집시한테 가서 점이나 치지?"

"집시는 돈만 노리는 더러운 도둑들이야! 아니면 더 심한 걸 요구하거나."

마사의 마지막 말이 의미심장하다.

엘리자베스는 추잡한 이야기가 나오지 않을까 기대하며 마사 쪽으로 몸을 기울인다. 교장 선생님이 찻잔을 조금 세게 내려놓으면서 마사에게 경고의 눈길을 보낸다.

"미스 호손, 품위를 지키기 바란다."

"집시가 사기꾼에 범죄자라는 말을 하려던 것뿐이에요. 반면 심령술은 선량한 사람들이 행하는 진짜 과학이고요."

필리시티가 하품을 하며 대꾸한다.

"금세 사라질 한때의 유행일 뿐이야."

평온을 되찾은 교장 선생님이 말한다.

"아주 즐거운 저녁이 될 거다. 물론 나는 그런 황당무계한 짓거리를 좋아하지 않지만, 월스턴 부인은 정말로 훌륭한 성품을 지닌 여인이고, 스펜스의 가장 중요한 후원자 중 한 분이란다. 그러니 너희가 마드무아젤 르파르주와 함께 가는 이번 외출은 틀림없이…… 유익한 면이 있을 거야."

우리는 잠시 침묵 속에서 차를 홀짝인다. 어린 학생들은 서너 명씩 무리 지어 소곤대고 키득거리면서 대부분 밖으로 나갔다. 복도 저편 대회당에서 웅성웅성 커지는 그들의 목소리가 들린다. 지루해진 세실리와 그녀의 패거리까지 자리를 뜨지만, 남은 우리는 예의상 교장 선생님을 두고 갈 수가 없다. 이제 텅 빈 식당에는 우리 넷과 이리저리 돌아다니는 브리짓만 남았다.

"선생님."

나는 잠시 사이를 두고 용기를 짜내어 말한다.

"궁금한 게 있는데요…… 복도에 1871년 졸업반 사진이 없더라고요."

교장 선생님은 여느 때처럼 간결하게 대답한다.

"그래, 없지."

"왜 그런지 이유가 궁금합니다."

나는 오로지 호기심 때문인 것처럼 말하려고 애쓴다. 하지만 심장이 목구멍에 걸린 듯 조마조마하다.

교장 선생님은 나를 보지 않고 대답한다.

"그해에 이스트윙에서 큰불이 났단다. 그래서 사진이 없는 거야. 죽은 사람들에 대한 예의 차원에서."

나는 놀라서 묻는다.

"죽은 사람들이라뇨?"

교장 선생님은 바보를 보듯 나를 바라본다.

"그 화재로 학생 둘을 잃었다."

우리 모두 바늘에 찔린 것처럼 흠칫 놀란다. 우리가 있는 곳에서 불과 몇 층 위, 그을리고 썩어가는 마룻바닥이 육중한 문에 가려져 있는 곳에서, 두 소녀가 죽었다. 새로운 두려움이 싸늘하게 나를 훑고 지나간다.

"죽은 두 학생은…… 이름이 뭐였죠?"

교장 선생님이 성난 표정으로 거칠게 차를 젓는다.

"길고 힘겨운 하루를 보낸 지금 꼭 그런 언짢은 이야기를 해야 겠니?"

이건 무시해버릴 수 있는 문제가 아니다.

"죄송해요. 그냥 이름이 궁금했을 뿐이에요."

교장 선생님이 한숨을 내쉰다. 그리고 마침내 입을 연다.

"새러와 메리였단다."

필리시티가 커스터드를 마지막 한 입 베어물다가 캑캑댄다.

"지금 뭐라고 하셨죠?"

그 충격적인 사실에 이미 두려움이 싹트기 시작했다. 그것이 내 몸을 무겁게 누른다. 교장 선생님은 극도의 인내심을 발휘하면서 그 이름들을 천천히 다시 말한다. 경고의 종소리가 울려퍼진다.

"새러 리즈 툼과 메리 다우드."

17장

이 세상에서 내 비밀을 들어주고 나에게 설명해줄 수 있는 단두 사람이 이십 년 전에 죽어 없어졌고, 그들이 아는 모든 것은 흙으로 돌아갔다.

필리시티가 잽싸게 나를 힐긋 보고 말한다.

"너무 섬뜩해요."

교장 선생님이 단호하게 대꾸한다.

"그래, 섬뜩하지. 그러니 이제 즐거운 화제로 바꾸자꾸나. 오늘 이곳 졸업생 중 한 명에게서 아주 유쾌한 편지가 왔단다. 이제는 벅스턴 부인이지. 최근에 중동 여행을 마치고 돌아왔는데, 거기서 유명한 데르비시들을 만나는 특권을 누렸다더구나. 뛰어난 글쓰기의 본보기로 삼을 만큼 완벽한 편지란다. 사적인 문제로 읽은 이를 심란하게 하지 않으면서 기쁨을 주거든. 혹시 읽어보고 싶은 사람이 있을지 모르니 잘 보관해두마."

그녀는 차를 홀짝인다. 우리는 점점 조바심이 난다. 내가 필리시티를 쳐다보자, 필리시티는 앤을 쳐다보고, 앤은 다시 나를 쳐다본다. 마침내 필리시티가 무거운 한숨을 내쉬고는 정말로 눈물을 글썽이기 시작한다.

"미스 워딩턴, 왜 그러니?"

"아, 죄송해요, 교장 선생님. 자꾸만 그 학생들과 화재 생각이 나서요. 그리고 선생님이 얼마나 괴로우셨을지 생각하니 가슴이 아프네요."

너무 놀란 나는 웃음을 터뜨리지 않으려고 손톱으로 손바닥을 쑤신다. 하지만 교장 선생님은 제대로 미끼를 문다. 그녀는 아스라이 먼 곳에 가 있는 듯한 표정으로 말한다.

"그래, 정말 끔찍했지. 당시에 나는 이곳의 교사였단다. 스펜스 여사가 교장 선생님이셨고. 주여, 그분의 영혼에 안식을 주소서. 그 학생들을 구하려다 불길에 휩싸여 돌아가셨지. 헛되이, 부질없이."

괴로운 듯 보이는 교장 선생님을 보자니, 그녀를 다시 옛 기억으로 끌어들인 데 대해 죄책감이 든다. 브리짓은 내 옆에 서서 접시를 치우며 듣고 있다.

필리시티가 두 손으로 턱을 괸다.

"새러와 메리는 어떤 학생들이었나요?"

교장 선생님이 잠시 생각에 잠긴다.

"여느 학생과 다를 바 없었단다. 메리는 책을 좋아했어. 조용한 아가씨였지. 나중에 여행 다니면서 스페인과 모로코, 인도를 보고 싶어 했단다. 스펜스 여사가 유난히 아끼던 학생이었어."

내가 묻는다.

"새러는요?"

잠시 자신의 목적을 잊은 듯 브리짓의 두 손이 접시들 위에서 머뭇거린다. 하지만 곧 조용히 은접시들을 모으기 시작한다.

"새러는 자유로운 영혼의 소유자였지. 돌이켜보면 스펜스 여사가 그애를 좀더 단속했어야 했는데. 몽상가였던 두 학생은 요정 이야기나 마법 따위에 매료되었단다."

나는 커스터드 접시를 물끄러미 내려다본다.

"어쩌다 불이 났나요?"

앤이 묻는다.

"한심하기 짝이 없는 사고였지. 그 학생들은 양초를 들고 이스트윙으로 갔단다. 취침 시간이 지난 뒤였어. 거기 왜 갔는지는 결국 알아내지 못했지. 아마 그날도 공상에 젖어 모험에 나섰겠지."

교장 선생님은 차를 한 모금 마시고 잠시 생각에 잠긴다.

"필시 촛불이 커튼에 옮겨붙어 순식간에 번졌을 거다. 스펜스 여사가 그애들을 구하려고 뛰어드셨는데, 그만 뒤에서 문이 닫히는 바람에……"

그녀는 말꼬리를 흐리더니 자기 차를 응시한다. 그러면 마음이 진정되기라도 한다는 듯.

"난 그 문을 열 수가 없었다. 뭔가 무거운 것이 문을 단단히 가로막은 것 같았거든. 어쩌면 운이 아주 좋았던 건지도 모르지. 덕분에 학교 전체가 불길에 휩싸이지는 않았으니 말이다."

브리짓의 손안에서 달가닥거리는 접시 소리 말고는 고요하다.

앤이 대뜸 묻는다.

"정말로 새러와 메리가 초자연적인 것에 홀렸나요?"

접시 하나가 바닥에 떨어진다. 브리짓이 무릎을 꿇고 접시 조각들을 앞치마에 쓸어담는다.

"죄송합니다, 교장 선생님. 빗자루를 가져오겠습니다."

교장 선생님은 이글거리는 눈으로 앤을 노려본다.

"어디서 그런 요사스러운 소문을 들었지?"

나는 기도하는 수녀처럼 집중하면서 차를 젓는다. 우라질 앤. 멍청하게.

"저희가 읽은 건……"

나의 잽싼 발길질에 정강이를 차인 앤은 말을 더듬는다.

"기, 기, 기억이 아, 아, 안 나요."

"기가 막히는구나! 누군가에게 그런 이야기를 들었다면 당장 나한테 알려야……"

필리시티는 교장 선생님의 머리 꼭대기에 있다.

"그게 사실이 아니라는 말씀을 들으니 마음이 놓이네요. 스펜스의 명성에 금이 갈 일은 없겠군요. 정말 끔찍한 사고예요."

그녀는 '사고'라고 말할 때 앤을 노려본다.

교장 선생님이 콧김을 뿜고 허리를 꼿꼿이 세우더니 탁자에서 몸을 뗀다.

"나는 초자연현상 따위는 전혀 믿지 않는다. 하지만 젊은 아가씨들이 마음속으로 온갖 귀신과 도깨비를 불러낸다는 건 잘 알지. 그건 오컬트*와는 아무 관련도 없는 철없는 장난일 뿐이야. 그러

---

* 과학적으로 설명하기 힘든 것들을 과학적으로 설명하려 했던 일종의 신비주의 학문으로, '영성주의'와 함께 19세기에 널리 받아들여졌다. '영성주의'가 영매, 강령술 등의 개인적인 체험을 통해 초자연적인 현상을 접하려 했던 반면, '오컬트주

니 너희에게 다시 묻겠다. 마법 운운하며 헛소문을 퍼뜨리고 다니는 게 누구지? 그런 소문을 내버려둬선 안 된다."

우리 모두 아무것도 모른다고 맹세한다. 그 사이 방망이질하는 내 심장 소리가 탁자 너머 교장 선생님에게 들릴 것만 같다. 교장 선생님이 일어선다.

"만약 다른 데서 또 그런 이야기가 들리면, 관련된 학생들을 엄중히 처벌하겠다. 자, 긴 하루가 끝나가는구나. 모두 밤 인사를 하도록 하자."

우리가 식사를 끝내면 방에 돌아가겠다고 약속하자, 교장 선생님이 대회당으로 가서 취침 시간이 되었음을 알린다.

〰〰〰

교장 선생님이 식당을 나서자마자 필리시티가 앤을 닦아세운다.

"어릴 때 땅에 떨어져 머리라도 부딪혔니?"

앤이 더듬더듬 대답한다.

"미, 미, 미안해. 하지만 왜 교장 선생님한테 그 일기장 이야기를 하면 안 되는 거야?"

필리시티가 코웃음을 친다.

"압수당하고 싶어? 이렇게 생각이 없어서야 원."

의'는 종교나 비밀단체 등의 조직을 통해 신비를 탐구했다.

브리짓이 행주로 손을 닦으며 다시 식당으로 돌아온다. 그녀를 보고 필리시티가 말한다.

"오늘따라 안절부절못하는 것 같네요, 브리짓."

브리짓이 탁자에서 과자 부스러기를 그러모으며 대답한다.

"그 두 학생 이야기를 듣고 오싹하지 않을 사람은 없을 거다. 나도 그애들을 똑똑히 기억하지. 사실 교장 선생님 말씀처럼 천사 같은 애들은 아니었단다."

집안 내력이 궁금하다면 그 집 하인들에게 물어라. 아빠가 종종 하던 말이다. 나는 브리짓에게 옆자리를 내준다.

"좀 쉬세요, 브리짓. 그러다 쓰러지겠어요."

"그래도 괜찮겠니? 아이고, 발이야."

앤이 말한다.

"걔들 이야기해주세요. 사실대로."

나직한 휘파람 소리가 브리짓의 입에서 새어나온다.

"요망한 애들이었어. 특히 그 새러라는 계집애. 건방지기 짝이 없었지. 당시에는 나도 젊었단다. 얼굴도 봐줄 만했고. 일요일에 교회까지 함께 걷자고 찾아오는 구혼자가 한둘이 아니었지. 그래서 비가 오건 눈이 오건 해가 나건 항상 교회에 나갔단다."

브리짓의 수다가 시작되었다. 그냥 내버려두면 우린 여기서 밤새 그녀의 신앙생활 이야기만 들을지도 모른다.

내가 재촉한다.

"그래서 그 학생들은요?"

브리짓이 나를 쏘아본다.

"안 그래도 이야기하려던 참이야. 방금 말했다시피 나는 일요일마다 교회에 나갔단다. 그런데 어느 일요일에, 주님의 총애하는 천사였던 스펜스 여사가 나더러 학교에 남아 몸이 아픈 새러를 돌봐주라고 하시지 뭐냐. 불이 나기 일주일 전의 일이란다."

그녀는 말을 멈추고 일부러 기침을 한다.

"목이 바싹 말라서 말하기가 힘들구나."

앤이 공손하게 차 한 잔을 건네준다.

"아유, 고맙기도 해라. 자, 내가 너희에게 이야기를 들려주는 건 오로지 교훈을 주기 위해서란다. 그러니 이 방 밖으로 새어나가면 안 돼. 맹세할 수 있겠니?"

우리가 앞다퉈 맹세하자, 브리짓은 이야기하다 만 부분에서 다시 시작한다. 우리한테 은혜라도 베풀 듯 의기양양하게.

"사실 난 학교에 남고 싶지 않았단다. 나의 정식 구혼자인 폴리가 들를 예정이었고, 새 보닛도 사뒀었거든. 하지만 임무를 저버릴 수는 없었지. 앤, 너도 일자리를 구하면 그걸 금세 깨닫게 될 거다."

당황해서 고개를 돌리는 앤을 보니 마음이 안쓰럽다.

"에그, 이건 설탕 좀 넣어야겠는데……"

브리짓은 여왕처럼 찻잔을 내밀며 말한다. 마치 우리를 하녀 부리듯 하고 있지만, 그녀의 정보가 필요하기에 나는 설탕 그릇을 가지고 돌아온다. 우리가 물끄러미 지켜보는 가운데 그녀가 각설탕 두 개를 넣고 젓는다.

"솔직히 그날 난 새러에게 잘해줄 기분이 아니었지. 하는 수 없이 아침밥을 쟁반에 담아 가져다줬는데, 침대에 누워 있어야 할 새러가 짐승처럼 바닥에 웅크린 채 메리와 이야기하고 있지 뭐냐. 거친 말들이 오가더구나. 메리가 '어머, 안 돼, 새러. 우린 그럴 수 없어, 그건 안 돼!'라고 하자, 새러는 '참 쉽게도 그렇게 말하는구나. 넌 날 버리고 떠날 셈이지'라고 대꾸했어. 메리가 나직이 울기 시작하자, 새러가 두 팔로 그녀를 껴안고는 아주 대담하게 키스했어. 정말이지 난 그 자리에서 쓰러질 뻔했단다. 곧이어 새러가 '우린 함께할 거야, 메리. 언제나'라고 하더니 뭔가 이상한 말을 하더구나. 정확히 기억나지는 않지만, '제물' 어쩌고 하는 것 같았어. 새러가 말했지. '이건 그것이 원하는 거야, 메리, 그것이 요구하는 거라고. 이 방법밖에 없어.' 그러자 메리가 새러를 붙잡고 말하기를, '그건 살인이야, 새러' 분명히 그렇게 말했단다. 살인. 생각만 해도 또 피가 싸늘하게 식는구나."

앤은 손톱을 물어뜯고 있다. 내 손을 꽉 잡고 있는 필리시티의 피부가 얼음처럼 차가워졌다. 엿듣는 사람이 없는지 확인하려고 브리짓이 필리시티의 어깨 너머로 문을 바라본다.

"아마 내가 소리를 냈거나 인기척이 들렸을 거다. 새러가 눈에 살기를 띠고 잽싸게 일어나더구나. 나를 벽에 밀어붙이고는 영혼이 없는 싸늘한 눈으로 내 얼굴을 보며 말하기를, '엿봤어, 브리짓?' 난 대답했지. '아니에요, 아가씨. 교장 선생님 분부대로 아침밥을 가져왔을 뿐이에요.' 모골이 송연했단다. 솔직히 뭔가 좋지 않은 일이 벌어지고 있었거든."

우리는 숨을 죽이고 기다린다. 브리짓이 우리 쪽으로 몸을 기울인다.

"새러는 저주 인형을 갖고 있었어. 더러운 집시 꼬맹이들이 갖고 다니는 넝마 인형 같은 것 말이야. 그걸 내 얼굴에 들이대고 말했지. '브리짓, 염탐꾼과 배신자가 어떻게 되는지 알아? 처벌을 받게 돼.' 그러고는 내 머리에서 머리카락을 한 움큼 뽑아 인형에 단단히 감았단다. 새러가 내게 경고했어. '입 꼭 다물고 지내. 안 그럼 다음번에는……' 맙소사, 내 평생 그렇게 빨리 달린 적이 없어. 그날은 하루 종일 부엌에만 틀어박혀 지냈단다. 그리고 며칠 뒤, 걔들이 죽은 거야. 사실 딱하다는 생각은 안 들더구나. 물론 가엾은 스펜스 여사의 죽음은 안타까웠지만."

브리짓은 잽싸게 자기 몸에 성호를 긋고 말을 잇는다.

"난 걔들한테 좋지 않은 일이 생기리라는 걸 알고 있었어. 둘 다 비밀투성이인데다 근처에 집시들이 오면 마더 엘레나를 찾아가곤 했거든."

브리짓은 앤이 팔꿈치로 내 팔을 찌르는 모습을 놓치지 않는다.

"그래, 지금도 마더 엘레나를 찾아가는 학생들이 종종 있지. 늙은 브리짓은 다 알고 있단다. 그 여자를 멀리하렴. 머리가 이상해진 여자라 늘 헛소리를 늘어놓지. 난 너희가 그런 인간과 엮이지 않길 바란다."

그녀는 냉혹한 눈빛으로 우리를 바라본다. 나는 손에 들고 있던 설탕 그릇을 떨어뜨리고 만다.

"별소릴 다 하는군요."

필리시티가 다시 도도한 말투로 대꾸한다. 브리짓에게서 원하는 것을 얻었으니 더이상 비위를 맞춰줄 필요가 없기 때문이다. 적어도 필리시티는 그렇다.

"걱정이 돼서 그러지. 난 너희가 걔들처럼 잘난 체하지 않으면 좋겠다. 걔들은 자신을 공작부인쯤으로 여기고 멋들어진 이름을 붙였단다. 새러는 나더러 자기를…… 뭐라고 부르라고 했더라?"

그녀는 말을 멈추고 잠시 생각하다가 고개를 젓는다.

"또 기억이 가물가물하구나. 거의 생각날 뻔했는데. 어쨌거나 앞으로 너희 셋이 집시의 요술 따위를 흉내 내다가 나한테 들키면, 내가 너희 귀를 잡고 교회로 끌고 가서 일주일 동안 처박아둘 거야. 못 할 것 같니? 두고 보렴."

그녀는 남은 차를 잽싸게 마셔버린다.

"자, 가련한 브리짓에게 차 한 잔 더 가져다줄 착한 아가씨가 누굴까?"

〰〰〰

브리짓에게 차를 가져다준 다음, 우리는 곧장 자러 가겠다고 약속하고, 대회당으로 우회한다. 나머지 학생들은 모두 자러 갔다. 조용히 일하던 하녀 두 명이 램프의 불을 끄자 그들의 하얀 앞치마만 보이고, 잠시 후 그들도 자러 간다. 난롯불도 꺼져서 깜부기불만 남아 있다. 불꽃이 깜박거리고 연기가 피어오른다. 일렁이는 그림자 때문에 대리석 기둥들이 살아나는 것처럼 보인다.

필리시티가 부르르 떨며 말한다.

"지금껏 우리가 읽은 건 죽은 여자의 일기야. 어쩐지 기분 나쁘고 오싹한걸."

앤이 묻는다.

"메리가 쓴 내용이 사실일까? 초자연현상 말이야."

갑자기 우두둑 하는 요란한 소리와 함께 벽난로에서 불똥이 튀자 우리는 화들짝 놀란다.

필리시티가 단호히 말한다.

"아무래도 마더 엘레나를 만나야겠어."

안 돼. 절대로 안 돼. 커튼을 내리고 그냥 여기 있자. 따뜻하고 안전하게. 그 이상한 숲에서 멀어져야 해.

"집시 캠프에 가잔 말이니? 오늘 밤? 우리끼리만?"

앤이 묻는다. 집시를 만날 생각에 겁먹은 건지 흥분한 건지 알 수가 없다.

"그래, 오늘 밤. 너도 알다시피 집시들은…… 절대로 오래 머물지 않아. 내일이면 겨울 캠프로 떠날 거야. 그러니 오늘 밤 만나야 해."

"하지만……"

나는 이설이라는 이름을 말하려다가 멈춘다. 필리시티가 경고의 눈빛을 보내고 있다.

앤이 어리둥절한 표정으로 묻는다.

"하지만 뭐?"

나는 일부러 필리시티를 향해 말한다.

"남자들은 어쩌지? 캠프에는 남자들이 있잖아. 우리가 안전하려면 어떻게 해야 할까?"

"남자들이라."

앤이 심각한 표정으로 중얼거린다. 남자들. 어떻게 이 짧은 낱말 하나에서 그토록 많은 의미가 생겨날까……

필리시티는 내 어조를 흉내 내면서 나에게 은밀한 메시지를 보낸다.

"그 남자들은 우리가 다룰 수 있어. 너도 알다시피 집시들은 온갖 거짓말을 지어내잖아. 우린 그들과 함께 웃어주기만 하면 돼."

앤이 말한다.

"가면 안 될 것 같아. 에스코트 없이는."

필리시티가 빈정거린다.

"아, 물론이지. 그럼 당장 식당에 가서 브리짓더러 우리랑 같이 야밤에 집시를 만나러 가자고 할까? 아마 기꺼이 같이 가줄 거야."

"나 지금 농담하는 거 아냐."

"그럼 여기 있어!"

앤이 곧바로 깔쭉깔쭉한 손톱을 물어뜯자 필리시티가 한 팔로 그녀를 안는다.

"봐, 우린 셋이잖아. 서로의 샤프롱*이 되어주는 거야. 필요하면 보디가드가 돼주고. 물론 강간당할까봐 두려워하는 건 너희 둘의 희망사항일 뿐이지만."

나도 한 팔로 앤을 안고 말한다.

"앤, 우리 방금 모욕당한 것 같은데."

공기중에 감도는 흥분은 맛이라도 느껴질 듯하다. 난생처음 목적의식도 느껴진다. 더 많이 느끼고 싶다. 내가 필리시티에게 따진다.

"우리한텐 강간도 과분하다는 소리니?"

필리시티가 얼굴 전체에 생기를 띠면서 활짝 웃는다.

"시험해보면 알겠지."

---

* 사교계에 나가는 아가씨의 보호자로 따라다니는 나이 많은 여자.

18장

우리는 키 낮은 가시덤불에 다리를 긁히고 베이면서 집시 캠프를 향해 2.5킬로미터나 걸었다. 밤이 점점 추워진다. 공기는 습하고 알싸하다. 그 공기를 마시니 허파가 얼얼하고, 입에서는 짧고 허연 김이 나온다. 캠프 외곽에 다다르자 텐트와 모닥불, 커다란 나무 마차, 상자 모양의 바이올린을 연주하는 남자들이 보인다. 너무 힘들어서 옆구리가 결린다. 큼지막한 개 세 마리가 땅바닥에 엎드려 있다. 저놈들을 어떻게 지나쳐야 할지 걱정이다.

앤이 숨을 헐떡이며 속삭인다.

"이제 어쩌지?"

여자들은 텐트 속에 들어가 있다. 몇몇 아이들이 돌아다닌다. 젊은 남자 다섯 명이 모닥불에 둘러앉아 술을 마시면서, 우리가 모르는 말로 이야기를 나누고 있다. 그중 한 남자가 농담을 하자 친구들이 손뼉을 치며 웃는다. 그 낮고 거친 소리가 내 안으로 스며든다. 나는 갑자기 안전한 곳으로 달아나고 싶어진다. 혹은 붙잡힐 때까지 달아나거나. 무슨 일이 벌어질지 짐작도 안 간다. 내 마음은 거기까지 미치지 못한다. 방망이질하는 가슴을 진정시키기도 벅차다.

남자들 사이에 이설이 있다. 불빛 속에서 그의 기묘한 금빛 눈이 춤춘다. 나는 필리시티의 눈을 보고 이설 쪽으로 고갯짓을 해 그의 존재를 알린다.

앤이 그걸 눈치 채고는 겁먹은 표정으로 두리번거리며 묻는다.

"왜 그래?"

"계획이 바뀌었어. 내일 다시 와야겠다. 낮에."

앤이 항의한다.

"하지만 아까 네가 말하기를……"

내가 떠나려고 돌아서다가 나뭇가지를 밟는 바람에 우두둑 부러지는 소리가 난다. 개들이 사납게 짖어댄다. 이설이 야생짐승처럼 잽싸게 단검을 들고 일어선다. 그리고 집시어로 친구들에게 조용히 하라고 한다. 이제 그들도 몸을 움츠리고 공격 태세를 취한다.

필리시티가 빈정거린다.

"브라보."

나는 이를 갈면서 대꾸한다.

"내 잘못 아냐. 숲한테 따져."

이설이 동료들을 향해 손가락 하나를 치켜들고 영어로 소리친다.

"거기 누구야?"

앤이 돌처럼 굳은 채 소곤거린다.

"우린 이제 끝났어."

필리시티가 대꾸한다.

"꼭 그렇진 않아."

그녀가 꼿꼿이 일어서더니 나무 뒤에서 걸어나간다. 우리는 그녀를 다시 끌어앉히려고 기를 쓴다. 당황한 앤이 크게 속삭인다.

"뭐 하는 짓이야?"

필리시티는 우리를 뿌리치고 남자들 쪽으로 걸어간다. 그 모습이 하얗고 파란 벨벳을 걸친 유령 같다. 사내들은 고개를 높이 쳐들고 다가오는 그녀를 여신처럼 우러러본다. 나는 아직 힘이라는 것이 어떤 느낌을 주는지 모른다. 하지만 눈앞에 보이는 광경이 그런 느낌일 것 같다. 문득 옛날 여인들이 동굴 속에 숨어야 했던 까닭이 이해되기 시작한다. 부모들과 교사들과 구혼자들은 우리가 품위 있고 예측 가능하게 행동하길 바란다. 그건 우릴 보호하기 위해서가 아니다. 우리를 두려워하기 때문이다.

이설이 음탕한 미소를 지으며 필리시티에게 고개 숙여 인사한다. 엄마의 앞치마 뒤에 숨듯 나무 뒤에 숨어 있는 우리를 발견한 그는 감미로운 휘파람 소리로 우릴 부른다. 여전히 늑대 같은 미소를 머금은 채.

나는 스펜스까지 뛰어서 돌아가고 싶다. 하지만 필리시티를 여기 두고 갈 수는 없다. 그리고 집시 사내들이 나를 쫓아 깊은 숲속까지 따라올지도 모른다. 내가 앤의 끈적끈적한 손을 잡고 남자들의 원 안으로 걸어들어가자, 그 원이 우리 셋을 향해 점점 좁혀든다.

이설이 약을 올리듯 필리시티에게 말한다.

"이럴 줄 알았어. 넌 나랑 떨어지지 못해."

"아무것도 모르면서 아는 척하기는. 잊었나본데, 요전날 나는 당신을 담장 그늘에 세워두고 가버렸지. 당신이 있을 곳은 언제나 거기야. 세상의 그늘."

필리시티가 그를 조롱한다. 현명한 태도로 보이지는 않지만, 야밤에 숲속 한가운데서 난생처음 건장한 집시 사내들에게 둘러싸인 나로서는 이래라저래라 할 처지가 아니다. 그냥 숨죽이고 기다리는 수밖에.

이설이 가까이 다가와 필리시티의 목 아래 우묵한 곳에 걸린 케이프 리본을 만지작거린다. 활기찬 목소리로 말하면서 웃고는 있지만 그 웃음이 눈까지 퍼지지는 못했다. 상처 입고 성난 눈빛이다.

"오늘 밤 내가 있는 곳은 담장 그늘이 아냐."

앤이 울먹인다.

"제발요. 우린 마더 엘레나를 만나러 왔을 뿐이라고요."

남자 한 명이 대꾸한다.

"마더는 지금 여기 없어."

사실 남자라기보다는 소년이다. 열다섯 살쯤. 체구에 걸맞지 않게 코가 아주 크다. 만약 우리가 달아나야 한다면 저 자식을 맨 먼저 걷어차야지.

"마더 엘레나를 만나게 해줄 것을 요구한다."

필리시티가 냉정하고 당당하게 말한다. 그녀가 실은 엄청 겁먹었다는 걸 아는 사람은 나뿐이다. 그리고 눈앞의 상황보다 필리시티의 두려움이 나를 더욱 겁나게 한다.

어쩌다 우리가 이런 곤경에 빠졌지? 어떻게 여기서 벗어난담?

"무슨 일이야?"

카르틱이 어슬렁거리며 나타난다. 여전히 빌린 집시 옷차림에 허름한 크리켓 배트를 손에 들고 있다. 나를 보자 그의 눈이 휘둥그레진다.

나는 겁먹은 목소리처럼 들리지 않길 바라며 말한다.

"부탁이야. 우린 마더 엘레나를 만나야 해."

이설이 두 손을 들자 손바닥이 드러난다. 떠돌며 사는 험한 삶의 흔적 같은 굳은살이 그물처럼 박여 있다.

"아…… 이 '가제'*는 네 여자지. 미안해, 친구."

카르틱이 코웃음을 친다.

"아니, 그 여자는……"

그가 잠시 생각하다가 말을 잇는다.

"맞아, 내 여자야."

그러고는 내 손을 잡고 원 밖으로 끌어낸다. 하지만 또다른 손이 내 다른 손목을 휘감는다. 아까 내가 본 코 큰 소년의 손이다. 그가 능글맞게 말한다.

"네 여자라는 걸 어떻게 믿지? 마지못해 따라가는 눈치잖아. 어쩌면 나랑 같이 가고 싶은지도 몰라."

카르틱이 머뭇거린다. 남자들 사이에 의심의 웃음이 조용히 번진다. 소년은 억센 손으로 내 팔을 붙잡고 있다. 입속에서 차갑고 혹독한 두려움의 맛이 느껴진다. 체면 차리고 있을 때가 아니다. 여기서는 차근차근 설명해봐야 소용없다. 나는 느닷없이 카르틱에게 키스한다. 내 입술에 꾹 눌린 그의 입술이 흠칫 놀란다. 따뜻

---

* 집시가 '집시가 아닌 사람'을 가리키는 말.

하고 숨결처럼 가벼우며, 내 입에 닿은 복숭아처럼 단단한 입술. 불에 그슬린 계피 같은 향기가 공중에 감돈다. 하지만 나는 환상 속으로 추락하지 않는다. 내 안에서 그의 향기가 난다. 그 향기에 배 속이 발밑으로 꺼지는 느낌이다. 그 향기가 내 머릿속의 모든 생각을 몰아내자, 더욱더 갈망하는, 저항할 수 없는 허기가 그 자리에 들어찬다.

카르틱의 혀가 아주 잠깐 내 입술 사이로 들어와 나를 놀라게 한다. 나는 그를 밀치고 헐떡인다. 내 얼굴이 핏빛으로 변한다. 아무도 쳐다볼 수 없다. 특히 필리시티와 앤. 지금 쟤들이 나를 어떻게 생각할까. 내가 황홀경에 빠졌다는 걸 알면 얼마나 질겁할까. 나란 여자는 대체 어떻게 된 걸까? 숙녀라면 남자의 요청을 받고 키스해주길 기다려야 마땅하건만, 겁도 없이 먼저 입을 맞추고 즐기다니.

뒤에 있던 건장한 남자가 웃음을 터뜨린다.

"네 여자 맞군!"

카르틱이 목쉰 소리로 대꾸한다.

"그렇습니다. 내가 이 아가씨들을 마더 엘레나한테 데려가서 점을 보게 할 테니 다들 다시 술이나 마셔요. 우리한테 필요한 건 말썽이 아니라 이 아가씨들 돈입니다."

카르틱이 우리를 마더 엘레나의 텐트로 데려간다. 도중에 필리시티가 뒤를 돌아보며 내 옆의 카르틱을 힐끔거린다. 그녀의 눈이 나와 그를 번갈아 쏘아본다. 내가 돌처럼 굳은 표정을 짓자, 마침내 필리시티가 눈길을 돌린다. 카르틱이 텐트 입구를 열어젖히고 필리시티와 앤을 들여보내더니 나를 옆으로 확 끌어당긴다.

"여기서 무슨 짓을 할 생각이지?"

"내 운명을 알아볼 거야."

한심한 소리다. 하지만 내 입술은 그와 나눈 키스 때문에 여전히 뜨겁고, 너무 당황한 상태라 그럴싸한 말이 떠오르지 않는다. 나는 가까스로 한마디 덧붙인다.

"내 행동에 대해 사과할게. 어쩔 수 없는 상황이었어. 당신이 나를 너무 넘겨짚지 않으면 좋겠어."

카르틱은 땅에서 도토리 한 알을 주워 공중에 던지고는 크리켓 배트로 친다. 너무 낡고 갈라진 배트라 제대로 맞지 않는다. 그가 입을 앙다문다.

"네가 무슨 생각으로 그런 짓을 했건 난 관심 없어."

뜨끔거리던 배 속이 차갑게 식는다.

"나 때문에 기분 나빴다면 미안해."

그는 아무 말도 하지 않는다. 너무 창피해서 연기처럼 사라져버리고만 싶다.

"너희 사인조의 나머지 한 명은 어디 있지? 숲속에 숨어 있나?"

나는 그가 찾는 사람이 피파라는 것을 조금 늦게 깨닫는다. 숲속에서 그녀를 바라보던 카르틱의 눈빛이 기억난다. 줄곧 피파 생각을 한 게 틀림없다. 그가 처음 보여준 친절한 태도가 놀랍게도 내 가슴을 후벼판다.

"몸이 아파."

나는 심통 사납게 대답한다.

"설마 큰 병은 아니겠지?"

이유는 모르겠지만, 피파에 대한 카르틱의 관심이 나에게 격통을 안겨준다. 우리는 연인 사이도 아니다. 우리를 엮어주는 거라곤 우리 둘 다 원치 않는 그 음울한 비밀뿐이다. 나를 아프게 하는 것은 카르틱의 열망이 아니다. 나 자신의 열망이다. 피파가 갖고 있는 것을 나는 영영 가질 수 없다는 사실이다. 모든 남자의 마음을 끄는 막강한 미모. 난 내가 바라는 것들을 늘 쫓아다녀야 할까봐 두렵다. 내가 정말로 사랑받는 건지, 아니면 마지못해 받아들여진 건지 늘 궁금해하며 살아야 할까봐 두렵다.

나는 침을 꿀꺽 삼키고 대답한다.

"물론 아냐. 이제 안에 들어가도 되지?"

내가 텐트로 가서 입구를 들추자 카르틱이 내 손목을 잡고 경고한다.

"다시는 이런 짓 하지 마."

그는 나를 텐트 안으로 밀어넣은 다음, 다시 밤의 눈이 되어 나를 감시하기 위해 숲 쪽으로 발길을 돌린다.

19장

"어서 들어와."

필리시티가 나에게 말한다. 그녀와 앤은 늙은 집시 여인과 함께 작은 탁자에 앉아 있다.

"방금 마더 엘레나가 아주 흥미진진한 점괘를 들려줬어. 앤이 굉장한 미녀가 된다지 뭐야."

흥분한 앤이 끼어든다.

"나한테 남자들이 줄을 설 거래."

마더 엘레나가 손가락 하나를 구부린다.

"가까이 오너라, 아이야. 마더 엘레나가 너의 운수를 봐주마."

나는 탁자로 다가간다. 텐트 안에는 책 더미와 화려한 스카프, 약초가 담긴 병들과 온갖 종류의 물약이 널려 있다. 노파 뒤의 고리에는 랜턴이 걸려 있다. 불빛이 강해서 노파의 자글자글 주름진 갈색 얼굴이 또렷이 보인다. 양쪽 귀가 뚫려 있고, 손가락마다 반지가 끼워져 있다. 노파는 바닥에 몇 실링이 깔려 있는 작은 바구니를 나한테 내민다.

필리시티가 헛기침을 하고 속삭인다.

"몇 펜스 드려."

나도 소곤소곤 대답한다.

"하지만 그러면 만남의 날에 가족을 만날 때까지 땡전 한 푼 없어."

필리시티는 빙그레 웃으면서 이를 앙다물고 말한다.

"어서. 드려. 돈."

나는 한숨을 푹 쉬고 마지막 동전 몇 닢을 바구니에 떨어뜨린다. 마더 엘레나가 바구니를 흔든다. 짤랑거리는 소리에 만족한 그녀는 바구니를 기울여 돈을 자신의 동전지갑에 쏟아붓는다.

"자, 뭐로 할까? 카드? 손금?"

"이 친구는 마더 엘레나가 아까 우리한테 들려주신 이야기에 큰 관심이 있을 거예요. 스펜스에서 온 두 아가씨 이야기 말이에요."

"그래, 그래, 그래. 하지만 방 안에 캐럴라이너가 있으면 곤란하지. 캐럴라이너, 나가서 물 좀 떠오렴."

텐트 안에는 우리 말고는 아무도 없다. 나는 마음이 꺼림칙해지기 시작한다. 마더 엘레나가 손으로 카드를 두드린다. 그리고 마치 잊었던 무언가―과거에 들었던 노래나 목소리―에 귀를 기울이듯 고개를 기울인다. 마침내 고개를 들고 나를 바라본 그녀는 옛 친구와 재회한 것처럼 군다.

"아, 메리, 정말 오랜만이로구나. 반갑다. 오늘은 마더 엘레나가 뭘 해줄까? 달콤하기 그지없는 예쁜 꿀 케이크가 있단다. 잠깐만 기다려라."

그녀는 가상의 쟁반 위에 가상의 케이크를 내려놓는다. 우리는 어리둥절한 표정으로 서로를 바라본다. 연기를 하는 걸까, 아니면 이 불쌍한 할망구가 정말로 완전히 미친 걸까? 노파는 가상의 쟁반을 나에게 내민다.

"자, 메리, 사양할 것 없다. 한 조각 먹으렴. 오늘은 머리 모양이 다르구나. 잘 어울리는걸."

필리시티가 나더러 장단을 맞춰주라고 고갯짓을 한다.

"고마워요, 마더."

"그나저나 오늘 우리 명랑한 새러는 어디 있지?"

나는 더듬더듬 대답한다.

"아, 새러는…… 그러니까……"

필리시티가 대뜸 말한다.

"마더가 가르쳐준 마법을 연습하느라 바빠요."

마더가 눈살을 찌푸린다.

"내가 가르쳐준 마법? 마더는 그런 것에 손대지 않아. 사랑과 보호의 부적을 만들고 약초를 다룰 뿐이지. 마법은 그들 소관이야."

내가 묻는다.

"그들이라뇨?"

마더가 나직이 대답한다.

"숲에 오는 여자들 말이야. 너희에게 마법을 가르쳐주잖니. 오더. 그들과 어울려서 좋을 게 없단다, 메리. 내 말 명심해라."

우리는 카드로 집을 짓고 있다. 잘못된 질문 하나로도 집 전체가 무너질 수 있다. 꼭대기에 도달하기도 전에.

내가 묻는다.

"그들이 우리한테 뭘 가르치는지 마더가 어떻게 알죠?"

노파는 마디가 불거진 손가락으로 자기 옆머리를 두드린다.

"마더는 알아. 마더에게는 보여. 그들은 미래와 과거를 본단다. 그걸 만들어내지."

그녀는 우리 쪽으로 몸을 기울이고 덧붙인다.

"그들은 영계靈界를 본단다."

방 전체가 빙빙 돌면서 흐려지다가 다시 또렷해진다. 밤공기가 찬데도 목에서 땀이 흘러내려 옷깃을 적신다.

"그 세계 말인가요?"

마더가 고개를 끄덕인다.

"마더는 그 세계에 들어갈 수 있나요?"

내가 묻는다. 그 질문이 내 귓속에 울려퍼진다. 입이 마른다.

"아니. 그저 들여다볼 뿐이란다. 하지만 너랑 새러는 갔다 왔잖니, 메리. 너희가 그 정원에서 향기로운 헤더 꽃과 은매화를 가져다줬다고 캐럴라이너가 그러더구나."

마더의 얼굴에서 웃음이 사라진다.

"하지만 다른 영역도 있지. 윈터랜드. 오, 메리, 난 거기 사는 것들이 무서워…… 새러와 네가 걱정이야……"

필리시티가 말한다.

"네, 그나저나 새러는……"

마더가 다시 눈살을 찌푸린다.

"새러는 욕심이 많아. 지식만으로 만족하지 못하지. 걔는 힘을 원해. 우린 새러가 길을 잘못 들지 않도록 도와야 한다, 메리. 윈터랜드와 거기 사는 어둠의 존재들로부터 멀어지게 해야 해. 난 새러가 그것들을 불러내 한패가 될까봐 두렵다. 그애의 정신이 타락할 테니까."

노파가 내 손을 토닥인다. 바싹 마르고 갈라진 살갗이 내 손마디에 닿는다. 나는 기절할 것만 같다. 다음 질문을 하기가 버겁다.

"어둠의 존재가…… 뭐죠?"

"분노와 증오로 가득 찬 상처받은 영혼이란다. 이승으로 돌아오고 싶어하지. 그놈들은 너의 약점을 찾아내 이용할 거야."

필리시티는 이 말은 전혀 믿지 않는다. 마더의 등 뒤에서 그녀가 괴물 같은 표정을 짓는다. 하지만 나는 움직이고 비명을 지르는 어둠을 본 적이 있다.

냉기가 느껴지는데도 땀이 나고 정신이 멍하다.

"그런 것을 새러가 어떻게 불러내죠?"

마더가 나직이 대답한다.

"그것이 원하는 제물을 바치면 그런 힘이 생기지. 하지만 새러는 영원히 어둠에 묶여 있게 돼."

"어떤 제물이죠?"

나는 가까스로 목소리를 낸다. 마더 엘레나의 눈이 흐리멍덩해진다. 기억 속의 무언가와 싸우고 있다. 나는 좀더 힘주어 말한다.

"어떤 제물인데요?"

앤이 이를 앙다물고 조용히 말한다.

"너무 빠져들지는 마…… 메리."

마더의 얼굴에서 꿈꾸는 듯한 표정이 사라진다. 그녀는 의심의 눈으로 나를 응시한다.

"넌 누구야?"

필리시티가 대뜸 나선다.

"메리잖아요, 마더 엘레나. 기억 안 나세요?"

마더는 겁먹은 짐승처럼 울먹인다.

"물 뜨러 간 캐럴라이너는 어디 있지? 캐럴라이너, 장난치지 마. 나한테 오렴."

필리시티가 또 끼어든다.

"메리가 마더를 그애한테 데려다줄 수 있어요."

내가 소리친다.

"그만해!"

마더는 풍상에 찌든 두 손으로 내 뺨을 감싼다.

"메리, 정말 너니? 그 오랜 세월을 보내고 돌아온 거야?"

나는 힘겹게 대답한다.

"저는 제머예요. 메리가 아니라 제머라고요. 죄송해요, 마더."

마더는 손을 뺀다. 그녀의 스카프가 풀려서 떨어지자 거칠거칠한 목덜미에서 반짝이는 초승달 눈이 드러난다. 마더가 뒤로 물러난다.

"너야. 네가 우리에게 불행을 가져왔어."

그녀가 언성을 높이자 개들이 짖어댄다.

"아무래도 이만 가는 게 좋을 것 같아."

앤이 경고한다.

"네가 우리를 파멸시켰어. 우린 모든 걸 잃었어……"

필리시티가 탁자 위에 1실링을 던진다.

"고마워요, 마더. 아주 많은 도움이 됐어요. 꿀 케이크 맛있었어요."

"너 때문에!"

나는 그 소리를 듣지 않으려고 두 손으로 귀를 덮는다. 자연의 거대한 순환 속에서 맹수에게 목숨을 잃은 작은 짐승의 어미가 울부짖는 소리. 그 처절한 소리가 숲속에 메아리친다. 다른 무엇보다 그 소리 때문에 나는 달린다. 이제는 너무 취해서 우릴 쫓아올 수도 없는 집시 사내들을 지나치고, 말리려 하는 필리시티와 앤마저 뒤에 남겨둔 채 무작정 달린다. 깊은 숲속에 이르러서야 멈춰 선다. 숨을 고를 수가 없다. 정신을 잃을 것만 같다. 빌어먹을 코르셋. 차가운 손으로 끈을 힘껏 당겨보지만 풀리지 않는다. 결국 무릎을 꿇고 좌절감에 사로잡혀 흐느낀다. 보이지는 않지만 그의 시선이 느껴진다. 틀림없이 나를 지켜보고 있다. 아무것도 하지 않고 지켜보기만 한다.

나는 소리친다.

"날 내버려둬!"

"어휴, 기껏 따라왔더니 홀대로군."

필리시티가 헉헉대면서 눈앞에 나타난다. 그녀 바로 뒤에 있던 앤도 숨을 헐떡이며 묻는다.

"아까 거기서 대체 왜 그랬어?"

"그…… 그냥 겁이 났어."

나는 애써 숨을 고르며 대답한다. 카르틱은 여전히 거기 있다. 나는 그를 느낄 수 있다.

"마더 엘레나가 미친 여자일지는 몰라도 해롭지는 않아. 어쩌면 아예 미치지 않았을 수도 있어. 네가 갑자기 달아나지만 않았다

면 그녀가 우리 점괘를 마저 봐줬을지도 몰라. 괜히 5펜스만 날렸
잖아."

"미, 미안해."

나는 더듬거린다. 이제 나무 뒤에는 아무도 없다. 그는 사라졌다.

"멋진 밤이로군, 쳇."

필리시티는 무릎 꿇고 있는 나를 남겨둔 채 앞서가며 투덜거린
다. 감시자 같은 올빼미들의 눈이 나를 내려다본다.

✲✲✲✲✲

꿈속에서 나는 달린다. 걸음을 내디딜 때마다 차가운 진창에 발
이 빠진다. 마침내 멈춰 선 곳은 카르틱의 텐트 입구. 그는 이불을
내던진 채 로마 조각상처럼 맨가슴을 드러내고 잠들어 있다. 검은
체모 줄기가 탄탄한 복부 위에서 뱀처럼 꿈틀거리다가 바지 허리
띠 밑으로 사라진다. 내가 모르는 세계 속으로.

그의 얼굴. 그의 볼, 코, 입술, 눈. 눈썹 밑에서 눈알이 빠르게 움
찔거린다. 짙은 속눈썹이 광대뼈 위쪽을 덮고 있다. 코는 곧고 억
세 보인다. 그 코가 입 위의 완벽한 지점으로 뻗어내려오고, 살짝
벌어진 입에서는 숨이 들락거린다.

그 입을 다시 맛보고 싶다. 욕망을 품자마자 몸이 확 숙여진다.
두 발은 땅에 뿌리박히고, 숨이 가쁘고, 머리가 어질어질하다. 오
로지 욕망만 가득하다. 내 입술이 그의 입술에 닿자, 녹아버리는
기분이다. 파들거리며 떠진 검은 눈이 나를 바라본다. 조각상이 살

아난다. 모든 근육이 꿈틀대는 두 팔로 몸을 일으킨 그는 나를 눕히고 내 위로 스르르 올라온다. 그의 몸뚱이가 나를 짓눌러 풀무처럼 내 허파에서 바람을 뺀다. 아주 가벼운 탄식이 계속 새어나온다. 그의 입술이 다시 내 입술에 닿는다. 열기와 압력, 그리고 쾌락에 대한 약속. 나는 몸을 일으켜 그 약속을 맞이한다.

그의 손끝이 내 살갗에 속삭인다. 엄지손가락 하나가 내 젖가슴으로 천천히 다가와 위로, 옆으로 원을 그린다. 내 입이 그의 목의 짭짤한 살갗을 찾는다. 무릎 하나가 내 두 넓적다리 사이로 파고드는 느낌이 든다. 내 안에서 무언가가 철렁 내려앉는다. 마치 잠깐 동안 숨이 멎는 기분이다. 나는 비워지고 있다. 무언가를 찾기 위해.

따스한 손가락들이 밑으로 내려가다 머뭇거리더니, 이윽고 나도 아직 모르는, 나조차 탐험하지 못한 내 몸의 일부로 파고든다.

나는 속삭인다.

"잠깐만……"

그는 내 말을 못 듣거나, 들으려 하지 않는다. 완전히 불청객이라고는 할 수 없는, 강하고 자신만만한 손가락들이 돌아와 손바닥 전체로 내 젖가슴을 감싼다. 달아나고 싶다. 머물고 싶다. 그 둘을 동시에 하고 싶다. 그의 입이 내 입술을 찾는다. 나를 땅에 고정시킨 것은 그의 의지다. 이곳에 둥둥 뜬 채 그의 안에서 나를 잃어버리면 다른 사람으로 다시 태어날 수 있을 것 같다. 내 젖가슴 위의 엄지손가락이 살갗을 문지르자, 살갗이 모두 벗겨지는 듯한 달콤한 고통이 밀려든다. 마치 지금까지 평생 동안 그것 없이 걸어다닌 것처럼. 내 온몸이 긴장한 채 위로 들리면서 그의 압력을 맞이한다. 그의 의지는 내 의지일 수도 있다. 내가 허락하면 그는 나를 삼켜버릴 수 있다. 허락해. 허락해. 허락해.

안 돼.

나는 두 손을 들어 그의 매끄러운 가슴에 대고 밀쳐낸다. 그가 떨어져나간다. 그의 체중이 사라지자 마치 사지가 떨어져나간 느낌이다. 그를 다시 끌어당기고픈 욕구에 압도될 지경이다. 그의 이마에 맺힌 땀이 아름답게 반짝인다. 당황하고 흐리멍덩해진 그는 잠에 취한 듯 눈을 끔벅인다. 이윽고 내가 발견했을 때처럼 다시 잠이 든다. 검은 천사가 내게서 멀어진다.

〰〰〰

그건 꿈, 그냥 꿈일 뿐이야. 내 방 내 침대에서 헐떡이며 눈을 뜬 나는 스스로를 타이른다. 몇 발 옆에서 앤이 느긋하게 코를 곤다.

그건 꿈일 뿐이야.

하지만 너무나 생생했다. 입술에 손을 대본다. 키스 때문에 부어오르지는 않았다. 나는 아주 멀쩡하다. 순수한 상태. 쓸모 있는 상품. 카르틱은 멀리서 잠에 빠져 있으며, 그의 꿈속에 나는 없다. 하지만 나조차 아직 탐험하지 못한 내 몸의 일부가 욱신거린다. 두 무릎을 끌어당기고 옆으로 눕지 않으면 그곳이 계속 아프다.

그건 꿈일 뿐이야.

하지만 무엇보다 두려운 것은, 그것이 꿈이 아니길 내가 간절히 바란다는 사실이다.

20장

닥터 토머스는 피파가 완전히 회복되었다고 선언했다. 일요일인 오늘, 예배를 드리고 온 우리는 오후 한때를 마음껏 즐긴다. 한가로이 호숫가에 앉아 늦여름 꽃들의 마지막 꽃잎을 고요한 수면 위로 던진다. 앤은 만남의 날에 부를 아리아를 연습하느라 예배당에 남아 있다. 만남의 날은 가족들이 스펜스에 찾아와 우리가 얼마나 훌륭한 여성이 되었는지 확인하는 날이다.

나는 바스러진 들꽃을 한 움큼 집어 던진다. 꽃잎들은 메뚜기 떼처럼 호수에 내려앉지만, 곧 바람에 날려 물 깊은 호수 한가운데로 밀려간다. 물에 젖어가던 꽃잎들은 마침내 물속으로 고요히 가라앉는다. 호수 건너편에서는 어린 학생들이 담요 위에 앉아 수다를 떨면서 자두를 먹고 있다. 그들과 우리는 자연스럽게 서로를 무시한다.

피파는 보트 안에 누워 있다. 다행히도 그녀는 발작 직전의 일을 전혀 기억하지 못한다. 통제력을 잃은 나머지 꼴사나운 말이나 행동을 했을까봐 두려워할 뿐이다.

그녀가 묻는다.

"혹시 내가 망측한 소리를 냈니?"

내가 그녀를 안심시킨다.

"아니."

필리시티도 거든다.

"절대 아냐."

피파는 느긋하게 뱃머리에 등을 기댄다. 몇 초 뒤, 새로운 근심이 생겼는지 다시 일어나 앉더니 가까스로 말문을 연다.

"설마…… 옷에다 실례를 하진 않았겠지?"

필리시티와 내가 동시에 대답한다.

"어머, 아냐!"

"창피하지? 내 병 말이야."

필리시티는 작은 꽃들을 끈으로 묶어 왕관을 만든다.

"아무럼 엄마가 돈 받는 정부인 것보다 창피하겠니."

"미안해, 필리시티. 그 말은 하지 말았어야 했어. 날 용서해줄래?"

"용서하고 자시고 할 것도 없어. 어차피 사실인걸."

피파가 자조적인 냉소를 흘린다.

"내 병도 사실이야. 엄마는 나더러 아무한테도 말하지 말래. 발작할 것 같으면 머리가 아프다고 둘러대고 자리를 피하라나."

그녀는 더욱 씁쓸하게 웃으며 덧붙인다.

"그게 내 맘대로 되는 줄 아나봐."

피파의 이야기가 닻처럼 나를 밑으로 끌어당긴다. 그 마음 이해한다고 말해주고 싶어서 미칠 지경이다. 내 비밀을 털어놓고 싶다. 나는 목청을 가다듬는다. 바람이 바뀐다. 바람에 날린 꽃잎들이 내 머리카락에 부딪친다. 이 순간이 사라져가는 게 느껴진다. 세상의 표면 밑으로 가라앉아 어둠 속으로.

피파가 화제를 바꾼다.

"반가운 소식도 있어. 엄마랑 아빠가 나를 위해 멋진 선물을 준비했다고 편지를 보냈지 뭐야. 제발 새 코르셋이면 좋겠어. 숨 쉴 때마다 코르셋 속의 고래수염이 날 찌르거든. 정말 짜증나!"

필리시티가 빈정거린다.

"태피를 그렇게 많이 먹으니까 그렇지."

피파는 기력이 없어서 제대로 화도 못 낸다. 상처받은 기색을 내비칠 뿐이다.

"난 뚱뚱하지 않아! 절대 아냐! 내 허리둘레는 16.5인치니 적당하다고."

피파의 허리는 말 그대로 개미허리다. 남자들은 그런 허리를 좋아한다고 한다. 코르셋은 우리 여자들을 유행에 맞춰 구속하고 변형시킨다. 하지만 그 때문에 우리는 숨도 제대로 못 쉬고 가끔은 너무 갑갑해서 혼절하기도 한다. 나는 내 허리가 굵은지 잘록한지 잘 모른다. 외모에는 섬세한 구석이 전혀 없고, 어깨는 남자처럼 떡 벌어져 있다. 나에게는 이런 대화가 지루할 뿐이다.

피파가 묻는다.

"올해는 엄마 오시니, 피?"

"친구들 만나러 간대. 이탈리아로."

필리시티가 왕관을 완성하고는 요정 여왕처럼 그것을 머리에 쓴다.

"아빠는?"

"모르겠어. 오시면 좋겠는데. 너희 셋을 아빠한테 소개하고 싶어. 나한테 정말로 피와 살이 있는 친구들이 있다는 걸 보여주고 싶거든."

필리시티는 서글픈 미소를 지으며 말을 잇는다.

"아빠는 내가 누구한테도 환영받지 못하는 침울한 여자가 될까봐 걱정했을 거야. 사실 좀 그랬지. 엄마가……"

떠난 뒤에.

차마 하지 못한 그 말이 허공에 맴돈다. 그것과 더불어 수치심, 비밀, 두려움, 환상, 간질 등 말하지 못한 수많은 것들이 우리 사이를 멀리 떨어뜨린다. 그 간극을 좁히려 애쓸수록 그것들의 무게가 우리를 더 멀리 떼어놓는다.

피파가 말한다.

"이번에는 틀림없이 오실 거야, 피. 그리고 멋진 숙녀가 된 너를 아주 자랑스러워하실 거야."

필리시티가 빙그레 웃는다. 마치 그녀가 우리 둘에게 햇살을 비추는 것만 같다.

"그래, 그래. 이만하면 멋진 숙녀잖아? 아마 아빠는 기뻐하실 거야. 오시기만 한다면."

피파가 한숨을 내쉰다.

"얼마 전에 선물 받은 키드* 장갑을 너한테 빌려주고 싶은데, 엄마가 나더러 그걸 꼭 손에 끼래. 우리가 대단한 집안인 것처럼 보이려는 심산이지."

필리시티가 매서운 눈빛으로 나를 보며 묻는다.

"네 가족은 오니? 수수께끼의 도일 가문 말이야."

지난 이 주 동안 아빠 편지는 받지 못했다. 할머니의 마지막 편지가 생각난다.

사랑하는 제머,

네가 건강한 모습으로 이 편지를 받길 바란다. 할미는 요즘 신경통으로 고생한단다. 하지만 네 아빠 돌보느라 스트레스 받아서 생긴 증상일 뿐이니 걱정 말라고 의사들이 그러더구나. 네가 집에 돌아와 이 짐을 함께 지고 착한 딸 노릇을 하면 내 병도 누그러질 거라면서. 네 아빠는 정원이 편안한가보더구나. 거기서 낡은 벤치에 오랫동안 앉아 있곤 해. 이따금 무언가를 노려보고 이유 없이 고개를 끄덕이지만, 다른 때는 평온하단다.

우리 걱정은 하지 마라. 할미는 요즘 숨이 가쁘지만 별일 아닐 게야. 이 주 후면 너를 만나겠구나. 톰이 너에게 사랑한다고 전해달라면서, 자기한테 어울리는 신붓감을 찾아놨는지 물어보라지 뭐냐. 물론 농담이겠지만.

애정을 담아서,

할미가

＊ 새끼염소 가죽을 가리킨다.

나는 눈을 감고 그 생각을 전부 지우려 애쓴다.

"그래, 올 거야."

"별로 신난 목소리가 아닌데."

나는 어깨를 으쓱한다.

"별로 관심 없으니까."

필리시티가 나에게 얼굴을 바짝 들이밀고 장난스럽게 말한다.

"수수께끼 아가씨, 제머. 네가 우리한테 뭘 감추고 있는지 반드시 알아낼 거야."

피파가 맞장구친다.

"아마 다락방에 미친 고모가 있을 거야."

"혹은 성적으로 타락해서 젊은 아가씨들을 노리는 마귀가 살거나."

필리시티가 눈썹을 꿈틀꿈틀 움직인다. 피파는 짐짓 겁을 먹고 비명을 지르지만, 이 장난이 싫지 않은 눈치다.

"꼽추일지도 모르지."

나는 헛웃음을 지으며 말한다. 우리 사이의 거리가 더 멀어지고, 필리시티와 피파는 어느 먼 해변으로 밀려간다.

"성적으로 타락한 꼽추!"

피파가 소리친다. 확실히 회복된 모양이다. 우리는 다함께 웃는다. 숲이 우리의 소리를 삼켜버려서 단속적인 메아리만 들려올 뿐이다. 하지만 호수 건너편의 어린 학생들은 우리 때문에 놀란다. 빳빳하고 하얀 에이프런 드레스를 입은 아이들의 모습은 마치 풍경화 속에 잘못 그려진 정신병자들 같다. 우릴 보고 눈을 껌벅이던 그들이 이내 고개를 돌리고 다시 수다를 떨기 시작한다.

9월의 하늘은 변덕스럽다. 갑자기 잿빛으로 바뀌면서 음산해진다. 곧이어 다시 맑아질 듯 파란 조각이 보인다. 필리시티는 호숫가 풀밭에 머리를 대고 누워 있다. 창백한 얼굴을 중심으로 머리카락이 둥그렇게 퍼진 모습이 마치 만다라 그림을 보는 듯하다.

"오늘 저녁 웰스톤 부인 댁에서 열리는 심령술 모임 재미있을까?"

피파가 대답한다.

"우리 아빠는 심령술이 야바위에 불과하대."

그녀는 맨발로 보트를 살짝 흔들면서 묻는다.

"근데 심령술이 대체 뭐야?"

필리시티가 대답한다.

"마담 로마노프 같은 영매를 통해 영혼과 이야기할 수 있다고 믿는 거야."

우리 둘 다 같은 생각을 하면서 벌떡 일어나 앉는다.

필리시티가 먼저 입을 연다.

"혹시 그 여자가……"

내가 마무리한다.

"……우리 대신 새러나 메리와 접촉할 수 있을까?"

왜 진작 이 생각을 못 했을까?

"멋진 생각이야!"

피파의 얼굴이 곧 어두워진다.

"하지만 무슨 수로 그 여자한테 다가가지?"

옳은 말이다. 마담 로마노프가 여학생 무리를 무대 위로 부를 리는 없다. 우리가 망자와 대화할 가능성은 의사당에 앉아 있을 가능성만큼 희박하다.

내가 말한다.

"부탁은 내가 할게. 너희가 나를 마담 로마노프 앞으로 보내주기만 하면."

필리시티가 씩 웃으며 대꾸한다.

"나한테 다 맡겨."

피파가 킥킥댄다.

"너한테 맡겼다가는 망신만 당할 것 같은데."

필리시티가 토끼처럼 잽싸게 일어서더니 민첩한 손놀림으로 피파의 보트에 묶여 있는 밧줄을 풀고 호수 쪽으로 밀어버린다. 피파가 허둥지둥 밧줄을 잡으려 하지만, 너무 늦었다. 보트가 수면을 가르며 나아간다.

"도와줘!"

내가 눈살을 찌푸린다.

"좀 너무하지 않았니?"

필리시티는 태연히 대답한다.

"주제도 모르고 기어오르잖아. 쟨 정신 좀 차려야 해."

하지만 그래도 노는 던져준다. 보트 근처에 떨어진 노가 수면 위로 오르내린다.

"피파를 데려오게 도와줘."

내가 말한다. 건너편의 정신병자 아가씨들이 이제는 일어서서 우릴 구경하며 즐거워한다. 우리의 꼴사나운 모습이 우스워 죽겠다는 눈치다.

필리시티는 풀밭에 한쪽 무릎을 꿇고 앉아 장화 끈을 맨다.

나는 한숨을 쉬고 피파에게 소리친다.

"노를 잡을 수 있겠니?"

피파는 뱃전 너머로 팔을 뻗어보지만 아슬아슬하게 노에 닿지 않는다. 아무래도 어려워 보이는데도 그녀는 다시 팔을 더 멀리 뻗는다. 보트가 불안하게 기우뚱한다. 피파가 꺅 소리를 지르며 호수에 빠지고, 물이 튄다. 필리시티와 어린 학생들이 웃음을 터뜨린다. 하지만 나는 피파가 발작하기 직전에 보았던 짧은 환상을 떠올린다. 싸늘하게 물이 튀기는 소리와 캄캄한 물속 어딘가에서 피파가 내지르는 숨 막히는 비명.

"피파!"

나는 심장이 멎을 만큼 차가운 호수로 뛰어들며 외친다. 내 손에 다리가 잡힌다. 나는 피파를 붙잡고 온힘을 다해 밀어올린다. 그러고는 한 팔로 그녀의 허리를 감싸고 물가로 헤엄치면서 말한다.

"꽉 잡아!"

"제머, 뭐 하는 거야? 놔줘!"

피파가 버둥거리며 나를 밀친다. 수심은 겨우 그녀의 어깨 높이다.

"여기서부터는 혼자 걸을 수 있어. 고마워."

그녀는 성난 목소리로 말한다. 호수 건너편에서 손가락질을 하면서 깔깔대는 학생들을 애써 무시하려 하면서.

나는 바보가 된 기분이다. 물속에서 버둥대던 피파의 환상은 또렷이 기억나는데. 어쩌면 그날 너무 겁을 먹었을 수도 있다. 그리고 나는 기억력이 그다지 좋은 편도 아니다. 어쨌거나 지금 우리는 물을 뚝뚝 흘리는 것만 빼면 둘 다 멀쩡하고 안전하다. 그것 말고 무엇이 중요하겠는가.

"널 목 졸라 죽일 거야, 필리시티."

피파가 얕은 물에서 휘청거리며 웅얼거린다. 나는 피파가 무사
하다는 안도감에 두 팔로 그녀를 끌어안다가 하마터면 다시 물에
빠뜨릴 뻔한다.

피파는 거미를 때려잡듯 나를 때리며 소리친다.

"이게 무슨 짓이야?"

내가 말한다.

"미안해. 미안해."

그녀는 풀밭으로 기어가면서 툴툴댄다.

"내 주위엔 온통 정신병자뿐이야. 그나저나 필리시티는 어디 갔
어?"

물가에는 아무도 없다. 필리시티는 마치 연기처럼 사라진 것 같
다. 하지만 그때 데이지로 만든 왕관을 머리에 쓰고 숲속으로 향하
는 필리시티가 보인다. 그녀는 우리가 무사한지 확인하려고 돌아
보지도 않고, 태연하고 느긋하게 걸어갈 뿐이다.

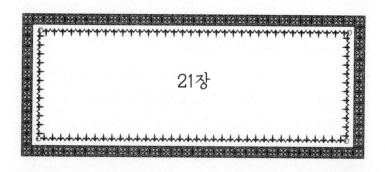

21장

그로브너 스퀘어*에 자리 잡은 우아한 타운하우스의 입구에는 손으로 쓴 광고판이 놓여 있다.

상트페테르부르크의 위대한 예언자
마담 로마노프와 함께하는
신지학과 심령술의 밤
그녀는 안다, 모든 것을
그녀는 본다, 모든 것을
단 하루뿐인 특별한 체험

런던의 거리는 미끄러운 조약돌과 오렌지색 가로등, 잘 정돈된

---

* 런던에 있는 커다란 광장.

울타리와 검은 우산 무리를 그려놓은 인상파 그림 같다. 웅덩이에서 튄 물이 내 드레스 자락을 흠뻑 적셔서 옷이 무겁다. 우리는 비를 피하려고 문이 열려 있는 입구로 몰려간다. 우리의 예쁜 구두들이 미끄러운 조약돌을 조심스레 밟으며 또각또각 소리를 낸다.

관객들 모두 품위 있는 옷차림을 하고 있다. 남자들은 턱시도와 톱해트 차림이고, 여자들은 오페라 장갑을 끼고 각종 장신구를 걸쳤다. 우리도 평소에 입는 교복 대신 실크 드레스와 페티코트를 입고 있으니 기분이 묘하고 아주 좋다. 세실리는 자랑하려고 벼르던 새 모자를 쓰고 왔다. 그녀에게는 너무 나이 들어 보이고 천박하게 도드라지지만, 한창 유행하는 모자라서 쓰기로 결심한 것이다. 르파르주 선생님은 나들이옷 차림을 하고 있다. 높은 옷깃에 프릴이 달린 초록색 드레스, 초록색 실크 보닛, 석류석 귀고리 한 쌍. 우리는 선생님의 옷차림을 칭찬한다.

"한마디로 완벽해 보여요."

피파가 말한다. 그사이 우리는 으리으리한 대리석 로비로 들어와 상냥한 집사들을 지나친다.

"고맙다, 피파. 언제나 중요한 것은 남들 앞에서 최상의 모습을 보이는 거란다."

자기가 칭찬받을 거라고 믿었던 세실리는 샐쭉 토라진다.

집사의 안내를 받으며 무거운 커튼을 젖히고 들어간 곳은 이백 명은 너끈히 수용할 수 있는 강당이다. 피파가 고개를 쑥 내밀고 관객을 둘러본다.

"여기 매력적인 남자 없을까? 마흔 살 미만이면 좋겠는데."

필리시티가 투덜댄다.

"솔직히 여기서 남편감을 찾느니 저승에서 찾는 편이 낫겠다. 걱정 마. 조금 있으면 망자들과 대화하게 될 테니까."

피파가 쌜쭉거린다.

"르파르주 선생님은 오늘 행사를 진지하게 생각해. 이제 보니 너 선생님을 비웃는구나!"

필리시티가 눈을 희번덕거린다.

"르파르주 선생님은 우리를 스펜스에서 멀리 이곳, 런던에서 가장 인기 있는 장소에 데려다줬어. 나를 위해서라면 헨리 8세라도 찾아줄 분이지. 자, 우리 임무를 잊은 건 아니겠지?"

마드무아젤 르파르주의 육중한 몸이 빨간색 쿠션 의자에 스르륵 내려앉자, 우리는 그녀 뒤에 줄지어 앉는다. 웅성이던 사람들이 하나둘 자리를 잡기 시작한다. 저 아래 앞쪽에 탁자 하나와 의자 두 개가 놓인 무대가 펼쳐져 있고, 탁자 위에는 수정구슬이 놓여 있다.

"마담 로마노프가 저 수정구슬로 망자의 영혼과 접촉한다는구나."

르파르주 선생님이 프로그램을 읽으면서 우리에게 속삭인다. 우리 뒤에서 한 신사가 이야기를 엿듣고는 르파르주 선생님에게 고개 숙여 인사한다.

"숙녀분께 한 말씀 안 드릴 수가 없군요. 이건 전부 사기입니다. 마술사의 속임수죠."

마사가 대뜸 끼어든다.

"어머, 아니에요. 잘못 아시는 거예요. 마드무아젤 르파르주는 마담 로마노프가 접신 상태에서 말하는 걸 보셨대요."

피파가 눈을 휘둥그레 뜨고 묻는다.

"정말인가요, 선생님?"

르파르주 선생님이 대답한다.

"도체스터 부인 올케의 친구와 아주 가까운 사촌이 내게 마담 로마노프의 신묘한 능력에 대해 알려줬단다. 정말로 놀라운 영매라더구나."

신사가 빙그레 웃는다. 르파르주 선생님처럼 그의 미소도 다정하고 온화하다. 나는 이 멋진 남자가 마음에 든다. 선생님에게 약혼자가 있다는 것이 안타깝다. 이 남자는 아주 다정한 남편이 되어줄 것 같은데.

그가 정중하게 말한다.

"친애하는 마드무아젤, 죄송하지만 당신은 속으셨습니다. 심령술은 과학이 아니라 도둑질이거든요. 이 모든 행위가 노련한 사기꾼들의 장난이죠. 사랑하는 이를 잃은 사람들에게 헛된 희망의 불씨를 주고 돈을 훔치는 겁니다. 사람들은 자기가 보고 싶어하는 걸 보게 마련이죠. 절박한 심정에서요."

내 가슴속에서 심장이 옥죈다. 내가 엄마와 환상을 보는 것도 나의 욕망이나 의지 때문인 걸까? 슬픔의 힘이 그렇게도 강하단 말인가? 하지만 그 천 조각은 뭐였을까? 지금 내가 기대할 수 있는 것은 오늘 밤이 끝날 때 뭐든 확실한 해답을 얻는 것뿐이다.

르파르주 선생님이 입을 꼭 다문다.

"잘못 아시는 거예요."

"제가 언짢게 해드렸군요. 사과드립니다. 저는 런던 경시청 소속 켄트 경사입니다."

그는 글자가 돋을새김되어 있는 명함을 내민다. 르파르주 선생님은 사양한다. 그는 침착하게 명함을 가슴 주머니에 도로 넣는다.

"물론 사랑하던 이의 영혼을 만나러 오셨겠죠? 오빠인가요? 아니면 이제는 고인이 된 친한 사촌?"

그가 자꾸 말을 건다. 하지만 르파르주 선생님은 눈치 채지 못한다. 그의 진짜 관심사는 그녀가 이 오컬트에 열중하는 까닭이 아니라, 바로 그녀라는 사실을.

"저는 제 학생들의 보호자로서 이 신비한 과학을 지켜보기 위해 여기 왔을 뿐이에요. 자, 이제 좀 비켜주세요. 곧 강령회가 시작될 것 같네요."

남자들이 불빛을 부옇게 만들기 위해 방의 가장자리에 켜진 가스등을 재빠르게 조절한다. 그들은 칼라가 높은 검은색 셔츠에, 허리에는 진홍색 띠를 두르고 있다. 물결치는 기다란 암녹색 드레스 차림의 늠름한 여자가 무대 위에 나타난다. 눈언저리가 새까맣게 칠해져 있고, 공작 깃털 하나를 꽂은 터번을 쓰고 있다. 마담 로마노프다.

그녀는 눈을 감고 관객 위로 한 손을 쳐든다. 마치 우리를 느끼는 것 같다. 그 손이 커다란 방의 왼쪽 공간으로 향한 다음, 그녀는 눈을 뜨고 둘째 줄에 앉아 있는 우람한 사내를 뚫어져라 바라본다.

마담 로마노프는 강한 러시아 억양으로 말한다.

"당신. 혼령들이 당신과 이야기하고 싶어합니다. 자, 와서 내 앞에 앉으세요."

남자가 순순히 무대로 올라가 의자에 앉는다. 마담 로마노프가 수정구슬을 응시하더니 몸이 축 늘어진다. 그 상태로 남자에게 중

292

얼거린다.

"저승에서 당신에게 보내는 메시지가 있습니다……"

무대 위의 남자는 흥분한 표정으로 땀을 흘리며 몸을 앞으로 수 그린다.

"네! 듣고 있습니다. 제 여동생의 메시지인가요? 오, 제발. 너 니, 도라?"

마담 로마노프가 젊은 아가씨처럼 높고 다정한 목소리로 말한다.

"조니 오빠예요?"

환희와 고통의 울부짖음이 남자의 입에서 터져나온다.

"그래, 그래. 나란다, 도라. 오, 내 동생!"

"오빠, 울지 말아요. 난 여기서 아주 행복해요. 수많은 장난감이 나랑 놀아주거든요."

우리는 놀라서 입을 딱 벌린 채 지켜본다. 무대 위에서는 남자와 그의 여동생이 감동적인 재회를 만끽하면서, 변치 않는 사랑의 맹세와 눈물을 주고받는다. 나는 좀처럼 가만히 앉아 있지 못한다. 오누이의 재회가 어서 끝난 뒤, 영매와 마주하고 싶어 조바심이 난다.

우리 뒤에서 경사가 고개를 내밀고 말한다.

"눈부신 연기로군요. 저 남자도 공모자가 틀림없습니다."

앤이 묻는다.

"어떻게 그럴 수가 있죠?"

"정말로 영매를 만나러 온 사람처럼 보이도록 관객 사이에 두는 겁니다. 군중의 일부로서 말이죠. 하지만 실은 영매와 한통속입니다."

"뒤로 좀 물러나주실래요?"

르파르주 선생님이 프로그램으로 자기 얼굴에 부채질을 한다.

켄트 경사가 고개 숙여 인사하고 다시 자리에 앉는다. 나는 손이 크고 수염이 짙은 그가 점점 마음에 든다. 르파르주 선생님이 그에게 좀더 기회를 주면 좋으련만. 그러나 그녀는 수수께끼의 약혼자인 레지널드에게 충실하고, 또 당연히 그래야 한다. 비록 우리는 약혼녀를 만나러 온 그의 모습을 한 번도 보지 못했지만.

물 한 잔을 마신 마담 로마노프는 여러 명을 더 무대로 불러 아주 두루뭉술한 질문을 한다. 하지만 슬픔에 젖은 사람들은 하나같이 자기 사연을 서둘러 털어놓는다. 마치 그녀가 던진 미끼에 다들 스스로 알아서 답을 제공하는 것 같다. 하지만 강령회를 처음 보는 나로서는 야바위라고 장담할 수 없다.

필리시티가 고개를 내밀고 내 귀에 속삭인다.

"준비됐니?"

배 속이 뒤집히는 기분이다.

"뭐, 대충."

르파르주 선생님이 손가락을 입에 대고 우리에게 조용히 하라고 한다. 엘리자베스와 세실리가 의심의 눈으로 나를 본다. 무대 위에서는 마담 로마노프가 마지막으로 한 명만 더 부르겠다고 말한다. 그러자 필리시티가 총알같이 벌떡 일어나서 내 팔을 위로 잡아당긴다.

"오, 제발 부탁드려요, 마담. 제 친구는 너무 소심해서 당신께 도움을 청하지 못한답니다. 이 불쌍한 아가씨가 돌아가신 어머니와 만날 수 있도록 도와주시겠어요? 그분은 새러 리즈 툼 부인이

랍니다."

당장 눈물을 쏟아낼 듯한 말투지만, 사실 그녀는 웃음의 파도와 싸우고 있다.

주위에서 흠칫 놀라고 웅성거리는 소리가 들린다. 나는 숨이 멎을 만큼 놀라서 눈살을 찌푸리고 나직이 속삭인다.

"그럴 필요까진 없었어."

"제대로 해야 믿어줄 거 아냐. 그래야 네가 저기서 뭔가 알아올 테고."

"얘들아, 당장 앉아!"

르파르주 선생님이 나를 자리에 앉히려고 내 치마를 세게 잡아당긴다. 하지만 그럴 필요가 없다. 필리시티의 애원이 마담 로마노프의 심금을 울린 것이다. 그녀의 조수 두 명이 내 양옆에 서서 통로를 따라 아래로 인도한다. 필리시티한테 고마워해야 할까, 아니면 그녀를 죽여야 할까. 어쩌면 정말로 엄마를 만나게 될지도 모른다. 잠시 후면 엄마와 다시 이야기할 수도 있다고 생각하니 손바닥이 땀에 젖는다. 비록 영매와 새러 리즈 툼의 영혼을 거쳐야만 한다 해도 말이다.

내가 작은 무대로 올라가는 동안, 사람들이 프로그램을 뒤적이는 소리가 들린다. 윙윙거리는 벌레 소리처럼 속삭이는 소리와 사람들의 한숨 소리가 뒤섞여 들린다. 그들은 초록색 눈이 희망으로 불타오르는 빨강머리 아가씨에게 망자와 대화할 기회를 빼앗겨 실망한 것이다.

마담 로마노프가 내게 앉으라고 손짓한다. 탁자 위에는 뚜껑이 열린 회중시계가 놓여 있고, 시곗바늘은 아홉시 사십팔분을 가리키고 있다. 그녀가 탁자 너머로 두 손을 내밀어 내 손을 감싸쥔다.

"아이야, 보아하니 큰 아픔을 겪었구나. 우리 모두 이 젊은 숙녀가 사랑하는 어머니를 만나도록 도와야 합니다. 모두 눈을 감고 마음을 모아 이 아가씨를 도웁시다. 자, 돌아가신 분의 성함이 뭐지?"

버지니아 도일, 버지니아 도일. 목구멍이 바싹 마르고 조여온다.

"새러 리즈 툼이에요."

마담 로마노프가 수정구슬 위로 손을 훑고는 나직이 웅얼거린다.

"사랑하는 어머니인 새러 리즈 툼의 영혼을 부릅니다. 그대와 만나기를 소원하는 자가 있나니, 이곳에 나타나주기를 바랍니다."

잠깐 동안 나는 새러의 목소리를 듣기를 은근히 기대한다. 그녀가 나더러 꺼지라고, 자길 내버려두라고, 자길 알은체하지 말라고 소리치기를. 하지만 내가 정말로 바라는 건 엄마의 목소리다. 나의 이 이중성을 웃어넘기고, 내 잘못을 모두 용서해주고, 지금 이 장난도 용서해줄 엄마.

탁자 너머에서 마담 로마노프의 굵직한 저음이 점점 찬송가처럼 상냥해진다.

"내 딸 맞니? 오, 널 얼마나 그리워했는지 모른단다."

그제야 나는 내가 숨을 죽인 채 정말로 엄마가 나타나길, 기적이 일어나길 고대했다는 것을 깨닫는다. 가슴속에서 심장이 사납게 뛴다. 엄마를 부르지 않을 수가 없다.

"엄마? 엄마예요?"

"그래, 아가. 나란다. 네가 사랑하는 엄마."

관객 쪽에서 훌쩍이는 소리가 들린다. 엄마는 그렇게 애 어르듯이 말할 사람이 아니다. 나는 어떤 반응이 나올지 보려고 거짓말을 한다.

"엄마, 서리*에 있는 우리 집이 미치도록 그립죠? 뒤뜰 장미 덩굴 옆에 놓인 작은 큐피드 조각상 기억나세요?"

나는 그녀가 '제머, 너 그새 바보가 됐니?'라고 말해주길 빈다. 그런 말이라면 뭐든 좋다. 하지만 그녀는 내 기대를 저버린다.

"오, 그것들도 이제 보인단다, 아가야. 서리의 신록. 우리의 아름다운 정원에 핀 장미들. 하지만 나를 너무 그리워하지는 마라. 언젠가 다시 만나게 될 테니까."

관객들은 훌쩍이고 탄식을 내뱉으면서 감정적으로 동조하지만, 나는 그 거짓말 때문에 속이 울렁거린다. 마담 로마노프는 배우일 뿐이다. 그녀는 뒤뜰에 큐피드 조각상이 있는 시골 별장에 사는 새러 리즈 툼이라는 여자 행세를 하면서 내 엄마인 척하지만, 나의 진짜 엄마 버지니아 도일은 서리에 발을 들인 적도 없다. 왠지 마담 로마노프에게 진짜 저승의 맛을 보여주고 싶어진다. 영혼들이 이승의 사람들을 만나는 걸 좋아하지 않는 곳. 나도 모르게 마담 로마노프의 손을 있는 힘껏 꽉 쥔다. 갑자기 세상이 열리는 것처럼 섬광이 번쩍이고, 나는 분노에 이끌려 다시 빠르게 터널 속으로 추락한다.

하지만 이번에는 혼자가 아니다.

피파에게 그랬던 것처럼 마담 로마노프를 데려온 것이다. 어떻게 했는지는 나도 모른다. 하지만 여기 그녀가 있다. 아주 또렷한 모습으로, 머리가 터져라 비명을 지르면서.

---

* 잉글랜드 남부의 주.

"오, 맙소사! 여기가 어디야? 넌 대체 무슨 악마야?"

런던 토박이가 듣기에는 러시아 사람 같은 말투다.

나는 대답할 수가 없다. 놀라서 말문이 막힌다. 우리는 어두컴컴하고 안개 낀 숲속에 있다. 꿈에서 보았던 숲이다. 메리 다우드가 일기에 쓴 안개 숲이 틀림없다. 내가 한 짓이다. 나는 그 세계에 들어왔다. 내 옆에서 비명을 질러대는 졸렬한 사기꾼과 마찬가지로 이곳은 진짜 현실 같다.

그녀가 내 소맷부리를 꽉 잡는다.

"저게 뭐야, 응?"

나무들 사이에서 무언가가 움직인다. 안개가 구물거린다. 그들이 차례차례 밖으로 나온다. 다 합쳐서 스무 명 남짓. 죽은 자들이다. 움푹 파인 눈. 창백한 입술. 번들거릴 정도로 팽팽하게 당겨져 뼈를 뒤덮은 살갗. 넝마를 걸친 한 여자가 아기를 가슴에 안고 있다. 몸에서 뚝뚝 물이 떨어지고, 미끄러운 초록색 식물 줄기가 머리카락에 뒤엉켜 늘어져 있다. 두 남자가 양팔을 내민 채 비틀비틀 앞으로 걸어나온다. 손이 잘려나간 자리에는 둥그런 뼈마디만 남아 있다. 그들이 계속 다가오면서 똑같은 말을 섬뜩하게 웅얼거린다.

"우리에게 왔구나. 우리에게 왔구나."

마담 로마노프가 비명을 지르면서 말 그대로 내 옆구리에 매달린다.

"대체 여기가 어디야? 너그러우신 주여, 저를 여기서 내보내주소서. 제발! 두 번 다시 어느 누구도 속이지 않겠습니다. 어머니의 무덤에 맹세코 절대로 그러지 않겠습니다."

나는 한 손을 내밀고 말한다.

"멈춰요."

놀랍게도 그것이 먹혀든다. 나는 묻는다.

"당신들 중에서 누가 새러 리즈 툼이죠?"

망령들은 아무도 앞으로 나서지 않는다.

"그 이름을 가진 사람 없어요?"

묵묵부답.

"저들한테 꺼지라고 말해."

마담 로마노프가 재촉한다. 땅바닥에서 기다란 나뭇가지를 집어든 그녀는 망자들을 쫓으려고 나뭇가지를 앞으로 거칠게 휘두르면서 공포에 사로잡힌 채 으르렁거린다. 그때, 나무들 사이로 엄마가 보인다. 엄마의 파란색 실크 드레스. 엄마의 따뜻한 웃음소리가 들린다.

날 잡을 수 있으면 잡아보렴.

나는 마담 로마노프의 양어깨를 붙잡고 묻는다.

"당신 이름이 뭐죠? 본명 말이에요."

두려움에 젖은 그녀는 목쉰 소리로 대답한다.

"샐리. 샐리 카니."

"샐리, 내 말 잘 들어요. 잠깐 당신 혼자 있어야겠어요. 걱정 말아요. 난 곧 돌아올 테니까. 당신은 괜찮을 거예요."

"안 돼! 날 여기 저놈들 옆에 두고 가지 마, 이 나쁜 년아. 만약 그랬다가는 네가 돌아왔을 때 네 그 기분 나쁜 초록색 눈을 파버릴 거야! 내가 못 할 것 같아? 두고 봐!"

그녀는 비명을 질러대지만 나는 이미 숲속을 달리고 있다. 파란

색의 희망은 바로 내 앞에 있지만, 잡힐 듯하면서도 결코 잡히지 않는다. 이윽고 나는 무너진 사원 안에 있다. 촛불로 둘러싸인 제단 위에 부처가 가부좌를 틀고 있다. 새들이 지저귀는 소리 외에는 아주 고요하다. 두렵지도 않다. 오렌지색과 파란색이 섞인 촛불에 손끝을 대고 흔들어도 전혀 뜨겁거나 고통스럽지 않다. 열린 문을 통해 아련한 백합 향기가 흘러들어온다. 어릴 적에 엄마랑 같이 인도에서 즐겨 보았던 그 꽃을 보고 싶다는 생각을 하자, 갑자기 사방에 백합이 나타난다. 활짝 핀 하얀 백합이 사원 안에 가득하다. 내가 생각만으로 불러온 풍경이다. 너무 아름다워서 영원히 이곳에 살 수 있을 것만 같다.

나는 희망에 부풀어 나직한 목소리로 말한다.

"엄마?"

사원 안이 점점 환해진다. 엄마의 모습을 볼 순 없지만 목소리는 들을 수 있다.

"제머……"

"엄마, 어디 있어요?"

"여기서는 내 모습을 보일 수 없단다. 오래 머물 수도 없어. 이 숲은 안전하지 않거든. 사방에 스파이가 있단다."

나는 엄마의 말을 이해하지 못한다. 내가 여기 있다는 것조차 여전히 이해가 가지 않는다. 엄마가 여기 있다는 사실도.

"엄마, 나한테 무슨 일이 벌어지고 있는 거죠?"

"제머, 넌 엄청난 힘을 갖고 있단다. 가엾은 내 딸."

엄마의 목소리가 사원 안에 메아리친다. 내 딸, 내 딸, 내 딸……

목이 멘다.

"난 그 힘을 이해하지 못해요. 내 맘대로 쓰지도 못한다고요."

"이해하게 될 거야. 시간이 지나면. 하지만 넌 그 힘을 사용하면서 지켜나가야 해. 안 그러면 그 힘은 시들어 사라질 테고, 영영 되찾지 못하게 돼. 넌 위대한 운명을 타고났단다, 제머. 네 선택에 달려 있어."

아코디언 풍각쟁이의 원숭이가 나타난다. 원숭이는 부처의 둥그스름한 어깨 위에 앉아 이리저리 고개를 돌리며 나를 지켜본다.

"내가 그 힘을 사용하지 않길 바라는 사람들이 있어요. 그들이 내게 경고했어요."

엄마는 다 안다는 듯 차분히 말한다.

"라크샤나 말이구나. 그들은 널 두려워해. 네가 실패할 경우 벌어질 일을 두려워하지. 하지만 더 두려워하는 건 네가 성공할 경우 너한테 생길 힘이란다."

"뭘 성공한다는 거죠?"

"그 세계의 마법을 부활시키는 것. 너는 오더의 연결고리야. 그들의 마법이 네 안에 살아 있지. 너는 그들이 그토록 오랫동안 기다려온 신호란다. 하지만 위험도 도사리고 있어. 그녀 역시 너의 힘을 원하고, 너를 찾아낼 때까지 수색을 멈추지 않을 거야."

"그녀가 누군데요?"

"키르케."

키르케. 키르케. 키르케.

"그게 누구죠? 어디서 만날 수 있나요?"

"아주 오래 기다려야 한다, 제머. 그녀는 너무 강해서 아직 넌 그녀를 상대할 수 없어."

"하지만……"

눈물 때문에 말꼬리가 흐려진다.

"그녀가 엄마를 죽였어요."

"복수심에 눈이 멀어서는 안 된다, 제머. 키르케는 자신의 길을 선택했어. 너는 네 길을 선택해야 해."

"엄만 어떻게 이 모든 걸 알죠?"

백합의 가장자리가 갈색으로 변하고 오그라들면서 꽃잎들이 하나둘 돌바닥으로 떨어진다.

"시간이 다 됐구나. 여기 있는 건 더이상 안전하지 못해. 어서 돌아가."

"아뇨, 아직은 안 돼요!"

"네가 떠나온 장소를 마음속으로 그려야 해. 그러면 빛의 문이 열릴 거야. 그 문을 넘어가렴."

"언제 또 엄마랑 이야기할 수 있죠?"

"정원에서 날 찾을 수 있을 거야. 거긴 안전해."

"하지만 어떻게……"

"네가 거길 택하면 문이 너를 거기로 데려갈 거야. 난 이제 가야 겠다."

"잠깐만요, 가지 말아요!"

하지만 엄마의 목소리는 얼음장 같은 속삭임으로 흐려지면서 에테르* 속으로 녹아버린다.

어서 가. 어서 가. 어서 가.

---

* 전파나 빛을 전달하는 매체로서 우주에 존재한다고 여겨졌던 물질.

갑자기 눈앞이 빛으로 환해져 눈이 부시다. 나는 결국 한 팔로 눈을 가리고 만다. 다시 눈을 뜨자 사원은 황량한 폐허로 변해 있고, 흙바닥에는 시든 꽃잎이 널려 있다. 엄마는 사라졌다.

⋀⋀⋀⋀⋀

나는 안개가 짙게 깔린 숲을 가로질러 샐리 카니를 두고 온 곳으로 돌아간다. 앞이 잘 보이지 않는 건 안개 때문이 아니다. 눈물 때문이다. 지금도 나는 백합 향기 가득한 사원에서 엄마와 함께 있고 싶다. 검은 형체 하나가 길 앞쪽에 어른거린다. 순간 나는 모든 것을 잊은 채 혈관 속을 흐르는 공포에 사로잡힌다. 내가 쫓기고 있다는 엄마의 경고.

키가 훤칠하고 어깨가 넓은 남자가 나타난다. 영국 근위사단의 군복을 입고 있다. 장교는 아니고 보병이다. 그가 두 손으로 모자를 들고 수줍게 내 쪽으로 다가온다. 얼굴에 서려 있는 착한 소년 같은 느낌이 어쩐지 낯익다. 시체처럼 창백한 안색만 아니면 길 건너 이웃이나 가족사진 속의 형제 같다.

"실례합니다만, 오늘 밤에 폴리와 함께 오신 분이죠?"

"폴리요?"

나는 어리둥절한 표정으로 되묻는다. 상대가 유령이니 깍듯이 예의를 갖춰 말할 필요는 없을 듯싶다. 틀림없이 전에 본 적이 있는 남자다.

"당신이 그녀와 함께 있는 걸 봤습니다. 미스 폴리 르파르주 말입니다."

군복 입은 남자. 꿈꾸는 듯한 미소. 말끔한 책상 위에 놓인 흐릿한 틴타이프 사진. 르파르주 선생님이 사랑하는 약혼자 레지널드는 이미 죽어서 묻혀 있으며, 그녀가 차마 놓지 못하는 추억일 뿐이다.

나는 조용히 묻는다.

"마드무아젤 르파르주 말씀인가요? 저희 선생님?"

"맞습니다, 아가씨. 폴리는 교사가 되고 싶다는 말을 자주 했지요. 하지만 저는 그녀에게 약속했습니다. 군대에서 잠시 멋진 추억을 만들고 고향으로 돌아와 그녀를 제대로 보살펴주겠노라고. 교회에서 결혼식을 올린 다음 도버에 있는 작은 시골집에서 살 생각이었죠. 그녀는 바다를 좋아합니다. 폴리는 바다를 정말로 사랑해요."

"하지만 당신은 고향에 돌아가지 못했군요?"

질문이라기보다는 그가 약혼녀의 교실로 걸어들어가는 날이 오길 여전히 바라는 안타까움의 표현이다.

레지널드가 대답한다.

"독감 때문이었습니다."

그는 자기 모자를 내려다보면서 두 손으로 모자를 시골 축제에 등장하는 행운의 수레바퀴처럼 빙빙 돌린다.

"폴리에게 저 대신 말 좀 전해주겠습니까, 아가씨? 레지는 언제나 그녀를 사랑할 것이며, 떠나기 전 크리스마스에 그녀가 짜준 목도리를 아직도 간직하고 있다고 말이에요. 아주 잘 어울린다고요."

그가 나를 보고 빙그레 웃는다. 비록 입술은 푸르죽죽하지만 그래도 아름답고 참된 미소다.

"내 부탁 들어주겠어요, 아가씨?"

나는 나직이 대답한다.

"네, 그럴게요."

"고맙습니다. 당신 덕분에 이곳을 벗어날 수 있게 됐어요. 자, 이제 당신도 돌아가야 합니다. 여기 계속 있다가는 놈들에게 쫓길 테니까요."

그는 모자를 머리에 쓰고 다시 안개 속으로 걸어들어가더니, 이윽고 완전히 자취를 감춘다.

☙☙☙☙

본명이 샐리 카니인 마담 로마노프에게 돌아와보니, 그녀는 떨리는 목소리로 오래된 찬송가를 부르고 있다. 망자들이 사라졌는데도 그녀는 여전히 나뭇가지를 호신용 무기처럼 움켜쥐고 있다. 나를 본 그녀는 내 품으로 뛰어들다시피 한다.

"제발 날 돌려보내줘!"

"사랑하는 이를 잃고 슬퍼하는 사람들을 뻔뻔하게 등쳐먹은 당신을 내가 왜 돌려보내야 하죠?"

"절대로 남을 괴롭힐 생각은 없었어, 아가씨. 맹세해! 먹고살려다보니 그랬을 뿐이야. 내 탓이 아니라고."

그녀를 탓할 마음은 없다. 만약 이 일을 안 했다면 샐리 카니는 거리를 떠돌면서 훨씬 더 추악하고 영혼을 파괴하는 짓을 하며 살

앗을 것이다.

"좋아요. 돌려보내줄게요. 대신 두 가지 조건이 있어요."

"뭐든 말만 해."

"첫째, 어떤 경우에도 절대로, 심지어 술에 취했을 때도, 오늘 밤 여기서 벌어진 일은 그 누구에게도 말하면 안 돼요. 만약 발설하면……"

나는 뭐라고 위협해야 좋을지 몰라 말꼬리를 흐린다. 하지만 그럴 필요도 없다. 샐리가 한 손으로 가슴에 십자가를 긋는다.

"주님이 나의 증인이야. 한마디도 안 할게!"

"그 약속 꼭 지키세요. 두번째 조건은……"

나는 르파르주 선생님의 다정한 얼굴을 떠올리며 말을 잇는다.

"오늘 밤 관객 사이에 있는 누군가에게 영계의 메시지를 전하는 거예요. 폴리라는 이름의 여자예요. 레지가 폴리를 아주 많이 사랑하고 있으며, 크리스마스에 그녀가 짜준 목도리를 여전히 간직하고 있다고 말하세요."

거기에 내 생각을 덧붙인다.

"그리고 그녀가 새로운 삶을 살면서 행복해지길 바란다고 전하세요. 알아들었어요?"

샐리가 다시 가슴에 손을 댄다.

"한마디도 빠짐없이."

그녀는 한 팔을 내 어깨에 두르고 말한다.

"하지만 아가씨…… 나와 내 조수들이랑 함께 일해보지 않을래? 아가씨의 재주와 내 명성이면 큰돈을 벌 수 있어. 한번 생각해봐. 내가 하고 싶은 말은 그뿐이야."

"좋아요, 그럼 여기 계속 있어요."

"내가 한 말 다 잊어!"

샐리가 기겁한다. 나는 그녀가 잔뜩 겁먹어서 더는 나불대지 않으리라 확신한다. 이제 돌아가야 한다. 엄마는 내가 떠나온 곳을 마음속으로 떠올리라고 했다. 하지만 지금껏 한 번도 시도해본 적이 없어서 해낼 자신이 없다. 어쩌면 샐리와 나는 이곳 안개 숲에 영영 갇힐지도 모른다.

"물론 돌아가는 방법은 알고 있겠지?"

나는 짜증스럽게 대꾸한다.

"당연히 알죠."

주여, 부디 이 방법이 통하게 해주소서. 나는 샐리의 손을 잡고 머릿속으로 열심히 강당에 집중한다. 아무 일도 벌어지지 않는다. 한쪽 눈을 떠보니 우린 여전히 숲속에 있고, 내 옆의 샐리는 완전히 공황 상태다.

"오, 하느님 맙소사! 넌 못 해, 그렇지? 자애로우신 주여, 저를 구해주소서!"

"좀 조용히 해줄래요?"

그녀는 다시 옛 찬송가를 부른다. 내 윗입술을 따라 땀방울이 맺힌다. 나는 눈을 감고 오로지 강당만 생각한다. 숨소리가 점점 커지고 숨이 느려진다. 끌려가는 느낌이 든다. 숲의 가장자리가 접히며 안개 속으로 사라지고, 안개가 접혀 거대한 빛의 구멍으로 사라지자, 잠시 후 우리는 다시 강당 무대 위에 있다. 성공한 것이다! 똑딱거리는 회중시계 소리에 나는 안도감을 느낀다. 현재 시각은 아홉시 사십구분. 우리가 영계로 소풍을 다녀오는 동안 겨우

일 분이 지난 것이다. 하지만 샐리 카니의 얼굴은 그 잠깐 사이, 십 년은 늙은 것 같다. 물론 나도 변했다.

'마담 로마노프'로 돌아온 그녀가 떨리는 목소리로 말한다.

"지금 나는 영계의 또다른 곳으로부터 폴리라는 여인을 위한 메시지를 받고 있습니다. 레지가 진심으로 그녀를 사랑한다고 전해달라면서……"

그녀가 말꼬리를 흐린다. 내가 이를 앙다문 채 살짝 일러준다.

"목도리."

"크리스마스에 받은 목도리를 갖고 있다는군요. 이제 그녀가 그를 잊고 행복하게 살아야 한다고 말합니다. 그게 전부입니다."

마담 로마노프가 새된 신음소리를 내더니 의자에 기댄 채 축 늘어진다. 몇 초 뒤, 그녀는 '깨어난다.'

"오늘도 혼령들의 이야기를 들었으니, 이제 제 능력을 잠시 접어야겠습니다. 오늘 저녁에 와주신 모든 분께 감사드리며, 다음 달 코벤트가든에서 다시 강령회가 열릴 예정임을 알려드립니다."

관객석에서 박수갈채가 터져나오는 동안, 샐리 '마담 로마노프' 카니가 자리에서 벌떡 일어나 무대 옆 대기실로 물러난다. 어리둥절해진 조수들은 오늘 밤 그녀가 계획에 없는 행동을 한 까닭을 설명해주길 기다리고 있다.

세실리가 내 팔을 잡고 소곤거린다.

"난 네가 꿍꿍이속이 있다는 걸 눈치 챘어! 기분 어땠니? 섬뜩했어?"

엘리자베스가 끼어든다.

"마담 로마노프의 몸에 영혼이 들어가는 거 봤니? 그녀의 손이 얼음처럼 차가워졌어? 그런 일이 벌어진다는 말을 들은 적이 있어."

나는 갑자기 스펜스에서 가장 인기 있는 학생이 된다.

"아니. 영혼 따위는 못 봤어. 손은 따뜻하고 너무 축축하던걸. 그 여자 반지도 모조품이 틀림없어."

나는 르파르주 선생님에게서 최대한 멀리 떨어지려고 종종걸음을 친다.

엘리자베스가 입을 삐죽거린다.

"그럼 엄마한테 오늘 밤에 뭘 봤다고 편지 쓰지?"

"그런 사기에 돈 낭비하지 마시라고 해."

세실리가 퉁명스레 쏘아붙인다.

"제머 도일. 너 진짜 얄밉다."

"맞아."

내가 스펜스의 여왕으로 군림한 일 분은 그렇게 끝난다.

✦✦✦✦✦

필리시티가 나와 함께 사람들을 따라 강당을 빠져나가며 툴툴거린다.

"순 엉터리야. 그 여자는 새러가 네 엄마 이름이라고 믿었어. 그러더니 결국 진짜 새러 리즈 툼 대신 폴리를 향한 레지의 사랑 타령이나 지껄이고."

피파가 소곤소곤 말한다.

"르파르주 선생님이 대체 왜 저러지? 난 지금쯤 선생님이 펄펄 뛰면서 우리한테 벌점 50점씩 주겠다고 겁줄 줄 알았는데."

앤이 잔뜩 겁먹은 표정으로 대꾸한다.

"어쩌면 학교에 도착할 때까지 기다리는지도 몰라. 틀림없이 교장 선생님한테 우리가 한 짓을 일러바쳐서 다음 달 티파티 댄스에 참석하지 못하게 할 거야."

그 말에 필리시티마저 낯빛이 창백해진다. 보나마나 나는 웃음거리가 될 것이다. 르파르주 선생님은 우리 뒤로 몇 걸음 떨어져 천천히 걷고 있다. 화난 기색은 보이지 않는다. 그저 손수건으로 눈가를 두드리면서, 우리를 마차까지 데려다주겠다는 켄트 경사에게 싱긋 웃어주고 있을 뿐이다.

내가 말한다.

"아마 별일 없을 거야."

⌒⌒⌒⌒⌒

비를 피해 마차 안으로 들어가려는 사람들로 뒤엉켜 거리는 혼잡하다. 노부부 한 쌍이 내 앞으로 튀어나와 갑자기 멈춰 서는 바람에 나는 다른 학생들로부터 뒤처지고 만다. 너무 북적여서 길을 돌아갈 수도 없다. 점점 멀어져가는 필리시티의 금발만 언뜻언뜻 보일 뿐이다.

"도와드릴까요. 아가씨?"

귀에 익은 목소리가 들리더니 곧이어 익숙한 손 하나가 내 손을 움켜잡고 저택 옆의 좁은 골목으로 끌고 간다.

내가 카르틱에게 묻는다.

"여기서 뭐하는 거야?"

그가 대답한다.

"널 지켜보고 있지. 오늘 밤 네가 벌인 무모한 짓에 대해 말 좀 해주겠어?"

"그냥 웃자고 한 짓일 뿐이야. 여학생들의 사소한 장난이었어."

내 이름을 부르는 소리가 거리에 울려퍼진다.

나는 카르틱이 놓아주길 기대하며 말한다.

"사람들이 날 찾아."

그는 내 손목을 더 꽉 쥔다.

"오늘 밤 뭔가 일이 벌어졌어. 난 그걸 느낄 수 있어."

나는 쭈뼛쭈뼛 대꾸한다.

"그건 사고였는데……"

"사고 좋아하시네!"

카르틱이 땅바닥의 돌멩이 하나를 걷어차서 날려버린다.

나는 떠듬거리며 변명한다.

"당신이 생각하는 그런 게 아냐. 내가 설명해줄 테니……"

"설명 따위는 집어치워! 우리가 명령을 내리면 너는 따라야 해. 더이상 환상을 보지 마. 알아들었어?"

그의 입가에 비웃음이 서린다. 그는 내가 와들와들 떨면서 고개를 끄덕이길 기다린다. 하지만 오늘 밤 내 안에서 무언가가 변했다. 이제 예전의 나로 돌아갈 수 없다.

내가 카르틱의 손을 깨물자, 그가 악 소리를 지르면서 내 손목을 놓는다.

나는 성난 얼굴로 쏘아붙인다.

"다시는 그런 식으로 나한테 말하지 마. 난 이제 겁 많고 고분고분한 여학생이 아니야. 대체 당신이 뭔데 나한테 이래라저래라 하는 거야?"

카르틱이 나를 보며 으르렁거린다.

"나는 라크샤나야."

나는 피식 웃는다.

"물론 그러시겠지. 그 위대하고 불가사의한 라크샤나. 자신들이 이해하지 못하는 것에 겁을 먹고 꼬맹이 뒤에 숨어 있는 막강한 조직."

침을 뱉기라도 한 것처럼 내 말이 그를 공격한다.

"당신은 남자도 아냐. 그들의 똘마니에 불과해. 난 당신도, 당신의 형도, 당신의 우스꽝스러운 조직도 관심 없어. 이제부터 내 마음대로 할 거야. 당신은 날 막지 못해. 날 따라다니지 마. 감시하지도 마. 아예 나한테 연락할 생각도 하지 마. 만약 그랬다가는 후회하게 될 거야. 알아들었어?"

카르틱이 다친 손을 문지르며 일어선다. 그는 너무 놀라 말 한마디 못 한다. 이렇게 조용한 모습은 처음이다. 나는 그를 내버려둔 채 자리를 뜬다.

르파르주 선생님은 우리를 야단치지 않는다. 마차를 타고 학교로 돌아가는 내내 말없이 눈을 감고 앉아, 얼굴에 슬픈 미소를 짓고 있다. 하지만 손에는 경사의 명함이 쥐어 있다. 덜컹거리는 마차를 타고 밤길을 달리는 사이, 다들 설핏 잠이 든다. 나만 빼고.

나는 오늘 밤 본 것 때문에 흥분해 있다. 메리 다우드의 일기에 담긴 내용은 전부 사실이다. 그 세계는 정말로 존재하고, 엄마는 거기서 나를 기다리고 있다. 이제 나에게 카르틱의 경고는 무의미하다. 그 빛의 문 너머에서 무얼 발견하게 될지 궁금하다. 사실 조금 겁이 난다. 지금 내가 확실히 아는 것 하나는 더이상 내 안의 힘을 모른 체할 수 없다는 사실이다. 때가 된 것이다.

나는 필리시티의 어깨에 손을 얹고 살짝 흔들어 그녀를 깨운다.

필리시티가 눈을 비비며 말한다.

"뭐, 뭐야? 도착했어?"

내가 속삭인다.

"아니, 아직 가고 있어. 아무래도 오더의 모임을 소집해야겠어."

필리시티는 다시 눈을 감으면서 졸린 목소리로 대꾸한다.

"그래, 알았어. 내일 하자."

"안 돼. 중요한 일이야. 오늘 밤에 모여야 해. 반드시 오늘 밤."

22장

나는 내 힘을 사용하면 안 된다. 내 맘대로 환상 속으로 들어가면 안 된다. 그 세계는 이십 년 전 메리와 새러에게 벌어진 일 때문에 완전히 바뀌어 닫혀버렸다. 하지만 그 길을 가지 않으면 나는 엄마를 두 번 다시 만날 수 없다. 영영 아무것도 알 수가 없다. 내 가슴속 깊은 곳, 의지가 결심으로 꽃피는 그곳에서, 나는 내가 그 미지의 길을 걸어갈 준비가 되었다고 믿는다.

생각이 머릿속을 휘젓는 가운데, 나는 친구들과 함께 어두컴컴한 동굴 속에 앉는다. 공기가 끈끈하고 후덥지근하다. 밤비가 내렸건만 바람은 조금도 서늘하지 않다. 오히려 늦더위가 더 불쾌해지고 퀴퀴해졌을 뿐이다.

필리시티가 메리의 최근 일기를 읽는 동안 내 마음은 딴 데 가 있다. 오늘 밤 내 비밀이 드러난다고 생각하니, 기다림 때문에 온몸 구석구석이 긴장한다.

필리시티가 일기장을 덮는다.

"좋아, 말해봐. 대체 무슨 일이야?"

피파도 퉁명스럽게 말한다.

"그래. 어째서 내일까지 기다릴 수 없는 거지?"

"기다릴 수 없으니까."

신경이 날카로워진다. 모든 소리가 크게 들린다. 내가 계속 이야기한다.

"만약 오더가 진짜로 존재한다면 어떡할래? 그 세계가 정말로 있다면?"

나는 심호흡을 하고 덧붙인다.

"내가 그 세계로 들어가는 방법을 알고 있다면?"

피파가 눈을 부라린다.

"농담하려고 이 끔찍하고 축축한 밤에 날 불러냈니?"

앤이 콧방귀를 뀌고는 새로운 단짝과의 결속을 뽐내듯 피파에게 고개를 끄덕인다. 필리시티가 내 눈을 응시한다. 무언가 변했다는 것을 그녀는 눈치 챘다.

그녀가 나직이 말한다.

"제머는 농담하는 게 아냐."

마침내 내가 입을 연다.

"내겐 비밀이 하나 있어. 이제 그걸 너희한테 털어놓을게."

하나도 빼놓지 않고 이야기한다. 엄마의 죽음. 내가 본 환상들. 샐리 카니의 손을 잡고 안개 숲에 들어갔을 때 벌어진 일. 사원과 엄마의 목소리. 다만 카르틱에 관해서는 말하지 않는다. 그건 아직 털어놓을 준비가 되어 있지 않다.

내 이야기가 끝나자 다들 나를 미친 여자 보듯, 혹은 감탄하는 눈으로 바라본다. 어느 쪽인지는 확실치 않다. 하지만 이제 진실이 마법을 걸기 시작했다는 걸 나는 느낄 수 있다. 어떻게 붙잡아야 할지는 알 수 없지만, 그래도 어떻게든 필사적으로 매달릴 수밖에 없는 마법을.

필리시티가 말한다.

"넌 우릴 데려가야 해."

내가 대꾸한다.

"거기서 우리가 무엇과 맞닥뜨리게 될지는 나도 몰라. 이제는 아무것도 알 수가 없어."

필리시티가 한 손을 내민다.

"난 기꺼이 위험을 무릅쓰겠어."

그때 동굴벽 맨 밑에서 전에는 보지 못했던 그림이 눈에 띈다. 일부 지워지긴 했지만 나머지는 여전히 보인다. 여자와 백조. 처음에는 크고 하얀 새가 여자를 공격하는 것처럼 보였지만, 더 가까이서 보니 여자와 백조가 하나로 합쳐져 있는 것 같다. 신화에 나오는 신비로운 존재. 날아오르면 다리를 잃게 된다 해도, 여전히 날아오르려 하는 여인.

나는 필리시티가 내민 손을 잡는다. 그녀와 나의 손가락들이 힘껏 맞물린다.

내가 말한다.

"가자."

∿∿∿∿∿

우리는 양초를 켜서 원 한가운데 놓은 다음, 손을 맞잡고 촛불을 에워싼다.

"이제 뭘 하면 되니?"

필리시티가 묻는다. 촛불이 벽 위로 그녀의 그림자를 첨탑처럼 높고 가늘게 그린다.

"내가 환상을 다스린 건 딱 한 번뿐이야. 오늘 밤 마담 로마노프와 함께 현실로 돌아올 때."

나는 미리 경고한다. 친구들을 실망시키고 싶지 않기 때문이다. 만약 내가 실패해서 애들이 나를 거짓말쟁이 취급하면 어쩌지?

피파가 맨 먼저 두려워한다.

"왠지 좀 찜찜한걸. 아무래도 관두는 게 좋을 것 같아."

아무도 그녀에게 대꾸하지 않는다.

"네 생각은 어떠니, 앤?"

나는 앤이 피파에게 동조할 것에 대비한다. 하지만 앤은 한마디도 하지 않는다.

피파가 뾰로통해져서 말한다.

"그래, 좋아. 하지만 교묘한 사기로 드러나면 '그러게 내가 뭐래'라고 말할 거야. 그리고 널 두고두고 미워하겠어."

필리시티가 내게 말한다.

"쟤 신경 쓰지 마."

그녀에게 자꾸 신경이 쓰인다. 나도 같은 걱정을 하고 있으니까.

나는 내 마음에서 의심을 지우려고 애쓰며 말한다.

"엄마한테 듣기로는 그 문의 이미지를 마음속에 그리고 집중하면……"

앤이 꼬치꼬치 묻는다.

"어떤 종류의 문 말이야? 빨간 문? 나무 문? 커다란 문? 아니면 작은 문?"

피파가 한숨을 내쉰다.

"알려주는 게 좋을 거야. 안 그러면 얘는 집중하지 못해. 규칙을 알려주지 않으면 아무것도 시작하지 못하는 애니까."

내가 대답한다.

"빛의 문이야."

그러자 앤이 만족한다. 나는 숨을 깊게 들이마신다.

"모두 눈 감아."

내가 뭔가 말을 해야 시작되는 걸까? 그렇다면 어떤 말? 과거에 나는 그 터널 속으로 미끄러지고, 추락하고, 빨려들어갔다. 하지만 이번에는 다르다. 어떻게 시작해야 하지? 나는 환상의 문을 여는 말을 억지로 찾지 않고 눈을 감은 채 저절로 떠오르도록 내버려둔다.

"문을 보여줘."

동굴 구석구석에서 속삭임이 들려온다. 그 소리가 점점 커져 윙윙거린다. 갑자기 우리 발밑에서 세상이 꺼진다. 필리시티가 내 손을 더 꽉 잡는다. 피파가 기겁을 한다. 다들 겁에 질린다. 따끔거림이 내 팔을 따라 타고내려가면서 나와 친구들을 이어준다. 지금이라면 멈출 수 있다. 카르틱이 시킨 대로 관둘 수 있다. 하지만 윙윙하는 소리가 나를 끌어당기고, 나는 그 소리 너머에 있는 것이 무엇이건 반드시 알아내야 한다. 갑자기 윙윙거림이 그치고 떨림이 멜로디처럼 내 몸을 따라 퍼진다. 눈을 뜨자 빛의 문이 눈부신 윤곽을 드러낸다. 마치 내가 발견하기만을 줄곧 기다려온 듯 빛을 내뿜으며 나를 부른다.

앤의 얼굴에 놀라움이 가득하다.

"맙소사……"

피파가 경탄의 목소리로 말한다.

"너희한테도 보이니? 저 빛나는……"

필리시티가 열어보려 하자 손이 문을 통과해버린다. 문은 마치 환등기로 만들어낸 허상 같다. 아무도 열 수가 없다.

필리시티가 말한다.

"제머, 네가 해봐."

문이 내뿜는 강렬한 불빛 속에서 내 손은 다른 사람의 손처럼 보인다. 마치 천사가 잠깐 팔을 내민 것 같다. 내 손에 잡힌 문손잡이는 단단하고 따뜻하다. 문의 표면에 무언가가 서서히 나타난다. 그 형체의 윤곽이 점점 뚜렷해지자 낯익은 상징이 보인다. 초승달 눈. 내 목걸이와 문의 그림이 서로를 부르는 것처럼 빛나기 시작한다. 갑자기 문손잡이가 쉽게 돌아간다.

앤이 말한다.

"네가 해냈어."

나는 두려움을 억누르고 빙그레 웃는다.

"그래, 나 잘했지?"

문이 열리자 우리는 온갖 화려한 색깔에 젖은 세계로 걸어들어
간다. 풍경이 어찌나 강렬한지 눈이 따가울 지경이다. 그 세계에
눈이 익자 조금씩 차근차근 음미한다. 초록색과 황금색, 빨간색과
주황색 나뭇잎들이 우거져 있는 울창한 숲. 자줏빛 어린 파란 하늘
아래 펼쳐진 지평선은 영원히 사라지지 않는 노을이 진 듯 주홍빛
으로 물들어 있다. 내 어린 시절의 향기를 어렴풋이 풍기는 따스한
산들바람을 타고 앙증맞은 라벤더 꽃들이 날아온다. 백합 향기, 아
빠의 담배 냄새, 사리타의 부엌에서 나던 커리 냄새. 우리가 서 있
는 이슬 젖은 풀밭과 맞은편 강둑 사이로 두꺼운 띠 같은 강이 흐
른다.

피파가 나뭇잎에 손가락을 댄다. 그러자 나뭇잎이 저절로 마르면
서 녹아버리더니, 나비로 탈바꿈하여 하늘로 둥실둥실 날아간다.

"와, 정말 아름다워."

앤이 맞장구친다.

"너무나 굉장해."

비처럼 쏟아지는 꽃들이 우리의 머리에 닿자 도톰한 눈송이처
럼 녹아내린다. 우리의 머리카락에서 빛이 난다. 우리가 반짝인다.

필리시티는 행복에 겨워 빙글빙글 돈다.

"이건 진짜야! 진짜라고!"

하지만 곧 멈춰 선다.

"방금 그 냄새 맡았니?"

나는 어린 시절의 냄새들이 뒤섞인 그리운 향기를 들이마시며 대답한다.

"응."

"핫 크로스 번 냄새야. 우린 일요일마다 그 빵을 먹었어. 그리고 바닷바람 냄새. 여행을 마치고 돌아온 아빠의 군복에서 나던 냄새야. 아빠가 집에 자주 오던 시절에."

필리시티의 눈에 고인 눈물이 반짝인다.

피파가 어리둥절한 표정으로 대꾸한다.

"무슨 소리야? 이건 라일락 냄새잖아. 난 우리 집 정원에서 라일락 가지를 꺾어다 방에 갖다놓곤 했어."

장미 향수 냄새가 대기에 가득하다.

피파가 묻는다.

"이게 무슨 소리지?"

희미하게 노랫소리가 들린다. 엄마가 불러주던 자장가. 저 아래 골짜기에서 들려온다. 어렴풋이, 푸른 정원으로 이어진 은빛 아치와 길이 보인다.

피파가 내 뒤에서 소리친다.

"기다려. 어디 가는 거야?"

"금방 돌아올게."

점점 걸음이 빨라지던 나는 결국 엄마의 목소리를 향해 달리기 시작한다. 아치를 지나자 높다란 울타리로 둘러싸인 정원이 나타난다. 울타리와 어우러진 나무들이 하늘을 가려, 마치 우산에 뒤덮인 것 같다. 그 모든 것의 한가운데 엄마가 있다. 파란색 드레스를 입고 고요히 미소 지으면서. 나를 기다리면서.

내 목소리가 떨린다.

"엄마?"

엄마가 두 팔을 벌리고, 나는 또 허상만 좇다가 끝날까봐 겁이 난다. 하지만 이번에는 정말로 엄마의 두 팔이 나를 껴안는다. 엄마의 살갗에서 장미 향수 냄새가 난다.

눈물이 차올라서 눈앞이 온통 뿌예진다.

"아, 엄마. 정말 엄마군요."

"그래, 우리 딸."

"왜 그렇게 오랫동안 나한테서 달아났죠?"

"나는 줄곧 여기 있었단다. 달아난 사람은 너였지."

엄마의 말을 이해할 수는 없지만 상관없다. 하고 싶은 말이 너무나 많다. 묻고 싶은 것도.

"엄마, 정말 미안해요."

엄마가 내 머리를 쓰다듬으며 말한다.

"쉿. 다 지난 일이야. 자, 같이 좀 걷자꾸나."

엄마는 나를 어느 동굴로 이끌어가고, 우리는 유리처럼 얇고 높다란 수정들의 원을 지나친다. 깡충거리며 지나가던 사슴 한 마리가 멈춰 선다. 사슴은 엄마의 오므린 손바닥에 담긴 산딸기의 냄새를 맡는다. 그러고 나서 딸기를 우물거리다가, 자두 같은 갈색 눈으로 나를 본다. 하지만 시큰둥한 표정을 짓더니 느릿느릿 높고 무성한 풀숲을 가로질러 밑동이 넓고 뿌리가 드러난 나무 아래 엎드린다. 수많은 질문이 내 안에서 먼저 튀어나오려고 아우성치는 통에 뭣부터 먼저 물어야 할지 모를 지경이다.

"대체 이 세계는 뭐죠?"

나는 아늑해 보이는 풀밭에 가로누워 한쪽 손바닥으로 뺨을 받치고 묻는다.

"세계들 사이의 세계란다. 모든 것이 가능한 곳이지."

엄마가 자리에 앉는다. 그리고 입으로 바람을 불어 민들레 꽃씨를 날린다. 하얀 솜털 같은 꽃씨들이 산들바람을 타고 눈보라처럼 퍼진다.

"오더의 자매들은 이곳에서 명상하고, 마법을 연마하고, 자신을 단련하고, 불을 이겨냄으로써 새로워지지. 사실 누구나 가끔 여기 온단다. 꿈속에서, 상상 속에서."

엄마가 잠시 사이를 두고 말을 잇는다.

"죽음 속에서."

내 가슴이 내려앉는다.

"하지만 엄마는……"

죽지 않았잖아요. 차마 그 말이 나오지 않는다.

"엄마는 여기 있잖아요."

"지금은 그렇지."

"어떻게 엄만 이걸 다 알죠?"

엄마가 내게서 눈을 돌리고 사슴의 코를 한참 동안 쓰다듬는다.

"나도 처음엔 아무것도 몰랐단다. 네가 다섯 살이었을 때, 한 여자가 나를 찾아왔어. 오더의 자매였지. 그녀가 모든 것을 알려준 거야. 네가 특별한 존재라고 했단다. 이 세계의 마법을 부활시켜 오더를 다시 권좌에 올려놓을 운명의 소녀라고."

엄마는 잠시 머뭇거린다.

"왜 그래요?"

"그녀는 키르케가 그 힘을 독차지하기 위해 너를 끝까지 뒤쫓을 거라는 말도 했어. 엄마는 무서웠단다, 제머. 너를 보호하고 싶었어."

"그래서 나를 런던에 데려가지 않으려 했군요?"

"그래."

마법. 오더. 운명의 소녀인 나. 내 머리로는 당최 이해할 수가 없다.

나는 침을 꿀꺽 삼킨다.

"엄마, 그날 그 가게에서 무슨 일이 벌어진 거예요? 그…… 괴물은 뭐죠?"

"키르케의 스파이지. 추적자. 암살자."

엄마를 바라볼 수가 없다. 나는 풀잎 하나를 아코디언 모양으로 접으며 묻는다.

"하지만 어째서 엄마는……"

"자살했냐고?"

고개를 들어보니, 엄마가 나를 뚫어져라 바라보고 있다.

"그놈이 나를 데려가지 못하게 하려고 그랬단다. 그놈에게 산 채로 잡혀갔으면 나도 어둠의 존재가 되어 방황했을 거야."

"아마르는 어떻게 된 거죠?"

엄마가 입을 앙다문다.

"그는 엄마를 보호해주던 사람이었어. 나를 위해 목숨을 버렸지. 엄마는 그를 구해줄 수가 없었단다."

카르틱의 형이 어떻게 되었을지 생각하니 소름이 끼친다.

엄마가 내 얼굴에서 머리카락 몇 가닥을 치워주며 말한다.

"그건 나중에 걱정하자꾸나. 너한테 알려줄 수 있는 건 차차 말해줄게. 대신 너는 오더를 재건하기 위해 다른 자매들을 찾아야 할 거야."

나는 벌떡 일어나 앉는다.

"다른 자매들이 있다고요?"

"그럼, 물론이지. 이 세계가 닫혔을 때 다들 숨어버렸단다. 알던 것을 까맣게 잊어버린 사람도 있고, 오더에 등을 돌린 이도 있지. 하지만 여전히 믿음을 잃지 않은 자매들은 언젠가 이 세계가 다시 열려 마법을 되찾을 날을 기다리고 있어."

물결처럼 흔들리는 풀잎들이 내 손끝을 간질인다. 도무지 진짜 같지가 않다. 저녁놀에 물든 하늘, 비처럼 떨어지는 꽃잎, 따뜻한 바람, 그리고 손에 닿을 만큼 가까이 있는 엄마. 나는 눈을 감았다가 다시 뜬다. 엄마는 그대로다.

엄마가 내게 묻는다.

"왜 그러니?"

"진짜가 아닐까봐 두려워요. 이 모든 것이 진짜인가요?"

엄마는 지평선 쪽으로 얼굴을 돌린다. 노을 때문에 윤곽이 뿌옇게 보이는 엄마의 모습은 마치 자주 읽어 테두리가 해진 아끼는 책 같다.

"진짜냐 아니냐는 네 마음에 달린 거야. 은행가에게는 장부에 적힌 돈이 비록 보거나 만질 수는 없어도 진짜란다. 하지만 브라마[*]

---

[*] 힌두교 최고의 신.

에게 돈은 그가 진짜로 존재한다고 믿는 공기와 흙, 고통이나 슬픔과 똑같은 방식으로 존재하는 게 아니지. 그가 보기에 은행가의 현실은 헛것이야. 반면 은행가에게 브라마의 생각은 먼지처럼 하찮은 것이지."

나는 고개를 젓는다.

"무슨 말인지 모르겠어요."

"너에게는 여기가 진짜 같니?"

머리카락이 바람에 휘날려 입술을 간질이고, 치마 밑으로 풀잎에 맺힌 이슬이 느껴진다. 나는 대답한다.

"네."

"그럼 된 거야."

"누구나 가끔 이곳에 온다면 어째서 아무도 여기 이야기를 하지 않죠?"

엄마가 치마에 붙은 민들레 꽃씨 뭉치를 집어든다. 하늘로 떠오른 꽃씨들은 바스러진 보석들처럼 햇살을 받아 반짝인다.

"그런 사람들은 꿈을 파편으로만 기억하는데, 아무리 노력해도 그것들을 하나로 합치지 못하는 것 같아. 오더의 여인들만 그 문으로 걸어들어갈 수 있단다. 그리고 이제 너도."

"내 친구들도 데려왔어요."

엄마의 눈이 휘둥그레진다.

"너 혼자의 힘으로 데려왔단 말이니?"

"네."

나는 불안한 표정으로 대답한다. 내가 잘못을 저지른 걸까봐 겁이 난다. 하지만 엄마의 얼굴에 서서히 기쁨의 미소가 번진다.

"그렇다면 네 힘이 오더의 예상보다 훨씬 더 강한가보구나."

갑자기 엄마가 얼굴을 찡그린다.

"그애들을 믿니?"

"네."

왠지 엄마의 의심에 화가 난다. 마치 다시 어린애가 되어버린 기분이다.

"당연히 믿죠. 내 친구들이니까요."

"새러와 메리도 친구였어. 하지만 결국 서로를 배신했지."

저 멀리서 필리시티가 내지르는 기쁨의 외침이 들려오고, 이어서 앤의 고함 소리도 들린다. 내 이름을 부르고 있다.

"새러와 메리는 어떻게 됐죠? 다른 영혼들은 보이는데 어째서 그들과는 만날 수 없나요?"

풀쐐기 한 마리가 내 손등 위로 기어간다. 나는 화들짝 놀란다. 엄마가 살며시 풀쐐기를 치워주자, 벌레는 가슴이 루비처럼 빨간 울새로 변하여 가녀린 다리로 깡충깡충 뛰어다닌다.

"그들은 이제 존재하지 않아."

"무슨 뜻이죠? 그들에게 무슨 일이 생겼는데요?"

엄마는 빙그레 웃으며 화제를 바꾼다.

"지나간 일을 들먹이는 건 시간낭비야. 어디 우리 딸 좀 보자. 세상에, 벌써 숙녀가 다 됐구나!"

"요즘 왈츠를 배우고 있어요. 눈부시게 잘 추지는 못하지만 노력하고 있어요. 아마 첫 티파티 댄스 때는 꽤 잘 추게 될 거예요."

엄마한테 전부 다 말하고 싶다. 온갖 이야기가 한꺼번에 쏟아져 나온다. 열심히 들어주는 엄마를 보니, 이 하루가 영영 끝나지 않으면 좋겠다.

통통하고 맛나 보이는 검은딸기 한 송이가 땅에 떨어져 있다. 내가 그걸 입으로 가져가자 엄마가 내 손에서 검은딸기를 빼앗는다.

"이런 건 먹으면 안 돼, 제머. 살아 있는 사람을 위한 음식이 아냐."

어리둥절한 내 표정을 보고 엄마가 다시 말한다.

"이 검은딸기를 먹으면 이 세계의 일부가 돼. 그러면 돌아갈 수 없어."

엄마가 던진 검은딸기가 사슴 앞에 떨어지자 사슴은 그것을 게걸스럽게 먹어치운다. 엄마는 작은 소녀를 바라본다. 내 환상에 등장하는 소녀. 그 아이는 지금 나무 뒤에 숨어 있다.

내가 묻는다.

"쟤는 누구죠?"

엄마가 대답한다.

"나를 도와주는 아이란다."

"이름이 뭐예요?"

"몰라."

엄마는 고통과 싸우기라도 하듯 눈을 꽉 감는다.

"엄마, 왜 그래요?"

엄마가 다시 눈을 뜬다. 하지만 얼굴이 창백하다.

"아무것도 아냐. 너무 들떠서 조금 피곤하구나. 이제 네가 가야 할 시간이다."

나는 일어선다.

"하지만 아직 궁금한 게 너무 많아요."

엄마가 일어서서 두 팔로 나를 껴안는다.

"오늘은 너의 시간이 끝났어. 이곳의 힘은 아주 강하단다. 그러니 한 번에 조금씩 받아들여야 해. 오더의 자매들도 꼭 필요할 때만 이곳에 왔거든. 네가 있어야 할 곳은 저 세계라는 걸 잊지 마라."

목이 멘다.

"엄마랑 헤어지고 싶지 않아요."

엄마의 손가락들이 내 두 뺨을 아주 가볍게 쓰다듬는다. 자꾸만 눈물이 나온다. 엄마는 내 이마에 입을 맞추고 고개를 숙여 내 얼굴을 똑바로 바라본다.

"엄마는 절대 너랑 헤어지지 않아, 제머."

엄마가 돌아서서 아이의 손을 잡고 언덕을 걸어올라간다. 저녁놀 쪽으로 걸어가던 그들이 마침내 노을 속으로 사라지자, 남은 것은 사슴과 나, 그리고 바람을 타고 떠도는 장미 향기뿐이다.

✶✶✶✶✶

내가 친구들에게 돌아왔을 때, 그들은 행복한 미치광이들처럼 야단법석을 떨고 있다.

필리시티가 말한다.

"이거 봐!"

그녀가 나무 한 그루에 가볍게 입김을 불자, 나무껍질이 갈색에서 파란색으로, 빨간색으로, 다시 갈색으로 바뀐다.

앤이 두 손으로 강물을 퍼올리자 물이 금가루로 변한다.

"정말 신기하지?"

피파는 그물침대 속에서 기지개를 켠다.

"떠날 때가 되면 날 깨워줘. 아냐, 생각이 바뀌었어. 깨우지 마. 이건 너무나 신비로운 꿈이야."

그녀는 두 팔을 머리 위로 뻗고 한쪽 다리를 그물침대 밖으로 내놓아 대롱거리며, 고치 속의 벌레처럼 느긋하게 쉰다.

나는 변했다. 그리고 피곤하다. 내 방으로 돌아가서 백 년 동안 잠들고 싶다. 한편으로는 다시 골짜기로 달려내려가 이곳에서 영원히 엄마와 함께 있고 싶다.

필리시티가 한 팔로 나를 안는다.

"우리 내일 또 와야겠어. 잔소리꾼 세실리가 지금 우리를 본다면 어떨지 상상이 가니? 우리랑 어울리지 않은 걸 후회할 거야."

피파가 한 팔을 내려 검은딸기를 한 움큼 집는다.

"먹지 마!"

내가 소리친다.

"왜?"

"그걸 먹으면 영원히 이곳에 남아야 해."

피파가 투덜거린다.

"어쩐지 맛있어 보이더라니."

내가 손을 내민다. 피파가 마지못해 과일을 내 손바닥에 내려놓자, 나는 그걸 강에 던져버린다.

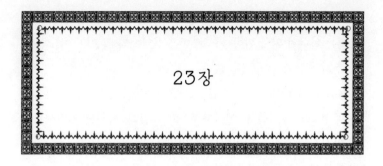

23장

우리는 우스꽝스러운 미소를 머금은 채 꿈꾸는 듯한 표정으로 하루를 보낸다. 다른 학생들이 잔디밭 위로 바람에 날리는 쐐기풀처럼 복도에서 우리를 스쳐간다. 우리는 그들 사이로 두둥실 떠가며 이 반에서 저 반으로 옮겨다닌다. 우리 주위로 수많은 움직임이 스쳐가지만, 우리에겐 죄다 관심 밖이다. 우리는 은밀한 눈길을 주고받고 알쏭달쏭한 말로 귀엣말을 하면서 어젯밤의 약속을 계속 되뇐다. 그런 우리를 보고 어리둥절해하는 선생님들을 보니 웃음이 나온다.

우리는 서로를 이해한다. 비밀을 공유한다.

나와 가족을, 나와 카르틱을 이어주는 비밀처럼 끔찍한 비밀이 아니라, 우리를 하나로 묶어주는 달콤한 금단의 비밀. 기대감이 혈관을 따라 질주하고, 팽팽히 긴장한 피부는 터져버릴 지경이다. 우리가 할 수 있는 일은 하루를 보내고 밤이 오길 기다리는 것뿐이다. 빛의 문을 열고 다시 그 세계로 들어갈 수 있는 밤이 오기를. 우리는 하나가 된 느낌이다. 외부인은 용납하지 않는다. 어느 누구도 우리 세상에 침입할 수 없다.

음악 시간 내내 그뤼네발트 선생님이 어떤 오페라의 뛰어난 점을 주절주절 읊어댄다. 엘리자베스와 세실리, 마사는 모범생들처럼 열심히 들으면서 한마디도 빠짐없이 공책에 적는다. 그들의 머리가 동시에 오르락내리락한다. 듣고, 적고, 듣고, 적고.

우리는 한 글자도 받아적지 않는다. 지금 우리는 우리가 원하면 뭐든 이루어질 수 있는 세상 어딘가에 가 있다. 그뤼네발트 선생님이 세실리를 불러내 만남의 날에 연주할 곡을 피아노로 치게 한다. 세실리의 손가락들이 신중하고 정확하게 미뉴에트를 연주한다.

"아, 잘했다, 미스 템플. 아주 정확해."

그뤼네발트 선생님은 만족스러워한다. 하지만 이제 진짜 음악의 느낌을 아는 우리는 그냥 들어줄 만한 수준의 연주에 감탄한 척하기가 쉽지 않다.

수업이 끝나자 세실리는 피아노 연주의 대가라도 된 양 우쭐거린다.

"나 진짜 죽여주지 않았니? 솔직히 말해봐."

마사와 엘리자베스는 그녀가 천재라고 추켜세운다.

"네 생각은 어때, 피?"

필리시티의 칭찬을 듣고 싶어하는 눈치가 빤하다.

필리시티가 짧게 대답한다.

"잘하던데."

"잘해? 그게 다야? 그렇게 끝내주는 연주가?"

세실리는 짐짓 태연한 척하며 억지로 웃는다.

"아름다운 왈츠였어."

필리시티는 일부러 틀리게 말한다. 웃음을 참으려고 애쓰는 기색이 역력하다. 나도 우스꽝스러운 미소를 짓지 않으려고 애쓰며 고개를 돌린다.

"왈츠가 아냐. 미뉴에트였어."

세실리가 대놓고 입을 삐죽거리며 쏘아붙인다. 엘리자베스는 낯선 사람을 보듯 우리를 물끄러미 바라본다.

피파가 묻는다.

"왜 그렇게 우릴 쳐다보니? 우리가 이상해 보여?"

"잘 모르겠어. 너희 모두 뭔가 달라진 것 같아."

우리는 잽싸게 눈길을 주고받는다.

"뭔가 달라진 것 맞지? 자, 말해봐. 비밀은 함께 나누는 게 좋아."

"말하면 비밀이 아니잖아. 안 그래?"

필리시티가 싱글거린다. 복도 창문으로 햇살이 쏟아져들어오자, 공중에서 먼지가 춤춘다.

"우리 피파, 넌 나한테 말해주겠지?"

엘리자베스가 한 팔로 피파를 껴안자, 피파는 몸을 돌려 포옹을 뿌리친다.

세실리가 단단히 삐친다.

"예전의 핍과 피는 우리한테 비밀이 없었어."

필리시티가 활짝 웃으며 대꾸한다.

"그 옛날 아가씨들은 사라졌어. 죽어서 땅에 묻혔지. 우리는 새로운 세상의 새로운 여자들이야."

곧바로 우리는 그들을 밀치고 지나간다. 우리가 떠나고 그들만 남은 복도에 뽀얀 먼지가 느릿느릿 땅으로 내려앉는다.

〰〰〰

무어 선생님은 우리를 위해 그림 도구를 준비해놓았다. 모슬린 을 팽팽히 당겨 감싼 캔버스와 수채물감이 보인다. 한가로운 바닷 가 풍경 그리기와 꽃꽂이는 나중으로 미룬 걸까. 교실 한가운데 탁 자 위에 놓인 과일 그릇이 눈에 띈다. 또 정물화 그리기. 무어 선생 님이 원하는 게 정물화라면, 그냥 우리의 미래를 그리면 된다. 우 리가 매일 스펜스에서 준비하는 것이 정물화 같은 미래니까. 나는 무어 선생님이 그렇게 평범한 교사가 아니기를 바란다.

"정물화 그리기인가요?"

내 목소리에서 짜증이 뚝뚝 떨어진다.

잿빛 하늘을 배경으로 창가에 서 있는 무어 선생님은 흡사 까마 귀처럼 보인다.

"불만이 느껴지는 말투로구나, 미스 도일?"

"별로 매력적이지 않잖아요."

"세계에서 가장 위대한 화가들도 이따금 정물화를 즐겨 그렸 단다."

선생님은 내 기를 꺾으려 하지만 나도 순순히 물러날 생각은 없다.

"사과가 뭐 그리 대단하죠?"

선생님이 내게 덧옷을 건네며 대답한다.

"그려보면 알겠지."

필리시티가 과일 그릇을 살펴본다. 거기서 사과 한 알을 집어들고 한 입 베어물자 요란하게 쪼개지는 소리가 난다.

무어 선생님이 필리시티의 손에서 사과를 빼앗아 그릇에 도로 내려놓는다.

"필리시티, 보고 그리라고 놓아둔 걸 먹으면 안 돼. 또 그러면 다음부터는 밀랍 과일을 쓸 수밖에 없어. 모르고 그걸 먹었다가는 깜짝 놀라게 될 거야. 입안이 찝찝하겠지."

나는 빨간 물감에 붓을 담그고 한숨을 쉰다.

"역시 정물화는 따분해요."

"이거 내가 반란군 한가운데 있는 기분인걸. 지난번에는 다들 군말 없이 그리더니."

필리시티가 그녀 특유의 교활한 미소를 짓는다.

"우린 이제 지난번 그애들이 아니에요. 실은 완전히 변했어요, 무어 선생님."

세실리가 요란하게 한숨을 내쉰다.

"쟤들은 무시해버리세요, 선생님. 오늘 쟤들 맛이 갔어요."

엘리자베스도 심술궂은 말투로 이죽거린다.

"맞아요. 자기들이 새로운 세상의 새로운 아가씨들이래요. 내 말 맞지, 피파?"

무어 선생님은 우리가 주고받는 은밀한 눈길을 포착한다.

"그게 사실이니, 미스 도일? 남들 모르게 혁명이라도 일으킨 거야?"

나는 그 질문에 흠칫 놀란다. 무어 선생님의 현미경 같은 눈길이 내게 쏠리면 항상 이상한 기분이 든다. 마치 그녀가 내 생각을 읽는 것 같다. 마침내 나는 대답한다.

"사실이에요."

세실리가 콧방귀를 뀌고 선생님에게 말한다.

"제 말뜻 아시겠죠?"

무어 선생님이 손뼉을 친다.

"새로운 거 좋지. 내가 졌다. 이번 시간에는 캔버스에 너희 마음껏 그려라."

우리는 환호성을 올린다. 내 손에 들려 있는 붓이 문득 가볍게 느껴진다. 하지만 세실리는 못마땅한 표정으로 툴툴댄다.

"하지만 무어 선생님, 만남의 날까지 겨우 이 주 남았어요. 이러다가는 그날 찾아온 가족에게 변변한 그림 한 점 보여주지 못할 거예요."

마사가 맞장구친다.

"세실리 말이 옳아요. 저는 재들이 뭘 원하건 관심 없어요. 엄마 아빠한테 동굴벽화 스케치 나부랭이를 보여줄 수는 없다고요. 그 랬다가는 온 가족이 놀라 자빠질 거예요."

무어 선생님이 턱을 들고 내려다보며 대꾸한다.

"너희와 너희 가족들에게 그런 실망감을 안겨줄 수야 없지. 자, 미스 템플, 미스 호손. 과일 그릇은 너희 차지다. 틀림없이 너희 부모님들은 정물화를 좋아하실 거야."

필리시티가 찰흙 근처에서 서성거린다.

"이걸로 만들기를 해도 될까요, 무어 선생님?"

"마음대로 하렴, 미스 워딩턴. 맙소사, 내가 수업을 하는 건지 수업을 받는 건지 모르겠구나."

선생님은 필리시티에게 조소용 찰흙 덩이를 건네준다. 그러고는 세실리를 힐긋 보고 말한다.

"교육적인 오후가 되도록 내가 『데이비드 코퍼필드』의 1장을 읽어주마. '내가 훗날 내 인생의 영웅이 될지, 아니면 다른 사람이 그 자리를 차지할지는 이 글이 알려줄 것이다……'"

∿∿∿∿

수업이 끝나갈 즈음, 무어 선생님이 우리의 그림을 검사하면서 칭찬과 지적을 해준다. 내 그림 쪽으로 다가와서는 한참 동안 입술을 오므리고 바라본다. 모양이 일그러진 커다란 사과가 캔버스 전체를 차지하고 있는 그림이다.

"아주 현대적이구나, 미스 도일."

세실리가 그 그림을 보고는 얄밉게 웃음을 터뜨린다.

"설마 사과는 아니겠지?"

필리시티가 쏘아붙인다.

"당연히 사과지. 아주 근사해, 젬. 굉장히 전위적이야."

나는 내 그림이 못마땅하다.

"앞쪽이 환하려면 빛이 더 필요해요. 하지만 하얀색과 노란색을 아무리 칠해도 그림만 지워질 뿐이에요."

"이 뒤쪽에 그림자를 조금 넣어야지."

무어 선생님이 암갈색 물감에 붓을 담갔다가 사과의 가장자리를 따라 곡선을 그린다. 그러자 곧바로 밝은 부분이 살아나면서 그림이 한결 나아진다.

"이탈리아 사람들은 이걸 '키아로스쿠로'라고 부른단다. 그림 안에서 빛과 어둠을 강렬하게 대조시키는 기법이지."

피파가 묻는다.

"어째서 하얀색만 칠하면 사과가 빛나지 않죠?"

"그늘이 없으면 빛을 인지하지 못하기 때문이야. 모든 것에는 빛과 어둠이 있단다. 그걸 정확히 표현하려면 빛과 어둠을 잘 구사해야지."

세실리가 경멸 어린 말투로 묻는다.

"그림 제목이 뭔데?"

"〈선택〉."

내 말에 나 자신도 놀란다.

무어 선생님이 고개를 끄덕인다.

"지식의 과일이로구나. 아주 흥미로운걸."

"이브의 사과 말씀인가요? 에덴동산에 있는 사과요?"

엘리자베스가 묻는다. 지금 그녀는 자기 그림에 암갈색 그늘을 열심히 칠하고 있지만, 과일은 멍들고 흉측해 보일 뿐이다. 물론 나는 그 사실을 알려줄 생각이 없다.

"화가 본인에게 물어보자. 그게 너의 의도니, 미스 도일?"

사실 난 내 의도가 뭔지 모른다. 그래서 그럴싸한 말을 하려고 더듬거린다.

"더 많이 알려고 하는 것, 현재 너머를 보려고 하는 것은 선택이라고 생각해요."

필리시티가 공모자 같은 눈길을 내게 던진다.

세실리는 고개를 젓는다.

"그건 별로 어울리는 제목이 아냐. 사과를 먹은 건 이브의 선택이 아니니까. 뱀이 그녀를 꼬드긴 거야."

나는 채 완성되지 않은 생각들을 입 밖으로 쏟아낸다.

"그래. 하지만…… 뱀이 그녀에게 사과를 깨물라고 하진 않았어. 그녀가 선택한 거야."

세실리가 대꾸한다.

"그 대가로 낙원에서 쫓겨났지. 나라면 안 그래. 에덴동산에 계속 있을 거야."

무어 선생님이 지적한다.

"그것도 선택이란다."

세실리가 맞받아친다.

"훨씬 안전한 선택이죠."

"안전한 선택이란 없단다, 미스 템플. 다른 선택만이 있을 뿐이야."

그러자 피파가 고지식한 여자 같은 소리를 늘어놓는다.

"엄마가 그러는데 여자에게는 선택권이 너무 많으면 안 된대요. 그걸 감당하지 못하니까요. 그래서 남편의 뜻에 따라야 하는 거래요."

무어 선생님은 꿈꾸는 듯한 표정으로 말한다.

"모든 선택에는 결과가 따른단다."

필리시티가 그릇에서 사과를 집어들고 자신이 깨문 자국을 살핀다. 달콤하고 하얗던 과육이 산화되어 갈색으로 변해 있다. 그녀는 다시 사과를 깨물어 새로 깨끗한 자국을 남긴다.

"맛있네요."

필리시티의 입속에 과즙이 가득하다.

무어 선생님이 웃으면서 우리에게 돌아온다.

"필리시티는 이 문제로 골머리 썩기 싫은가보다. 마치 먹이를 향해 달려드는 매 같아."

"잡아먹지 않으면 먹히는 법이죠!"

필리시티가 다시 한 입 깨문다.

나는 새러와 메리를 생각하고 있다. 대체 그들은 얼마나 끔찍한 선택을 한 걸까. 어쨌거나 그 선택은 오더를 산산이 부숴버릴 만큼 강력했다. 그리고 그 때문에 나는 그날 시장에서 엄마를 버리고 달아나는 쪽을 선택하게 되었다. 그 선택 때문에 모든 일이 벌어진 것 같다.

내가 나직이 묻는다.

"잘못된 선택을 하면 어떻게 되나요?"

무어 선생님은 그릇에서 배를 꺼낸 다음, 우리에게 먹으라고 포도를 건네준다.

"바로잡으려고 노력해야지."

"하지만 그러기에는 너무 늦었다면요? 바로잡을 수 없다면 어쩌죠?"

내 그림을 다시 바라보는 무어 선생님의 고양이 같은 눈에 서글픈 연민이 어른거린다. 선생님이 사과 밑부분에 아주 가느다란 은빛 그늘을 그려넣자 진짜 사과처럼 생생해진다.

"그렇다면 적응하며 살아갈 길을 찾아야겠지."

24장

　화창한 오후, 스펜스의 정원과 잔디밭은 학생들로 가득하다. 다들 자전거를 타거나, 팬터마임을 하거나, 산책하거나, 수다를 떨고 있다. 우리 네 명은 테니스를 즐기고 있다. 필리시티와 피파, 나와 앤이 짝을 이뤄 복식경기를 한다. 나는 매번 라켓이 공에 닿을 때마다 누군가의 목을 베는 듯한 기분이 들어 겁이 난다. 아무래도 테니스는 내가 습득하지 말아야 할 기술들의 목록에 넣어야 할 듯싶다. 내가 공을 쳐서 상대편에게 보내는 건 순전히 운이다. 피파는 지나가는 공을 아주 열심히 지켜본다. 마치 물이 끓는 모습을 지켜보는 요리사처럼.

　필리시티가 고개를 뒤로 젖히고 분통을 터뜨린다.

　"피파!"

　"내 잘못 아냐. 무시무시한 서브였어!"

　필리시티가 자기 라켓을 휘두르며 말한다.

"공을 향해 라켓을 뻗었어야지."

"어차피 닿지도 않았을 거야!"

필리시티는 아리송한 말로 대꾸한다.

"하지만 이제는 많은 것이 우리 손에 닿을 거야."

우리가 노는 모습을 지켜보는 아이들은 그게 무슨 뜻인지 모르지만, 나는 안다. 그러나 피파는 알아듣지 못하고 투덜대기만 한다.

"테니스는 따분해. 팔만 아파."

필리시티가 눈알을 굴리더니 대답한다.

"좋아. 그럼 산책이나 할까?"

우리는 열성적이고 볼이 발그레한 다른 네 명 남짓의 소녀들에게 라켓을 물려준 다음, 함께 팔짱을 끼고 높다란 나무들 사이로 걸어간다. 도중에 마주친 어린 여자애들은 '로빈 후드' 연극을 하고 있다. 모두가 마리안 역을 원하고, 투크 수사 역은 아무도 원치 않아서 티격태격하고 있다.

그들의 목소리가 우리 뒤로 멀어져 흐릿해지자 앤이 묻는다.

"오늘 밤에도 우릴 그 세계에 데려갈 거지?"

나는 빙그레 웃는다.

"나한테 잘 보이면. 실은 너희한테 소개하고 싶은 사람이 있어."

피파가 허리를 굽혀 도토리를 주우며 묻는다.

"그게 누군데?"

"우리 엄마."

앤이 흠칫 놀란다. 피파가 고개를 홱 쳐든다.

"하지만 그분은……"

필리시티가 끼어든다.

"피파, 나랑 같이 교장 선생님한테 갖다드릴 미역취꽃 좀 따자. 꽃을 받으면 기분이 좋아서 오늘 밤에 까다롭게 굴지 않으실 테니까."

피파가 순순히 필리시티와 함께 꽃을 꺾고, 곧 우리 모두 9월의 꽃을 모으기 시작한다. 그때 저 아래 호숫가에서 팔짱을 끼고 보트 창고에 기댄 채 나를 지켜보는 카르틱이 보인다. 그의 검은 망토가 바람에 나부낀다. 나는 그가 자기 형의 운명을 알고 있는지 궁금하다. 순간 그가 딱해 보이지만, 나에게 위협적으로 명령하며 능글맞게 웃던 모습이 떠오르자, 연민은 곧 깡그리 사라져버린다. 나는 꼿꼿이 서서 도전적으로 그를 노려본다.

피파가 어슬렁거리며 다가온다.

"맙소사, 저 남자 숲속에서 날 봤던 집시잖아?"

나는 거짓말을 한다.

"기억 안 나는데."

"설마 우릴 협박하려는 건 아니겠지?"

나는 짐짓 무관심한 말투로 대답한다.

"아닐 거야. 와, 이것 좀 봐. 민들레야."

"꽤 잘생기지 않았니?"

나도 모르게 그 말에 대꾸한다.

"그렇게 생각해?"

피파는 수줍게 고개를 돌린다.

"이교도치고는 그렇다는 거야. 아무래도 나를 보는 것 같아."

카르틱이 지켜보는 대상이 내가 아니라 피파일 수도 있다는 생각은 한 번도 해보지 않았다. 어쩐지 불쾌하다. 나를 화나게 하는 카르틱. 그가 나만 바라보았으면 좋겠다.

"뭘 보는 거야?"

앤이 묻는다. 그녀의 두 손에는 축 늘어진 노란 잡초가 가득하다.

"저기 있는 남자. 그날 밤 속옷만 걸친 나를 본 남자 말이야."

앤이 곁눈질로 그를 훔쳐본다.

"아, 저 남자. 네가 키스한 남자잖아?"

피파가 기겁을 하며 놀란다.

"설마!"

앤은 무덤덤하게 말한다.

"진짜라니까. 하지만 집시들에게서 우릴 구하려고 그랬을 뿐이야."

"집시들과 함께 있었단 말이야? 왜 나는 안 데려갔니?"

필리시티가 끼어든다.

"이야기하자면 좀 길어. 돌아가는 길에 말해줄게."

피파는 우리가 자기한테 아주 중요한 정보를 숨겼다고 툴툴대지만, 필리시티는 뭔가 눈치 챈 듯한 표정으로 카르틱과 나를 번갈아본다. 나는 불현듯 숨을 곳을 찾아 달아나고 싶어진다. 이윽고 필리시티가 한 팔을 피파의 어깨에 두르더니 집시 캠프로 뛰어든 우리의 모험을 이야기해준다. 오로지 우릴 구하려고 자신을 희생해 집시의 키스를 참아낸 나를 고결한 영웅처럼 묘사하면서. 어찌나 말주변이 좋은지 나까지 그 이야기를 믿을 지경이다.

다시 빛의 문으로 들어서자, 정원의 왕국이 향긋한 냄새와 빛나는 하늘로 우리를 반겨준다. 걱정이 앞선다. 오늘은 얼마나 오래 엄마 곁에 있을 수 있을까. 그 시간을 친구들과 나눠야 한다고 생각하니 조금 못마땅하다. 하지만 얘들은 친구들이고, 그들과 함께 있는 나를 보면 엄마도 마음이 놓일 것이다.

"따라와."

나는 친구들을 동굴로 데려간다. 엄마는 어디에도 보이지 않는다. 있는 거라고는 나무들뿐이고, 저 멀리 기이한 수정들의 원이 보인다.

앤이 묻는다.

"어디 계시는데?"

내가 주위를 두리번거리며 소리친다.

"엄마!"

아무 대답도 없다. 새들이 지저귀는 소리뿐이다. 실은 엄마가 여기 없으면 어쩌지? 내가 상상한 거라면?

친구들이 내 눈을 피한다. 피파가 필리시티의 귀에 무언가 속삭인다.

필리시티가 조용히 내게 말한다.

"혹시 꿈을 꾼 게 아닐까?"

"엄마는 여기 있었어! 나랑 이야기했단 말이야!"

앤이 말한다.

"음, 지금은 안 계신데."

피파가 어린애를 대하듯 내게 말한다.

"우리랑 같이 가자. 아주 신날 거야. 내가 장담해."

"싫어!"

"날 찾고 있니?"

엄마가 파란 실크 드레스 차림으로 모습을 드러낸다. 그 어느 때보다도 아름답다. 친구들이 엄마의 등장에 놀라서 벙어리가 된다.

"필리시티, 피파, 앤…… 소개할게. 우리 엄마인 버지니아 도일이야."

다들 더듬거리면서 예의 바르게 인사한다.

"만나서 정말 반갑다. 모두 아름다운 아가씨들이로구나."

예상대로 셋 다 엄마에게 완전히 매료되어 얼굴이 빨개진다. 엄마가 말한다.

"우리 함께 걸을까?"

아이들은 다들 금세 엄마의 관심을 끌려고 경쟁적으로 스펜스에 관한 이야기를 늘어놓는다. 엄마를 독차지하고 싶은 나는 조금 뿔이 난다. 하지만 엄마가 내게 윙크를 하고 손을 잡아주자 다시 행복해진다.

"앉아서 이야기할까?"

엄마가 가리킨 곳에는 가는 은실을 엮어 만든 담요가 풀밭 위에 펼쳐져 있다. 아주 가볍지만 놀라울 정도로 튼튼하고 편안하다. 필리시티가 손으로 그 섬세한 실들을 어루만진다. 그러자 아름답기 그지없는 소리가 난다.

필리시티가 기쁨에 겨운 표정으로 말한다.

"세상에, 방금 그 소리 들었어? 피파, 너도 해봐."

우리 모두 해본다. 마치 우리 손가락으로 하프의 교향곡을 연주하는 것만 같다. 절로 웃음이 나온다.

"정말 멋지지 않니? 이것 말고 또 뭘 할 수 있을까?"

필리시티가 곰곰이 생각한다.

엄마가 빙그레 웃는다.

"뭐든 할 수 있단다."

앤이 묻는다.

"무엇이든지요?"

"이 세계에서는 원하는 건 뭐든 가질 수 있단다. 자기가 뭘 바라는지만 알면 돼."

우리는 금세 골똘히 생각에 잠긴다. 마침내 앤이 일어선다.

"제가 해볼래요."

하지만 잠시 머뭇거리다가 묻는다.

"뭘 해야 하죠?"

"가장 바라는 게 뭐니? 아니, 우리한테는 말하지 마. 마음속으로 떠올리렴. 소원을 빌듯이."

앤이 고개를 끄덕이고 눈을 감는다. 잠시 후 필리시티가 소곤거린다.

"아무 일도 일어나지 않잖아?"

피파가 말한다.

"모르겠어. 앤, 너 괜찮니?"

서 있는 앤의 몸이 앞뒤로 슬슬 흔들린다. 그녀의 입이 벌어진다. 나는 앤에게 귀신이 씌었나 싶어 겁이 난다. 엄마를 바라보자, 엄마는 집게손가락을 입에 댄다. 곧이어 앤의 입이 크게 벌어지더니 노래가 흘러나온다. 그렇게 아름다운 노래는 들어본 적이 없다. 천사의 목소리처럼 낭랑하고 청아하다. 앤의 노래를 듣고 있자니 팔뚝에 소름이 돋는다. 음표 하나하나가 앤을 변화시키는 것 같다. 그녀는 여전히 앤이지만, 음악이 그녀를 눈부신 미녀로 만들고 있다. 머리카락이 빛난다. 뺨이 부드럽고 뽀얘진다. 물속 깊은 곳에 사는 신비로운 생명체 같다. 반짝이는 강물 위로 올라온 인어.

피파의 눈이 휘둥그레진다.

"앤, 너 아름다워."

"정말?"

앤이 강으로 달려가 물에 비친 자신을 들여다보고는 기쁨에 겨워 웃는다.

"진짜네!"

놀랍다. 앤에게서 진짜 웃음소리를 듣게 되다니. 그녀는 눈을 감고 목청껏 노래 부른다.

필리시티가 프랑스어로 감탄한다.

"앵크루아야블(믿을 수 없어)! 나도 해볼래!"

피파가 소리친다.

"나도!"

둘 다 눈을 감고 잠시 생각하다가 다시 눈을 뜬다.

"그가 보이지 않아."

피파가 주위를 두리번거리며 말한다.

"저를 기다리고 계셨나요, 아가씨?"

커다란 황금빛 떡갈나무 뒤에서 젊고 아름다운 기사가 나타난다. 그가 피파 앞에서 한쪽 무릎을 꿇는다. 피파가 흠칫 놀란다.

"제가 그대를 겁주었군요. 용서하십시오."

필리시티가 내 귀에 대고 나직이 빈정거린다.

"저럴 소원일 줄 알았어."

피파는 축제의 모든 상을 혼자서 휩쓴 듯한 표정이다. 목소리도 들떠 있다.

"당신을 용서해요."

기사가 일어선다. 나이는 기껏해야 열여덟 살쯤이지만, 키가 훤칠하고 머리 색깔은 잘 익은 옥수수색이며, 물처럼 가벼운 사슬 갑옷을 걸친 어깨가 떡 벌어져 있다. 자태가 위풍당당하다. 강하고, 우아하고, 고귀해 보인다.

"당신의 기사는 어디 있습니까, 아가씨?"

피파는 숙녀처럼 침착해 보이려고 애쓰지만 말을 더듬는다.

"어, 없어요."

"그렇다면 제게 그 영광을 주십사 부탁드려야겠군요. 부디 허락해주십시오."

피파가 우리 쪽으로 돌아서서 속삭인다. 신이 나서 꺅꺅 소리 지르고 싶은 표정이다.

"제발 내가 꿈꾸는 게 아니라고 말해줘."

필리시티가 소곤소곤 대꾸한다.

"꿈 아냐. 설마 우리 모두가 같은 꿈을 꾸고 있겠니?"

피파는 행복에 겨워 소리를 질러대고 아이처럼 팔짝팔짝 뛰고픈 욕망을 겨우 억누르고 말한다.

"고귀한 기사여, 그대가 나의 기사가 되는 것을 허락하노라."

말투는 도도하지만 실은 가까스로 웃음을 참고 있다.

"저의 생명은 당신 것입니다."

그가 허리를 숙인다. 기다린다.

내가 한마디 한다.

"애정의 징표로 뭐든 네 물건을 줘야 할 것 같은데."

"아."

피파의 얼굴이 빨개진다. 그녀는 장갑 한 짝을 벗어서 내민다.

기사가 진지하게 말한다.

"여인이여, 저는 당신의 것입니다."

그가 한 팔을 내밀자, 피파는 우리를 힐긋 돌아본 다음, 기사의 손을 잡고 그를 따라 초원으로 간다.

내가 필리시티에게 묻는다.

"너도 기사를 원했니?"

필리시티는 고개를 젓는다. 내가 다시 묻는다.

"그럼 무슨 소원을 빌었어?"

필리시티가 기묘한 미소를 짓는다.

"완전한 힘을 달라고."

엄마가 필리시티를 싸늘하게 바라본다.

"소원을 빌 때는 신중해야 한단다."

그때 화살 하나가 머리 위로 휙 날아오더니 우리 뒤의 나무에 꽂힌다. 여자 사냥꾼 하나가 살금살금 숲에서 나온다. 머리를 대충 틀어올린 모습이 흡사 여신 같다. 꽉 찬 화살통을 등에 메고, 두 손에는 활이 들려 있다. 화살통 말고는 아무것도 몸에 걸치지 않았다. 갓 태어난 아기처럼 알몸이다.

"당신이 우릴 죽일 뻔했어요."

나는 숨을 고르며 말한다. 그녀의 나체를 보지 않으려고 애쓰면서.

여자 사냥꾼은 화살을 되찾으며 대꾸한다.

"죽이지는 않았잖아."

그녀는 필리시티를 눈여겨본다. 필리시티는 호기심 어린 표정으로 당당하게 그녀를 유심히 지켜본다.

"너는 겁내지 않는구나."

"그래요."

필리시티는 화살을 빼들고 손으로 화살촉을 만지작거리며 말을 잇는다.

"그냥 관심이 있을 뿐이죠."

"너도 사냥꾼이냐?"

필리시티가 화살을 돌려준다.

"아뇨. 우리 아빠가 사냥을 즐겼죠. 사냥은 아빠가 가장 좋아하는 놀이였어요."

"하지만 너는 아버지를 따라다니지 않았구나?"

필리시티가 씁쓸한 미소를 짓는다.

"사냥은 아들들의 전유물이니까요. 딸들은 못해요."

여자 사냥꾼이 한 손으로 필리시티의 팔 위쪽을 움켜쥔다.

"이 팔에는 엄청난 힘이 있구나. 어쩌면 너는 아주 뛰어난 사냥꾼일지도 모른다. 아주 막강한."

'막강한'이라는 말에 필리시티의 얼굴에 웃음이 번진다. 자신이 원하던 것이라는 듯이.

"배워보겠느냐?"

대답 대신 필리시티는 활과 화살을 집어든다. 여자 사냥꾼이 말한다.

"저 나무의 가지에 뱀 한 마리가 감겨 있다."

필리시티는 한쪽 눈을 감고 있는 힘껏 활을 당긴다. 하지만 위로 솟구친 화살은 곧 땅에 떨어져 튕긴다. 필리시티의 두 뺨이 실망감으로 상기된다.

여자 사냥꾼이 박수를 친다.

"애썼다. 사냥꾼의 자질이 있구나. 하지만 우선, 내가 하는 걸보고 배워라."

보고 배우라고? 필리시티한테? 꿈 깨시지. 아무리 사냥꾼이라해도 필리시티에게 인내심을 가르치기는 결코 쉽지 않을 것이다. 하지만 놀랍게도 필리시티는 콧방귀를 뀌거나 대들지 않는다. 순순히 여자 사냥꾼의 시범을 지켜보고 올바른 요령을 몇 번이고 연마한다.

"너는 무슨 소원을 빌었니?"

단둘이 남자 엄마가 내게 묻는다.

"이미 원하는 걸 얻었어요. 엄마가 여기 있으니까요."

엄마가 내 뺨을 어루만진다.

"그래. 앞으로 잠깐 동안은 그렇겠지."

행복했던 기분이 증발해버린다.

"무슨 뜻이죠?"

"제머, 난 여기 영원히 있을 수는 없어. 그랬다가는 저 비참한망령들처럼 이곳에 갇혀 영영 한을 풀지 못할 거야."

"그럼 여긴 왜 온 거죠?"

"아주 오래전에 메리와 새러가 저지른 잘못을 바로잡으려고."

"그들이 무슨 짓을 했는데요?"

엄마가 대답하기도 전에 피파가 내게로 달려온다. 행복에 겨워 흥분한 나머지 하마터면 나랑 부딪혀 쓰러질 뻔한다. 그녀가 나를 꽉 껴안는다.

"그 남자 봤지? 정말 완벽한 신사 아니니? 나의 기사가 되어주기로 맹세했어! 나를 위해 목숨을 바치겠다고 맹세했다니까! 그렇게 낭만적인 말 들어본 적 있어? 정말 감미롭지?"

"낯간지러워."

필리시티가 핀잔을 준다. 방금 사냥을 마치고 돌아온 그녀는 지쳐 있지만 행복해 보인다.

"보기보다 쉽지가 않아. 정말이야. 팔이 아파서 일주일은 고생하겠어."

필리시티는 어깨를 돌리면서 살짝 찡그린다. 하지만 오히려 기뻐하는 눈치다. 자신에게 숨겨진 힘이 있음을 깨닫게 해줘서 고마워하는 눈치다.

앤이 우리 쪽으로 다가온다. 길고 부드러운 머리가 어깨까지 늘어져 동글동글하게 찰랑거린다. 심지어 늘 줄줄 흐르던 콧물도 싹 사라진 것 같다. 그녀가 엄마 뒤에 둥글게 배열된 얇고 높다란 수정들을 가리키며 묻는다.

"저것들은 뭐죠?"

엄마가 대답한다.

"예언의 룬이란다. 이 세계의 심장이지."

내가 수정 옆에 서자 엄마가 경고한다.

"만지지 마."

필리시티가 묻는다.

"왜요?"

"우선 이 세계 마법들의 원리와 그것을 다스리는 방법부터 알아야 해. 그러고 나서 마법을 몸에 익히면 너희 세계에서 사용할 수 있단다."

앤이 묻는다.

"이런 힘을 저희 세상으로 가져갈 수 있단 말인가요?"

"그래. 하지만 아직은 안 된다. 오더가 재건되면 자매들이 너희를 가르칠 거야. 그때까지는 안전하지 않아."

내가 묻는다.

"어째서요?"

"이곳의 마법이 사용된 건 아주 오래전 일이거든. 그러니 무슨 일이 벌어질지 몰라. 무언가가 나갈 수도, 들어올 수도 있어."

필리시티가 말한다.

"수정들이 윙윙거려요."

엄마가 실타래에서 금실을 풀어 실뜨기를 하면서 대꾸한다.

"그것들은 아주 강한 에너지를 갖고 있단다."

고개를 한쪽으로 기울이자 마치 수정들이 사라진 것처럼 보인다. 하지만 반대쪽으로 고개를 돌리면 수정들이 땅에서 솟아올라 다이아몬드보다도 눈부시게 빛난다.

나는 묻는다.

"정확히 어떻게 되는데요?"

엄마의 손가락들이 실 사이로 뱀처럼 들락거린다.

"룬에 손을 대면 네가 마법 그 자체가 되는 거란다. 마법이 혈관을 따라 흐르지. 그러면 너희 세상에서도 이 세계에서처럼 마법을 쓸 수 있게 돼."

필리시티가 룬에 더욱 가까이 손을 가져간다.

"이상해요. 제가 다가가니까 윙윙거림이 그치는데요."

나도 호기심을 못 이기고 손을 내민다. 닿지는 않게 가까이. 갑자기 엄청난 에너지가 나를 휘어잡는다. 내 눈꺼풀이 떨린다. 룬에 손을 대고픈 욕망이 나를 압도한다.

엄마가 소리친다.

"제머!"

나는 재빨리 손을 뒤로 뺀다. 내 목걸이가 빛난다.

"어, 어떻게 된 거죠?"

"너의 몸은 마법이 흐르는 관이야."

필리시티의 얼굴에 먹구름이 낀다. 하지만 그녀는 곧 장난칠 궁리를 하면서 활짝 웃는다. 그리고 양 팔꿈치를 풀밭에 대고 몸을 눕힌다.

"상상이 가니? 우리가 스펜스에서 이 힘을 쓸 수 있다면 어떨지."

앤이 거든다.

"뭐든 우리 맘대로 할 수 있어."

피파가 키득거린다.

"최신 패션으로 옷장을 가득 채워야지. 돈도 왕창 쌓아놓고."

필리시티도 한마디 한다.

"난 하루 동안 투명인간이 될 거야."

앤이 씁쓸하게 대꾸한다.

"나라면 안 그럴 거야."

나는 엄마를 힐긋 보며 말한다.

"아빠의 고통을 줄여드릴 수도 있어."

엄마가 실눈을 뜨고는 야곱의 사다리*를 풀어버린다.

"안 돼."

"어째서요?"

내 볼이 뜨거워진다.

"조심할게요."

피파가 거든다.

"그래요, 진짜 조심할게요."

필리시티가 맞장구친다. 엄마가 스펜스의 선생님들처럼 쉽게 아양에 넘어갈 줄 아는 모양이다.

엄마가 실을 와락 움켜쥔다. 눈빛이 사납다.

"힘을 사용한다는 건 놀이가 아니야. 그건 아주 어려운 일이지. 철없는 여학생들의 멋모르는 호기심이 아니라 철저한 준비가 필요해."

필리시티가 당황한다. 나는 친구들 앞에서 혼났다는 사실에 불끈 화가 치민다.

"우린 철부지가 아니에요."

엄마가 내 팔에 손을 얹고 희미하게 웃자, 나는 어린애처럼 버릇없이 군 나 자신이 한심하게 느껴진다.

"언젠가 때가 올 거야."

---

* 실뜨기 모양의 일종.

피파가 룬의 아랫부분을 유심히 살핀다.

"이 표시들은 뭐죠?"

"그리스어나 라틴어보다 더 오래된 고대의 언어란다."

앤이 궁금한 표정으로 묻는다.

"뭐라고 쓰여 있는데요?"

"'내가 세상을 바꾸면 세상이 나를 바꾼다.'"

피파가 고개를 갸우뚱한다.

"무슨 뜻이죠?"

"내가 행하는 모든 일이 나에게 돌아온다는 뜻이지. 내가 어떤 상황에 영향을 끼치면 나도 영향을 받는다는 이야기란다."

"나의 여인이여!"

기사가 돌아왔다. 그는 류트를 가져왔다. 곧이어 피파의 눈부신 외모와 미덕에 관한 노래로 그녀를 찬미한다.

"정말 완벽한 남자잖니? 너무 행복해서 죽을 것만 같아. 춤추고 싶어. 나랑 같이 가자!"

피파는 룬에 관한 것은 깡그리 잊은 채, 앤을 끌고 멋쟁이 기사 쪽으로 간다.

필리시티도 옷을 털고 그들을 따라가며 내게 묻는다.

"넌 안 갈 거야?"

나는 멀어져가는 그녀에게 소리친다.

"금방 갈게."

엄마의 섬세한 실뜨기가 다시 시작된다. 빠르게 움직이던 손가락들이 갑자기 멈춘다. 엄마가 눈을 감더니, 다친 사람처럼 헉 하는 소리를 낸다.

"엄마, 왜 그래요? 괜찮아요? 엄마!"

엄마가 눈을 뜨고 숨을 헐떡인다.

"떼어놓기가 쉽지 않구나."

"뭘 떼어놔요?"

"그 괴물 말이다. 놈이 아직도 우릴 찾고 있어."

지저분한 얼굴의 소녀가 나무 뒤에서 힐끔거리고 있다. 아이는 휘둥그레진 눈으로 엄마를 바라보고 있다. 엄마의 표정이 편안해진다. 숨결도 정상으로 돌아온다. 내가 기억하는 엄마의 모습. 집 안을 휘젓고 다니면서 마지막 순간까지 지시를 내리고, 가구와 장식의 위치를 바꾸던 위풍당당한 그 모습.

"걱정할 것 없어. 한동안은 내가 그 괴물을 속일 수 있단다."

필리시티가 나를 부른다.

"제머, 빨리 안 오면 재밌는 거 다 놓쳐."

그녀와 나머지 두 소녀는 빙글빙글 돌면서 류트의 가락과 노래에 맞춰 춤춘다.

엄마가 실뜨기로 컵과 접시 모양을 만들기 시작한다. 두 손이 떨린다.

"친구들과 어울리지그러니? 엄마는 네가 춤추는 모습이 보고 싶구나. 어서 가렴."

나는 마지못해 친구들 쪽으로 느릿느릿 걸어간다. 도중에 슬쩍 소녀를 보니, 소녀는 여전히 겁에 질린 눈빛으로 엄마를 바라보고 있다. 왠지 끌리는 데가 있는 아이다. 그 까닭을 알아야 할 것 같은데, 도무지 알 수가 없다.

"지금은 춤출 시간이야!"

필리시티가 내 두 손을 잡고 나와 함께 빙글빙글 돈다. 춤추는 우리를 보고 엄마가 박수를 친다. 기사는 류트를 점점 더 빨리 연주하면서 우리를 부추긴다. 우리는 서로의 손목을 꽉 잡은 채 머리를 휘날리며 점점 더 빠르게 돈다.

"뭘 하든 끝까지 하는 거야!"

필리시티가 고래고래 소리친다. 원심력 때문에 우리의 몸이 뒤로 기울어져, 마침내 푸른 들판 위의 커다란 한 점의 색으로 변할 때까지.

⋀⋀⋀⋀⋀

하늘에서 밤기운이 흐려질 무렵, 우리는 방으로 돌아온다. 몇 시간만 지나면 새벽이다. 오늘 우리는 밤샘의 대가를 톡톡히 치를 것이다.

앤이 이불 속으로 들어가며 말한다.

"네 어머니 예쁘시더라."

"고마워."

나는 머리를 빗질하며 대꾸한다. 너무 열심히 춤춘 탓에—그리고 결국 풀밭에 쓰러져버리는 바람에—머리가 절망적으로 엉켜버렸다. 뒤죽박죽인 내 머릿속처럼.

"난 엄마가 전혀 기억나지 않아. 한심하지?"

"아니."

앤은 거의 잠이 든 채 나직이 웅얼거린다.

"과연 엄마는 나를 기억할까……"

무슨 말이든 해주고 싶은데 적당한 말이 떠오르지 않는다. 어차피 상관없다. 앤은 벌써 코를 곤다. 빗질을 포기하고 이불 속으로 들어가던 나는 등 밑에서 뭔가가 부스럭거리는 것을 느낀다. 등 뒤로 손을 넣어 더듬어보니, 이불 속에 숨겨놓은 쪽지가 만져진다. 나는 창가로 가서 쪽지를 읽는다.

미스 도일,

넌 지금 아주 위험한 게임을 하고 있어. 당장 멈추지 않으면 나도 행동에 나설 수밖에 없어. 멈출 수 있을 때 멈추기 바란다.

황급히 썼다가 직직 그어버린 단어가 눈에 띈다.

제발.

보낸 이의 서명은 없지만, 나는 이것이 카르틱의 짓이라는 걸 안다. 나는 그 쪽지를 갈가리 찢는다. 그러고는 창문을 열고 바람에 날려버린다.

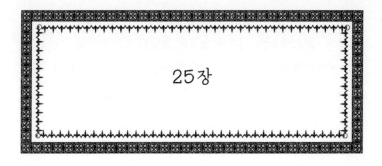

25장

그로부터 사흘이 꿈처럼 흘러간다. 우리는 손을 맞잡고 우리만
의 비밀 낙원으로 들어가 인생의 주인이 된다. 여자 사냥꾼의 지도
아래, 필리시티는 아무도 막을 수 없는 민첩하고 뛰어난 궁수가 되
어간다. 앤의 목소리는 나날이 점점 더 아름다워진다. 그리고 피파
는 이제 일주일 전의 철부지 공주가 아니다. 온화하고 점잖은 여왕
의 풍모가 느껴진다. 아무도 그녀의 이야기를 듣지 않을 때도, 기
사만은 귀를 기울인다. 지금껏 나는 피파가 입을 열 때마다 늘 짜
증이 났다. 하지만 남들이 자기 말을 듣지 않을까봐 두려워서 계속
조잘대는 거라고는 생각해보지 않았다. 앞으로는 조금 더 따스한
눈길로 피파를 바라보리라.

이곳에서 우리는 서슴없이 서로에게 다가간다. 그리하여 우정
이 뿌리를 내리고 꽃을 피운다. 머리카락에 꽃줄을 달고, 음탕한
농담을 하고, 웃고 소리치고, 두려움과 소망을 털어놓는다. 심지어

거리낌 없이 트림도 한다. 주위에는 우리를 숨 막히게 하는 사람이 아무도 없다. 우리의 생각과 느낌이 틀렸다고 지적하는 사람도 없다. 이곳에서 우리는 그냥 우리가 원하는 걸 하는 게 아니다. 뭐든 원해도 되는 것이다.

ᚺᚺᚺᚺᚺ

"잘 봐!"

필리시티가 그렇게 말하고 눈을 감자, 잠시 후 영원한 노을이 어린 하늘에서 따뜻한 비가 내린다. 우리는 그 비에 흠뻑 젖는다. 기분이 좋다.

"이건 말도 안 돼!"

피파가 웃으면서 소리친다.

나는 이렇게 기분 좋은 비를 맞아본 적이 없다. 이렇게 빗속에서 뒹굴어본 적이 없다. 비를 마시고, 빗속에 눕고 싶다.

필리시티가 의기양양하게 외친다.

"아하! 내가 비를 불렀어! 내가 했다고!"

우리는 꺅꺅 소리를 질러대고 진창에 미끄러졌다 일어서기를 되풀이하며 뛰어다닌다. 진흙 범벅이 되어 서로에게 진흙을 던진다. 큼지막한 진흙 덩이에 맞을 때마다 고함을 질러대며 반격한다. 하지만 솔직히 기분은 좋다. 아무런 걱정 없이 온몸을 더럽히는 기분이 그렇게 좋을 수가 없다.

"너무 젖어서 추워!"

우리에게 호되게 당한 피파가 소리친다. 그녀는 머리부터 발끝까지 진흙에 덮여 있다.

"좋아, 알았어."

나는 눈을 감고 인도의 태양을 상상한다. 그러자 몇 초 뒤, 비가 그친다. 우리는 깨끗하게 바짝 마른다. 예배당이나 무도회에 가도 될 만큼 말쑥하다. 은빛 아치 너머에 커다란 원을 이루고 서 있는 수정 룬들. 그 속에는 마법의 힘이 안전하게 간혀 있다.

앤이 큰 소리로 말한다.

"우리가 할 수 있는 모든 것을 사람들에게 보여주면 멋지지 않을까?"

나는 앤의 손을 잡는다. 이제 그녀의 손목에는 새로운 자국이 없고, 사라져가는 지난날 상처들의 흉터만 남아 있다.

"맞아, 그럴 거야."

우리는 거대한 풍차처럼 풀밭 위에 머리를 맞대고 둥글게 눕는다. 그렇게 아주 오랫동안 누워 있다. 서로의 손을 잡고, 맞물린 손가락들과 따뜻한 살갗에서 믿음과 우정을 느끼면서, 누군가가 반짝이는 아이디어로 다시 비를 부를 때까지.

✦✦✦✦✦

"룬의 마법을 어떻게 터득하는지 다시 말해주세요."

나는 엄마와 함께 풀밭에 누워 구름의 모양이 바뀌는 것을 지켜보며 말한다. 투실투실 살찐 오리 모양의 구름은 결국 버티지 못하고 늘어져 다른 모양으로 바뀐다.

엄마가 대답한다.

"몇 달 혹은 몇 년씩 훈련을 해야 해."

"그건 나도 알아요. 하지만 어떤 일이 벌어지죠? 룬들이 노래라도 부르나요? 사람처럼 말을 하나요? 아니면 영국 국가부터 먼저 부르나요?"

내가 건방을 떨자 엄마는 한 술 더 뜬다.

"그래. E플랫으로 노래를 부르지."

"엄마!"

"내가 이미 설명해줬을 텐데."

"다시 알려줘요."

"룬에 손을 대면 그 힘이 너에게 흘러들어간단다. 한동안 네 안에서 사는 거지."

"그게 다예요?"

"간단히 말하자면 그래. 하지만 우선 그 힘을 다스리는 법부터 알아야 해. 너의 심리와 목적, 능력이 그 힘에 영향을 끼치거든. 그건 강력한 마법이란다. 장난거리가 아니야. 어머, 저것 좀 보렴. 코끼리로구나."

하늘을 보니, 오리 모양이던 구름이 길쭉한 코가 달린 동물 모양으로 바뀌어 있다.

"다리가 셋뿐인데요."

"아냐, 넷째 다리도 있어."

"어디요?"

"바로 저기 있잖아. 보라는 데는 안 보고 어딜 보니?"

"보고 있다고요!"

내가 짜증을 낸다. 하지만 이젠 상관없다. 구름이 움직이면서 다른 모양으로 바뀐다.

"마법이 얼마나 오래가죠?"

"경우에 따라 달라. 하루일 때도 있고, 더 짧을 때도 있지."

엄마가 일어나 앉아서 나를 내려다본다.

"하지만 제머, 너는……"

"아직 마법을 쓸 수 없다, 그거죠? 그 말은 이미 몇 번이나 들었어요."

엄마가 잠시 침묵한다.

"네가 정말로 준비가 됐다고 생각하니?"

나는 소리치다시피 대답한다.

"네!"

"저 위의 구름을 한번 보렴. 우리 바로 위의 구름 말이야. 뭐가 보이니?"

귀와 꼬리의 윤곽이 보인다.

"고양이요."

"확실해?"

엄마가 나를 짜증나게 한다.

"나도 고양이와 강아지 정도는 구별할 줄 알아요. 그건 마법이 필요한 일도 아니라고요."

엄마가 말한다.

"다시 보렴."

우리 위에서 하늘이 요동친다. 구름이 소용돌이치고 번개가 번

쩍인다. 고양이가 사라진 자리에 악몽 속의 무시무시한 얼굴이 나타난다. 그 괴물이 우리를 향해 괴성을 지르자, 나는 한 팔로 눈을 가린다.

"제머!"

나는 팔을 치운다. 하늘은 고요하다. 고양이는 이제 호랑이로 바뀌어 있다.

내가 속삭인다.

"방금 그게 뭐죠?"

엄마가 대답한다.

"시험해본 거야. 너는 상대의 참모습을 꿰뚫어볼 줄 알아야 해. 키르케는 네 눈에 고양이가 괴물로 보이게 하려 들 거야. 또는 그 반대로."

나는 여전히 떨고 있다.

"하지만 그 괴물은 정말 진짜 같았어요."

엄마가 두 손으로 내 손을 잡는다. 우리는 풀밭에 누운 채로 꼼짝도 하지 않는다. 멀리서 앤이 부르는 옛 민요가 들려온다. 새조개와 홍합을 파는 여인에 관한 노래다. 그 구슬픈 노래를 듣고 있자니 내 안에서 묘한 느낌이 든다. 마치 무언가를 잃어가고 있는 듯한 느낌인데, 그게 뭔지는 모르겠다.

"엄마, 내가 그걸 못하면 어쩌죠? 모든 일이 잘못되면 어쩌죠?"

구름이 한데 뭉쳤다가 얇게 퍼진다. 아직 아무 모양도 생기지 않는다.

"그건 운명에 맡겨야 한단다. 저걸 보렴."

머리 위에서 구름이 퍼져 시작도 끝도 없는 뿌연 고리로 변하

자, 그 한가운데에 눈이 시리도록 파랗고 완벽하게 동그란 하늘이
드러난다.

〰〰〰〰

금요일에 깜짝 손님이 나를 찾아온다. 오빠가 응접실에서 나를
기다리고 있다. 한 무리의 여학생들이 오빠를 훔쳐보려고 이런저
런 핑계를 대면서 응접실을 지나쳐간다. 나는 얼른 문을 닫아버린
다. 오빠한테 열광하는 애들을 보고 있으면 구역질이 난다.
오빠가 일어서서 말한다.
"어이구, 이게 누구야? 우리 뿌루퉁 여사잖아? 나한테 어울릴
적당한 신붓감은 찾아놨니? 난 까다롭지 않아. 예쁘고, 조용하고,
재산도 약간 있고, 치아가 멀쩡한 여자면 돼. 사실 재산 빼고 나머
지는 조금 모자라도 참아줄 수 있어. 물론 갑부는 부담스럽지만."
속물에 거드름쟁이지만 믿음직한 톰 오빠. 그런 오빠를 보니 어
쩐지 기분이 좋다. 내가 오빠를 얼마나 그리워했는지 미처 몰랐다.
나는 두 팔로 오빠를 얼싸안는다. 오빠가 살짝 움찔하더니 나를 안
아준다.
"나를 보고 이렇게 기뻐하는 걸 보니 이곳 사람들이 너를 개처
럼 대하나보구나. 겉보기에는 멀쩡한데."
"기분이 좋아서 그래, 오빠. 정말이야."
엄마에 관해 오빠에게 하고픈 말이 산더미지만 말할 수가 없다.
내가 묻는다.

"요즘 할머니한테서 소식 들었어? 아빠는 어떻대?"

오빠의 미소가 사라진다.

"아, 좋아. 다들 잘 지내셔."

"아빠가 만남의 날에 오실까? 빨리 뵙고 싶어서 미치겠어. 이곳에서 만난 친구들을 아빠한테 소개하고 싶어."

"글쎄, 나라면 벌써부터 희망에 부풀지는 않겠다, 제머. 오실 수 있을지는 그때 가봐야 알아."

오빠가 소맷부리를 만지작거린다. 긴장할 때 나오는 버릇이다. 내가 얼마 전에 눈치 챈 바에 따르면, 오빠는 거짓말을 할 때만 그런 행동을 한다.

나는 조용히 말한다.

"알았어."

문에서 노크 소리가 들리더니, 앤이 문을 밀고 들어오다가 눈이 휘둥그레진다. 응접실에서 남자와 단둘이 있는 나를 보고 놀란 것이다. 앤은 우리를 보지 않으려고 한 손으로 눈을 가린다.

"어머, 정말 죄송해요. 저는 제머, 그러니까 미스 도일에게 왈츠 연습할 준비가 됐다고 알려주러 왔을 뿐이에요."

"난 지금 못 가. 손님이 와 있거든."

오빠는 안도의 표정을 짓는다.

"나 때문에 왈츠 연습을 게을리해서야 쓰나. 안 그렇습니까?"

오빠가 곁눈질로 앤을 보며 말한다. 앤은 여전히 눈길을 돌리고 있다.

"어머, 나 좀 봐."

나는 나직이 웅얼거린다. 그리고 뒤늦게 두 사람을 소개시킨다.

"미스 앤 브래드쇼, 이쪽은 미스터 토머스 도일, 우리 오빠야. 내가 오빠 배웅하고 오면 같이 지긋지긋한 왈츠 연습하러 가자."

⋏⋏⋏⋏⋏

"그 남자가 네 오빠라고?"

무도장에서 내 리드를 받으며 춤추던 앤이 수줍게 묻는다.

"응. 못된 오빠지."

나는 아빠 소식 때문에 아직 분이 풀리지 않았다. 지금쯤이면 아빠가 많이 좋아졌으리라 기대했는데.

"아주 다정해 보이던데."

앤이 내 두 발을 밟는다. 나는 아파서 얼굴을 찡그린다.

"오빠가? 허어! 입만 열면 잘난 체하는 남자야. 자아도취가 지나쳐서 눈뜨고 봐줄 수가 없어. 그런 남자랑 사귀는 건 불행이야."

"하지만 내가 보기에는 아주 멋지던데. 진짜 신사 같았어."

하느님 맙소사. 앤이 오빠를 좋아하고 있다. 너무 우스꽝스러워서 희극이라기보다 비극에 가깝다.

"혹시…… 사귀는 여자 있니?"

"아니. 첫사랑 때문에 아무도 눈에 안 찬대."

앤이 고개를 숙이고 느닷없이 멈춰 선다. 그 바람에 나는 몸이 뒤틀려 옆으로 기우뚱한다.

"첫사랑이 누군데?"

"자기 자신."

한참이 지나서야 농담을 알아차린 앤은 웃으면서 한층 더 얼굴을 붉힌다. 나는 오빠가 돈 많고 예쁜 아내를 찾고 있으니 너는 절대로 경쟁이 안 된다고 차마 말할 수가 없다. 그 세계에서 노래 부르는 앤의 모습과 목소리를 오빠가 보고 들을 수 있다면 이야기가 달라질 텐데. 우리가 거기서 할 수 있는 일들, 우리의 힘이 언제까지 그곳에 갇혀 있어야 하는 걸까. 생각할수록 화가 난다.

"더는 한 스텝도 못 추겠다. 너랑 계속 춤추다가는 일주일 내내 멍투성이가 되겠어."

"리듬을 까먹은 건 너잖아."

앤이 나를 따라 복도로 나가면서 투덜거린다.

"넌 내 발과 바닥도 구별하지 못하잖아."

앤이 반박하려고 할 때, 복도를 따라 달려오는 필리시티의 모습이 보인다. 그녀는 종이 한 장을 머리 위로 흔들어댄다.

"오신대! 오신다고!"

내가 묻는다.

"누가 온다는 거야?"

필리시티가 우리의 손을 잡고 빙글빙글 돈다.

"아빠가 오신대! 방금 편지 받았어. 만남의 날에 오실 거래! 와, 정말 멋지지 않니?"

그녀가 멈춰 선다.

"맙소사, 빨리 준비해야겠어. 자, 어서. 여기 멀뚱멀뚱 서 있지 마! 일요일까지 조신한 숙녀처럼 춤추는 법을 익히지 않으면 난 끝장이야!"

낙원에서의 삶이 괴로워졌다. 요즘 엄마와 나는 툭하면 다툰다.

"왜 마법을 이 세계 밖으로 갖고 나가면 안 되죠? 정말로 좋은 일에 쓰면 되잖아요?"

"말했잖니. 아직 안전하지 않다고. 일단 마법을 그 문 밖으로 갖고 나가면 문이 완전히 열리게 돼. 누구나 요령만 알면 이곳에 들락거릴 수 있게 된단 말이야."

엄마는 말을 멈추고 흥분을 가라앉힌다. 전에도 이런 싸움을 했던 기억이 난다. 이런 말다툼 때문에 엄마를 미워하곤 했다.

나는 검은딸기 한 송이를 따서 두 손으로 빙글빙글 돌린다.

"엄마가 도와주면 되잖아요. 그럼 안전할 거예요."

엄마가 검은딸기를 빼앗는다.

"아니, 그럴 수 없어. 엄마는 돌아가지 못해, 제머."

"엄마는 아빠를 돕기 싫은 거예요."

상처 주는 말이라는 건 나도 안다.

엄마가 숨을 깊이 들이마신다.

"어떻게 그런 말을……"

"엄마는 날 믿지 않아요. 내가 아무것도 못 한다고 생각해요!"

엄마의 눈빛이 번득인다.

"오, 제머, 벌써 잊었니? 바로 어제, 넌 구름과 환영도 분간하지 못했어. 키르케가 조종하는 어둠의 정령은 그보다 훨씬 더 교활해. 그놈을 무슨 수로 떨칠 거니?"

내가 쏘아붙인다.

"그 방법을 엄마가 나한테 알려주면 되잖아요!"

"엄마도 몰라! 확실한 방법 같은 건 없어. 알겠니? 어떻게든 그 악령을, 놈의 약점을 알아내야 해. 악령이 너의 약점을 너한테 써먹지 못하게 해야 하는 거야."

"마법을 조금만 사용하면 안 될까요? 아빠랑 내 친구들을 도와주는 정도로만요. 다른 건 안 할게요."

엄마는 어린애를 다루듯 내 어깨를 움켜잡는다.

"제머, 엄마 말 잘 들어. 마법을 이 세계 밖으로 가져가지 마. 약속해."

"네, 알았어요!"

나는 엄마의 손을 뿌리친다. 우리가 또 싸우고 있다니, 믿을 수가 없다. 내 눈에 뜨거운 눈물이 차오른다.

"죄송해요. 내일이 만남의 날이라서 좀 자야겠어요."

엄마가 고개를 끄덕인다.

"내일도 엄마 만나러 올 거지?"

나는 너무 화가 나서 대답도 하지 않고 친구들을 만나러 가버린다. 필리시티는 언덕 마루에 서서 활을 당기고 있다. 흡사 돋을새김으로 조각한 여신 같은 모습이다. 시위를 놓자 팅 소리를 내며 날아간 화살이 나뭇조각을 깨끗이 둘로 쪼갠다. 여자 사냥꾼이 필리시티를 칭찬한다. 두 여자가 머리를 맞대고 무언가를 상의한다. 나는 그들이 사냥에 관한 이야기를 하는 건지 궁금하다. 나와 필리시티의 대화가 점점 줄어드는 까닭도 궁금하다. 어쩌면 내가 너무 내 문제로 골몰해서 그녀와 이야기할 기회가 없었는지도 모른다.

피파는 그물침대에 누워 있고, 그 옆에서는 기사가 그녀를 위한 무용담을 들려준다. 그는 피파가 세상에 하나뿐인 여자인 것처럼 바라본다. 피파는 그 눈길을 신주神酒처럼 들이마신다. 앤은 강물을 들여다보며 노래하느라 바쁘다. 강물 속에서는 앤이 만들어낸 수백 명의 관중이 박수치고 탄식하면서 그녀를 찬미한다. 이곳에서 나만 불만과 무력감에 사로잡혀 씩씩거리고 있다. 모험의 스릴이 점점 사라져간다. 아무리 멋진 힘도 써먹지 못한다면 무슨 소용인가.

마침내 피파가 두 손으로 장미 한 송이를 빙글빙글 돌리며 걸어온다.

"여기서 영원히 살면 좋겠어."

내가 대꾸한다.

"그건 안 돼."

"어째서?"

내 뒤에서 앤이 다가오며 묻는다. 그녀의 머리가 풀어져 어깨 위로 굽이친다.

나는 퉁명스럽게 대답한다.

"여긴 사람이 살 곳이 아냐. 꿈의 세상이라고."

피파가 말한다.

"내가 꿈을 선택한다면?"

피파다운 말이다. 어리석고 시건방지고.

"다음부터 내가 널 여기 데려오지 않으면 어쩔래?"

필리시티가 작은 토끼 한 마리를 잡았다. 토끼는 화살에 꽂힌 채 생기 없이 축 늘어져 있다.

"무슨 일이니?"

피파가 샐쭉거린다.

"제머 때문이야. 앞으로 우리를 여기 데려오지 않을 거래."

필리시티는 피 묻은 화살을 여전히 손에 쥐고 있다.

"그게 무슨 소리니, 제머?"

그녀는 사납고 단호한 표정을 짓는다. 나는 고개를 돌려 눈싸움을 피한다.

"난 그런 말 안 했어."

피파가 콧방귀를 뀐다.

"그런 뜻이었잖아."

내가 쏘아붙인다.

"이 한심한 말다툼 그냥 관두면 안 되겠니?"

피파가 아랫입술을 비죽 내밀고 과장된 말투로 샐쭉거린다.

"제머, 화내지 마."

필리시티도 똑같이 우스꽝스럽게 입술을 내민다.

"제머, 이제 그만 화내. 이런 입으로는 말하기가 너무 힘들어."

이제 앤까지 따라한다.

"난 제머가 웃을 때까지 웃지 않을 거야. 간질여도 소용없어."

필리시티가 불도그 같은 얼굴로 키득거린다.

"그래. 온 세상 사람들이 이렇게 말할 거야. '한때는 매력적인 에들이었는데 저 입술 꼴 좀 봐. 딱하기도 하지.'"

나도 더는 참을 수가 없다. 웃음이 나오기 시작한다. 나는 친구들과 함께 땅바닥에서 뒹군다. 우리 넷은 한참 동안 꺅꺅 소리 지르며 우스꽝스러운 표정을 짓다가 이내 지친다. 갈 때가 되었다.

文 모양의 장식

문이 열리자 우리는 차례차례 문을 통과해간다. 내가 맨 마지막이다. 그 문이 내뿜는, 숨이 멎을 듯한 에너지 때문에 살갗이 따끔거린다. 그때 작은 소녀와 손잡고 있는 엄마가 보인다. 커다란 흰 에이프런 아래, 소녀는 화려하고 특이한 드레스를 입고 있다. 잉글랜드의 여학교에서는 보기 힘든 옷이다. 지금껏 내가 그걸 눈치 채지 못했다니 이상하다.

엄마와 소녀는 희망과 걱정의 눈길로 나를 바라본다. 내가 세상을 변화시켜주길 바라는 것처럼. 하지만 내 앞가림도 못 하는 내가 무슨 수로 그들을 돕겠는가?

26장

오늘은 만남의 날이다. 내 사전에는 이 행사에 대한 공식적인 설명이 없지만, 만약 나더러 적으라고 한다면 이렇게 쓰겠다.

만남의 날 [명사] 학생 가족의 방문을 허락하는 기숙학교의 전통 행사. 모두가 괴로울 뿐, 아무도 즐겁지 않은 날.

나는 머리를 매만지고, 단추를 채우고, 끈을 묶고, 핀을 꽂아 완벽한 숙녀로 변신한다. 아니, 그런 모습에 가까워지려고 최대한 노력한다. 하지만 엄마와의 만남과 말다툼 때문에 기분이 여전히 찜찜하다. 내가 너무 못되게 굴었다. 오늘 밤에 엄마를 찾아가서 사과하고 다시 따스한 엄마의 품을 느껴야겠다.

엄마를 만났다고 가족에게 말하고 싶다. 특히 아빠한테. 이 세상 너머 어느 다른 세상에 엄마가 살아 있으며, 우리 모두가 기억하는 모습 그대로 사랑스럽고 아름답다고. 아래층으로 내려가면 어떤 광경을 보게 될까. 희망과 기대 때문에 머리가 터질 지경이다. 어쩌면 멋진 검은색 정장을 차려입은 아빠가 잘 먹고 잘 지낸 얼굴을 하고 걸어들어올지도 모른다. 금박 종이로 포장한 선물을 나에게 내밀지도 모른다. 나를 당신의 보석이라고 부르고, 재치 있는 농담으로 뚱한 얼굴의 브리짓마저 웃게 하고, 나를 꼭 껴안아줄지도 모른다. 그럴지도 몰라. 그럴지도 몰라. 희망을 가져. 희망이라는 말보다 강력한 마약이 있겠어?

"오늘 너랑 같이 있었음 좋겠어."

내가 머리를 백번째 매만지는 동안 앤이 말한다. 조신한 숙녀처럼 말쑥하게 머리를 틀어올리기가 좀처럼 쉽지 않다.

"오 분도 지나지 않아서 끔찍하게 따분해질걸."

나는 내 볼을 살짝 꼬집어 발그레하게 한다. 볼이 장미처럼 빨개졌다가 금세 허예진다. 앤과 함께 다니고 싶지 않다. 나한테 무슨 일이 기다리고 있을지도 모르는 마당에.

앤이 묻는다.

"네 오빠도 오늘 오니?"

"응. 주여, 우리 모두를 굽어 살피소서."

나는 오빠에 관해서 앤에게 희망을 주고 싶지 않다. 찰랑거리는 곱슬머리 두 가닥이 이마 위로 늘어진다. 이놈의 머리를 어떻게든 정리해야겠다.

"너한테는 못마땅한 오빠라도 있잖아."

나는 세면대 거울로 침대 위에 쓸쓸히 앉아 있는 앤을 훔쳐본다. 가장 좋은 드레스를 차려입었지만 갈 곳도, 만날 사람도 없는 앤. 내가 가족 상봉의 시련을 겪는 동안 앤은 온종일 혼자 지낼 것이다. 만남의 날이 그녀에게는 고문인 셈이다.

내가 한숨을 쉰다.

"알았어. 따분해서 미쳐버려도 괜찮다면 같이 지내."

앤은 고맙다고 말하지 않는다. 연민의 동행이라는 것을 우리 둘 다 알고 있다. 하지만 둘 중 누구를 위한 것인지는 모르겠다. 앤이 입고 있는 하얀 드레스는 그녀의 오동통한 몸 때문에 솔기가 터질 듯 팽팽하다. 이미 쪽머리에서 삐져나온 머리카락 몇 가닥이 앤의 축축한 눈 위로 늘어져 있다. 그녀는 어젯밤에 내가 정원에서 본 미녀가 아니다.

"너 머리 좀 손봐야겠다."

앤은 거울을 들여다보려고 고개를 내민다.

"내 머리가 어때서?"

"잘 빗고 핀 몇 개만 꽂으면 못 고칠 머리가 없지. 가만히 있어."

나는 그녀의 머리를 빗어준다. 뒷덜미 부근에 엉켜 있는 머리가 빗에 걸리자 앤이 소리친다.

"아야!"

"아름다움의 대가야."

나는 제대로 사과하지 않고 얼버무린다. 어쨌거나 같이 지내고 싶다고 한 사람은 앤이니까.

"날 대머리로 만들 셈이니?"

"네가 가만히만 있으면 금방 예뻐질 거야."

갑자기 앤이 얌전해진다. 돌덩이로 착각할 만큼 꿈쩍도 하지 않는다. 예뻐지겠다는 일념으로 고통도 참아낸다. 나는 핀을 무수히 꽂아 앤의 머리를 고정시킨다. 천 개는 꽂은 기분이다. 머리 모양이 썩 나쁘지 않다. 적어도 한결 나아진 건 틀림없다. 나 자신이 조금은 자랑스럽다. 앤이 거울 앞에 선다.

내가 묻는다.

"어때?"

앤이 고개를 좌우로 돌려본다.

"원래 머리가 더 좋았어."

"눈물 나게 고맙구나. 하루 종일 이렇게 부루퉁해 있을 건 아니지? 계속 이러면……"

그때 필리시티가 문을 밀며 들어오더니, 도발적으로 문틀에 기대며 요부 흉내를 낸다.

"봉주르, 메드무아젤(안녕, 아가씨들). 난 시바의 여왕이에요. 여러분의 정식 인사는 나중에 받도록 하겠어요."

그녀의 코르셋은 너무 꽉 조여 가슴이 앞으로 불룩 튀어나와 보인다.

"나 어떠니, 얘들아? 참을 수 없게 요염하지?"

내가 대답한다.

"아름다워."

앤이 머뭇거리자 내가 발로 그녀의 발을 툭 친다. 앤은 마지못해 말한다.

"그래, 아름다워."

필리시티는 방금 세상을 발견한 사람처럼 활짝 웃는다.

"아빠가 오실 거야. 멋진 숙녀가 된 내 모습을 빨리 보여드리고 싶어."

그녀는 방 안을 빙글빙글 돈다.

"물론 너희도 아빠한테 소개해야지. 틀림없이 아빠는 너희를 좋아하실 거야. 내가 여기서 잘 지낸다는 걸 아빠한테 보여드리고 싶어. 둘 중에 누구 향수 있니?"

앤과 나는 고개를 젓는다.

"향수가 하나도 없다고? 몸에서 향기가 안 나면 난 밑에 못 내려가!"

필리시티의 기분이 금세 우울해진다.

"좋은 수가 있어."

나는 창턱에 놓인 꽃병에서 장미 한 송이를 꺼낸다. 손가락으로 꽃잎을 짓이기자 향긋하고 끈적이는 즙이 나온다. 그걸 필리시티의 귀와 손목에 문지른다.

필리시티가 손목을 코에 대고 숨을 들이마신다.

"완벽해! 제머, 넌 천재야!"

그녀는 두 팔로 나를 안고 내게 살짝 키스한다. 필리시티의 이런 면은 조금 당혹스럽다. 마치 자신을 금붕어라 착각하는 상어를 키우는 기분이랄까.

앤이 묻는다.

"핍은 어디 있어?"

필리시티가 대답한다.

"아래층에. 걔 부모님이 범블 씨랑 같이 왔어. 기가 막히지 않니? 오늘 피파가 그 남자를 확실히 쫓아버리길 기대하자고. 자, 그럼 아듀, 레 피유(잘 있어요, 아가씨들). 곧 다시 만나게 될 거야."

허리를 깊이 숙여 인사한 그녀는 장미와 희망의 안개 속으로 사라진다.

나는 손가락에 남은 장미 자국을 닦아내며 앤에게 말한다.

"그럼 이제 우린 하던 일이나 마저 할까?"

﹀﹀﹀﹀

아래층으로 내려와서 보니 앞쪽 응접실은 학생과 다양한 가족들로 붐비고 있다. 악명 높은 인도의 만원열차 안에서도 이처럼 혼란스러운 광경은 본 적이 없다. 내 가족은 어디에도 보이지 않는다.

피파가 고개를 숙인 채 우리 쪽으로 다가온다. 깃털이 달린 우스꽝스러운 모자를 쓴 여자가 뒤따라온다. 그녀가 입은 드레스는 젊은 여자에게나 어울릴 법한 옷인데다 저녁 복장으로 보인다. 어깨에 걸친 모피 목도리도 괴상망측하다. 그녀 곁에는 두 남자가 있다. 나는 턱수염이 무성한 미스터 범블을 한눈에 알아본다. 다른 남자는 피파의 아버지인 듯싶다. 안색이 어둡다.

피파가 속삭이듯 나지막이 말한다.

"엄마, 아빠. 이쪽은 미스 제머 도일과 미스 앤 브래드쇼예요."

"반갑다. 피파의 친구들을 만나니 정말 기쁘구나."

핍의 엄마는 딸 못지않게 아름답지만 얼굴이 사나워 보인다. 그걸 감추려고 장신구를 주렁주렁 달았다.

앤과 나는 예의 바르게 인사한다. 짧은 정적이 흐르자 범블이 헛기침을 한다.

크로스 부인이 입술에 힘을 주고 애써 웃는다.

"피파, 소개할 사람이 더 있지 않니?"

피파가 침을 꿀꺽 삼킨다.

"이쪽은 변호사이신 미스터 바틀비 범블. 내 약혼자야."

마지막 말을 할 때는 조용히 울먹이는 것 같다. 앤과 나는 너무 놀라서 아무 말도 못 한다.

그가 우리를 내려다보고는 초조하게 회중시계를 보며 혼자 중얼거린다.

"빨리 차나 내오지 뭐하는 거야?"

투실투실한 얼굴의 이 무례한 늙은이가 사랑스러운 피파의 남편이 된다고? 눈뜨고 있는 동안에는 오로지 순수하고 영원한 낭만적 사랑에 대한 생각뿐인 피파가 가장 높은 입찰가를 제시한 남자에게 팔려가는 것이다. 그녀가 알지도 못하고, 좋아하지도 않는 남자에게. 피파는 페르시아 양탄자를 내려다본다. 땅이 갈라져 그녀를 통째로 삼켜주길, 그리하여 그녀를 구해주길 바라듯이.

앤과 나는 손을 내밀고 억지로 인사한다.

범블이 콧김을 내뿜으며 말한다.

"내 약혼녀가 정숙한 아가씨들과 가까이 지내는 모습을 보니 좋군요. 요즘은 감수성이 예민한 젊은 여인들을 타락시키는 것들이 너무 많습니다. 안 그런가요, 크로스 부인?"

"그렇고말고요, 범블 씨."

이 남자의 머리통을 꼬챙이에 꽂아서 모두가 볼 수 있도록 전시할까. '경고:고리타분한 꼰대는 이곳에 얼쩡대지 마시오. 뼈까지 먹어치울 테니까.'

"아, 나이트윙 교장 선생님이 저기 계시네요. 우리 집안 소식

382

을 알려드려야겠어요. 어쩌면 오늘 이 자리에서 발표하실지도 모르죠."

크로스 부인이 남편을 꽁무니에 달고 응접실을 가로질러간다. 범블은 피파의 뒤통수를 보면서 빙그레 웃는다. 마치 그녀가 이 축제에 내걸린 가장 큰 상인 것처럼.

"우리도 갈까요?"

그가 한 팔을 내밀며 말한다.

"잠깐 친구들과 이야기해도 될까요? 제 소식을 전해야 하니까요."

피파는 서글픈 말투로 조용히 부탁한다. 이 멍청이는 그녀가 약혼자 자랑이라도 하려는 줄 안다.

"좋을 대로 하구려. 하지만 너무 오래 끌지는 말아요."

범블이 사라지자, 나는 피파의 손을 잡으려 한다.

"제발, 그러지 마."

피파가 거부한다. 그녀의 보랏빛 눈에 눈물이 고인다. 그녀에게 해줄 말이 떠오르지 않는다.

짧은 정적이 흐른 뒤, 앤이 입을 연다.

"아주 독특한 남자 같던데."

피파가 짧고 매섭게 웃는다.

"그래. 아빠의 노름빚을 청산해주고 우리 집안을 몰락에서 구해준 부유한 변호사 같잖니. 난 그 은혜에 대한 감사의 선물일 뿐이야."

씁쓸한 말투가 아니다. 그래서 더 마음이 아프다. 피파는 싸워보지도 않고 자신의 운명을 받아들였다.

그녀의 뒤에서 바틀비 범블 선생이 미래의 신부를 초조하게 기다리고 있다. 피파는 사형장으로 끌려가는 여인처럼 처절하게 말한다.

"난 이제 가야겠어."

잠시 후 앤이 중얼거린다.

"피파가 낀 반지 예쁘던데."

북적이는 사람들 너머에서 교장 선생님이 우렁차게 축하의 말을 하고 다른 사람들이 환호하는 소리가 들려온다.

"그래. 아주 예뻐."

우리는 태연한 표정을 지으려고 애쓴다. 둘 다 이 어처구니없고 절망적인 상황을 인정하고 싶지 않다. 우리가 그 불행한 제비를 뽑지 않아도 된다는 것에 대한 죄책감도 인정하고 싶지 않다. 적어도 아직까지는. 난 그저 내 차례가 왔을 때, 내 가족을 현혹하는 첫번째 남자에게 대뜸 떠넘겨지지 않기만 바랄 뿐이다.

필리시티가 우릴 보고 다가온다. 한 손에 쥐여진 손수건은 비비꼬여 덩어리져 있다.

"무슨 일이야? 둘 다 세상이 끝나기라도 한 것 같은 표정이잖아."

내가 대답한다.

"피파가 범블 씨와 약혼했대."

"뭐라고? 저런, 가엾은 핍."

필리시티는 고개를 절레절레 젓는다. 나는 즐거운 소식을 기대하며 묻는다.

"아빠 오셨니?"

"아직. 미안하지만 나 너무 초조해서 여기서 못 기다리겠어. 아빠가 오실 때까지 정원에 나가 있을래. 나 정말 봐줄 만하지?"

나는 눈을 부라리며 말한다.

"그래. 벌써 백만 번은 물어봤어."

필리시티는 너무 긴장해서 쌀쌀맞게 맞받아치지 못한다. 그냥 고맙다는 듯 고개를 끄덕인 다음, 당장이라도 아침밥을 토해버릴 것 같은 표정으로 잔디밭을 향해 달려간다.

∿∿∿∿

"아니, 이게 누구야? 도일 아씨잖아."

톰 오빠가 과장되고 멋들어지게 허리를 굽혀 인사하며 자신의 도착을 알린다. 오빠 옆에는 검은색 고급 크레이프 상복 차림의 할머니가 있다.

"아빠는? 오셨어?"

나는 초조한 표정으로 목을 빼고 아빠를 찾는다. 오빠가 대답한다.

"그래. 그런데 제머……"

"어디 계셔?"

"안녕, 제머."

처음에는 아빠가 보이지 않는다. 하지만 아빠는 잘 맞지 않는 검은색 정장 차림으로 오빠에게 가려진 채 유령처럼 서 있다. 눈 밑의 그늘이 짙다. 할머니는 아빠가 심하게 떠는 것을 감추려고 아빠의 팔을 붙잡고 있다. 보나마나 오늘의 행사를 위해 아편제를 조금 주었으리라. 나중에 더 주겠다고 약속했겠지. 나는 가까스로 울음을 참는다.

이런 아빠를 친구들에게 보여주기가 부끄럽다. 부끄러워하는
나 자신이 부끄럽다.

나는 아빠의 우묵한 뺨에 마지못해 입을 맞춘다.

"안녕, 아빠."

"오늘 우리가 여왕님을 만날 거라고 왜 아무도 말해주지 않았지?"

아빠가 농담을 하며 웃는다. 그 바람에 심하게 기침하는 아빠를
오빠가 부축한다. 나는 차마 앤을 볼 수가 없다.

"무도장에서 차를 제공하고 있어요."

나는 가족을 데리고 위층으로 올라가서 사람들과 험담으로부터
멀리 떨어진, 조용하고 후미진 테이블로 간다. 모두 자리에 앉자
나는 앤을 소개한다.

"또 만났군요. 반가워요, 미스 브래드쇼."

오빠의 말에 앤이 얼굴을 붉힌다.

"오늘 아가씨 가족은 어디 있나요?"

할머니가 주위를 둘러보며 묻는다. 우리 둘 말고 좀더 재미있는
이야기 상대를 찾는 눈치다. 그 질문에 곧이곧대로 대답하면 모두
가 어색한 침묵에 휩싸이거나, 할머니가 위로랍시고 쓸데없는 말
을 늘어놓을 게 빤하다.

나는 거짓말을 한다.

"해외에 나가 계세요."

다행히도 앤이 반박하려 들지 않는다. 자신이 고아임을 밝히고
모두의 정중하고 말없는 동정을 견디지 않아도 되어서 고마운 모
양이다. 갑자기 할머니의 눈빛이 호기심으로 반짝인다. 앤의 가족

이 부자거나 귀족이거나 혹은 둘 다이길 기대하는 게 틀림없다.

"그것 참 멋지구나. 어딜 여행하고 계시지?"

"스위스요."

"오스트리아요."

나와 앤이 동시에 대답한다. 내가 다시 말한다.

"오스트리아와 스위스요. 호화 여행을 하고 계시죠."

아빠가 입을 연다.

"오스트리아라. 오스트리아 사람들에 관한 재미있는 농담이 있는데……"

아빠가 손을 떨면서 말꼬리를 흐린다.

"그래서요, 아빠?"

"음?"

"오스트리아 사람들에 관한 이야기를 하고 계셨잖아요."

아빠는 눈살을 찌푸린다.

"내가?"

내 목에 걸린 덩어리가 좀처럼 내려가지 않는다. 나는 오빠에게 설탕 그릇을 건넨다. 앤은 오빠의 동작 하나하나를 넋을 잃고 바라보지만, 오빠는 그녀의 눈길을 알아차리지 못한다.

오빠가 각설탕 세 개를 차에 떨어뜨리고 말한다.

"내 동생이 까다롭게 굴어서 짜증난 적 없나요, 미스 브래드쇼?"

앤이 얼굴을 붉힌다.

"제머는 아주 다정해요."

"다정하다고요? 설마 우리 제머 도일이? 할머니, 스펜스는 단순한 학교가 아닌가봐요. 기적의 전당입니다."

나를 희생시키는 농담에 모두 점잖게 웃는다. 솔직히 나는 괜찮다. 가족의 웃음소리를 들으니 기분이 아주 좋다. 오후 내내 나를 놀려대도 상관없다. 아빠가 스푼을 만지작거린다. 그걸로 뭘 해야 하는지 모르는 눈치다.

내가 다정하게 말한다.

"아빠, 차 좀 따라드려요?"

아빠가 나를 보며 힘없이 웃는다.

"그래주구려. 고맙소, 버지니아."

버지니아. 엄마의 이름을 듣자 다들 당황한 듯 침묵에 휩싸인다. 오빠는 스푼으로 차를 계속 저어댄다.

내가 조용히 말한다.

"아빠, 저예요. 제머라고요."

아빠가 실눈을 뜨고 고개를 한쪽으로 기울인 채 나를 관찰한다. 이윽고 느릿느릿 고개를 젓는다.

"아, 그래. 그렇구나."

아빠는 다시 스푼을 만지작거린다.

내 가슴이 돌덩이가 되어 빠르게 가라앉는다. 우리는 점잖은 대화를 나눈다. 할머니는 요즘 어떻게 정원을 가꾸는지, 누구를 만나러 다니는지, 누가 누구랑 사이가 틀어져 말도 안 하는지 이야기한다. 오빠는 자신의 연구에 관해 떠벌리고, 앤은 마치 신을 대하듯 오빠의 말을 한마디도 빠짐없이 경청한다. 아빠는 넋이 나간 사람 같다. 아무도 내가 어떻게 지내는지, 무얼 하며 지내는지 묻지 않는다. 다들 이렇게 무심할 수가. 우리 여자들은 모두 거울이다. 사람들이 원하는 형상을 비춰주기 위해서만 존재한다. 야망과 욕구,

자신만의 생각이 씻겨나간 자리에 우아한 순종의 미적지근한 물이 채워지기만을 기다리는 무기력한 영혼의 그릇.

그 그릇에 균열이 생긴다. 내가 쪼개져버린다.

"엄마에 대한 새로운 소식 없나요? 경찰이 새로운 단서라도 찾았대요?"

오빠가 침을 튀기며 대답한다.

"이런, 이런! 또 그 소리니? 미스 브래드쇼, 내 동생을 용서해요. 종종 과대망상에 빠진답니다. 저희 어머니는 콜레라로 돌아가셨어요."

"앤은 다 알고 있어. 내가 말했거든."

나는 가족의 반응을 주시한다.

"미안합니다, 미스 브래드쇼. 내 동생의 형편없는 농담 때문에 많이 놀랐겠군요."

오빠는 이를 갈면서 나에게 경고하듯 말한다.

"제머, 이제 그만해라. 어머니가 콜레라로 돌아가신 거 너도 알잖니."

나는 독사 같은 미소를 지으며 맞받아친다.

"좋아, 콜레라였다고 쳐. 그럼 우린 왜 안 죽었지? 아, 그래, 죽어가고 있는 중인가보군. 콜레라가 우리 핏속에 도사리고 있어서 날마다 서서히 독으로 우릴 질식시키고 있을 거야."

할머니가 차를 한 모금 마시고 내 말을 무시해버린다.

"화제를 바꾸는 게 좋겠다. 미스 브래드쇼가 이런 터무니없는 말다툼 때문에 난처해지면 안 되니까 말이야."

"대화 주제로 불쌍한 우리 엄마보다 더 좋은 건 없어요. 아빠 생각은 어떠세요?"

제발, 아빠. 날 멈춰줘. 버릇없이 굴지 말라고, 지옥에 떨어져버리라고, 뭐든 말해줘. 그 옛날의 엄한 모습을 보여달란 말이야. 맥없이 늘어진 아빠의 입에서는 시럽 냄새 풍기는 축축한 숨결만 들락거릴 뿐이다. 그는 내 말을 듣고 있지 않다. 뼈다귀처럼 앙상한 손가락으로 반짝이는 티스푼을 빙빙 돌리며, 거기 비친, 부풀고 일그러진 자기 모습에 정신이 팔려 있다.

한데 모여 진실을 외면한 채, 조금이라도 현실적인 것에는 입과 귀를 닫아버리는 가족들의 모습을 더는 참을 수가 없다.

"와줘서 고마웠어요. 보시다시피 난 여기서 아주 잘 지내요. 의무를 다하셨으니 이제 가도 돼요. 가서 하던 일들이나 하시라고요."

오빠가 웃는다.

"오호라, 그거 듣던 중 반가운 소리다. 안 그래도 여기 오느라 크리켓 경기를 놓쳤는데. 이 학교에서는 교양 따위는 안 가르치나 보지?"

"어린애처럼 버릇없이 구는구나, 제머. 그것도 손님 앞에서. 미스 브래드쇼, 우리 손녀를 용서해줘요. 차 더 마실래요?"

할머니는 대답을 기다리지도 않고 차를 붓는다. 앤은 눈길을 둘 곳이 생겨서 고맙다는 듯 찻잔만 뚫어져라 본다. 그녀는 나 때문에 당황했다. 모두가 나 때문에 당황했다.

내가 일어선다.

"난 모두의 즐거운 오후를 망치고 싶은 생각은 눈곱만큼도 없어요. 그러니 이만 가보겠어요. 잘들 가세요. 같이 갈래, 앤?"

앤이 수줍게 오빠를 힐끔거리며 대답한다.

"차를 아직 다 안 마셨어."

오빠가 가볍게 박수를 친다.

"아하, 여기 진짜 숙녀가 있구먼. 브라보, 미스 브래드쇼."

앤이 웃으며 고개를 숙인다. 오빠가 케이크를 권하자, 평생 음식을 거부한 적이 없는 앤은 대식가로 보일까봐 교양 있는 양가 규수처럼 정중히 사양한다. 내가 괴물을 만들었나보다.

나는 퉁명스레 쏘아붙인다.

"좋을 대로 해."

그러고는 아빠의 무릎 위로 허리를 숙인 다음, 아빠의 두 손을 잡고 테이블에서 끌어당긴다. 아빠의 이마에 땀방울이 맺힌다.

"아빠, 나 이제 갈 거예요. 나랑 같이 잠깐 걸으실래요?"

"그럼, 좋지. 교정을 구경시켜줄 셈이로구나?"

아빠는 미소를 지으려 하지만, 이내 고통으로 얼굴이 일그러진다. 할머니가 준 아편제가 부족했던 것이다. 곧 약기운이 떨어지면 인사불성이 될 것이다. 나랑 같이 몇 걸음 걷던 아빠가 비틀거리면서 의자를 붙잡는다. 주위 사람 모두가 고개를 쳐들자, 오빠가 재빨리 내 옆으로 와서 아빠를 다시 테이블로 데려간다. 그러고는 모두에게 들리도록 일부러 조금 큰 소리로 말한다.

"그거 보세요, 아버지. 프라이스 박사가 그 발목으로는 아직 걸으면 안 된다고 했잖아요. 폴로 하다 다친 데가 나아야 한다고요."

무도장 안의 모든 사람들이 고개를 내린다. 한 사람만 빼고. 세실리 템플이 우리를 본 것이다. 그녀가 자기 부모를 이끌고 우리 테이블로 다가온다.

"안녕, 제머. 안녕, 앤."

앤의 얼굴이 공포에 사로잡혀 납빛으로 바뀐다. 세실리는 상황을 둘러보며 눈치를 살핀다.

"앤, 이따가 우리를 위해 노래해줄 거니? 앤은 목소리가 정말 아름다워요. 전에 제가 말씀드렸죠? 장학생이라고요."

앤의 몸이 의자 위에서 축 처진다.

할머니가 어리둥절한 표정으로 중얼거린다.

"부모님이 해외에 계신다고 한 줄 알았는데……"

앤의 얼굴이 일그러진다. 당장이라도 울음을 터뜨릴 것만 같다. 결국 벌떡 일어나 의자 하나를 쓰러뜨리며 달아난다.

세실리는 당황한 척한다.

"어머, 이런. 설마 내가 말실수 한 건 아니겠지?"

나는 매섭게 쏘아붙인다.

"넌 그 입을 벌릴 때마다 말실수야."

할머니가 소리친다.

"제머, 너 오늘 대체 왜 이러니? 아프기라도 한 거니?"

나는 냅킨을 뭉쳐서 테이블 위에 던지고 대꾸한다.

"네, 모두한테 죄송해요. 내 안에서 콜레라가 다시 발병했나봐요."

나중에는 결국 사과해야 할 것이다. **죄송해요, 정말 죄송해요, 제가 왜 그랬는지 모르겠어요, 죄송해요.** 하지만 지금 당장은 걱정으로 가장한 그들의 요구에서 벗어나고 싶다. 무도장을 가로질러 층계를 내려가는 동안 숨이 차서 배를 움켜잡는다. 안 그러면 기절할 것만 같다. 다행히도 열린 유리문으로 산들바람이 흘러들어온다. 그 문을 넘어 잔디밭으로 나가니, 크로케 경기가 한창이다. 챙이

넓은 모자를 쓴 멋쟁이 엄마들이 알록달록한 나무 공들을 타구봉으로 쳐서 좁은 테 안으로 밀어넣고 있다. 지켜보던 남편들이 고개를 저으며 다가와 뒤에서 아내를 안고 다정하게 한 팔로 자세를 고쳐준다. 아내들이 웃으면서 공을 치지만 또 빗나간다. 남편한테 한 번 더 안기려고 일부러 그러는 것 같다.

나는 그들의 눈에 띄지 않고 언덕을 내려간다. 돌 벤치에 홀로 앉아 있는 필리시티가 보인다.

"넌 어떤지 모르겠지만 난 이 어처구니없는 쇼가 벌써 지긋지긋해."

동지인 것처럼 일부러 퉁명스레 말해보지만 외롭기는 마찬가지다. 뜨거운 눈물 한 방울이 뺨을 따라 흘러내린다. 나는 눈물을 닦고 크로케 경기장 쪽으로 눈길을 돌린다.

"네 아빠는 오셨니? 내가 못 뵌 건가?"

필리시티는 말없이 앉아 있을 따름이다.

"피? 왜 그래?"

그녀가 하얀색 고급 카드 한 장을 내민다.

✴✴✴✴

나의 사랑하는 딸에게,

너무 늦게 알려서 미안하구나. 아빠는 급한 임무가 생겨서 떠나야 한단다. 국가에 대한 봉사가 아빠에게 가장 중요하다는 건 너도 인정하리라 믿는다. 오늘 하루 즐겁게 보내렴. 아마 크리스마스에는 다시 만날 수 있을 거다.

애정을 담아서,
아빠가

해줄 말이 하나도 떠오르지 않는다.

마침내 필리시티가 맥빠진 목소리로 말한다.

"심지어 아빠 필체도 아냐. 손수 작별인사를 쓸 마음조차 없었어."

잔디밭에서는 몇몇 어린 학생들이 원 안에서 즐겁게 장난을 치며 까불다가 땅에 쓰러져 까르르 웃음을 터뜨린다. 근처에서 서성이는 그들의 어머니들은 끈과 보닛이 풀린 머리와 더럽혀진 드레스를 보고 잔소리를 해댄다. 두 학생이 서로 팔짱을 끼고 우리를 지나쳐가면서 오늘 행사를 위해 배운 시를 암송한다. 그동안 교양을 쌓아 작은 숙녀의 싹을 틔웠음을 보여주려는 것이다.

그녀는 천에서 손을 떼고, 베틀에서 벗어나
방 안을 세 걸음 걸었네
그러자 활짝 핀 수련이 보이고
투구와 깃털이 보였으며
캐멀롯이 내려다보였네

머리 위에서는 구름이 해를 가리는 싸움에서 지고 있다. 크고 위협적인 잿빛 구름 뒤에서 드러난 파란 하늘이 미끄러운 손끝으로 해에 매달린다.

천으로부터 벗어나 멀리 떠돌았지
거울은 양옆으로 깨어졌지
'내게 저주가 내렸구나!' 라고 외치는
레이디 오브 샬럿.

소녀들은 비장하게 시를 읊더니, 근심이라고는 없어 보이는 머리를 뒤로 젖히고 요란하게 웃어댄다. 바람이 동쪽으로 불기 시작한다. 폭풍이 머지않았다. 습한 바람 냄새가 난다. 악취를 풍기는 생명체의 냄새. 드문드문 떨어지는 빗방울이 손과 얼굴, 드레스를 적신다. 놀란 손님들이 시끄럽게 투덜거리면서 하늘을 원망하듯 손으로 머리를 가리고 건물 안으로 뛰어들어간다.

"비가 오고 있어."

필리시티는 앞만 응시할 뿐 아무 말도 하지 않는다.

"여기 있으면 젖을 거야."

나는 벌떡 일어나 학교 쪽으로 걷는다. 필리시티는 움직이지 않는다. 건물 안으로 들어갈 생각이 없는 눈치다. 나는 그녀를 내버려둔 채 계속 간다. 물론 잘하는 짓 같지는 않다. 문에 이르러 뒤를 돌아보니, 필리시티는 여전히 벤치에 앉아 비를 맞고 있다. 그녀가 아빠의 카드를 펼쳐들자, 젖은 종이 위의 글씨는 모두 빗물에 지워지고, 그녀와 카드는 비에 씻겨 아기 피부처럼 깨끗해진다.

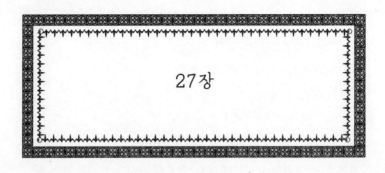

27장

이날 저녁은 침울하기 그지없다. 이제 여름이 완전히 끝났음을 알리는 차가운 폭우가 하늘에서 들이붓는다. 습한 냉기가 뼈에 스며들어 손가락과 등, 심장이 욱신거린다. 끊임없이 땅을 두드리는 비와 경쟁하듯 천둥이 우르릉거리면서 점점 가까이 다가온다. 이따금 번개가 쳐서 하늘에 금이 가면, 쪼개질 듯한 소리와 함께 연기가 피어오르고 사방으로 빛이 퍼진다. 빛은 동굴 입구에서 이리저리 반사된다.

우리는 모두 여기 있다. 흠뻑 젖은 채. 추위에 떨면서. 말없이. 필리시티는 평평한 바위 위에 앉아 머리칼을 계속 땋았다 풀었다 한다. 평소에 내뿜던 생기발랄한 기운은 모조리 비에 씻겨 온데간데없다.

피파는 몸에 걸친 케이프 자락을 만지작거리고 서성이면서 투덜댄다.

"그 남자는 쉰 살이야! 우리 아빠보다도 늙었어! 너무 끔찍해서 생각하기도 싫어."

"적어도 너랑 결혼하려는 사람은 있는 거잖아. 적어도 버림받진 않은 거지."

손바닥을 촛불 위에 들고 있던 앤이 말한다. 그녀는 손바닥을 점점 낮추다가 너무 뜨거워지면 잽싸게 뒤로 뺀다. 하지만 찡그리는 얼굴을 보니 일부러 자해하고 있다는 걸 알 수 있다. 뭔가를 느낄 수 있는지, 또 시험하고 있는 것이다.

피파가 두 손에 얼굴을 묻고 웅얼거린다.

"다들 왜 나를 차지하려는 거지? 어째서 다들 내 삶을 좌우하려는 거야? 어떤 표정을 짓건, 뭘 보건, 뭘 하건 안 하건 그건 내 맘이잖아? 어째서 날 내버려두지 않는 걸까?"

앤이 자기 손바닥을 핥는 불을 바라보며 대답한다.

"네가 아름다워서 그래. 항상 사람들은 아름다운 것을 가질 수 있다고 생각하니까."

피파는 눈물 어린 표정으로 쓸쓸하게 웃는다.

"어째서 여자들은 아름답기만 하면 모든 문제가 해결된다고 생각할까? 아름다움은 문제를 만들어내. 비참해진다고. 난 내가 다른 사람이면 좋겠어."

배부른 소리다. 예쁜 여자들만 지껄일 수 있는 말. 앤은 기가 막힌다는 듯 매섭게 콧방귀를 뀐다.

"진심이야! 난 내가…… 너라면 좋겠어, 앤."

앤이 그 말에 놀라서 촛불 위에 손을 너무 오래 두고 있다가 기겁하며 뒤로 뺀다.

"대체 왜 내가 되고 싶다는 거야?"

피파가 한숨을 내쉰다.

"왜냐하면 너는 이런 걱정을 할 필요가 없으니까. 너는 끊임없이 사람들에게 시달려 숨 쉴 여유조차 없진 않잖아. 아무도 너를 원치 않으니까 말이야."

"피파!"

내가 소리친다.

"왜? 내가 방금 뭐랬는데?"

피파가 퉁명스레 묻는다. 자신의 어리석은 잔인함을 전혀 인식하지 못하고 있다.

앤의 얼굴에 먹구름이 끼고 눈이 가늘어진다. 하지만 지금껏 살아오면서 수없이 좌절해온 앤은 아무 말도 못 하고, 자기밖에 모르는 피파는 분위기 파악을 못 한다. 마침내 앤이 무덤덤하게 말한다.

"내가 눈에 띄지 않는다는 거지?"

"바로 그거야."

피파는 동굴 안에 자신의 불행을 이해하는 사람이 있어서 기쁘다는 듯 의기양양하게 나를 바라본다. 하지만 곧 상황을 파악한다.

"어머, 이런. 앤, 내 말은 그런 뜻이 아니었어."

앤이 손을 바꿔 왼손을 촛불 위에 갖다댄다.

"앤, 정말 미안해. 날 용서해줘. 내가 좀 모자라서 그래. 절대로 그런 뜻이 아니야."

피파가 두 팔로 앤을 껴안는다. 앤은 자신에게 관심을 보이는 사람이라면 누구도 거부하지 못한다. 그녀를 목걸이나 헤어리본

398

같은 장신구쯤으로 여기는 여자조차.

피파가 말한다.

"자, 우리한테 이야기를 들려줘. 메리 다우드의 일기를 읽어줘."

앤이 다시 촛불을 가지고 장난을 치며 대꾸한다.

"어떻게 끝나는지 아는데 뭐하러 읽어? 걔들은 불에 타서 죽잖아."

"일기에는 뭐라고 적혀 있는지 궁금해서 그래!"

내가 한숨을 쉰다.

"피파, 오늘 밤에 꼭 그걸 읽어야겠니? 우린 그럴 기분 아냐."

"너야 그렇게 말할 수 있겠지. 원치 않는 결혼을 해야 할 처지가 아니니까!"

하늘이 우르릉거린다. 우리는 각자 자기만의 구석에 처박혀 있다. 함께 있지만 모두 혼자다.

"내가 이야기 들려줄까? 새롭고 끔찍한 이야기 해줘? 귀신 이야기 들을래?"

필리시티의 목소리가 거대한 동굴 안에 희미하게 울려퍼진다. 그녀가 바위 위에서 돌아앉아 우리를 보며 두 팔로 무릎을 안고 바짝 끌어당긴다.

"준비됐어? 시작할까? 옛날 옛적에 네 명의 소녀가 살았어. 한 명은 예뻤어. 한 명은 영리했어. 한 명은 매력적이었어. 그리고 나머지 한 명은……"

필리시티가 나를 힐끔 보고 말을 잇는다.

"한 명은 수수께끼 같았어. 하지만 모두 문제를 안고 있었지. 나쁜 팔자를 타고난 거야. 유전병. 허황된 꿈. 아, 한 가지 빼먹었다.

미안해, 그걸 먼저 말했어야 하는데. 그 아가씨들은 모두 몽상가였어."

"필리시티, 제발……"

나는 이야기 때문이 아니라 필리시티 때문에 두려워지기 시작한다.

"너희가 이야기를 원했으니 내가 들려주려는 거야."

번개의 섬광이 벽에 비치자, 필리시티의 얼굴이 반은 빛으로, 반은 그늘로 흐릿해진다.

"그들은 차례차례 가까워졌고, 밤마다 함께 모였어. 그리고 죄를 지었지. 무슨 죄인지 알아? 아무도 모르니? 피파? 앤?"

피파가 불안한 목소리로 말한다.

"필리시티, 학교로 돌아가서 따뜻한 차나 마시자. 여긴 너무 추워."

필리시티의 목소리가 종소리처럼 퍼져 우리 주위의 공간을 채운다.

"그들의 죄는 믿었다는 거야. 자신들이 달라질 수 있다고, 특별해질 수 있다고 믿었지. 자신을 변화시킬 수 있다고 믿었어. 상처입고, 사랑받지 못하는 버려진 존재가 발랄하고 사랑받는, 꼭 필요한 존재가 될 거라고 말이야. 하지만 그건 거짓이었어. 이건 귀신이야기거든. 비극적인 이야기라고."

엄청난 번개가 한 번, 두 번, 세 번 내리치자, 눈물에 젖어 미끈거리고 콧물이 흐르는 필리시티의 얼굴이 보인다.

"그들은 길을 잘못 들었어. 자신의 어리석은 희망에 배신당한 거야. 전혀 특별하지 않은 그들을 위해 세상이 달라질 수는 없었지. 그래서 삶이 이끄는 대로 끌려다닌 거야, 알겠어? 그들은 그대로 생기를 잃어가다가 결국 살아 있는 귀신으로 전락했고, 평생 부질없는 소망으로 서로를 괴롭히다 죽었지. 헛된 꿈을 꾸면서."

필리시티의 목소리가 깃털처럼 가벼워져 작아진다.

"자, 어때? 이보다 더 섬뜩한 이야기 들어본 적 있어?"

가차 없이 쏟아지는 빗소리에 필리시티의 숨죽인 흐느낌이 뒤섞인다. 앤은 자기 손을 고문하던 걸 멈추고, 지금은 촛불 너머로 동굴벽을 바라보지만, 그것은 낯선 역사만 보여줄 뿐 아무 희망도 주지 않는다. 피파는 당장이라도 손가락에서 빼버릴 듯, 약혼반지를 빙글빙글 돌린다.

나는 화가 난다. 끊임없이 쏟아지는 폭우 때문인지도 모른다. 사랑스러운 피파가 사랑하지도 않는 남자, 그녀를 사랑하지 않는 남자, 그녀를 획득하고 싶어할 뿐인 남자와 결혼한다는 사실 때문인지도 모른다. 노래를 포기하고 거만한 귀족들과 그들의 밉살스러운 애들의 시중을 드는 앤이 상상되기 때문인지도 모른다. 혹은 눈물을 참으려고 애쓰는 필리시티 때문이거나. 어쩌면 그녀가 한 말이 모두 사실이기 때문일지도.

이유가 무엇이건 간에 나는 지금 탈출할 방법을 생각하고 있다. 그 세계에서 마법을 가져올 방법을. 오늘 학교에서 보았던, 화려한 드레스 차림으로 공허한 삶을 사는 어머니들을 생각한다. 그리고 내가 그 힘을 완전히 사용할 준비가 되지 않았다는 엄마의 경고를 생각한다.

아뇨, 준비됐어요, 엄마. 준비됐다고요.

동굴 밖에서 천둥이 다시 파도처럼 우르르 몰려온다. 경고를 하듯, 기도를 하듯. 우리보다 앞서 살다간 여인들의 피와 땀으로 새겨넣은 상징들이 뿌연 어둠 속에서 나를 에워싸고 있다. 그것들이 딱 한 마디를 속삭이며 나를 부추긴다.

믿어.

피파의 원치 않는 반지가 반짝인다. 앤의 힘겨운 숨소리가 들린다. 아무도 묻지 않은 절박한 소망이 침묵 속에서 느껴진다.

이렇게 살 수는 없어. 더 나은 길이 있을 거야.

내 목소리가 날아오르는 새처럼 동굴의 보이지 않는 꼭대기로 솟구친다.

"우리의 삶을 변화시킬 방법이 있어……"

28장

"룬을 어떻게 사용하는지 아는 거 확실해?"

우리가 둥글게 서서 한가운데에 양초들을 늘어놓는 동안 앤이 묻는다.

피파가 쏘아붙인다.

"당연히 알겠지! 괜히 제머 겁주지 마. 내 말 맞지?"

"몰라. 하지만 메리와 새러도 했어. 어렵지 않을 거야. 엄마한테 듣기로는 내가 룬에 손만 대면…… 그러고 나면……"

그러고 나면 뭐? 마법이 내 안으로 들어온다. 아주 간단하다.

필리시티가 내 옆에 선다. 울음은 이미 그쳤다.

나는 혼잣말을 하듯 중얼거린다.

"한번 시도해보고 어떻게 되는지 지켜보는 거야. 그뿐이야. 그냥 시험 삼아 해보는 거야."

우리는 빛의 문을 통해 그 세계로 들어가서 최대한 신속히 동굴로 간다. 높다랗고 위풍당당한 룬이 우리 앞에 솟아 있다. 그들은 하늘의 비밀을 수호하는 문지기들이다.

필리시티가 헐떡이며 말한다.

"오면서 아무도 못 봤어."

피파도 한마디 한다.

"아무도 우리를 못 본 것 같아."

마법을 이 세계 밖으로 가져가지 않겠다고 약속하렴, 제머……

나는 엄마에게 약속했다. 하지만 내 친구들이 공허한 삶을 살도록 내버려둘 수는 없다.

이곳의 마법이 사용된 건 아주 오래전의 일이란다. 그러니 무슨 일이 벌어질지 아무도 몰라.

그 말이 곧 끔찍한 일이 벌어질 거라는 뜻은 아니다. 어쩌면 엄마가 괜한 걱정을 하는 것일 수도 있다. 우리는 아주 조심할 것이다. 말썽이 생기는 일은 결코 없을 것이다.

그때 여자 사냥꾼이 나타난다.

"뭘 하고 있느냐?"

피파가 놀라서 꺅 소리친다. 내가 너무 빨리 대답한다.

"아무것도 아니에요."

여자 사냥꾼은 말없이 우리를 지켜보다가 필리시티에게 묻는다.

"오늘 사냥할 거냐?"

필리시티가 대답한다.

"오늘은 곤란해요. 내일 하죠."

"내일이라."

여자 사냥꾼이 중얼거린다. 그러고는 돌아서서 은빛 아치 쪽으로 걷다가 호기심 어린 표정으로 한 번 뒤돌아본다. 잠시 후 그녀가 사라진다.

앤이 숨을 몰아쉰다.

"하마터면 큰일 날 뻔했어."

내가 말한다.

"그래. 빨리 끝내는 게 좋겠다."

피파가 걱정스러운 목소리로 묻는다.

"우리한테 무슨 일이 벌어질까?"

"그걸 알아낼 길은 하나뿐이야."

나는 룬에 더 가까이 다가간다. 나를 부르는 룬의 에너지가 느껴진다. 나는 일 초 정도만 거기에 손을 댈 것이다. 그 짧은 시간에 무슨 일이 벌어지겠는가.

친구들이 나에게 손을 댄다. 우리는 빛을 내뿜는 새로운 전기 장치처럼 연결되어 있다. 나는 천천히 두 손바닥을 따뜻한 힘이 느껴지는 투명한 물체에 갖다댄다. 내 살갗이 닿자 그것들이 윙윙거린다. 이윽고 떨림으로 바뀐다. 내가 상상했던 것보다 훨씬 강력하다. 그것들이 처음에는 희미하게 빛나다가 이윽고 강렬하게 빛나면서, 회전하는 빛기둥이 순식간에 나를 뚫고 내 주위로 퍼져나간다. 내 안에서 친구들이 느껴진다. 그들의 혈관을 흐르는 피의 빠른 고동이 느껴진다. 황량한 겨울 들판을 가로지르는 우레 같은 말발굽 소리처럼, 우리의 심장이 리듬에 맞춰 일제히 쿵쾅거린다. 우리 안에서 희망이 자유의 걸음을 내디딘다. 수많은 생각이 열차처럼 줄줄이 스쳐간다. 다른 목소리들, 다른 언어들이 뒤섞여 하나의 웅얼거림으로 들려온다. 너무 빨라서 흡수할 수가 없다. 내가 깨져버릴 것만 같다. 벗어나고 싶지만 그럴 수가 없다.

갑자기 세상이 사라진다.

거대한 밤하늘이 융단처럼 우리를 감싼다. 우리는 산마루에 서 있다. 머리 위로는 구름이 휘감겼다가 풀리면서 엄청난 속도로 흐른다. 노호하는 강한 바람이 우리의 머리칼을 휘날린다. 하지만 조금도 두렵지 않다. 내가 완전히 새로워진 기분이다. 몸속의 세포 하나하나가 예민해지고, 모든 감각이 날카로워졌다. 우리는 말할 필요가 없다. 서로가 느끼는 것을 느낄 수 있다.

갑자기 필리시티의 얼굴이 느껴진다. 그녀의 잿빛 눈동자가 점점 커진다. 나를 바라보는 눈길 한가운데의 검은 심장부가 움직이면서 빙글빙글 돌자, 나는 마침내 그 안으로 빨려들어가 드넓은 바다 위에 떠다닌다. 파도 위로 빙산들이 솟구치고, 근처에서 고래 울음소리가 들려온다. 나는 마치 액체처럼 그 바다로 부어져 완전히 삼켜진 뒤, 바다 밑바닥을 뚫고 런던의 황혼으로 추락한다. 내 밑에는 가로등으로 얼룩진 템스 강이 흐른다. 내가 날고 있다. 날고 있어! 우리 모두 까마득히 높이 솟아오르고, 수많은 지붕과 굴뚝은 도랑에 던져진 동전처럼 하찮아 보인다. 눈을 감아, 눈을 감아, 제머. 깨어보니 나는 보름달 아래 사막에 있다. 모래 언덕들이 숨결처럼 오르락내리락한다. 발이 모래 속으로 잠긴다. 나는 녹아서 따뜻한 갈색 모래로 변한다. 내 손이 닿자 고운 모래가 부드러운 살갗으로 바뀐다. 그의 몸이 내 밑에서 평원처럼 판판해진다. 카르틱은 내가 여행하고 싶은 하나의 초원이다. 거대하고 위험한 미지의 땅. 우리가 입을 맞추자, 나는 다시 추락해 산마루로 돌아온다. 그곳에는 필리시티와 피파, 앤이 각자의 여행을 마치고 돌아와 서 있다. 하지만 우리 모두 계속 이곳에 있었던 것만 같다. 우리는 서로 미소 짓는다. 우리의 손끝들이 스치고, 서로의 손을 움켜쥔다. 눈부신 하얀빛이 퍼져간다. 이윽고 모든 것이 사라진다.

﹏﹏﹏﹏

"제머, 일어나."

앤이 나를 살짝 흔든다. 내 방이 서서히 보이기 시작한다. 천장, 창밖의 잿빛 하늘, 낡은 마룻바닥. 어젯밤 일들이 희미하게 기억난다. 그 세계, 룬, 여자 사냥꾼의 이상한 표정, 나중에 동굴에서 비틀거리며 학교로 돌아온 우리 넷. 하지만 대부분이 머릿속에서 안개처럼 뿌옇다. 나는 시간감각과 방향감각을 완전히 잃어버렸다.

내가 웅얼웅얼 묻는다.

"지금 몇 시야?"

"아침 먹을 시간이야."

말도 안 돼. 나는 손으로 머리를 문지르며 생각한다.

앤이 대꾸한다.

"정말이라니까."

이상하다. 내가 묻는다.

"내 생각을 어떻게 알았어?"

앤이 눈을 휘둥그레 뜨고 대답한다.

"나도 몰라. 그냥 머릿속에서 들렸어."

나는 일어나 앉으며 중얼거린다.

"마법이야……"

필리시티와 피파가 방 안으로 뛰어들어온다.

"내 드레스 좀 봐."

피파가 환히 웃으며 말한다. 드레스 테두리에 큼지막한 풀잎 얼룩이 있다.

"안됐구나, 피파."

내 말을 듣고도 피파는 여전히 천치처럼 웃는다. 그녀가 눈을 감는다. 잠시 후 얼룩이 사라진다.

앤이 놀란 표정으로 말한다.

"네가 사라지게 했어."

피파의 미소가 반짝인다. 그녀는 치마를 이리저리 돌리면서 햇빛에 비춰본다.

내가 말한다.

"결국 우리가 해냈구나. 그 세계 밖으로 마법을 가져왔어."

그리고 아무 일도 없다.

⌇⌇⌇⌇⌇

나는 기록적인 속도로 부리나케 옷을 입는다. 우리는 복도를 지나 바람처럼 층계를 내려가면서 서로 속삭인다. 반은 입으로 말하고, 나머지 반은 머릿속으로 끝맺는다. 다들 이 놀라운 발견에 들떠서 자꾸만 키득키득 웃는다.

층계 밑의 구석진 공간에 서 있는 작은 큐피드 상이 보인다.

피파가 우리를 멈춰 세우고 말한다.

"장난 좀 쳐보자."

그녀가 눈을 감고 천사 같은 석고 소년 쪽으로 두 손을 흔들자, 큐피드에게 커다란 젖가슴이 생긴다.

필리시티가 소리친다.

"우와, 진짜 멋져, 핍!"

우리는 배를 잡고 웃는다.

"이제 코르셋을 입혀야겠는걸!"

피파가 자지러질 듯이 깔깔댄다.

그때 복도 저쪽에서 브리짓이 우리 쪽으로 다가온다. 내가 나직이 말한다.

"제기랄, 빨리 원래대로 돌려놔!"

우리는 큐피드를 가리려고 서둘다가 뒤엉켜 넘어진다. 당황한 피파가 속삭인다.

"긴장되니까 못 하겠어!"

브리짓이 두 손으로 엉덩이를 짚고 묻는다.

"자, 왜들 이렇게 소란이야? 거기 있는 게 뭐지? 내가 볼 수 있도록 옆으로 비켜보렴."

우리는 마지못해 비켜선다.

"대체 이게 뭐니?"

브리짓은 세상에서 가장 못생긴 캉캉 댄서 상을 들어올린다. 물론 방금까지는 젖가슴 달린 큐피드 상이었다.

필리시티가 태연히 대답한다.

"요즘 파리에서 유행하는 거예요."

브리짓은 그 괴상한 물건을 도로 층계 밑에 내려놓는다.

"내가 보기에는 딱 쓰레기인데."

그녀가 떠나자 우리는 다시 키들거린다. 피파가 말한다.

"난 최선을 다했어. 그 상황에서는 어쩔 수 없었단 말이야."

ᴧᴧᴧᴧ

식당에 도착한 우리가 기다란 탁자에 자리를 잡고 앉자, 모두
우리 쪽으로 고개를 돌린다. 세실리는 계속 앤을 쳐다본다.

"앤, 그거 새 드레스니?"

그녀가 베이컨을 우물우물 씹으며 묻는다. 우리가 너무 늦게 와
서 포리지밖에 남지 않았다.

앤이 대답한다.

"아니."

"그럼 헤어스타일을 바꿨니?"

앤이 고개를 젓는다.

"뭔지는 몰라도 꼬락서니가 나아진 것 같아서 말이야."

그 말에 나머지 학생들이 낄낄거린다. 세실리는 다시 베이컨 먹
기에 열중한다.

필리시티가 스푼을 세게 내려놓는다.

"너 진짜 싸가지 없구나, 세실리. 모르겠니? 아무래도 넌 오늘 그냥 입 다물고 있는 게 좋겠어."

세실리가 필리시티에게 뭔가 쏘아붙이려고 입을 열지만 말이 나오지 않는다. 기껏해야 속삭이는 소리뿐. 그녀가 두 손으로 자기 목을 부여잡는다.

엘리자베스가 세실리에게 물을 건넨다.

"세실리, 왜 그래?"

필리시티가 능글맞게 웃는다.

"고양이가 혀를 빼갔나봐."

프랑스어 수업을 들으러 가는 동안 피파가 잔소리한다.

"피, 적당히 놀리고 세실리의 목소리를 돌려줘."

필리시티가 고개를 끄덕인다.

"그럴 거야. 하지만 입을 다무니 꼬락서니가 나아진 건 틀림없어."

⋀⋀⋀⋀

우리가 교실에 들어설 때, 르파르주 선생님은 유난히 심술궂은 미소를 짓고 있다. 좋지 않은 징조다.

"봉주르, 메 피유(안녕, 얘들아). 오늘은 프랑스어 실력을 테스트하는 대화 수업을 할 거란다."

대화 수업. 내가 가장 자신 없어하는 수업이다. 지목당하지 않고 얼마나 오래 버틸 수 있을지 걱정이다.

엘리자베스가 손을 든다.

"선생님, 세실리가 목소리가 안 나온대요."

"그래? 수업이 시작되니 목소리가 사라졌구나, 미스 템플?"

세실리가 대꾸하려고 기를 쓰지만 소용없다. 앤이 살며시 싱긋 웃어주자 세실리는 완전히 겁에 질린 표정으로 책 속에 코를 묻는다.

르파르주 선생님이 말한다.

"좋아. 마드무아젤 도일, 너부터 시작하자."

이제 어쩔 도리가 없다. 제발, 제발, 제발 잘하게 해줘. 배 속이 울렁거린다. 어쩌면 오늘 르파르주 선생님이 나를 초급반으로 강등시킬지도 모른다. 그녀는 센 강에 관한 질문을 던지고 나의 대답을 기다린다. 내가 입을 열자 모두가 깜짝 놀란다. 내가 파리 사람처럼 프랑스어를 구사하고 센 강에 대해 너무나 해박하기 때문이다. 프랑스의 지리와 군주제, 프랑스 혁명에 대해서도 술술 이야기한다. 천재가 된 기분이다. 수업 시간 내내 말하고 싶다. 하지만 결국 충격에서 회복된 르파르주 선생님이 자신의 원칙을 깨고 도중에 말을 가로챈다. 놀라서 영어로 감탄을 내뱉는다.

"굉장하구나, 미스 도일! 정말 굉장해. 다들 봤지? 열심히 노력하면 저절로 좋은 결과가 나온단다! 마드무아젤 도일에게는 오늘 선행점수 30점을 주마. 이건 내 수업의 최고 기록이야!"

누가 비라도 내리기 전에 마사와 세실리, 엘리자베스의 입을 다물게 해줘야겠다. 안 그러면 칠면조들처럼 비에 휩쓸려 익사할지도 모르니까.

"이제 뭘 하지?"

우리가 그뤼네발트 선생님 교실에서 자리에 앉는 동안 피파가 소곤댄다.

"앤의 차례 같은데."

내 말을 듣고 앤이 고개를 푹 수그린다.

"나, 나? 난 모, 모, 몰……"

"겁먹을 것 없어. 네 능력을 모두에게 보여주고 싶지 않니?"

앤이 이마를 찡그린다.

"하지만 그건 내 능력이 아니잖아? 마법 덕분이지. 네 프랑스어 실력처럼."

그 말에 내 볼이 빨개진다.

"내가 조금 도취되긴 했지. 하지만 넌 정말로 노래 부를 수 있어, 앤. 최고로 멋진 모습일 거야."

앤은 믿지 않는 눈치다. 그녀는 초조하게 입술을 씹는다.

"자신 없어."

땅딸막한 오스트리아 남자가 들어오자 우리의 대화가 중단된다. 그뤼네발트 선생님은 대개 두 가지 상태 중 하나다. 뚱하거나 더 뚱하거나. 오늘의 그는 평소의 자기 자신을 뛰어넘어 곧바로 가장 뚱한 상태가 된다.

"끝없는 잡담 중지!"

그가 한 손으로 듬성듬성한 백발을 쓸어넘기며 소리친다. 우리는 차례차례 교실 앞으로 불려나가 같은 찬송가를 부른다. 그뤼네발트 선생님은 우리가 죽어버리고 싶을 정도로 모질게 비판한다. 모음 발음이 너무 흐리멍덩하다는 둥, 입을 충분히 벌리지 않는다는 둥. 내가 고음에서 찢어지는 소리를 내자, 선생님은 고문이라도 당하듯 날카롭게 '악!' 비명을 지른다. 마침내 앤의 차례가 된다.

처음에는 소심하게 부른다. 그뤼네발트 선생님이 고함을 지르고 투덜거리자 더 기가 죽는다. 나는 앤에게 목청껏 노래하라고 마음으로 독려한다. 노래 불러, 앤. 어서! 그러자 앤이 제대로 노래한다. 둥지를 떠난 새가 하늘 높이 자유롭게 비상하듯이. 말문이 막힌 우리는 모두 넋을 놓고 바라본다. 심지어 그뤼네발트 선생님도 박자 세기를 멈추고는 더없이 황홀한 표정으로 앤을 쳐다본다.

나는 앤이 너무나 자랑스럽다. 엄마는 왜 이런 마법을 쓰지 말라고 한 걸까? 우리가 준비되었다는 걸 왜 믿지 못했을까?

앤의 노래가 끝나자 그뤼네발트 선생님이 환호성을 지른다. 남들과 함께 박수쳐본 적도 없는 남자가 앤에게 갈채를 보내고 있다. 모든 학생이 동참한다. 이제 다들 앤을 달리 본다. 그녀를 인정하는 눈치다. 누구나 이런 걸 원하지 않는가. 관심 받는 걸 누군들 싫어하겠는가.

✳✳✳✳✳

우리는 이날의 기쁨을 하루 종일 만끽한다. 마침내 저녁이 되자 몸에서 마법의 마지막 기운이 빠져나가는 느낌이 들고, 우리는 조금 지친다. 자유 시간에 교장 선생님이 피파를 살펴본다.

"미스 크로스, 오늘 저녁에는 조금 피곤해 보이는구나."

"무척 피곤해요, 교장 선생님."

피파가 얼굴을 붉힌다. 교장 선생님은 아무것도 모른다. 그녀가 셰리주를 마시고 잠든 사이 우리가 무얼 하는지.

"어서 자러 가려무나. 아름다움을 유지하려면 푹 자야 해. 내일 범블 씨가 오실 때 가장 좋은 모습을 보여야 하니까 말이다."

우리가 터덜터덜 층계를 올라가는 동안 피파가 한탄한다.

"어휴, 그 남자가 만나러 온다는 걸 깜박했어."

앤이 기지개 켜는 고양이처럼 두 팔을 머리 위로 뻗는다.

"그냥 차버리면 되지 않니? 범블 씨한테 관심 없다고 말해."

피파가 콧방귀를 뀐다.

"그랬다가는 우리 엄마가 퍽이나 좋아하겠다."

필리시티가 말한다.

"우리가 그 세계로 돌아가서 너를 끔찍한 추녀로 만들면 되겠네."

"그건 싫어!"

마침내 우리는 3층에 다다른다. 올려다보니 가스등 위의 천장이 그을음 때문에 거무스레하다. 지금에야 그게 눈에 띄다니 웃기는 일이다.

필리시티가 코웃음을 치며 말한다.

"그럼 맘대로 해. 완소남 기사에게 작별을 고하고 변호사의 아내가 되던가."

피파의 아름다운 얼굴에 근심이 가득하다. 하지만 심하게 찡그리지는 않는다. 새로운 결심의 기운이 이마에 서린다.

"그냥 사실대로 말해야겠어. 내 간질에 대해서."

벽도 거무스레하다. 지금껏 눈치 채지 못한 것이 아주 많다.

피파가 말한다.

"범블 씨는 내일 열한시에 올 거야."

필리시티가 고개를 끄덕인다.

"그럼 우리가 그 남자를 쫓아내버릴까?"

나는 하품을 하면서 너무나 익숙한 사진들을 지나친다. 반쯤 지워진 여자들. 하지만 오늘 밤에는 죄다 처음 보는 것처럼 낯설다. 수수한 검은색 액자에 들어 있는 사진들 중 하나가 유리 밑에서 울기 시작했다. 아마 습기 때문인지 사진이 점점 우글쭈글해지고 있다. 하지만 다른 무언가가 눈에 띈다. 유심히 살펴보니 다섯번째 사진이 걸려 있었던 자리에 거뭇한 윤곽이 벽에 남아 있다.

내가 앤에게 말한다.

"이상한데."

앤이 하품을 한다.

"뭐가?"

"여기 벽을 좀 봐. 흔적이 보이지? 사진이 하나 더 있었어."

"그러네. 그래서 뭐? 보기 싫어져서 치웠나보지."

"어쩌면 사라진 1871년 졸업반 사진일지도 몰라. 새러와 메리의 사진."

앤이 기지개를 켜고 하품을 하면서 방으로 들어간다.

"알았어. 그럼 네가 찾아봐."

응, 아무래도 그래야겠어.

사진이 애초부터 없었다는 말은 믿을 수 없다. 치워버린 게 틀림없다.

나는 온갖 꿈 때문에 잠을 설친다. 구름 속에서 보드랍고 고운 엄마의 얼굴이 보인다. 바람이 불자 구름이 갈라진다. 하늘의 형상이 바뀐다. 하늘은 눈구멍이 뚫린 잿빛 야수의 형상으로 부풀어오른다. 사방이 어두컴컴해진다. 작은 소녀가 나타난다. 소녀의 흰 에이프런과 그 속의 이국적인 드레스가 어둠 속에서 도드라진다. 소녀가 천천히 돌아서자 비가 내리기 시작한다. 비가 아니다. 타로 카드가 비처럼 쏟아진다. 떨어지는 카드에 불이 붙는다.

싫어. 이건 내가 원하는 꿈이 아냐.

그 꿈이 사라진다. 나는 다시 카르틱의 꿈을 꾼다. 굶주린 욕망의 꿈. 갑자기 사방에 우리의 입이 나타난다. 뜨겁고 격렬한 키스. 그의 두 손이 내 잠옷을 찢자 목의 살갗이 드러난다. 그의 입술이 내 목을 훑으며 살짝 문다. 물린 자리가 따끔거리고 불이 붙은 듯 뜨겁다. 우리는 손과 혀, 손가락과 입술의 바퀴가 되어 함께 구른다. 내 안에서 생겨나는 압박감 때문에 몸이 터져버릴 것만 같다. 더는 한순간도 못 견디겠다고 느끼는 순간, 깜짝 놀라며 잠에서 깬다. 흠뻑 젖은 잠옷이 몸에 들러붙는다. 숨이 가쁘다. 나는 두 손을 옆구리에 착 붙이고 아주 오랫동안 움직이지 않다가 겨우 잠이 든다. 이번에는 꿈을 꾸지 않는다.

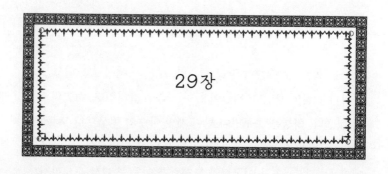

29장

　미스터 범블은 열한시 정각에 피파를 만나러 왔다. 옷차림이 근사하다. 멋진 검은색 코트와 빳빳하게 풀을 먹인 셔츠, 넥타이, 구두를 보호하는 깨끗하고 하얀 각반, 그리고 솔질한 중산모를 손에 들고 있다. 자초지종을 모르는 사람이라면 그가 미래의 아내를 만나러 온 약혼자가 아니라 어린 딸을 보러 온 다정한 아버지라고 오해할 것이다.
　교장 선생님은 둘이 담소를 나눌 아담한 방을 마련해놓았다. 구석에 앉아서 말없는 샤프롱 노릇을 하려고 뜨개질거리도 갖다놓았다. 하지만 우리도 준비한 것이 있었다. 필리시티가 갑자기 격렬한 복통을 호소하면서 위층에 있는 자기 침대 위에서 고통스럽게 몸부림친다. 맹장염을 의심한 교장 선생님은 하는 수 없이 곧장 필리시티의 방으로 달려간다. 그 사이에 내가 대신 샤프롱 노릇을 한다. 내가 책을 들고 조용히 앉아 있는 동안, 피파의 두 손에 쥐여진 장밋빛 찻잔이 떨린다.

범블은 여차하면 사들일 땅을 평가하는 듯한 눈으로 피파를 지켜본다.

"물론 반지는 마음에 들었겠지요?"

피파의 생각을 물어보는 것이 아니라 자신의 취향을 칭찬받으려는 수작이다.

피파가 멍한 표정으로 대답한다.

"아, 네."

"당신 가족은 어떻소? 다들 건강하시죠?"

"네, 고맙습니다."

나는 헛기침을 하고 피파에게 재촉의 눈길을 보낸다. 어서 해. 끝내버리라고. 내 기침 소리를 들은 범블이 나를 보면서 희미한 미소를 짓는다. 나는 다시 기침을 하고 책 읽는 시늉을 한다.

범블이 또 묻는다.

"물론 당신도 건강하겠죠?"

피파가 대답한다.

"아, 네…… 아뇨."

시작이구나.

그가 차를 마시다 말고 묻는다.

"저런. 설마 많이 안 좋은 건 아니겠죠?"

피파는 감정이 북받치는 듯 손수건으로 입을 가린다. 틀림없이 진짜 눈물을 짜냈을 것이다. 연기가 아주 훌륭하다. 감탄스러울 지경이다.

"왜 그러는 거요? 나한테 속마음을 털어놔요. 당신 약혼자한테."

"지금껏 당신을 속인 제가 어떻게 그럴 수 있겠어요!"

범블이 살짝 뒤로 물러나더니 갑자기 목소리가 싸늘해진다.

"말해봐요. 어떻게 나를 속였다는 거요?"

"저한테는 병이 있어요. 시도 때도 없이 끔찍한 발작이 일어난답니다."

범블이 움찔한다.

"어, 언제부터 그…… 병을 앓았소?"

워낙 고상한 주둥이라서 '병'이라는 말도 하기 싫어하는 눈치다.

"평생 그랬어요. 불쌍한 저희 어머니와 아버지도 같은 병으로 고생하셨죠. 하지만 당신처럼 고결한 분을 계속 속이는 건 제 마음이 용납하지 않더군요."

브라보. 영국 연극계가 뛰어난 여배우 한 명을 놓쳤구나. 피파가 곁눈질로 나를 힐끔 쳐다본다. 나는 칭찬의 미소를 날려준다.

범블의 낯빛이 창백하다. 마치 멋진 도자기를 구입했는데 집에 와서 보니 금이 가 있어서 당황한 사람 같다.

"나는 약속을 중요시하는 사람이오. 당장 당신 부모에게 말해야겠소."

피파가 그의 손을 붙잡는다.

"오, 안 돼요. 제발! 그분들은 당신께 사실대로 고백한 저를 결코 용서하지 않으실 거예요. 부디 당신의 행복만을 염려한 제 진심을 헤아려주세요."

피파는 커다란 애원의 눈으로 그를 바라본다. 기대했던 대로 그녀의 애처로움이 먹혀든다.

"당신도 알다시피 만약 내가 약혼을 깨면 당신의 평판, 그러니까 당신의 정조가 의심받게 될 거요."

암, 그렇고말고. 그 빌어먹을 정조가 의심받는 건 우리도 원치 않아. 그건 절대 안 되지.

피파가 눈을 내리깔고 말한다.

"알아요. 그래서 저는 제가 당신을 거부하는 것이 최선이라고 생각해요."

그녀는 손가락에서 반지를 빼 그의 손바닥에 떨어뜨린다. 나는 그가 피파에게 마음을 바꿔달라고 애원하길 기다린다. 그녀에게 병이 있다 해도 사랑하겠노라고 맹세하기를. 하지만 그는 안심한 표정으로 오만하게 말한다.

"그럼 나더러 당신 부모한테 뭐라고 말하라는 거요?"

"제가 너무 어리고 어리석어서 아내로 맞을 수 없다고 말씀하세요. 그런데도 당신은 저의 평판을 생각해서 제가 결혼을 거부할 수 있도록 아량을 베풀었다고요. 그러면 그분들도 당신을 귀찮게 하지 않으실 거예요."

고개를 꼿꼿이 쳐들고 의기양양하게 눈빛을 반짝이는 피파. 그녀가 지금 이 순간만큼 사랑스러운 적은 없었다. 지금 그녀는 강물에 휩쓸려가지 않고 물살을 거슬러 헤엄치고 있다.

"좋소."

교장 선생님이 들어온다.

"어머, 범블 씨, 기다리시게 해서 죄송합니다. 저희 학생 하나가 복통을 호소했는데 지금은 괜찮아진 것 같아요."

"괜찮습니다, 교장 선생님. 어차피 막 가려던 참이었습니다."

"벌써요?"

교장 선생님은 몹시 당황한다.

"네. 신경 써야 할 중요한 일이 있거든요. 숙녀분들, 좋은 하루 보내십시오."

교장 선생님은 어리둥절한 와중에도 자신의 의무를 잊지 않고 그를 배웅한다.

"나 어땠어?"

피파가 납덩이처럼 의자에 털썩 주저앉으며 묻는다.

"끝내줬어. 릴리 트림블도 너보다 잘하지는 못했을 거야."

피파는 반지가 사라진 손가락을 물끄러미 바라본다.

"그래도 반지가 없으니 서운한걸."

"그럼 범블이 돌려달라고 할 때까지 기다리지 그랬니?"

"어차피 가져갔을 텐데 뭐."

"내 말이 그 말이야!"

우리가 웃고 있을 때 교장 선생님이 들어온다. 우릴 잡아먹을 듯이 의심하는 표정이다.

"피파, 너와 범블 씨 사이에 아무 일 없었지?"

피파가 침을 꿀꺽 삼킨다.

"네, 교장 선생님."

"그럼 반지는 대체 어디 갔니?"

이건 계획에 없던 일이다. 반지가 사라진 까닭을 모두에게 설명하는 것. 궁지에 몰린 것 같다. 하지만 피파가 턱을 쳐들고 보일락 말락 한 미소를 지으며 대답한다.

"아, 그거요. 범블 씨가 흠집을 발견했거든요."

우리는 화려한 스카프로 가려진 필리시티의 살롱에 앉아 있다. 피파와 나는 오늘 아침에 벌인 미스터 범블 속이기 작전을 속사포처럼 떠벌린다. 이따금 내가 한 말을 필리시티가 마무리한다.

"그러자 피파가 말하기를……"

"…… 범블 씨가 흠집을 발견했거든요!"

우리는 소리를 내지 않고 옆구리가 결릴 정도로 웃어댄다.

필리시티가 눈물을 닦으며 말한다.

"와, 진짜 죽인다. 앞으로 다시는 그 재수 없는 범블 씨를 만나지 않게 되길 빌자."

"바틀비 범블 부인. 상상만 해도 너무 끔찍하지 않니?"

피파는 일부러 'ㅂ'을 세게 발음한다.

우리가 다시 웃는다. 곧 웃음이 가라앉고 한숨이 나온다. 조용해지자 필리시티가 말문을 연다.

"제머, 나 다시 가고 싶어."

앤이 고개를 끄덕인다.

"나도."

내가 대꾸한다.

"또 하기에는 너무 일러. 우리의 운을 과신하는 건지도 몰라."

앤이 애원한다.

"너무 심각하게 받아들이지 마."

필리시티가 고개를 끄덕인다.

"그래. 어쨌거나 나쁜 일은 벌어지지 않았잖아. 생각해봐. 우리 맘대로 마법을 부리는 기분, 정말 굉장했어. 어쩌면 네 엄마도 다른 엄마들처럼 쓸데없는 걱정을 하셨는지도 몰라."

"그럴 수도 있지."

솔직히 나도 룬의 마법이 주는 느낌에 홀딱 반했다. 한 번 더 만진다고 큰일이 나진 않을 것이다. 그러고 나면 엄마가 말한 대로 다시는 마법을 가져오지 않으리라.

내가 말한다.

"좋아. 동굴로 가자."

피파가 투덜거린다.

"솔직히 오늘은 너무 지쳐서 숲에 가기 싫어."

그러자 필리시티가 말한다.

"지금 하면 돼. 바로 여기서."

피파의 눈이 휘둥그레진다.

"너 미쳤어? 주위에 교장 선생님과 다른 애들이 있는데?"

필리시티가 손가락으로 스카프를 살짝 들어올린다. 따뜻한 벽난로 주위에 학생들이 삼삼오오 모여 있고, 나머지 학생들도 우리에게 관심이 없다.

"다들 우리가 사라진 건 절대 모를 거야."

⋀⋀⋀⋀⋀⋀

다시 산마루에서 날아오른 우리는 도중에 멈추지 않고 우리 자신에게로 떨어진다. 나는 딱 한 번 힘겨운 순간을 겪는다. 인어가

424

되어 반짝이는 바다에서 솟구칠 때, 밑을 내려다보니 물이 엄마의 얼굴로 보인다. 두려움에 사로잡혀 긴장한 얼굴. 문득 겁이 나서 멈추고 싶다. 하지만 다음 순간 우리는 필리시티의 텐트로 돌아온다. 우리의 눈이 빛나고, 피부는 장밋빛이며, 의기양양한 미소가 다시 얼굴에 번진다. 대회당에서 일어서자 우리의 몸이 기분 좋은 한숨처럼 느껴진다. 지금 우린 투명인간이다.

오, 맙소사. 찬란하고 섬뜩한 이 아름다움. 우리 주위의 모든 움직임은 태엽이 풀리는 뮤직박스의 늘어진 템포처럼 느리다. 목소리는 낮게 깔리고, 단어 하나 말하는 데 평생이 걸리는 것만 같다. 교장 선생님은 의자에 앉아 어린 여자애들에게 『데이비드 코퍼필드』를 큰 소리로 읽어주고 있다. 나는 결국 유혹을 참지 못하고 교장 선생님의 팔을 아주 살짝 건드린다. 교장 선생님은 읽기를 멈추지는 않지만, 천천히, 천천히, 다른 손을 들어 방금 내가 건드린 부위를 긁는다. 마치 벌레에 물리자 신경질적으로 반응했다가 다시 잊어버리는 것 같다. 정말 재미있다.

피파가 나지막이 기쁨의 외침을 내뱉는다.

"우릴 보지 못해! 우리가 여기 없는 것처럼! 아, 내가 하고 싶은 건……"

"하면 되잖아?"

필리시티가 한쪽 눈썹을 치켜세우며 말한다. 그러고는 교장 선생님이 들고 있는 책을 손으로 쳐서 뒤집는다. 교장 선생님은 영문을 몰라서 잠시 멍해 있다. 하지만 곧 뒤집힌 책을 보고 당황한다. 교장 선생님 발치에 있는 여자애들이 손으로 입을 가리고 웃음을 참는다.

"왜 모든 것이 이렇게 느리지?"

나는 대리석 기둥에 손을 대고 중얼거린다. 그러자 손 밑에서 기둥이 꿈틀거린다. 나는 잽싸게 손을 뗀다.

기둥이 살아 있다.

수백의 작은 대리석 요정과 사티로스가 기둥 표면에서 움직인다. 작고 밉살스러운 가고일 한 마리가 날개를 펴고 머리를 한쪽으로 기울이며 말한다.

"넌 지금 사물의 실제 모습을 보고 있다. 다른 사람들은 이게 꿈일 뿐이라고 생각하지. 하지만 꿈속에 사는 건 그들이지 우리가 아냐."

가고일은 침을 뱉고 날개로 코를 닦는다.

그 모습을 보고 필리시티가 말한다.

"우엑, 역겨워. 짓눌러버리고 싶은걸."

가고일이 괴성을 지르면서 기둥 꼭대기로 날아올라간다.

눈이 노란색인 반짝이는 요정 소년이 나를 보고 빙그레 웃는다.

"우릴 풀어주지 않을래?"

나직이 웅얼거리는 목소리다.

"풀어달라고?"

"우린 여기 갇혀 있어. 우릴 풀어줘. 날개 한번 펴보게, 아주 잠깐만."

무리한 부탁은 아닌 것 같다.

"좋아. 넌 자유야."

갑자기 요정들과 님프들이 괴성과 함성을 지르며 기둥에서 물처럼 쏟아져나오더니, 대회당을 휘젓고 다니며 치즈 조각과 빵 덩이, 체커의 말을 먹어치운다. 온갖 괴물이 미친 듯이 뛰어다니고 날아다닌다.

피파가 소리친다.

"맙소사!"

내 엄지손가락만한 사티로스가 양탄자에 앉아 있는 여자애에게 다가가더니, 드레스 테두리 밑으로 머리를 넣어 훔쳐보고는 음탕한 웃음을 터뜨린다.

"아주 탐스럽고 풍만하구나."

필리시티는 웃는다.

"진짜 추잡한 괴물이야. 스펜스의 숙녀들 오늘 험한 꼴 좀 당하겠는걸."

나는 놈들의 장난을 지켜보며 마지못해 웃는다.

"그렇게 내버려둘 순 없지."

사티로스가 학생의 종아리로 기어오르자, 내가 손으로 놈을 집어들고 명랑하게 꾸짖는다.

"그러면 안 돼."

사티로스가 버둥거리고 욕을 하면서 반항한다. 그 순간 놈의 얼굴이 악마의 가면으로 변하더니, 날카로운 이빨이 내 손목의 연한 살갖에 박힌다. 나는 고통의 비명을 지르며 그것을 떨어뜨린다. 이게 왜 갑자기 커졌지? 내가 헛것을 본 건가? 내 옆에서 필리시티가 기겁을 한다. 꿈이 아니다. 괴물이 점점 커지고 있다. 놈이 우리 위로 부풀어오르자, 뿔이 솟은 머리가 천장에 닿는다.

귀에 거슬리는 묵직한 음성으로 사티로스가 중얼거린다.

"네가 어떤 맛인지 궁금하구나. 단맛일까, 신맛일까."

피파가 소리친다.

"이게 무슨 일이야? 멈추게 해!"

내가 외친다.

"멈춰, 당장!"

사티로스는 겁에 질린 우리를 보고 웃기만 한다.

두려움에 사로잡힌 피파가 나한테 들러붙는다.

"명령이 통하지 않아! 왜 안 통하는 거지?"

"나도 몰라!"

내가 쏘아붙인다. 마법의 사용은 생각보다 훨씬 복잡하다.

"어쩐지 나쁜 일이 생길 것 같더라니."

피파가 투덜댄다. 방금 전에 마법을 쓰게 해달라고 애원한 사람
이 누구더라?

필리시티가 소리친다.

"이놈들을 기둥으로 돌려보내야 해!"

그때 가고일 한 마리가 내 다리로 튀어오른다. 나는 잽싼 동작
으로 놈의 날개를 움켜잡고 벽난로로 달려가 그 기분 나쁜 괴물을
불 위에 갖다댄다. 놈이 겁에 질려 비명을 지른다.

"원래대로 되돌려놓는 방법을 말해."

가고일이 내게 욕을 퍼붓자, 나는 놈을 조금 더 내린다. 불길이
놈의 다리를 핥는다.

"말해. 안 그러면 불 속에 떨어뜨릴 거야!"

가고일이 고래고래 소리치며 동료들에게 도움을 청해도 사티로
스는 웃기만 한다.

"죽여라. 가고일 한 마리 줄어든다고 세상이 달라지겠는가? 어

쩌면 더 재미있어질지도 모르지."

나는 가고일을 조금 더 내린다.

"말해!"

놈이 비명을 지른다.

"알았어, 알았다고! 말할게. 내 말을 따라해. 거짓말의 대가로 너
는 대리석에 갇혀……"

맨가슴을 드러낸 님프가 벽난로 위로 뛰어오른다.

"망할 자식! 더는 말하지 마!"

"천년 동안 결코 죽지 않으리라……"

가고일을 후려치려고 달려든 님프가 헛치는 바람에 불 속으로
떨어진다. 님프를 삼킨 불이 탁탁 소리를 내고 타오르더니 이내 쉭
하고 수그러든다.

가고일이 눈이 휘둥그레져서 소리친다.

"그게 다야. 그게 주문이라고!"

"어서 해! 주문을 읊어!"

필리시티가 외친다. 사티로스가 내 친구들을 궁지로 몰아넣고
있다.

나는 바싹 마른 입으로 주문을 읊기 시작한다.

"거짓말의 대가로 너는 대리석에 갇혀……"

너무도 소름끼치는 비명이 대회당에 가득 찬다. 자유를 갈망하
는 괴물들. 내 심장이 놈들의 날갯짓만큼이나 빠르게 뛰고, 나는
나머지 주문을 황급히 읊는다.

"천년 동안 결코 죽지 않으리라!"

내 코앞에서 사티로스가 줄어들어 다시 골무만큼 작아진다. 수

많은 요정, 님프, 가고일, 사티로스가 우리를 휙 스치고 공기를 가르며 뒤로 날아가 기둥에 들러붙는다. 그 사이 비명이 끊이지 않는다. 놈들이 우리에게 침을 뱉고 욕을 퍼붓는다. 서서히 대리석이 그들을 얼려 침묵시키고, 그들의 성난 얼굴과 벌어진 입만이 방금 일어난 일을 증언한다.

나는 땀에 흠뻑 젖은 채 떨고 있다. 우리 모두 겁먹은 표정이다.

피파가 와들와들 떤다.

"난 이 방이 늘 싫었어. 이제 그 까닭을 알 것 같아."

필리시티가 손등으로 이마를 닦는다.

"하룻밤의 마법으로 이 정도면 충분해."

하지만 앤의 생각은 다르다. 그녀는 세실리와 엘리자베스 근처에서 서성거린다.

피파가 묻는다.

"무슨 짓을 하려는 거야?"

앤이 빙그레 웃는다.

"얘들한테 어울리는 장난."

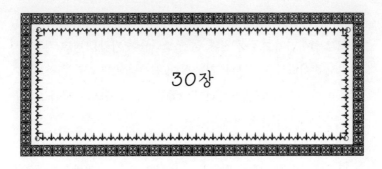

30장

"아마…… 지금쯤일 텐데."

필리시티가 스카프 커튼을 젖히자, 때마침 세실리와 엘리자베스의 귀 따가운 비명 소리가 들리고, 곧바로 교장 선생님의 고함이 터져나온다.

"하느님 맙소사!"

세실리와 엘리자베스는 완전히 알몸이고, 그들의 옷은 사방에 널브러져 있다. 스타킹은 오토만*에 걸쳐져 있고, 속옷은 바닥에 구겨져 있다. 자신들의 상태를 알아차린 두 아가씨는 꺅 소리 지르면서 두 팔로 몸을 가린다. 세실리는 엘리자베스 뒤에 숨으려 하고, 엘리자베스는 울부짖으면서 세실리의 머리끄덩이를 잡아당긴다.

---

* 등받이와 팔걸이가 없는 의자.

"이게 무슨 짓이야!"

교장 선생님이 호통을 친다. 놀란 소녀들이 기겁을 하고 키득거리면서 손가락질을 해댄다. 결국 무어 선생님이 담요로 두 소녀의 알몸을 가려주자, 교장 선생님이 그들을 데리고 복도로 나가 오페라 가수처럼 언성을 높여 꾸짖는다.

"멋진 장난이었어."

필리시티가 킬킬대며 말한다. 앤이 활짝 웃는다. 정말로 유쾌한 복수였다. 나중에 후회할지도 모를 장난을 저지른 뒤에 느끼는 비뚤어진 쾌감이 밀려든다. 나는 신경 쓰지 않으려고 애쓴다. 내 눈길이 무어 선생님에게 쏠린다. 아마도 죄의식 때문이겠지만, 나를 꿰뚫어보는 듯한 선생님의 눈길을 보니 우리가 한 짓을 알고 있을 것만 같다.

피파가 뭔가 말을 하자 다시 웃음이 터진다. 나는 그 말을 듣지 못했다. 우리 쪽으로 성큼성큼 다가오는 무어 선생님을 줄곧 보고 있었기 때문이다.

선생님이 텐트 속으로 고개를 들이밀고 묻는다.

"여기 하이에나라도 사니? 웃음소리가 크구나."

우리는 애써 웃음을 가라앉힌다. 필리시티가 목소리에서 웃음기를 지우려고 기를 쓰며 대답한다.

"죄송해요, 무어 선생님. 웃으면 안 되는데. 아까 그 광경은 정말 충격적이었어요."

"그래. 충격적이었지. 게다가 아주 이상해."

선생님의 눈길이 다시 내게로 쏠린다. 나는 바닥을 바라본다.

"들어가도 되겠니?"

"그럼요, 들어오세요."

피파가 안에 자리를 만들며 대답한다.

"내가 이 성역에 들어와보기는 처음이구나, 필리시티. 아주 근사한걸."

필리시티가 대꾸한다.

"훨씬 더 멋진 장소를 제가 알죠."

나는 필리시티에게 경고의 눈길을 보낸다.

"그래? 내가 가본 곳이니?"

"아닐 거예요. 비밀 장소거든요. 은밀한 낙원 같은 곳이에요."

필리시티가 꿈을 꾸듯 미소를 짓는다.

"그렇다면 나한테 말하지 않는 게 좋겠다. 난 낙원에 어울리는 사람이 아니거든."

선생님은 소녀처럼 웃는다. 나는 무어 선생님이 학창 시절에 어떤 아가씨였을지 상상해본다. 고분고분했을까? 잔인했을까? 반항적이었을까? 소심했을까? 세상으로부터 피신할 수 있는 비밀 장소와 좋은 친구가 있었을까? 우리 같았을까?

"너희가 읽고 있는 건 무슨 책이니?"

훤히 보이는 곳에 일기장이 놓여 있다. 앤이 잽싸게 집으려 하지만 무어 선생님이 더 빠르다. 내 심장이 터져버릴 것만 같다. 무어 선생님은 일기장을 두 손에 들고 돌리면서 살펴본다.

필리시티가 재빨리 변명한다.

"그냥 시시한 이야기일 뿐이에요. 도서관에서 발견했어요. 선생님의 권유에 따른 거죠."

"내가 권유했다고?"

"도서관에 가보라고 하셨잖아요."

무어 선생님이 일기장을 편다. 우리는 차마 서로를 보지 못한다.

"'메리 다우드의 비밀 일기'. 대체 이건……"

종이 한 장이 바닥으로 떨어진다.

"그건 뭐니?"

오, 하느님! 그 삽화! 필리시티와 나는 금단의 그림을 선생님이 집어들기 전에 잡으려고 후닥닥 달려들다가 서로 부딪칠 뻔한다.

필리시티가 대답한다.

"아무것도 아니에요. 그냥 낙서한 거예요."

"그래?"

무어 선생님이 일기장을 한 장 한 장 넘긴다.

"저희는 한 사람씩 돌아가며 그 일기를 소리 내어 읽어요."

앤이 말한다. 우리는 앉은 채로 꼼지락거린다.

무어 선생님은 일기에서 눈을 떼지 않고 말한다.

"오늘 밤에는 나도 끼고 싶구나. 괜찮겠니?"

안 된다고 말할 수 있는 분위기가 아니다. 필리시티가 마지못해 대답한다.

"물론이죠. 어디까지 읽었는지 알려드릴게요. 거의 마지막 부분일 거예요."

필리시티가 알려준 곳을 무어 선생님의 눈이 훑어본다. 한없이 오래 기다리는 느낌이다. 당장이라도 무어 선생님이 우리를 교장 선생님 앞으로 데려갈 것만 같다. 하지만 마침내 선생님의 깊고 따스한 목소리가 텐트 안에 가득 찬다.

1871년 4월 6일

우리가 한 일은 이제 되돌릴 수 없어. 오늘 밤, 나는 새러와 함께 숲으로 들어갔어. 밤이 꽃처럼 만개하고, 하늘에 뜬 달은 점점 커져 갔지. 얼마 후 마더 엘레나의 딸인 캐럴라이너가 깡충거리며 우리에게 다가왔어. 우리는 그 아이한테 인형을 주기로 약속했어.

"내 인형 찾아왔나요?"

새러가 대답했어.

"그래. 깨끗하고 새로운 모습으로 저 나무들 뒤에서 널 기다리고 있단다. 가자, 캐럴라이너. 우리가 널 인형한테 데려다줄게."

너무나 터무니없는 거짓말이었지. 우리 마음속의 무시무시한 목적을 숨기고 있는 거짓말.

하지만 그 아이는 우리를 믿었어. 우리의 손을 잡고 즐겁게 걸으면서 옛 노래를 흥얼거렸어.

학교에 다다르자 캐럴라이너가 물었지.

"내 인형은 어디 있어요?"

"저 건물 속에."

내 가슴이 돌로 바뀌는 기분이었어.

아이는 겁에 질려서 가지 않으려 했어. 그러자 새러가 아이를 구슬렸어.

"네 예쁜 인형이 널 그리워하고 있어. 게다가 우린 맛있는 태피도 갖고 있단다."

"그리고 내 예쁜 흰 에이프런 드레스도 입혀줄게."

나는 내 에이프런 드레스에 캐럴라이너의 두 팔을 넣고 등의 끈을 죄어주었어.

"와, 정말 예뻐 보인다."

그 말에 기분이 아주 좋아진 캐럴라이너는 우리를 따라 둥근 지붕이 덮인 이스트윙으로 들어갔어. 우리는 그곳에 촛불을 켜놓았어.

무어 선생님이 읽기를 멈춘다. 텐트 안이 고요해진다. 다 끝났다. 이제 선생님이 일기장을 덮고 난롯불 속에 던져버리는 일만 남았다. 하지만 선생님은 목청을 가다듬으려고 멈췄을 뿐이다. 몇 초 뒤, 선생님이 다시 읽기 시작한다.

"내 인형 어디 있어요?"

아이가 칭얼대자, 새러가 낡은 천 인형을 아이에게 집어던졌어. 뜻밖의 홀대에 놀란 아이는 울음을 터뜨렸지.

나는 아이를 달래려고 애썼어.

"쉬이, 울지 마."

새러가 쌀쌀맞게 말했어.

"내버려둬. 이제 우리의 목적을 이룰 때야, 메리."

모든 삶에는 길을 선택하는 순간, 운명을 결정하는 순간이 있지. 나는 다른 길을 선택할 수도 있었지만, 그러지 않았어. 스스로를 저버린 거야. 내가 그 아이를 누르고 손으로 입을 막아 소리치지 못하게 하는 동안, 새러는 윈터랜드의 어두운 심장부에 숨어 있던 괴물을 불러냈어. 그애는 두 팔을 높이 들고 외쳤어.

"우리에게 오라. 와서 내게 힘을 다오. 내 것이어야 마땅한 그 힘을."

그러자 너무나 무시무시한 일이 벌어졌어. 환상 속으로 빨려들어간 우리는 이승과 저승 사이의 황혼의 세계로 들어갔어. 거대하고 시커먼 공허가 다가오더니 괴물의 형상으로 바뀌었어. 난 달아나고 싶었어. 내 다리가 말을 듣기만 했어도 그랬을 거야. 그 악령이 울부짖는 소리에 심장이 멎을 지경이었어. 하지만 놈의 유혹에 마음을 빼앗긴 새러는 빙긋이 웃었지. 겁에 질린 아이가 거칠게 몸부림치자, 나는 한 손으로 아이의 작은 입을 더 꽉 눌렀어. 소리 내지 못하게 하려고, 내 두려움이 새어나오지 못하게 하려고. 이윽고 천천히 손을 들어 아이의 작은 코도 덮었지. 내 의도를 눈치 챈 아이는 세차게 반항했어. 하지만 우리에게는 그 아이의 목숨이 필요했어. 나는 그렇다고 생각했어. 내가 계속 아이의 숨을 막자, 결국 아이는 발버둥을 멈추더니 이스트윙의 바닥에 고요히 누운 채로 눈을 크게 뜨고 죽었어. 나는 문득 내가 무슨 짓을 했는지 깨닫고 소스라쳤어.

괴물이 분노에 사로잡혀 괴성을 질렀어.

"나는 살아 있는 아이를 원했다! 이제 너희의 제물은 내게 쓸모가 없다."

나는 나직이 중얼거렸어.

"하지만 네가 약속한 건……"

새러의 눈이 이글거렸어.

"메리, 너 때문에 다 망쳤어! 넌 내가 그 힘을 가지는 걸 원치 않았어! 내 자매가 되기 싫었던 거야! 그걸 이제야 알게 되다니."

"너희는 대가를 치러야 한다."

괴물이 새러의 팔을 꽉 움켜잡자 새러가 비명을 질렀어. 그때 내 다리가 말을 듣기 시작했어. 나는 바람처럼 달려 유지니아를 찾아가 전부 털어놓았어. 그녀는 자신의 망토와 양초를 집어들었어. 이스트윙으로 돌아와보니, 내가 저지른 죄의 흔적인 아이는 바닥에 누워 있었지만 새러는 사라져버리고 없었어.

유지니아는 입을 앙다물었어.

"서둘러 윈터랜드로 가야겠다."

우리는 얼음과 불, 황량한 숲과 영원한 밤의 땅에 들어섰어. 이미 괴물에게 혼을 빼앗기기 시작한 새러는 눈이 돌처럼 까맣게 변해 있었지. 유지니아가 꼿꼿이 선 채 말했어.

"새러 리즈 툼, 너는 윈터랜드에 있으면 안 된다. 나와 함께 돌아가자. 돌아가자."

괴물이 유지니아 쪽으로 돌아섰어.

"이 여자가 나를 불러냈다. 그러니 대가를 치러야 한다. 안 그러면 이 세계의 균형이 무너진다."

"그렇다면 대신 나를 가져라."

"안 돼요!"

나는 소리쳤어. 유지니아의 제안에 놀란 괴물의 주둥이가 곧 섬뜩한 미소로 일그러졌어.

"그거 좋지. 너처럼 강력한 자를 흡수하면 엄청난 힘이 생기니까. 머지않아 인간 세계를 파멸시킬 수 있겠군."

그때 새러가 신음했어. 유지니아가 자신의 초승달 눈을 내게 던지며 소리쳤어.

"메리, 도망쳐! 새러를 데리고 문을 지나가! 나는 이 세계를 봉인하겠다!"

격노한 괴물이 울부짖었어.

"안 돼!"

나는 움직일 수가 없었어. 생각조차 할 수 없었어. 그저 이렇게 소리칠 따름이었지.

"안 돼요! 그럴 수는 없어요! 이 세계를 잃게 된다고요!"

괴물에게 먹히기 시작한 유지니아가 고통의 비명을 질렀어. 애원이 서린 그녀의 눈빛을 보니 숨이 멎을 것만 같았어. 그녀가 그토록 겁에 질린 모습은 본 적이 없었어.

"훗날 우리가 다시 길을 찾을 때까지 이 세계는 봉인되어야 해. 어서 도망쳐!"

나는 새러를 질질 끌면서 달아났어. 유지니아가 우리를 위해 문이 나타나게 해주었고, 우리는 그 문을 통해 안전한 곳으로 피했어. 내가 마지막으로 본 것은, 유지니아가 그 세계를 봉인하려고 큰 소리로 주문을 외우면서 흔적도 없이 어둠에 삼켜지는 모습이었어. 곧이어 괴물이 우리를 쫓아왔어. 나는 문에 새겨진 형상에 목걸이를 대고 잽싸게 문을 잠갔어.

"문을 다시 열어, 메리."

새러가 일어섰어. 그녀는 괴물 때문에 바뀌어 있었어. 둘은 이어져 있었지.

"안 돼, 새러. 이제 마법은 사라졌어. 우리 때문에 모든 것이 끝났어. 봐."

우리 눈앞에서 빛의 문이 사라지기 시작했어.

새러가 나에게 달려들면서 양초를 쓰러뜨렸어. 순식간에 사방이 불길에 휩싸였지. 그뒤에 무슨 일이 벌어졌는지 나도 몰라. 이스트윙에서 뛰쳐나와 미친 듯이 숲속으로 달아났거든. 나는 기이한 빛이 하늘에 퍼지는 광경을 지켜보았어. 불길이 치솟아 나의 사랑하는 친구를 삼켜버리는 모습도. 그리하여 오더의 마법과 그 세계는 이제 사라졌어. 나는 첫 새벽의 날선 빛이 비칠 때 그것의 모든 흔적이 이 세계에서 사라져가는 것을 느껴. 그것은 사라졌고, 메리 다우드도 사라졌어. 그녀는 이제 존재하지 않아.

오늘 밤, 그녀는 숲으로 들어갔어. 그리고 영혼의 숲에서 여생을 보내게 될 거야.

무어 선생님이 일기장을 덮는다. 우리는 아무 말도 못 한다. 피파가 속삭이듯 나직한 목소리로 말한다.

"계속 읽어주세요."

무어 선생님이 일기장을 훌훌 넘긴다.

"못 읽어. 일기는 여기서 끝이란다. 아무래도 어두운 숲에서 이야기가 끝난 것 같구나."

선생님이 일어서서 치마를 편다.

"함께 읽게 해줘서 고맙다. 아주 흥미진진했어."

∿∿∿∿

다시 우리만 남자 앤이 말한다.

"메리가 그 가엾은 소녀를 죽였다니 믿을 수가 없어."

필리시터가 맞장구친다.

"그래. 어떻게 그런 짓을 할 수가 있지?"

내가 대꾸한다.

"괴물 같은 여자야."

그녀는 이제 존재하지 않는다. 엄마도 그런 말을 했다. 그 생각
을 하니 내 안에서 무언가가 스멀거리면서 당최 사라지지 않는다.
이유를 모르겠다.

⋏⋏⋏⋏

잠이 안 온다. 여전히 내 혈관 속에는 너무 많은 마법이 흐르고
있고, 메리와 새러의 이야기 때문에 기분이 언짢다. 우리가 한 일
은 그들이 저지른 일과 다르다는 걸 입증해야 할 것만 같다. 좋아.
재빨리 옷을 입고 숲으로 걸어 들어간 나는 마침내 카르틱의 텐트
앞에 도착한다. 카르틱이 앉아서 책을 읽고 있다.
내가 나무 뒤에서 나오자 그가 놀란 얼굴로 묻는다.
"여기서 뭐 하는 거야?"
"잠이 안 와."
그는 다시 책을 읽는다. 나는 내가 선하다는 것을, 메리와 새러
처럼 사악하지 않다는 것을 그가 알아주길 바란다. 이유는 모르겠
지만, 나는 그가 나를 좋아해주길 간절히 바란다. 그가 내 꿈을 꾸
다가 잠에서 깨어 땀을 흘리고 헐떡이길 바란다. 이유는 모르겠다.
하지만 정말로 그러길 바란다.
"카르틱, 라크샤나가 틀렸다는 걸 내가 당신한테 보여주면 어쩔
거야? 내 힘, 오더의 마법이 멋지다는 걸 입증하면?"
그의 눈이 휘둥그레진다.
"설마 내가 염려하는 일을 한 건 아니겠지? 아니라고 말해."

나는 앞으로 나아간다. 입에서 말이 나오지만 내 목소리 같지
않다. 너무 절박하고 울음이 가득한 목소리다.

"나쁜 힘이 절대 아냐. 아름다워. 나는……"

'아름다워'라고 말하고 싶지만, 울음이 터질 것만 같아 말하지
못한다.

카르틱이 고개를 저으면서 뒤로 물러난다. 나는 그를 놓치고 있
다. 내버려둬야 해. 학교로 돌아가. 그만해. 하지만 뜻대로 되지 않
는다.

"내가 보여줄게. 나랑 같이 그곳에 가는 거야. 당신 형을 찾을
수 있어!"

내가 그의 손을 잡으려 하자 그는 텐트 건너편으로 펄쩍 뛴다.

"싫어. 거긴 내가 볼 곳이 아냐. 내가 알아야 할 곳이 아니라고."

"내 손만 잡으면 돼. 제발!"

"싫어!"

어째서 그를 설득할 수 있으리라 생각했을까? 어째서 그가 나를
다르게 보게 되리라 믿었을까? 비참하다. 그가 나의 참모습을 보
면 어쩌지? 가까이 하기 싫은 여자, 사랑받지 못하는 여자. 서커스
에나 나올 법한 흉측한 괴물.

나는 홱 돌아서서 죽어라 달린다. 카르틱은 나를 쫓아오지 않
는다.

참담한 기분에 젖어 긴 층계를 올라가는데, 브리짓이 머리에 수면모를 쓰고 양초를 손에 든 채 나를 멈춰 세운다.

"거기 누구야?"

"저예요, 브리짓."

나는 그녀가 더 가까이 다가와서 내가 외출복 차림이라는 걸 눈치 채지 못하길 바란다.

"한밤중에 살금살금 돌아다니며 뭘 하는 거지?"

"교장 선생님한테는 이르지 말아주세요. 그냥 잠이 안 와서 그래요."

"어머니 생각이 났나보구나?"

나는 고개를 끄덕인다. 비겁자가 된 기분이다.

"좋아. 이 일은 너랑 나만 알고 있자. 이제 자러 가거라."

브리짓의 갑작스러운 친절이 내 마음을 녹인다. 모든 경계가 사라지는 기분이다. 나는 그녀를 지나쳐 다시 층계를 오르며 나직이 말한다.

"안녕히 주무세요."

"아, 참. 그 우스꽝스러운 이름이 생각났단다. 새러가 스스로에게 붙인 별명 말이다. 오늘 저녁에 설거지를 하다가 또렷이 생각났지. 스펜스 여사가 나한테 하신 말씀이 기억났거든. '우리 새러는 자신을 고대 그리스 여신이라고 생각해.' 도자기 찻잔을 설거지하다가 거기 새겨진 그리스 장식 무늬를 보니 퍼뜩 떠오르더구나."

"그런데요?"

나는 갑자기 너무 피곤해져서 브리짓의 지루한 이야기를 들어
줄 기분이 아니다.

그녀가 자기 그림자를 꽁무니에 달고 층계를 내려가며 말한다.

"키르케. 새러는 스스로를 그렇게 부르곤 했단다. 키르케."

᭝᭝᭝᭝

키르케는 새러 리즈 톰이다.

이십 년 전에 화재로 죽었다던 새러 리즈 톰이 멀쩡히 살아서
나를 기다리고 있다. 그녀는 더이상 그림자 같은 적이 아니라 피와
살이 있는 존재다. 따라서 그녀가 나를 찾아내기 전에 내가 먼저
그녀를 찾아낼 수 있다. 그녀가 어디 있는지, 혹은 그녀가 어떻게
생겼는지 알 수만 있다면.

하지만 아무 단서도 없다. 그녀에게 속수무책으로 당하는 수밖
에 없다.

정말 그럴까?

키르케, 즉 새러 리즈 톰은 1871년에 스펜스 학생이었다. 오래
전에 치워졌지만 여전히 어딘가에 존재하는 사진 속의 소녀. 그 사
진을 찾는 건 이제 더이상 호기심의 문제가 아니다. 반드시 그것을
찾아내야 한다. 그것만이 내가 먼저 그녀를 찾아낼 유일한 길이다.

31장

이튿날 아침, 우리는 전날 벌인 마법 실험의 대가를 톡톡히 치른다. 얼굴이 밀가루 반죽처럼 창백하고, 입술이 메마른 강바닥처럼 갈라진다. 내 머릿속은 안개가 낀 듯 뿌옇고, 프랑스어는커녕 영어로도 말하기가 힘들다. 결국 르파르주 선생님의 수업 시간에 사달이 난다. 가까스로 지각을 면한 것도 상황을 악화시킨다.

르파르주 선생님은 수업에 늦은 나에게 핀잔을 주기로 마음먹는다. 그녀의 뛰어난 교육 기술의 눈부신 본보기인 나를 총애하게 된 선생님은 장난스러운 말투로 내게 질문한다.

"봉주르, 마드무아젤 도일. 켈 뢰르 에틸(안녕, 미스 도일. 지금 몇 시니)?"

나는 답을 안다. 그 답이 혀끝에 맴돈다. 날씨에 관한 질문인 것 같다. 이 수업이 끝날 때까지 마법이 남아 있으면 좋으련만. 그러나 안타깝게도 나의 보잘것없는 능력만으로 헤쳐나가야 한다.

"에…… 날씨가……"

빌어먹을. 프랑스어로 '비'가 뭐지? 르 레인? 라 레인? Le rain? La rain? 남성형이야 여성형이야? 몹시 성가신 것이니까 아마 남성형일 거야. 그래도 자신이 없어서 '르le'를 두루뭉술하게 발음한다.

"르 웨더 에 르 레이니Le weather est le rainy."*

학생들이 낄낄대자 르파르주 선생님은 내가 자기를 놀리고 있다고 생각한다.

"마드무아젤 도일, 창피한 줄 알아라. 불과 이틀 전에 너는 모범적인 학생의 모습을 선보였어. 지금은 뻔뻔하게도 선생님을 놀리는구나. 아무래도 너는 여덟 살짜리 애들 반에서 공부하는 게 낫겠다."

선생님이 나에게 등을 돌리자, 수업이 끝날 때까지 나는 아예 존재하지 않는 사람 같다.

ʌʌʌʌ

우리의 창백한 얼굴을 본 교장 선생님은 찬바람을 쐬면 볼이 발그레해질 거라 믿고 억지로 정원을 산책하게 한다. 나는 이때를 틈타 친구들에게 어젯밤 브리짓한테 들은 이야기를 전한다.

필리시티가 믿을 수 없다는 듯 고개를 젓는다.

"키르케가 새러 리즈 툼이라는 소리잖아. 그렇다면 새러는 살아

---

* 프랑스어와 영어가 뒤죽박죽이 된 엉터리 답변이다.

있는 거야."

내가 말한다.

"우린 그 사진을 찾아야 해."

앤이 제안한다.

"교장 선생님한테는 잃어버린 장갑을 찾는다고 둘러대자. 그러면 건물 전체를 뒤지게 해줄 거야. 모든 방을 차례차례 살펴봐야 해."

피파가 툴툴거린다.

"그런 식으로 찾으면 일 년은 걸리겠다."

내가 말한다.

"각자 한 층씩 맡아서 할까?"

피파는 커다란 사슴 눈으로 나를 본다.

"꼭 해야 해?"

나는 그녀를 학교 쪽으로 민다.

"응."

그로부터 한 시간 동안 찾아보지만 사진은 나오지 않는다. 나는 복도 카펫이 닳을 정도로 3층을 수없이 오르내렸다. 결국 한숨을 내쉬고 기존의 졸업반 사진들 앞에 서서 그들에게 말해달라고, 잃어버린 사진을 어디서 찾을 수 있는지 알려달라고 마음속으로 애원한다. 사진 속의 아가씨들은 내 부탁을 들어주지 않는다.

나는 표면이 우글쭈글한 1872년 사진에 이끌린다. 그 사진을 살며시 벽에서 떼어내 뒤집는다. 사진 뒷면은 전혀 울지 않았고 매끈하다. 다시 돌려보니 역시 앞면은 쭈그러져 있다. 어떻게 이럴 수가 있지? 그래, 같은 사진이 아니라면 가능할 것이다.

양탄자를 잡아당기듯 황급히 사진 모서리를 당겨본다. 액자 속의 사진 밑에 또다른 사진이 있다. 귓속에서 윙윙 소리가 나기 시작한다. 졸업반 학생 여덟 명이 잔디밭에 모여 앉아 있다. 그들 뒤로 스펜스의 선명한 윤곽이 보인다. 밑에는 '1871년 졸업반'이라고 예쁘게 인쇄되어 있다. 드디어 찾았다! 사진 아랫부분을 따라 알아보기 힘든 글씨로 이름이 적혀 있다.

왼쪽에서 오른쪽으로:밀리센트 젠킨스, 수재너 메리웨더, 애나 넬슨, 새러 리즈 툼……

나는 고개를 끄덕인다. 손가락으로 새러를 찾아본다. 사진을 찍는 순간 그녀가 고개를 돌려서 흐릿한 형체만 남은 탓에 알아보기가 어렵다. 실눈을 뜨고 봐도 소용이 없다.

내 손가락이 그녀 옆의 아가씨에게로 옮겨간다. 입속이 마른다. 그녀는 상대를 꿰뚫어보는 지혜로운 눈으로 카메라를 똑바로 쳐다보고 있다. 내가 평생 보아온 눈. 나는 그녀의 이름을 확인해보지만, 어떤 이름을 보게 될지 이미 알고 있다. 내가 아직 태어나지도 않은 이십 년 전에 그녀가 불 속에 내버려둔 채 죽게 한 이름. 메리 다우드.

1871년 졸업반 사진 속에서 나를 바라보는 메리 다우드는 내 엄마다.

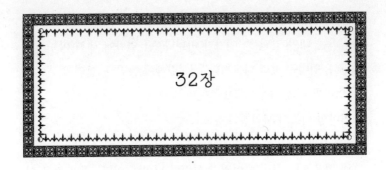

32장

나는 다른 아이들이 자리를 잡고 저녁을 먹는 동안 몰래 식당을 빠져나와 내 방으로 간다. 어둠이 밀려들자 날이 점점 흐려진다. 형체가 흐려지고 사물의 느낌만 남는다. 모든 것이 껍질을 벗고 본질을 드러낸다. 나는 준비되었다. 눈을 감고 문을 불러낸다. 익숙한 고동이 핏줄을 따라 흐르고, 나 홀로 다른 세계의 정원으로 들어간다. 향긋한 꽃들이 재처럼 떨어지는 정원으로.

"엄마."

내 목소리가 사납고 이상하게 들린다.

부드러운 바람이 분다. 뒤이어 비처럼 장미 향수 냄새가 밀려든다. 엄마가 다가온다.

"날 잡을 수 있으면 잡아보렴."

엄마가 빙긋이 웃으며 말한다. 나는 웃지 않는다. 엄마를 보지도 않는다.

"왜 그러니?"

엄마는 내가 알던 그 여자가 아니다. 난 엄마에 대해 아무것도 몰랐다. 엄마는 메리 다우드다. 거짓말쟁이 마법사. 살인자.

"엄마가 메리 다우드예요."

엄마의 미소가 사라진다.

"알아냈구나."

내 마음 한구석에는 여전히 희망이 남아 있었다. 내가 잘못 안 거라는 희망, 엄마가 깔깔 웃으면서 나의 어리석은 실수를 꾸짖고 전부 설명해줄 거라는 희망. 하지만 진실이 모든 희망을 한 방에 날려버린다.

"엄마를 찾아온 사람은 없었어요. 아무도 나에 관해 엄마한테 말해주지 않았어요. 엄마는 처음부터 오더의 자매였어요. 엄마가 나한테 해준 말은 죄다 거짓이라고요."

엄마의 목소리는 놀랍도록 차분하다.

"아니. 전부 다는 아니야."

나는 눈을 깜박여 눈물을 참는다.

"엄마는 나한테 거짓말했어요."

"너를 지키려고 그랬을 뿐이야."

"그것도 거짓말이에요."

혐오감에 치가 떨린다. 속이 울렁거릴 지경이다.

"어떻게 그런 짓을 할 수가 있죠?"

"그건 아주 오래된 일이야, 제머."

"그러면 모든 게 용서되나요? 엄마는 그 어린 소녀를 이스트윙으로 유인했어요. 그애를 죽였다고요!"

"그래. 엄마는 평생 하루도 빠짐없이 그 일을 속죄하며 살았단다."

어느 나뭇가지에서 새 한 마리가 공허한 저녁 노래를 부른다.

"다들 내가 죽었다고 생각했고, 어떤 면에서는 사실이었어. 메리 다우드는 사라졌고 버지니아가 그녀를 대신했으니까. 엄마는 새 삶을 시작했단다. 네 아빠와 함께. 그리고 얼마 후 톰과 너와 함께."

뜨거운 눈물이 내 뺨을 적시며 떨어진다. 엄마가 내 손을 잡으려 하자 나는 뒤로 물러선다.

"오, 제머, 엄마가 한 짓을 어떻게 너한테 말할 수 있겠니? 그건 어머니라는 존재에게 내려진 저주란다. 자식을 너무나 사랑한 나머지 흠잡을 데 없는 완벽한 존재가 되어 자식을 지키려는 욕심 말이야."

엄마는 눈을 깜박이며 눈물을 참는다.

"다시 시작할 수 있을 줄 알았어. 다 잊어버리고 자유로워질 수 있다고 말이야. 하지만 그러지 못했단다."

엄마의 목소리에서 괴로움이 묻어난다.

"난 네가 평범하지 않다는 걸 서서히 깨달았어. 오래전에 사라진 오더와 그 세계의 힘이 네 안에서 되살아나고 있었지. 나는 네가 그 짐을 지지 않길 바랐단다. 그래서 아무것도 말하지 않으면 그 힘이 지나가고 흐려져 다시 영원히 전설로 남을 때까지 너를 지킬 수 있으리라 믿은 거야. 물론 내 생각은 틀렸어. 우리는 운명에서 벗어나지 못해. 하지만 그걸 깨달았을 때는 이미 너무 늦었단다. 너에게 모든 것을 털어놓을 기회가 오기도 전에 키르케가 나를 찾아냈거든."

"그녀는 화재로 죽지 않았어요."

"그래. 나도 얼마 전까지는 그녀가 죽은 줄로 알았는데, 일 년 전에 아마르가 찾아와서 그녀가 어둠의 괴물의 도움을 받아 우리 모두를 찾고 있다고 하더구나. 우리 중 한 사람이 그 세계를 다시 열어주는 존재라는 이야기를 그녀가 들었다는 거야. 그게 누군지 모르고 있을 뿐이라고."

엄마가 나를 보고 빙그레 웃는다. 하지만 괴로운 미소다.

내 눈물이 멈춘다. 마치 건물이 솟아나듯 분노가 치솟는다. 번들거리고, 단단하고, 매력적이고. 그 속에서 영원히 머물고 싶은 건물과도 같은 분노가.

"알았어요. 그럼 엄만 영혼의 한이 풀렸겠군요. 나한테 진실을 말해줬으니까요."

나는 매정한 말투로 덧붙인다.

"이제 날 버리고 떠나지그래요?"

노래를 부르며 나를 재워주던 목소리, 사랑스럽지 않은 나에게 사랑스럽다고 말해주던 그 목소리로 엄마는 다정하게 대답한다.

"내 영혼의 한이 풀리는 건 네 손에 달렸단다. 네 선택에 달렸어."

"지금 나더러 뭘 해달라는 거죠?"

"엄마를 용서해줘."

가까스로 참고 있던 흐느낌이 새어나온다.

"내가 용서해주길 바라나요?"

"그래야만 나는 안식할 수 있단다."

"나는 어쩌고요? 진실을 알게 된 내가 맘 편히 쉴 수 있을 거라고 생각해요?"

엄마의 손이 내 볼에 닿는다. 나는 고개를 뒤로 뺀다.

"미안하다, 제머. 하지만 사람은 항상 빛 속에서만 살 수는 없어. 자신이 가진 빛을 손에 쥐고 어둠을 헤쳐가야 해."

대꾸할 말이 떠오르지 않는다. 나는 이런 걸 바란 적이 없다. 내 평생 이렇게 외롭기는 처음이다. 엄마를 괴롭히고 싶다.

"엄마는 룬에 대해 잘못 알고 있었어요. 우리가 마법을 두 번 사용했지만 아무 일도 일어나지 않았어요."

엄마의 눈이 이글거린다.

"뭘 했다고? 엄마가 그러지 말라고 했잖니. 이건 옳지 않아, 제머."

"그것도 엄마의 거짓말인지 누가 알아요? 엄마가 하는 말을 내가 왜 믿어야 하죠?"

엄마가 손을 입에 대고 서성인다.

"그렇다면 지금 이 세계는 무방비 상태야. 키르케의 괴물이 이미 이곳에 들어와 우리 중 누군가를 타락시켰을 수도 있어. 제머, 어떻게 그럴 수가 있니?"

"그건 내가 하고 싶은 말이에요."

나는 걸어가기 시작한다.

"어디 가니?"

"돌아가려고요."

"제머, 제머!"

정원 밖으로 나온 나는 갑자기 나타난 여자 사냥꾼 때문에 놀란다. 소리 없이 내 뒤로 다가온 그녀는 활과 화살을 들고 있다.

"사슴이 근처에 있다. 나와 함께 사냥하겠느냐?"

"다음에요."

나는 여전히 울음이 가득한 입으로 간신히 웅얼거린다.

여자 사냥꾼이 검은딸기를 조금 집어 하나를 입에 넣는다. 그러고는 검은딸기 송이를 시계추처럼 내 앞에 흔들며 묻는다.

"하나 먹을래?"

그녀는 내가 그 과일을 먹지 못한다는 걸 알고 있다. 그런데 왜 권하는 거지?

"고맙지만, 됐어요."

나는 좀더 빨리 걸으며 대답한다.

마치 내가 움직이지도 않은 것처럼, 그녀가 다시 내 앞에 나타나 검은딸기를 쥔 손을 내민다.

"진심이냐? 아주 맛있단다."

뒤통수의 머리털이 쭈뼛 선다. 무언가 이상하다.

"미안하지만 난 지금 가야 해요."

나는 얼른 대꾸하고 강가의 초록 융단 같은 풀밭을 부리나케 가로지른다. 하지만 쇠를 긁는 듯한 목소리가 뒤에서 어렴풋이 들려온다.

"드디어…… 드디어……"

ᴧᴧᴧᴧᴧ

앤이 어둠 속에 서서 내 침대를 내려다본다.

"제머, 자는 거야?"

나는 울고 있는 걸 들키지 않으려고 계속 눈을 감고 있다.

필리시티와 피파가 나를 흔드는 바람에 어쩔 수 없이 돌아누워 그들을 바라본다.

필리시티가 속삭인다.

"가자. 동굴이 기다리고 있어, 예쁜 아가씨."

나는 몸을 돌려 벽에 난 작은 금을 다시 바라본다.

"몸이 안 좋아."

피파가 장화로 나를 쿡쿡 찌르며 보챈다.

"흥 깨지 말고 어서 일어나."

나는 말없이 벽만 응시한다.

피파가 콧방귀를 뀐다.

"대체 애 왜 이러니?"

앤이 말한다.

"그러길래 간은 먹지 말라니까."

잠시 후 필리시티가 한숨을 쉰다.

"하는 수 없지. 어서 낫기나 해. 하지만 내일 밤은 쉽사리 넘어가지 못할 줄 알아."

이제 그 세계에는 한 발도 들여놓고 싶지 않다. 내일도. 영원히. 방문이 닫히면서 마지막 불빛을 앗아가자, 벽의 금은 전부 사라져 아무것도 보이지 않는다.

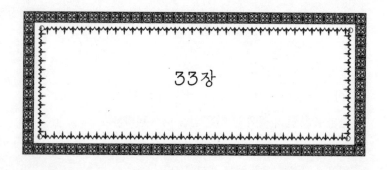

33장

범블은 우리가 짐작한 것처럼 그렇게 어수룩한 상대가 아니었
다. 그는 크로스 부부를 찾아가 전부 이야기했다. 크로스 부부는
항상 그들 뜻에 따를 줄 알았던, 즉 그들의 담보물인 딸이 멋대로
굴었다는 사실에 화들짝 놀랐다. 그들은 결혼 때문에 긴장한 처녀
가 철없는 거짓말을 늘어놓았을 뿐이라고 범블을 안심시켰다. '피
파처럼 사랑스러운 아가씨가 건강하지 않다면 세상에 누가 건강
하겠어요?'라고. 범블은 그들의 해명을 전적으로 믿었다. 그들은
부모이고 우리는 철없는 아가씨들일 뿐이니까. 하지만 이 일로 스
펜스에서는 한바탕 소동이 벌어진다. 교장실로 불려간 우리 네 사
람은 공작 깃털 벽지에 그려진 책망의 눈들에 둘러싸인 채 눈앞의
광경을 무기력하게 지켜본다. 그사이 우리의 자유는 한 올 한 올
풀려나간다.

피파는 내일 부모와 함께 학교를 떠나, 주말에 범블과 결혼할

것이다. 성급한 결혼을 위한 준비는 이미 시작되었다. 이제 다시 질서가 잡히고, 긍지는 드높여질 것이다. 체면 유지라는 중대한 사안 앞에서 여자의 참된 행복 따위를 누가 신경 쓰겠는가?

피파가 자기 무릎을 내려다보며 참담한 기분으로 아랫입술을 꽉 깨물고 있는 동안, 교장 선생님은 그녀의 부모와 약혼자를 달래려고 노력한다. 교장 선생님이 부엌으로 이어져 있는 기다란 끈을 당겨 종을 울리자, 잠시 후 브리짓이 숨을 헐떡이며 층계 위로 뛰어올라온다.

"브리짓, 크로스 씨와 범블 씨를 도서관으로 모시고 가서 최고급 포트와인을 한 잔씩 드리세요."

그 말에 반색한 남자들이 점잖은 미소를 짓고 우쭐한 표정으로 가슴을 편다.

교장 선생님이 곁눈질로 범블을 힐끔거린다.

"부디 저희의 진심 어린 사과를 받아주시기 바랍니다. 이런 언짢은 일은 두 번 다시 없을 테니 안심하셔도 좋습니다."

크로스 씨가 정색을 하며 대꾸한다.

"별말씀을 다 하십니다. 다행히 큰 사고는 없었는걸요."

범블은 담배를 고르듯 콧수염을 만지작거린다.

"저는 관대한 사람입니다. 하지만 이 아가씨들은 좀더 단단히 고삐를 죄어야겠군요. 스스로 결정하게 내버려둬서는 안 됩니다. 그건 건전하지 못해요."

나는 눈을 감고 범블이 포트와인을 홀짝이기 전에 기다란 층계에서 머리부터 떨어져 목이 부러지는 모습을 상상한다. 어처구니없게도 우리는 범블에게 진실을 말했다는 이유로 처벌을 받게 생졌다.

"지당한 말씀입니다. 범블 씨의 조언에 충실히 따르겠습니다."

교장 선생님답지 않게 굽실거리는 말투다. 그녀는 지금 비위를 맞춰주고 있지만, 너무나 오만한 범블은 그걸 눈치 채지 못한다.

남자들이 브리짓과 함께 떠나자, 크로스 부인이 일어서서 양손의 장갑을 더 바짝 당기고 주름을 편다.

"가자, 피파. 네 웨딩드레스를 맞춰야 해. 더치스 새틴*이 좋을 것 같구나."

피파의 떨리는 입술에서 조용하고 절박한 울음이 새어나온다.

"제발, 엄마! 나를 그 남자와 결혼시키지 말아요."

크로스 부인이 입을 앙다물고 씩씩거리듯 중얼거린다.

"넌 집안 망신을 시키고 있어."

교장 선생님이 모녀 사이에 끼어든다.

"피파, 너는 아름다운 신부가 될 거야. 런던의 화제가 될 거란다. 신혼여행 다녀오고 나서 이 모든 소동을 잊고 더없이 행복해지면 우릴 찾아오게 될 거야."

크로스 부인의 표정이 누그러지더니 정말로 눈에 눈물이 고인다. 그녀는 두 손으로 피파의 턱을 다정하게 감싼다.

"지금 네가 엄마를 경멸하는 거 안다. 하지만 장담하건대, 언젠가 너도 나한테 고마워할 거야. 결혼하면 자유가 생긴다. 정말이야. 네가 머리만 잘 쓰면 원하는 건 뭐든 가질 수 있어. 자, 이제 드레스 보러 갈까?"

---

* 혼례용으로 사용되는 최고급 실크.

피파는 자기 엄마를 따르지만, 교장실을 나서면서 너무나 절망적인 표정으로 우리를 돌아본다. 그 모습을 보니 내가 부모에게 떠밀려 억지로 결혼하는 것만 같다.

남은 우리 셋의 앞에는 교장 선생님과 그녀 못지않게 위압적인 책상이 있다. 서랍이 열린다. 곧이어 메리 다우드의 일기장이 번들거리는 마호가니 책상 위에 털썩 떨어진다. 내 배 속에서 두려움이 요동친다. 이제 우린 죽은 목숨이다.

"이것에 대해 누가 말해줄래?"

벽난로 위에 놓인 시계의 초침 소리가 포성처럼 요란하게 들린다.

"앤?"

앤은 울음이 터지기 직전이다.

"그, 그, 그건, 채, 채, 책이에요."

"책인 건 나도 알아. 내가 한 페이지도 빠짐없이 살펴봤다."

교장 선생님은 안경 위로 우리를 노려보며 강조한다.

"한 페이지도 빠짐없이."

어느 페이지를 뜻하는 말인지 알아차린 우리는 앉은 채로 부들부들 떤다.

"미스 워딩턴, 네가 이 일기장을 가지고 뭘 했는지 말해주겠니?"

필리시티가 고개를 홱 쳐든다.

"제 방을 뒤지셨나요?"

"물어본 말에 대답이나 해. 안 그러면 이 문제로 네 아버지를 만나야겠다. 그래도 괜찮겠니?"

필리시티는 눈물을 쏟을 듯한 표정이다.

나는 침을 꿀꺽 삼키고 말한다.

"그건 제 물건이에요."

교장 선생님이 갑자기 고개를 휙 돌리고 눈을 껌뻑인다. 먹이를 포착한 올빼미 같다.

"네 것이라고, 미스 도일?"

배 속이 울렁거린다.

"네."

까짓것, 퇴학당하지 뭐. 다 끝내버리겠어.

"그럼 대체 이 추잡한 물건이 어디서 났지?"

"제가 발견했어요."

"발견해?"

교장 선생님은 미심쩍어하는 표정으로 나를 쏘아보다가 다시 묻는다.

"어디서?"

"숲속에서요."

교장 선생님이 나를 노려본다. 완전히 무감각해진 나는 두려움도 못 느낀다.

"숲속에서 아주 많은 일들이 벌어지나보구나. 피파한테 이미 다 들었다."

내 옆에서 앤이 훌쩍이기 시작하고, 필리시티는 의자에 앉은 채로 움찔거린다. 하지만 나는 마음을 비우고 기다린다. 어떤 말이 나올지 빤하다.

"무어 선생님이 너희한테 이 일기장을 줬다더구나."

이건 내가 예상한 말이 아니다. 그 때문에 나는 다시 긴장한다.

"사실이냐?"

나는 '아뇨, 다 제 잘못이에요'라고 말하려고 입을 연다. 하지만 필리시티가 더 빠르다.

"네. 무어 선생님이 주셨어요."

믿기 어려울 정도로 차분한 말투다.

"그거 유감이로구나. 하지만 네가 아는 대로 전부 말해야 한다, 미스 워딩턴."

마침내 내가 목소리를 낸다.

"아뇨. 그건 사실이 아니에요."

필리시티는 사납고 절박한 눈빛으로 말한다.

"도서관에서 찾았다고 네 입으로 말했잖아. 그리고 오더에 대해 더 알고 싶으면 도서관에 가라고 말한 사람은 무어 선생님이야."

"오더? 대체 왜 무어 선생님이 그런 허무맹랑한 이야기를 너희 머릿속에 주입시켰지?"

"우리를 동굴로 데려가 오더의 그림을 보여줬어요."

"피로 그린 그림도 있어요."

앤이 거든다. 지금 그들은 한마음이다.

교장 선생님이 말한다.

"나는 무어 선생님에게 너희를 동굴에 데려가도 좋다고 허락한 적 없다."

필리시티는 눈을 휘둥그레 뜨고 짐짓 순진한 표정을 짓는다.

"그분이 멋대로 우리를 데려간 거로군요."

"그게 문제가 아니에요. 일기장은 제가 발견했고……"

필리시티가 내 팔뚝에 손을 댄다. 그냥 얹어놓은 것처럼 보이지만, 실은 꽉 움켜쥐고 있다.

"교장 선생님은 이미 다 알고 계셔, 제머. 이제 솔직히 털어놔야 해."

그녀는 이어 교장 선생님에게 말한다.

"무어 선생님은 대회당에서 우리한테 일기를 읽어주시기도 했어요."

내가 일어선다.

"우리가 읽어달라고 했잖아!"

"미스 도일, 당장 앉아!"

나는 털썩 주저앉는다. 필리시티를 바라볼 수가 없다.

"무어 선생님이 아주 심각한 잘못을 저질렀구나."

교장 선생님은 이미 각본을 짜놓고 우리에게, 스펜스에게, 그녀 자신에게 면죄부를 주려 한다. 누군가에게 죄를 씌우려 한다. 그녀는 진실을 믿으려 하지 않는다. 모든 일을 우리 스스로 했다는 것. 그것도 교장 선생님의 코밑에서 행했다는 것.

"사실이냐, 앤?"

앤은 더듬거리지도 않고 대답한다.

"네."

내가 애원한다.

"교장 선생님, 이 일은 전부 제 잘못이에요. 저한테는 어떤 벌을 내리셔도 상관없지만, 제발 무어 선생님을 죄인으로 몰지는 말아주세요!"

"미스 도일, 네 마음씨가 곱다는 건 알겠지만, 무어 선생님을 비호하는 건 아무 도움도 안 돼."

462

"비호하는 게 아니에요!"

교장 선생님이 온화하게 말한다.

"무어 선생님이 너희한테 이 일기장을 읽어주셨니?"

"네, 하지만……"

"그리고 너희를 동굴에 데려가셨니?"

"그건 단지 상형문자를 보여주시려고……"

"오컬트에 관한 이야기를 들려주셨니?"

나는 아무 소리도 내지 못하고 고개만 끄덕인다. 언젠가 '신은 세밀한 곳에 있다' 라는 말을 들은 적이 있다. 진실도 마찬가지다. 가장 중요한 핵심인 잔가지들을 쳐버리고 남은 밋밋한 줄기는 누군가를 파멸시킬 수도 있다. 교장 선생님은 커다란 윙백 의자에 기댄다. 의자가 그녀의 몸에 눌려 삐걱거리며 탄식한다.

"나는 젊은 아가씨들이 얼마나 감수성이 예민한지 잘 안단다. 나도 한때는 젊었으니까."

물론 내 눈에는 늙은 여인의 주름진 얼굴밖에 보이지 않는다. 교장 선생님의 말이 이어진다.

"학생들이 얼마나 관심을 갈망하는지, 교사의 영향력이 얼마나 막강한지, 나는 잘 알아. 무어 선생님 문제는 당장 처리해야겠다. 그리고 이런 행위가 다시는 일어나지 않도록 매일 밤 모든 문을 잠그고, 너희가 다시 내 신뢰를 얻을 때까지 열쇠를 내가 보관하겠다."

"무어 선생님은 어떻게 되시는 거죠?"

내가 묻는다. 속삭이듯 맥없는 목소리로.

"교장의 권위를 존중하지 않는 분별없는 교사는 용납할 수 없다. 무어 선생님은 해직될 거야."

이럴 수는 없다. 교장 선생님은 우리가 사랑하는 무어 선생님을 내쫓을 참이다. 우리가 무슨 짓을 한 거지?

그때 등골이 오싹해지는 비명이 방 안의 정적을 찢는다. 아래층에서 들려오는 소리다. 교장 선생님이 벌떡 일어나더니 층계를 뛰어내려간다. 우리도 곧장 뒤따라간다. 브리짓이 로비의 다이아몬드 무늬 바닥에 서서 무언가를 손에 쥐고 있다.

"모든 성인들이시여, 저를 굽어 살피소서! 그녀가 돌아왔어…… 나를 죽이려고 돌아왔어."

교장 선생님이 브리짓의 어깨를 붙잡는다. 브리짓의 눈은 공포에 사로잡혀 있다. 그녀는 손에 쥔 물건이 뱀이라도 되는 양 바닥에 내동댕이친다. 살짝 불에 그을린 집시 인형이다. 인형의 목에는 머리카락 한 움큼이 단단히 감겨 있다.

키르케.

브리짓은 흐느끼듯 중얼거린다.

"그녀가 돌아왔어. 오, 맙소사, 그녀가 돌아왔어!"

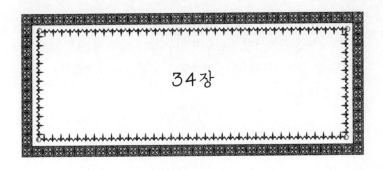

34장

웨이트 목사가 우리더러 자리에서 일어나 성경을 손에 들고 사사기 11장 1절에서부터 40절까지 다함께 읽으라 한다. 우리의 목소리가 만가輓歌처럼 예배당을 가득 채운다.

입다가 여호와께 서원하여 이르되, 주께서 암몬 자손을 제 손에 넘겨주시면, 제가 암몬 자손에게서 평안히 돌아올 때 누구든 제 집 문에서 나와 저를 영접하면 제가 그를 여호와께 번제물로 드리겠나이다, 하니라.

피파가 내 귀에 나직이 속삭인다.
"무어 선생님 일은 미안해. 하지만 오늘 밤에 마지막으로 그 세계에 다녀오려면 그 수밖에 없었어."
교회 앞쪽 스테인드글라스 창에는 천사가 그려져 있다. 커다란 유리 조각이 떨어져나간 천사의 눈은 벌어진 상처처럼 보인다. 나는 그 구멍을 물끄러미 쳐다보며 아무 말도 하지 않는다. 그저 입모양으로 성경 구절을 읊는 척하면서 내 주위에 울려퍼지는 소리를 들을 뿐이다.

  …… 그리고 여호와께서 그들을 그의 손에 넘겨주시매……

"솔직히 무어 선생님도 잘못이 전혀 없는 건 아냐."

  입다가 자기 집에 이르러서 보니, 그의 딸이 나와 그를 영접하는데, 바로 그의 무남독녀라……

"부탁이야, 제머. 난 그를 다시 만나야 해. 작별인사도 못 하고 헤어져야 하는 내 기분이 어떻겠니?"
  뚫어져라 쳐다보는데, 구멍이 커지고 천사가 사라진다. 하지만 눈을 깜박이자 구멍 대신 천사가 보인다. 처음부터 다시 해야겠다.

  …… 그가 딸을 보고 자기 옷을 찢으며 이르되, 어이할꼬, 내 딸이여! 네가 나를 참담하게 하는구나…… 내가 여호와께 입을 열었으니 능히 돌이키지 못하리로다……

  피파가 다시 내게 애원하려 하자, 신도석에 앉아 있는 교장 선생님이 고개를 돌려 우리를 노려본다. 피파는 성경에 얼굴을 묻고 다시 열정적으로 읽는다.

…… 그리고 딸이 아버지에게 이르되, 이 일을 제게 허락하사 저를 두 달만 내버려두소서, 제가 산을 오르내리며 처녀로 죽을 팔자를 애곡하겠나이다……

이 부분에서 어린 학생 몇몇이 낄낄댄다. 그러자 선생님들이 합창을 하듯 요란하게 동시에 쉿 소리를 낸다. 무어 선생님 말고는 모두 자리에 있다. 그녀는 학교에 남아서 짐을 싸고 있다.

…… 그가 딸을 보내니, 그 딸은 친구들과 함께 산으로 떠났노라.

웨이트 목사가 성경을 덮는다.
"이는 주님의 말씀이로다. 모두 기도합시다."
부스럭거리고 털썩거리는 소리가 파도처럼 퍼지면서 모두 자리에 앉자, 성경이 옆으로 차례차례 넘겨져 신도석 끝에 보기 좋게 쌓인다. 피파는 내가 건넨 성경을 꽉 붙든다.
"제발 마지막으로 하룻밤만. 내가 영원히 떠나기 전에. 더이상 부탁하지 않을게."
내가 손을 놓자 성경이 피파의 무릎에 부딪힌다. 그녀에게서 풀려난 나는 다시 천사를 응시한다. 오랫동안 뚫어져라 봤더니 천사가 움직이는 것처럼 보인다. 밀려드는 어둠 때문에 모든 것이 흐릿해지고 있다. 그러나 아주 잠깐 동안 정말로 내 눈에 그것이 보인다. 퍼덕이는 천사의 날개, 검을 움켜쥔 두 손, 커다란 낫처럼 순식간에 양을 토막내는 검. 내가 눈길을 돌리자 전부 사라진다. 빛의 장난일 뿐이다.

저녁식사를 마친 나는 대회당에 가지 않는다. 친구들이 나를 찾는 소리가 들린다. 나는 대답하지 않는다. 응접실에 홀로 앉아 프랑스어 책을 무릎 위에 펼쳐놓고 동사변화와 시제를 공부하는 시늉을 하지만 눈만 아프다. 실은 복도에서 그녀의 발소리가 들리기를 기다리는 것이다. 무슨 말을 해야 좋을지는 모르겠지만, 변명이나 사과도 하지 않고 무어 선생님을 떠나보낼 수는 없다.

식사 시간이 끝나자마자 선생님이 맵시 있는 여행복 차림으로 지나간다. 챙이 넓고 장미 장식이 달린 모자를 쓰고 있다. 마치 휴일에 바다로 놀러가는 여자처럼 보인다. 의심과 치욕의 구름 속에서 스펜스를 떠나는 교사가 아니라.

나는 선생님을 따라 정문까지 간다.

"무어 선생님."

그녀는 장갑 손목의 단추를 채우고 장갑 속으로 손가락을 뻗는다.

"미스 도일, 여긴 어쩐 일이니? 소중한 사교 시간을 낭비하고 있잖아?"

나는 목이 메어 가까스로 말한다.

"무어 선생님, 정말 죄송해요."

선생님은 힘없이 웃는다.

"그래, 미안할 거야."

"부디……"

나는 울지 않으려고 말을 멈춘다.

"손수건을 주고 싶은데, 그건 이미 네가 갖고 있겠구나."

피파가 발작했을 때 선생님이 빌려준 손수건이 생각난다.

"죄송해요. 용서해주세요."

"네가 스스로를 용서할 수 있다면 그렇게."

나는 고개를 끄덕인다. 문에서 노크 소리가 들린다. 무어 선생님은 브리짓을 기다리지 않고 손수 문을 활짝 열어 마부에게 자기 가방을 가리킨 다음, 마부가 마차에 가방을 싣는 모습을 지켜본다.

"무어 선생님……"

"헤스터."

"헤스터."

선생님의 성 대신 이름을 부르는 호사를 누리니 죄를 짓는 기분이다.

"어디로 가실 건가요?"

"한동안 여행을 다닐 생각이란다. 그런 다음 런던에 작은 집을 얻어서 가정교사 자리를 알아봐야지."

마부가 떠날 준비를 마쳤다. 무어 선생님이 그에게 고개를 끄덕인다. 그러고는 내 쪽으로 돌아서서 내 손을 꽉 잡고 머뭇머뭇 말한다.

"젬머…… 언제든 도움이 필요하면……"

선생님이 잠시 망설인다. 적당한 말을 찾는 눈치다.

"내가 보기에 너는 여느 학생들과 다른 부류 같아. 어쩌면 티파티 댄스나 집안 꾸미기는 네 운명이 아닐 거야. 네가 인생에서 어떤 길을 택하건 간에, 난 앞으로도 그 길의 일부가 되어주고 싶단다. 그러니 언제든 필요하면 연락하렴."

팔에서 전율이 느껴진다. 무어 선생님은 정말로 고마운 분이다. 나 같은 애한테 이토록 다정하시다니.

선생님이 묻는다.

"그래줄 거지?"

나는 진심으로 대답한다.

"네."

선생님은 고개를 높이 들고 내 손을 놓아준 다음 문을 지나 마차로 향해간다. 그녀가 도중에 뒤를 돌아보고 외친다.

"정물화 같은 삶에 활력을 불어넣을 방법을 찾아봐!"

곧이어 마차에 오른 선생님이 지붕을 두 번 두드린다. 말들이 히힝 울고 입구 쪽으로 빠르게 향하며 흙먼지를 날린다. 나는 점점 멀어지면서 작아져가는 마차를 지켜본다. 길모퉁이를 돈 마차는 금세 어둠에 물들고, 마침내 무어 선생님은 사라진다.

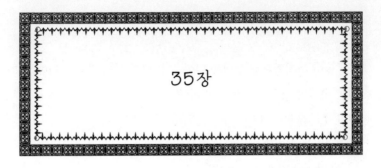

35장

열시 반에 교장 선생님이 학생들의 숙소를 돌며 자신의 귀여운 병아리들이 모두 침대에 누워 늑대들로부터 안전한지 살핀다. 아래층의 시계가 자정을 알리자, 피파와 필리시티가 우리 방의 문을 긁는 소리가 들린다. 이제 안전하니 마지막 모임을 위해 나가도 된다고 알리는 것이다.

내가 묻는다.

"어떻게 나가? 교장 선생님이 모든 문을 잠갔잖아."

필리시티의 손가락에 열쇠가 걸려 있다.

"위층 하녀 몰리가 나한테 빚진 게 있어. 젊은 마부와 함께 있다가 나한테 들켰거든. 자, 옷 입어."

동굴이 마지막으로 우리를 맞아준다. 밤이 점점 추워진 탓에 우리는 마지막 양초들 주위로 모여 몸을 녹인다. 내가 그 세계로 데려가지 않겠다고 하자 친구들이 펄펄 뛴다.

피파가 소리친다.

"왜 안 데려가겠다는 거야?"

"말했잖아. 몸이 안 좋다고."

나는 그 빛나는 문을 통해 거기로 돌아갈 마음이 전혀 없다. 대신 프랑스어에 통달할 생각이다. 완벽한 자세를 몸에 익히고, 품위 있게 인사하는 법을 배우고, 멋진 그림을 그리려고 노력할 것이다. 사람들이 바라는 그런 여자가 될 것이다. 안전한 삶. 그러면 다시는 나쁜 일이 생기지 않을 테니까. 진짜 내가 아닌 다른 사람인 척하며 살아가는 것이다. 오랫동안 그러다보면 나도 그걸 믿을 수 있으리라. 엄마가 그랬듯이.

피파가 내 발 앞에 무릎을 꿇고 어린애처럼 내 무릎에 머리를 올린다.

"부탁이야, 제머. 사랑스러운 우리 제머. 내 레이스 장갑 끼게 해줄게. 아니, 그냥 가져!"

"싫어!"

내 고함 소리가 동굴벽에 부딪친다.

피파는 땅바닥에 털썩 주저앉아 실쭉거린다.

"피, 네가 해봐. 내 말은 씨알도 안 먹혀."

놀랍게도 필리시티는 차분하다.

472

"오늘 밤에는 제머가 꿈쩍도 하지 않겠는걸."

피파가 칭얼거린다.

"이제 어쩌면 좋지?"

"위스키가 아직 약간 남아 있어."

필리시티가 바위 틈 속에 숨겨놓은 반쯤 빈 술병을 꺼내더니, 잽싸게 두 모금 마시고 술병을 내 앞으로 내민다.

"자, 조금 마셔봐. 그러면 마음이 바뀔 거야."

나는 일어서서 다른 바위로 다가간다.

"아직도 무어 선생님 일로 화가 안 풀렸니?"

"그 때문만은 아냐."

나는 우리가 무어 선생님을 파멸시킨 것에 화가 난다. 내 엄마가 거짓말쟁이이자 살인자라서, 내 아빠가 마약중독자라서 화가 난다. 카르틱이 나를 경멸해서 화가 난다. 내가 손대면 죄다 엉망이 되는 것 같아서 화가 난다.

필리시티가 말한다.

"좋아. 그럼 실컷 토라져. 술 마시고 싶은 사람 없니?"

내가 아는 것을 어떻게 친구들한테 말할 수 있겠는가? 나조차도 알고 싶지 않은 것을. 모두 없던 일로 할 수만 있다면 좋겠다. 그 세계에서의 첫날, 불가능한 것이 없어 보이던 그때로 돌아가기만 해도 좋겠다. 필리시티가 계속 술을 돌리자, 금세 다들 얼굴이 벌게지고 눈이 흐리멍덩해진다. 갑자기 혈관으로 밀려든 따스한 위스키 때문에 콧물도 조금 흐른다. 필리시티는 동굴 안에서 빙글빙글 돌며 시를 읊조린다.

하지만 거울 속 신비로운 풍경을
천으로 짜는 것은 여전히 그녀의 기쁨이었지
가끔 고요한 밤을 가르며
깃털과 불빛과 음악이 어우러진
장례 행렬이 캐멀롯으로 향했고

"제발 그만해."
앤이 바위에 머리를 기대고 짜증을 낸다.
필리시티는 나를 약 올리는 중이다. 그 시를 들으면 내가 무어
선생님을 떠올릴 걸 알고 있다. 그녀는 신들린 데르비시처럼 양팔
을 벌리고 점점 더 빨리 돌면서 무아지경에 빠진다.

때로 머리 위로 달이 뜨면
갓 결혼한 젊은 연인들이 찾아왔지
'거울 풍경은 이제 지겨워'라고 말하는
레이디 오브 샬럿

마침내 필리시티가 쓰러지지 않으려고 두 손으로 동굴벽을 짚
는다. 그러고는 우둘투둘한 벽에 몸을 굴리다가 다시 우리를 바라
본다. 땀에 젖은 머리카락 몇 가닥이 이마와 볼에 붙어 있다. 그녀
의 표정이 기묘하다.
"가엾은 피파. 너 진짜 그 기사 만나고 싶어?"
"두말하면 잔소리지!"
필리시티가 핍의 손을 잡고 동굴 입구로 달려간다.

"같이 가!"

앤이 소리치면서 따라간다.

그들이 떠돌이처럼 밤의 숲속으로 뛰쳐나가자 나도 그들을 쫓아간다. 우리의 젖은 살갗이 찬바람에 흠칫 놀란다.

내가 묻는다.

"필리시티, 뭘 하려는 거야?"

그녀가 빈정거리듯 대꾸한다.

"새로운 것."

아까는 심심하기만 하던 하늘이 지금은 수없이 많은 별빛으로 고동친다. 잡아늘인 것처럼 얇은 구름 무리 위로 버터처럼 노란 초가을 달이 높이 떠 있다. 구름을 보니 곧 가을걷이가 시작될 것 같다. 농부들이 술잔을 쳐들고 존 발리콘*의 숭고한 죽음을 기리는 시기.

필리시티가 하늘의 달을 향해 고함을 지르자 피파가 말린다.

"쉬잇! 학교 전체를 깨울 셈이야?"

"아무도 듣지 못해. 교장 선생님은 오늘 밤에 셰리주를 두 잔이나 마셨어. 트라팔가르 광장 한가운데에 데려다놓고 양손에 비둘기를 한 마리씩 쥐여줘도 깨어나지 않을 거야."

필리시티는 다시 고함을 내지른다.

"나의 기사를 만나고 싶어."

피파가 입을 삐죽거린다.

"만나게 될 거야."

---

* 잉글랜드 민요에서 곡식을 의인화하여 부르는 이름.

"제머가 우리를 데려가지 않으면 만날 수 없어."

필리시티가 대꾸한다.

"다른 방법이 있다는 건 우리 모두 알지."

달빛 속에서 그녀의 창백한 살갗이 뼈처럼 하얗게 빛난다. 내 등골이 오싹해진다.

피파가 묻는다.

"무슨 뜻이야?"

나무들 사이에서 무언가가 움직인다. 나뭇가지 부러지는 소리 와 함께 재빠르고 은밀한 움직임이 느껴진다. 우리는 흠칫 놀란다. 사슴 한 마리가 빈터 근처에서 어슬렁거린다. 코를 땅바닥에 대고 킁킁거리며 먹이를 찾는다.

앤이 휴 하고 한숨을 쉰다.

"사슴일 뿐이야."

필리시티가 대꾸한다.

"아니. 우리의 제물이야."

잠깐 동안 달이 구름 뒤로 잠기자 우리의 얼굴이 빛으로 얼룩덜 룩해진다.

나는 음울하게 방관하던 태도를 버리고 묻는다.

"설마 진심은 아니겠지?"

"농담 같니? 메리와 새러도 했어. 하지만 우린 그들처럼 어리석 지 않아."

필리시티는 축제 때 천막 극장으로 사람들을 끌어들이는 여리 꾼 같다.

"하지만 메리와 새러는 그것을 다스리지 못……"

필리시티가 내 말을 가로챈다.

"우린 그들보다 강해. 같은 실수는 하지 않을 거야. 여자 사냥꾼이 알려준 대로 하면······"

나에게 검은딸기를 권하고, 필리시티와 함께 사냥하면서 뭐라고 속삭이던 여자 사냥꾼. 내 마음속에서 무언가가 형상을 갖추려고 발버둥치지만, 좀처럼 알아볼 수가 없다. 오로지 사납고 거부할 수 없는 두려움만 남는다.

"여자 사냥꾼이 뭐랬는데?"

"나한테 많은 이야기를 들려줬어. 넌 몰라도 되는 이야기야. 그녀는 내가 제물을 바치면 그 힘을 가질 수 있다고 말했어."

"안 돼. 그건······"

"그녀는 네가 반대할 거라는 말도 했어. 널 믿지 말라고. 왜냐하면 네가 그 세계의 힘을 독차지하려고 하니까."

피파와 앤은 필리시티와 나를 번갈아 보면서 기다린다.

내가 말한다.

"그러면 안 돼. 난 용납하지 않을 거야."

필리시티가 앞으로 나서더니 나를 밀어 흙바닥에 쓰러뜨린다.

"넌, 우릴, 막지, 못해."

"필리시티······"

앤이 중얼거린다. 그녀는 나를 도와야 할지 달아나야 할지 몰라 당황한 표정이다.

"다들 모르겠니? 제머는 그 힘을 독차지할 셈이야! 우릴 지배하려고."

"말도 안 돼!"

비틀거리며 일어선 나는 그들에게서 한 걸음 뒤로 물러선다.

피파가 내 뒤로 다가온다. 목덜미에 닿는 그녀의 숨결이 느껴진다.

"그럼 왜 우릴 데려가지 않는 거야?"

나는 당황한다.

"그건 말할 수 없어."

필리시티가 쏘아붙인다.

"쟤는 우릴 믿지 않아."

의심이 전염병처럼 퍼진다. 의기양양하게 팔짱을 낀 필리시티는 궁지에 몰린 내 모습을 즐긴다.

우리 바로 뒤의 수풀 속에 사슴이 있다. 피파가 사슴을 지켜본다. 그녀가 체중을 한쪽 발에서 다른 쪽 발로 옮기며 말한다.

"나 그 남자랑 결혼하지 않아도 되는 거지?"

필리시티가 그녀의 손을 잡는다.

"우린 모든 걸 변화시킬 수 있어."

앤이 합세하며 말한다.

"전부 다."

〰〰〰

전에 인도에서 불이 나는 광경을 본 적이 있다. 처음에는 어느 거지가 피운 불에서 불꽃이 튀어 바람을 타고 올라갔을 뿐이었다. 몇 분 뒤, 눈앞의 모든 것이 불길에 휩싸였다. 초가지붕이 거대한 불쏘시개처럼 딱딱 소리를 내며 불타고, 어머니들이 우는 아이들을 안고 거리로 뛰쳐나왔다.

불은 그렇게 시작된다. 불꽃 하나로. 지금 내 눈앞에 바람을 타고 날아오르는 불꽃이 보인다.

"좋아. 알았어. 내가 너희를 데려갈게. 동굴로 돌아가서 다같이 손을 잡자."

그들끼리만 하는 것은 어떻게든 막아야 한다.

"때가 이미 지났어."

필리시티가 가슴 위로 팔짱을 끼고 말한다.

"무슨 뜻이야?"

"더이상 네 치맛자락 붙잡고 따라다니기 싫다는 거야, 제머. 우리 힘으로 그 세계에 들어가겠어. 고맙지만 네 도움은 필요 없어."

"하지만 내가……"

피파가 나에게 등을 돌린다.

"저놈을 어떻게 잡지?"

"골짜기로 몰고 가자. 거기서 포위하면 돼."

필리시티가 갑자기 소매 단추를 풀고 블라우스를 벗는다. 내가 깜짝 놀라며 묻는다.

"뭐하는 거야?"

필리시티는 나를 무시하고 나머지 친구들에게 설명한다.

"옷 벗어. 코르셋과 페티코트 차림으로는 못 잡아. 가망이 전혀 없어. 여자 사냥꾼처럼 알몸이 되어야 해."

상황이 점점 통제불능으로 치닫는다. 마치 건물이 무너지는 광경을 속수무책으로 지켜보는 기분이다.

앤이 풍만한 가슴을 두 팔로 가린다.

"꼭 그래야 해? 그냥 이대로 사슴을 잡으면 안 될까?"

"옷에 얼룩이 묻으면 교장 선생님한테 뭐라고 변명할래?"

이제 필리시티는 알몸이다. 껍질이 벗겨진 나무줄기처럼 창백하다. 사납고 날카로운 그녀의 목소리가 부스럭거리는 낙엽 소리를 가른다.

"싫으면 여기 있어. 하지만 난 예전으로 돌아가지 않을 거야. 그렇게는 못 해."

피파가 풀밭에 앉아서 장화를 벗고 페티코트를 벗기 시작한다. 앤도 따라 한다.

"앤, 피파, 내 말 들어. 이건 옳지 않아. 이러면 안 돼. 제발 내 말 좀 들어!"

그들은 나한테 눈길조차 주지 않고 광기 어린 손으로 옷을 벗어 던진다. 사슴이 머리를 획 쳐든다. 세 사람은 숲 바닥에 낮게 웅크린다. 필리시티가 손가락 하나를 입에 대고 조용히 하라고 지시한다. 위험을 감지한 사슴이 숲속으로 달아난다.

투덜대며 일어선 세 사람은 번들거리는 알몸으로 숲을 향해 달린다. 이윽고 그들은 이끼 덮인 어둠 속에서 퍼덕이는 천사의 날개처럼 허연 움직임으로만 보인다.

나는 사슴을 쫓아가는 친구들을 쫓아간다. 사슴이 나무들 사이로 들락거린다. 앞장서서 쫓아가는 필리시티의 하얀 몸이 횃불 같다. 나뭇가지가 밟혀 부러지는 날카로운 소리와 몹시 헐떡이는 내 숨소리가 귓가에 들린다. 이윽고 보이지 않는 저 앞쪽에서 무언가가 부딪히는 소리가 크게 들려온다.

골짜기에 도착해보니, 앤과 피파가 벼랑 끝에 서서 헉헉거리고 있다. 사슴은 어디에도 보이지 않는다. 보아하니 거대한 흙더미가 떨어져나가 있다. 나는 조심스레 벼랑 끝으로 다가간다. 장화에 밟힌 땅이 무너져 흙과 돌이 골짜기로 우수수 쏟아진다. 나는 추락하지 않으려고 얕은 나무뿌리를 움켜잡는다.

상처를 입고 골짜기 바닥에 쓰러진 사슴이 머리를 쳐들려고 끙끙대면서 너무나 끔찍한 소리로 울부짖는다. 필리시티가 낮게 웅크린 채 살금살금 다가간다. 곧이어 사슴 위로 몸을 숙이고 갈색 털을 쓰다듬으면서 위로하듯 '쉬, 쉬' 하는 소리를 낸다. 죽일 생각은 없는 거야. 나는 안도감이 온몸에 퍼지는 것을 느끼며 필리시티가 벼랑으로 기어올라오길 기다린다.

구름이 비명처럼 길고 가늘게 퍼져간다. 맑고 강한 달빛에 눈이 부시다. 달빛에 젖어 하얘진 필리시티는 단단히 굳은 석고상처럼 보인다.

그녀가 저 아래 어둠 속에서 무언가를 찾아 더듬는다. 갑자기 한 손을 높이 쳐든다. 그 손에 쥔 돌로 내리치자 기분 나쁘게 퍽 하는 소리가 들린다. 또 한 번. 다시 한 번 더. 마침내 우리가 서 있는 곳에서는 알아볼 수 없는 작은 짐승들과 필리시티 말고 골짜기에는 아무 움직임도 없다. 앤과 피파가 천천히 게처럼 비탈을 기어내려가더니, 차례차례 돌덩이를 든다. 활처럼 구부러지고 잔뜩 긴장한 그들의 벗은 등이 어둠 속에서 빛난다. 이윽고 그들이 비켜서자, 목 위로는 더이상 사슴이 아닌 물체가 골짜기 바닥에 보인다. 짐승의 머리는 마치 너무 익어 흐물흐물해진 멜론이 바닥에 떨어져 쪼개진 것처럼 보인다. 나는 고개를 돌려 성긴 덤불에 토한다.

비틀거리며 다시 돌아보니, 세 사람이 가파른 비탈에 손과 무릎을 대고 기어올라온다. 어둠 속에서 석회 같은 피부에 튄 피가 잉크처럼 까맣다. 필리시티가 마지막으로 올라온다. 그녀는 미끄러운 피투성이 돌을 여전히 손에 쥐고 있다.

"끝났어."

필리시티의 목소리가 고요한 어둠에 파문을 일으킨다.

이렇게 불이 시작된다.

이렇게 우리는 타오른다.

모든 것이 나의 통제를 벗어난다.

필리시티가 돌을 내 손에 쥐여준다. 나는 돌의 무게 때문에 앞으로 쏠려 비틀거린다. 손이 끈적끈적하다.

"이제 뭘 하면 돼?"

앤이 묻는다. 어둠 속에서 아무도 대답하지 않는다. 마른 잎사귀들 사이로 부는 가벼운 바람 소리만 우리 머리 위에서 들린다.

필리시티가 말한다.

"손을 맞잡고 빛의 문이 나타나게 하자."

그들은 서로 손을 잡고 눈을 감는다. 하지만 아무것도 나타나지 않는다.

피파가 묻는다.

"문이 어디 있지? 왜 안 보이는 거야?"

오늘 밤에 처음으로 필리시티가 당황한 표정을 짓는다.

"그녀가 나한테 약속했는데……"

실패한 것이다. 그들은 속았다. 내가 안도감과 충격에 휩싸여 있지만 않다면 그들을 딱하게 여길 것이다.

필리시티가 나직이 중얼거린다.

"틀림없이 된다고 했는데……"

그때 빈터로 들어오던 카르틱이 피로 얼룩진 야만인 같은 우리를 보고 멈칫한다. 그가 돌아가려고 한 걸음 물러서지만, 필리시티가 먼저 그를 보고 소리친다.

"여기서 뭐하는 거야?"

카르틱은 대답하지 않는다. 대신 내가 쥐고 있는 돌에 그의 눈길이 쏠린다. 나는 재빨리 돌을 버린다. 돌이 털썩 하고 땅에 떨어진다.

카르틱이 한눈을 판 그 순간, 필리시티가 기회를 포착한다. 날카로운 나뭇가지를 집어든 그녀는 카르틱에게 달려들어 그의 가슴을 내리친다. 찢어진 셔츠에서 피가 새어나오자, 놀란 카르틱이 몸을 숙인다. 필리시티가 여전사로서 새로운 기술을 선보인 것이다. 그녀는 공격 자세를 하고 나뭇가지로 그를 찌를 태세를 취한다.

"다음에 만나면 눈알을 뽑아버리겠다고 말했을 텐데."

나는 조금 전까지 의기양양한 필리시티가 위험하다고 생각했다. 그 생각은 틀렸다. 이제 상처 입고 무력해진 그녀는 상상을 초월할 정도로 위험하다.

부상당한 카르틱은 이제 자신을 방어할 수가 없다.

내가 소리친다.

"멈춰! 그를 보내주면 내가 너희를 그 세계로 데려갈게."

필리시티는 여전히 나뭇가지를 그의 눈 위로 치켜든 채 헐떡이고 있다.

피파가 약간 겁먹은 목소리로 칭얼댄다.

"피, 제머가 우리를 데려간대."

서서히 필리시티가 그를 놓아주고 우리 쪽으로 어슬렁어슬렁 돌아온다. 그녀는 체면을 세우려고 한마디 한다.

"거기 들어가기만 하면 그녀가 우리에게 힘을 줄 거야. 틀림없어."

그녀 뒤의 땅바닥에서 카르틱이 불안한 표정을 짓는다. 나는 괜찮을 거라는 말 대신 고개를 살짝 끄덕인다. 물론 정말 괜찮을지는 알 수 없다. 지금 빛의 문 건너편에서 무엇이 우리를 맞이할지 나는 알지 못한다. 내 친구들의 행동이 그 세계에 변화를 일으켰을까? 내가 아는 건 또다시 그 세계에 들어가야 한다는 사실뿐이다.

필리시티가 나를 쏘아본다. 이제 모든 것이 바뀌었다. 돌이킬 수 없다. 나는 친구들을 따라 숲속으로 들어간다. 이윽고 그들이 다시 옷을 입자 준비가 끝난다.

부디 아무 일도 없길 바라지만, 왠지 아주 무서운 일이 벌어질 것만 같다. 내가 말한다.

"내 손을 잡아."

36장

빛이 고동치는 문을 지나자, 모든 것이 전과 다름없어 보인다. 강물은 아름답게 노래하고, 여전히 화려한 빛의 노을이 퍼져 있으며, 꽃잎이 하늘하늘 흩날린다.

필리시티가 의기양양한 눈빛으로 말한다.

"다들 봤지? 아무 문제도 없잖아. 내가 말한 대로 제머가 그 힘을 독차지하려고 했을 뿐이야."

나는 그녀를 무시하고 혹시 이상한 소리가 들릴까봐 귀를 기울인다.

그들은 천을 잘라서 만든 인형 삼인조처럼 손을 맞잡고 내 앞의 초원을 가로질러 정원 쪽으로 걸어간다.

바람의 방향이 바뀌자 장미 향기와 더불어 낯선 악취가 풍겨온다. 나는 부리나케 친구들을 쫓아간다.

"기다려! 필리시티, 제발 내 말 들어. 아무래도 돌아가야겠어."

필리시티는 나를 비웃는다.

"돌아가? 우린 방금 여기 왔어."

앤이 돌처럼 굳은 표정을 짓는다.

"우리끼리 이곳에 올 힘을 얻기 전까지는 돌아가지 않을 테야."

갑자기 여자 사냥꾼이 우리 옆에 나타난다. 나는 깜짝 놀란다. 이상하게도 그녀가 다가오는 소리를 전혀 듣지 못했다. 검은딸기를 권하던 그녀의 모습이 자꾸만 떠오른다. 온몸에 소름이 끼친다. 그녀가 필리시티의 피 묻은 얼굴을 엄지손가락으로 문지르더니, 그 손가락을 자기 입에 대고 맛본 다음 씩 웃는다.

"제물을 바쳤구나."

필리시티가 대꾸한다.

"네. 우리한테 이 세계로 들어오는 힘을 줄 건가요?"

그녀가 빙그레 웃지만, 따스함이 없는 웃음이다.

"그러겠다고 내가 약속하지 않았나? 따라오너라."

나는 필리시티의 팔을 잡고 속삭인다.

"이건 옳지 못한 일이야. 우린 가면 안 돼."

"아니, 마침내 옳은 일을 하는 거야."

그녀는 내 손을 뿌리치고 친구들을 쫓아 달려간다.

그들을 따라간 나는 은빛 아치를 지나 동굴로 들어간다. 엄마는 어디에도 보이지 않는다. 내 어린 시절의 냄새가 풍겨온다. 카레. 파이프 담배. 그리고 다른 냄새. 또 그 냄새다. 불쾌한 악취.

어느덧 우리는 이 세계의 심장인 예언의 룬에 다다른다.

바람의 방향이 바뀐다. 다시 그 냄새가 난다. 뙤약볕 속에서 썩어가는 고기처럼 코를 찌르는 냄새가 기억의 언저리에서 어른거린다. 아무도 이 냄새를 맡지 못하는 걸까?

피파가 묻는다.

"이제 뭘 해야 하죠?"

여자 사냥꾼이 대답한다.

"마법을 이용해 나를 너희 세상으로 데려가라."

"우리가 손을 맞잡고 당신을 데려가면 우리한테 필요한 힘을 줄 건가요? 우리 마음대로 여길 드나들 수 있는 힘 말이에요."

"내가 아냐. 나의 주인이신 그녀가 너희에게 어울리는 것을 주실 거다."

문득 공포가 내 안으로 스며들어 자리 잡는다.

필리시티가 어리둥절한 표정으로 묻는다.

"당신의 주인이라뇨?"

내 안의 모든 것이 도망치라고 비명을 지른다. 내가 필리시티의 팔에 손을 얹자, 내 두려움을 느끼기라도 한 듯 그녀가 천천히 원에서 물러난다. 여자 사냥꾼이 점점 커지는 것처럼 보인다. 그녀의 눈이 검게 변하고, 목소리는 섬뜩해진다.

"내게 오너라, 어여쁜 것들아."

하늘이 열리더니 휘몰아치는 먹구름의 바다가 펼쳐진다. 그녀가 비처럼 빠르게 우리 앞에 솟아오른다. 펄럭이는 검은 케이프 안에서 우글거리는 무시무시한 악령이 탑처럼 우뚝 솟아 괴성을 지른다. 필리시티는 도망치지도 못하고, 그 해골 같은 얼굴에서 눈을 떼지도 못한다. 소용돌이치는 검은 눈동자는 테두리가 시뻘겋고, 날카로운 이빨이 톱니처럼 솟아 있다. 그 괴물이 한 손으로 필리시티의 팔을 움켜잡는다. 필리시티의 입이 송장처럼 세로로 벌어진다. 그러자 둘이 연결된 듯, 그녀의 눈동자에 검은빛이 번지고, 마침내 그녀의 눈은 공허해진다.

"안 돼!"

비명을 지르며 달려들어 필리시티에게 부딪치자, 우리 둘은 땅바닥에 나동그라진다. 온몸을 부르르 떨고 있는 그녀의 눈은 여전히 까맣다. 피파가 비명을 지르면서 땅에 쓰러지더니 언덕 아래 강쪽으로 기어간다.

"앤! 도와줘! 당장 애를 데리고 돌아가야 해!"

우리는 필리시티를 양쪽에서 부축하고 강을 향해 달린다. 피파를 찾아야 한다. 어서 떠나야 한다. 폭풍이 불어오기 시작한다. 그러자 나무에서 떨어진 꽃과 잎사귀, 나뭇가지가 우리 위로 휘몰아친다. 나뭇가지 하나가 아슬아슬하게 내 머리를 비껴가면서 뺨을 긁자 피가 흐른다.

검은 악령의 몸에서 팔 한 쌍이 돋아나더니, 곧이어 또다시 한 쌍이 돋아난다. 그녀는 미끄러지듯 우리 쪽으로 다가오면서 우리를 안아 뭉개려 한다. 이제 정신을 차린 필리시티가 비틀거리며 달린다. 강에 다다랐지만 피파가 보이지 않는다. 어디 있지?

앤의 비명이 허공을 가른다.

"도와줘!"

그녀는 강물을 들여다보면서 제 머리카락을 잡아뜯는다. 물에 비친 그녀의 모습은 변했다. 얼굴에 끔찍한 부스럼이 덮여 있다. 머리카락이 뭉텅뭉텅 빠지고 머릿가죽에서 종기가 돋는다. 마치 뼈에서 살이 녹는 것 같다.

내가 소리친다.

"네 모습을 보지 마, 앤! 고개를 돌려!"

"못 해! 그럴 수가 없어!"

앤의 몸이 점점 물가로 기운다. 두 팔로 그녀의 목을 안고 당겨보지만 너무 무거워서 꿈쩍도 하지 않는다. 그때 필리시티가 힘껏 당기자 앤이 마법에서 풀려나 풀밭에 나자빠진다. 앤의 눈동자가 잿빛으로 되돌아온다.

그녀가 바람을 맞으며 소리친다.

"피파는 어디 있어?"

내가 외친다.

"모르겠어."

무언가가 내 손 위로 미끄러져 지나간다. 시들어 말라가는 높다란 풀 사이로 뱀들이 꾸불꾸불 기어다닌다. 우리는 바위 위로 펄쩍 뛰어올라간다. 나무에서 떨어진 배가 우리의 발에 닿자마자 썩는다. 앤은 흉측하게 변하는 자기 피부를 보며 울먹인다.

"도와줘!"

피파의 비명이 우리의 귀를 찢는다. 바싹 마른 풀밭을 지나자 그녀가 보인다. 그녀는 관棺 같은 커다란 보트를 타고 바람에 밀려 넓고 깊은 강 한가운데로 가고 있다. 강가를 서성이는 악령 때문에 피파에게 다가갈 수가 없다.

괴물이 피파를 보며 웃는다.

"그래, 됐다······ 너에게 가야겠구나······"

"제발! 도와줘!"

피파가 울부짖는다. 하지만 우리는 아무것도 할 수가 없다. 그
녀는 우리와 떨어져 있다. 괴물에게 붙잡힐 수는 없다. 너무 무서
워서 머릿속엔 오로지 한 가지 생각뿐이다. 여기서 나가야 해.

내가 소리친다.

"문으로 가자. 어서!"

필리시티의 머리카락이 바람에 날려 창백한 얼굴 위로 나부낀다.

"피파를 두고 갈 순 없어!"

나는 그녀의 손을 당기며 외친다.

"나중에 구하러 돌아올 거야!"

"안 돼!"

"날 두고 가지 마!"

피파가 뱃머리 쪽으로 움직이자 그녀의 몸무게 때문에 보트가
기우뚱한다.

"피파, 안 돼!"

내가 소리쳐보지만 이미 너무 늦었다. 피파가 강으로 뛰어들자,
강물이 얼음 같은 손으로 그녀를 덮친다. 모든 것이 물속에 매장되
고 그녀의 숨 막히는 비명만 남는다. 문득 피파가 발작하던 날 보
았던 환상이 생각난다. 물속으로 끌려들어가는 피파. 이제 엄청난
두려움과 함께, 나는 마침내 그 환상의 의미를 깨닫는다.

성난 어둠의 괴물이 울부짖으면서 우리 쪽으로 돌진해온다.

"피파! 피파!"

필리시티가 목이 터져라 소리친다.

"필리시티, 우린 가야 해. 어서!"

악령이 우리를 덮치기 직전이다. 생각할 시간이 없다. 본능에 따라 움직일 뿐이다. 문에 다다른 나는 우리를 다시 숲속 동굴로 데려온다. 촛불들이 흔들리면서 마지막 빛을 콜록콜록 토해낸다. 우리 모두 이곳에 돌아와 있다. 안전하고 멀쩡한 것 같다. 하지만 바닥에 쓰러진 피파의 몸은 뻣뻣해진 채, 걷잡을 수 없이 발작한다.

앤의 목소리가 떨린다.

"피파? 피파?"

필리시티가 흐느낀다.

"네가 피파를 거기 두고 왔어! 너 때문이야!"

마지막 촛불이 흔들리다 죽어버린다.

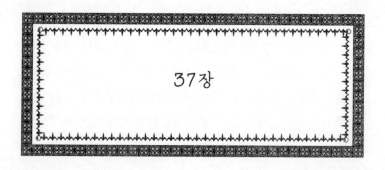

37장

"나 좀 도와줘!"

나는 이글거리는 눈으로 카르틱의 텐트 앞에 서 있다. 그는 나한테 시비를 걸지도 않고, 말도 하지 않는다. 내가 자초지종을 이야기할 때도 묵묵히 듣기만 한다. 그는 피파를 어깨에 짊어지고 숲을 지나 스펜스까지 걸어간다. 우리가 두고 온 사슴 시체가 있는 골짜기를 지날 때 잠시 멈춰 섰을 뿐이다. 그는 우리를 도와 피파를 방으로 옮겨주고, 나는 교장 선생님의 침실로 달려가 방문을 맹렬히 두드리며 그녀를 부른다. 참을 수 없는 절박함이 목소리에서 묻어난다.

교장 선생님이 문을 활짝 연다. 길게 땋아내린 잿빛 머리를 따라 수면모가 미끄러진다.

"무슨 일이지? 미스 도일, 옷이 왜 그 모양이냐? 어째서 자지 않는 거야?"

"피파 때문이에요. 피파가……"

나는 헐떡이느라 말을 끝맺지 못하지만 상관없다. 교장 선생님이 내 목소리에 담긴 심각성을 눈치 챈다. 그녀는 동요하지 않고 차분히 대처한다. 내가 그녀의 침착함을 진심으로 존경한 건 이때가 처음이다.

"브리짓에게 당장 토머스 박사를 부르라고 해."

▲▲▲▲

밤새도록 불이 꺼지지 않는다. 나는 도서관 창가에 앉아 두 팔로 무릎을 끌어안고 가능한 한 몸을 작게 웅크린다. 잠이 들려는 순간 그녀가 보인다. 젖은 몸. 움푹 들어간 눈. 매끈한 수면 밑으로 미끄러져들어가며 살려달라고 소리치는 피파. 나는 잠들지 않으려고 손톱으로 손바닥을 쑤신다. 필리시티가 내 옆에서 초조하게 서성인다. 나를 보지는 않지만, 침묵이 그녀의 생각을 말해준다.

네가 그녀를 버렸어, 제머. 물속 무덤에 홀로.

랜턴 하나가 잔디밭을 가로지른다. 카르틱이다. 금속 테 안의 불빛이 이리저리 흔들린다. 나는 창밖으로 그를 내다본다. 그는 삽을 들고 있다. 골짜기에서 본 것을 무시해버릴 수 없어서 그곳에 가는 것이다. 사슴을 묻으러.

하지만 나를 보호하기 위해서인지 스스로를 보호하기 위해서인지는 알 수 없다.

나는 오랫동안 앉아서 밤이 아침을 향해 멍들어가는 모습을 지

켜본다. 하늘이 자주색에서 노란색으로 바뀌더니, 이윽고 노란색
도 흐려진다. 마치 어둠이 하늘의 살갗에 흔적조차 남기지 못한 것
만 같다. 숲 위로 해가 고개를 내밀 무렵, 나는 마지막 여행에 나서
기로 결심한다.

⋀⋀⋀⋀

"이거 갖고 있어."
나는 초승달 눈을 필리시티의 두 손에 꼭 쥐여주며 말한다.
"이걸 왜 나한테?"
"만약 내가 돌아오지 않으면……"
나는 사이를 두고 말을 잇는다.
"혹시라도 내가 잘못되면 네가 나머지 자매들을 찾아야 해. 네
가 그들의 일원이라는 걸 알리려면 이게 필요할 거야."
필리시티는 은빛 부적을 물끄러미 바라본다.
"나중에 네가 나를 찾으러 와야 해."
나는 다시 사이를 두고 말한다.
"아니면 그 세계를 영원히 봉인하거나. 알겠지?"
필리시티가 나직이 대답한다.
"응. 돌아오겠다고 약속해."
나의 꽉 쥔 주먹 속에서 엄마의 드레스에서 찢겨진 실크 조각이
보드랍게 느껴진다.
"노력할게."

38장

더이상 새는 없다. 꽃도 없다. 노을도 없다. 빛의 문 너머에는 모든 것이 섬뜩한 잿빛이다. 여전히 강에 떠 있는 텅 빈 보트는 얇은 얼음장 사이에 단단히 끼어 있다.

"네가 날 원한다면 나와라. 내가 왔다!"

내 목소리가 사방에 메아리친다. 내가 왔다, 내가 왔다, 내가 왔다.

"제머? 제머로구나!"

나무 한 그루 뒤에서 엄마가 나타난다. 강하고 믿음직한 엄마의 목소리가 나를 끌어당긴다.

"엄마?"

엄마의 눈에 눈물이 맺힌다.

"제머, 걱정했단다. 하지만 넌 무사하구나."

엄마가 빙긋이 웃자, 내 안의 모든 것이 엄마에게로 쏠린다. 나는 지쳐 있고 자신도 없지만, 지금 엄마가 곁에 있다. 잘못을 바로

잡도록 엄마가 도와줄 것이다.

"엄마, 죄송해요. 내가 큰 사고를 쳤어요. 엄마의 경고를 무시하고 마법을 사용하는 바람에 모든 게 엉망이 됐고, 피파는……"

차마 더는 말할 수가 없다. 생각조차 하기 싫다.

"쉬잇, 제머. 울 시간 없어. 피파를 데려가려고 여기 온 거지?"

나는 고개를 끄덕인다.

"그렇다면 서둘러야겠다. 어서. 괴물이 돌아오기 전에."

나는 엄마를 따라 은빛 아치를 지나 정원 깊숙이, 엄청난 힘을 품고 있는 높다란 수정들의 원 한가운데 들어선다.

"두 손을 룬에 대."

나는 망설인다. 이유는 모르겠다.

엄마가 초록색 눈을 가늘게 뜨고 말한다.

"제머, 네가 날 믿지 않으면 네 친구는 영영 찾지 못해. 그걸 원하니? 양심에 손을 얹고 생각해봐."

나는 얼음같이 차가운 물에 빠져 버둥거리는 피파를 생각한다. 내가 그녀를 버린 것이다. 내 손이 룬에 다가간다.

"그래, 착하지. 이제 다 잊으렴. 곧 우리는 다시 하나가 될 거야."

나는 왼손을 룬에 댄다. 진동이 나를 관통한다. 다른 여행들 때문에 약해져 있는 나를 강력한 마법이 밑으로 끌어당긴다. 나에게는 너무나 버겁다. 엄마가 내 쪽으로 손을 편다. 분홍빛으로 생생하게 펼쳐져 있는 손. 나는 그 손을 잡기만 하면 된다. 내가 팔을 든다. 내 손가락들이 엄마의 손가락들에게로 다가가고, 엄마와 가까워질수록 내 살갗이 떨린다. 우리의 손가락들이 닿는다.

"드디어……"

순간, 엄마의 형상 속에 숨은 괴물이 튀어나와 수정처럼 높이 치솟는다. 엄청난 괴성과 함께 놈이 내 팔을 움켜잡는다. 얼음처럼 싸늘한 그것이 내 팔을 통해 핏줄 속으로 스며들어 심장으로 다가오는 느낌이 든다. 내 몸에서 온기가 빠져나간다. 나는 놈의 상대가 되지 못한다.

모든 것이 추락한다. 우리는 빠른 속도로 함께 추락하면서 산과 요동치는 하늘을 지나 이 세계와 인간 세계 사이의 장막을 통과한다. 괴물이 기쁨의 웃음을 흘린다.

"드디어…… 드디어……"

갑자기 나를 덮친 새로운 마법이 몸속으로 밀려들어 내 의지와 합쳐진다. 강렬하고 야만적인 힘이 나를 압도한다. 나는 그 힘을 절대로 놓치고 싶지 않다. 그 힘을 이용하면 상대를 조종하고, 상처를 입히고, 승리할 수 있다.

괴물이 낄낄댄다.

"그래…… 참으로 매력적이지 않으냐?"

맞아, 정말 그래. 엄마와 키르케가 이런 기분이었을까? 그들의 세계에서는 가질 수 없는 이 힘을 잃을까봐 두려워한 걸까? 분노. 기쁨. 환희. 열망. 모두 그들의 것이다. 모두 내 것이다.

괴물이 속삭인다.

"거의 다 됐다."

내 밑에서 런던이 화려하고 우아한 부채처럼 펼쳐진다. 내가 인도에서 살 때 보고 싶어했던 도시. 지금도 보고 싶은 도시. 내 힘으로.

나의 불만을 감지한 괴물이 내 귀를 핥듯이 말한다.

"네가 지배할 수 있어."

그래, 그래, 그래.

아니. 그렇지 않아. 이 괴물과 붙어 있으면 그 힘은 절대로 내 것이 되지 못해. 그 힘이 나를 조종할 거야. 아냐, 아냐, 아냐. 놈에게 굴복해. 나는 선택에 지쳐 있다. 그것이 나를 무겁게 한다. 너무 무거워서 영원히 잠들 것만 같다. 키르케에게 굴복해. 가족과 친구 따윈 버려. 하류로 떠내려가.

안 돼.

그러자 괴물이 점점 약해지는 것 같다. 너는 너 자신을, 네가 바라는 것이 무엇인지 알아야 해. 엄마가 나한테 그렇게 말했다. 내가 바라는 것…… 내가 바라는 것……

돌아가고 싶다.

그러자 모든 것이 변한다. 갑자기 런던이 까마득히 멀어지면서 점으로 좁아든다. 나는 인간 세계로부터 나와 괴물을 끌어당겨 다시 산마루로, 결국 동굴과 룬으로 되돌아온다.

괴물이 소름 끼치는 비명을 지르고 울부짖으며 나를 향해 외친다.

"네가 우릴 속였어!"

점점 커지는 괴물이 무시무시하게 요동치는 벽이 되어 하늘까지 치솟는다. 그렇게 무서운 것은 본 적이 없다. 한순간 너무나 강렬한 공포에 사로잡힌 나는 그대로 얼어붙는다. 해골 같은 두 손이 내 목을 감싸고 꽉 조인다. 당황한 나는 마법을 이용해 괴물에게 최대한 많은 상처를 입힌다. 그때마다 괴물은 다시 달려들어 나의 에너지를 점점 빼앗는다.

괴물의 손이 다시 내 목을 조른다. 이제 내게는 반항할 힘이 거의 남아 있지 않다.

"그래, 끝났다. 이제 너를 나에게 넘겨라."

생각할 수가 없다. 숨 쉬기도 힘들다. 머리 위에서 하늘이 회색과 검은색으로 소용돌이친다. 전에 우리는 여기 앉아서 파란 하늘의 구름을 셌다. 엄마의 실크 드레스처럼 파란 하늘. 파란 약속. 희망. 엄마는 나를 위해 돌아왔다. 그런 엄마를 이렇게 저버릴 수는 없다.

소용돌이치는 검은 눈동자가 점점 가까워진다. 부패의 악취가 코를 찌른다. 내 눈에 뜨거운 눈물이 맺힌다. 내게 남은 것은 그 희망과 속삭임뿐이다.

"엄마…… 용서할게요."

손아귀 힘이 약해진다. 괴물의 눈이 커지고, 섬뜩한 주둥이가 벌어진다. 놈의 힘이 약해진다.

"안 돼!"

내 힘이 돌아오는 느낌이 든다. 목소리가 커지고, 말에 힘이 넘친다.

"엄마를 용서해요. 메리 다우드, 당신을 용서해요."

괴물이 몸을 뒤틀며 비명을 지른다. 나는 놈의 손아귀에서 벗어나 땅바닥에 뒹군다. 싸움에서 진 괴물이 점점 작아진다. 고통에 몸부림치면서 나를 향해 노호하지만, 나는 멈추지 않는다. 그 말을 주문처럼 되뇌면서 돌덩이를 집어들고 첫번째 룬을 깨뜨린다. 룬이 부서지자 수정 조각이 소나기처럼 쏟아진다. 나는 두번째 룬을 깨뜨린다.

괴물이 소리친다.

"그만해! 무슨 짓을 하는 거야?"

나는 세번째 룬과 네번째 룬을 부순다. 그러자 괴물이 엄마로 변하더니 짚더미 같은 풀 위에서 연약한 모습으로 부들부들 떤다.

"제머, 제발 그만해. 네가 날 죽이고 있어."

나는 망설인다. 엄마는 보드랍고 눈물로 젖은 얼굴로 나를 바라본다.

"제머, 나야. 엄마야."

"아니. 엄마는 돌아가셨어."

나는 다섯번째 룬을 부수고 딱딱한 땅에 나자빠진다. 괴물이 단말마의 비명을 지르며 엄마의 영혼을 놓아준다. 이윽고 점점 작아지다가 마침내 신음 소리들이 뒤엉킨 얇은 기둥이 되어 하늘로 빨려올라간다. 사방이 고요해진다.

나는 가만히 누워서 중얼거린다.

"엄마?"

대답을 기대하고 물은 것은 아니다. 역시나 대답은 들리지 않는다. 이제 엄마는 정말로 사라졌다. 나는 혼자다. 외롭지만 이것이 정상이다.

어찌 보면 내가 기억하는 엄마는, 우리가 처음 이 세계로 들어온 날 나뭇잎을 나비로 변화시킨 것처럼 하나의 환영이었다. 내가 막 알게 된 엄마를 이해하고 받아들이려면 엄마를 보내드려야 할 것이다. 친구 때문에 살인까지 저질렀지만, 나중에 돌아와서 나를 도우려고 어둠과 싸운 엄마. 두려움에 사로잡힌 가련한 여인이자 고대 오더의 강력한 자매. 지금도 나는 그 집단에 대해 알고 싶지 않다. 안온한 환상 속으로 달아나 그곳에 눌어붙어 지내는 건 아주 쉬운 일이다. 하지만 나는 그러지 않으리라. 진짜 현실을 위한 자리를 만들려고 노력하리라. 만지고, 냄새 맡고, 맛보고, 느낄 수 있는 것들 말이다. 나를 얼싸안는 팔, 눈물과 분노, 실망과 사랑, 카르틱의 텐트에서 그가 나를 보고 웃었을 때 느낀 묘한 기분, 내 손을 잡고 '응, 우린 널 따를 거야'라고 말하던 내 친구들……

무엇보다 생생한 현실은 내가 제머 도일이라는 것이다. 나는 여전히 이곳에 있다. 그리고 난생처음 그것에 깊이 감사한다.

ᚚᚚᚚᚚ

생각할 것은 많지만 그보다 먼저 강가로 달려간다. 강의 얼음 아래로 피파의 창백한 얼굴이 보인다. 흐느적거리는 검은 곱슬머리가 얼음 밑에 부챗살처럼 퍼져 있다. 나는 돌덩이로 얼음을 깬다. 깨진 틈으로 물이 솟구친다.

나는 피파를 꺼내려고 음울한 금단의 강에 한 손을 넣는다. 목욕물처럼 따뜻하다. 고요하고 유혹적이다. 나도 물속에 잠기고픈 충동이 일지만 참는다. 피파의 손을 잡고 있는 힘껏 끌어당기자, 물의 손아귀에서 벗어난 그녀가 강가에 눕는다. 침을 뱉고 기침을 하면서 풀밭에 강물을 토한다.

"피파, 정신 차려!"

그녀는 너무나 창백하고 싸늘하다. 눈 밑에 커다랗게 검은 그늘이 드리워져 있다.

"핍, 너를 데려가려고 왔어."

그녀가 보랏빛 눈을 뜨고는 갈망의 눈길로 강을 바라보며 나직이 중얼거린다.

"날 데려가려고……"

나는 그 강의 비밀을 알고 싶은 동시에, 그것을 멀리하고 싶기도 하다. 지금 당장은.

피파가 묻는다.

"돌아가면 난 어떻게 될까?"

이제 내게는 거짓말을 위한 마법이 남아 있지 않다.

"모르겠어."

"바틀비 범블 부인이 되는 걸까?"

나는 아무 말도 하지 않는다. 피파는 차갑고 축축한 손으로 내 뺨을 쓰다듬는다. 나는 이미 그녀가 무슨 생각을 하는지 알고 있다. 마법 덕분이 아니라, 피파가 내 친구이고 내가 그녀를 사랑하기 때문이다.

"제발, 핍."

울음이 나오기 시작해 잠시 사이를 두고 말을 잇는다.

"넌 돌아가야 해. 그래야만 해."

"그래야만 해…… 내 삶은 늘 그런 식이었어."

"앞으로 바뀔 수 있어……"

피파는 고개를 젓는다.

"난 싸울 줄 몰라. 너랑은 달라."

그녀는 추위에 말라버린 풀밭에서 씨앗만큼 작게 시든 검은딸기를 한 줌 찾아낸다. 그녀의 손바닥에 놓인 검은딸기가 동전처럼 보인다.

나는 목이 멘다.

"하지만 그걸 먹으면……"

"무어 선생님이 하신 말씀 기억나? 안전한 선택이란 없어. 다른 선택이 있을 뿐이야."

피파는 마지막으로 강을 한 번 바라보고 잽싸게 검은딸기를 입에 넣는다. 한순간 너무나 고요해서 내 숨소리의 미세한 떨림마저 귀에 들려온다. 잠시 후 피파의 살갗 밑에 핏기가 번지고, 곱슬머리가 탱글탱글해지고, 두 뺨에 장미처럼 발그레한 생기가 감돈다. 눈부시게 아름답다. 내 주위의 모든 것이 되살아난다. 땅에는 다시 꽃과 금빛 잎사귀들이 물결치고, 지평선 위에는 새로운 분홍빛 하늘이 펼쳐진다. 그리고 기사가 피파의 장갑을 손에 든 채 서서 그녀를 기다린다.

따뜻한 바람이 보트를 우리 쪽 물가로 밀어보낸다.

이제 작별인사를 할 시간이다. 하지만 최근에 작별이 너무 많았던 나는 아무 말도 하지 않는다. 피파가 빙그레 웃는다. 나도 웃음으로 답한다. 그걸로 충분하다. 피파가 보트에 오르자 보트가 그녀를 강 건너로 데려간다. 그녀가 맞은편 강가에 다다르자, 기사가 그녀를 향기로운 초록빛 풀밭에 내려준다. 정원의 은빛 아치 입구 밑에서 마더 엘레나의 딸 캐럴라이너도 그 모습을 지켜본다. 하지만 자기가 기다리는 사람이 아님을 깨달은 소녀는 인형을 품에 안은 채 서서히 시야에서 사라져간다.

학교로 돌아와보니, 필리시티가 피파의 방 앞에서 벽에 기대서 있다. 그녀가 두 팔로 나를 안고 흐느낀다. 복도 끄트머리에서는 브리짓이 거울에 덮개를 씌우면서 훌쩍이고 있다. 피파의 방에서 앤이 나온다. 눈이 빨갛고 콧물이 흐르고 있다.

"피파가……"

차마 말을 잇지 못한다. 하지만 말할 필요 없다.

나는 이미 피파의 죽음을 알고 있으니까.

그로부터 얼마 후, 우리는 비 오는 아침에 피파를 묻는다. 차가운 10월의 비 때문에 내 손에 쥔 흙덩이가 진흙이 된다. 그리고 내 차례가 되어 피파의 반짝이는 관 위에 던진 흙은 아주 가벼운 소리를 낸다.

지난 며칠 동안 스펜스는 기름칠을 한 기계처럼 아침부터 부산했다. 다들 조용히 능률적으로 각자 할 일을 했다. 묘하게도 누군가가 죽고 나면 사람들은 침착해지고 바빠진다. 머뭇거림이나 게으름이 삽시간에 사라지고, 만사를 명확하고 깔끔하게 처리한다. 침대보 갈기, 드레스나 찬송가 고르기, 빨래하기, 기도 등등 죽음에 맞서는 작고, 단순하고, 의식적인 삶의 행동이 날마다 행해진다.

1반 학생들은 장례식에 참석하려고 학교에서 50킬로미터 떨어

504

진 크로스 부부의 집까지 교장 선생님과 함께 갔다. 크로스 부인은 피파의 사파이어 결혼반지를 함께 묻어줘야 한다고 말했다. 물론 범블에게는 몹시 고통스러운 요구다. 그는 장례식이 거행되는 내내 틈만 나면 회중시계를 보고 눈살을 찌푸린다. 목사는 깊고 낭랑한 음성으로 피파의 미모와 천사 같은 심성을 칭송하지만, 나는 이런 빤한 미사여구 따위는 모른다. 나는 일어서서 모두에게 피파가 어떤 여자인지 들려주고 싶다. 허영심 많고 이기적이며 낭만적인 몽상을 좋아하는 피파. 그러면서도 용감하고 단호하고 너그러운 피파. 물론 내가 아는 걸 전부 말한다 해도 그녀를 제대로 설명할 수는 없을 것이다. 타인을 완벽하게 안다는 것은 불가능하다. 때문에 누군가를 믿으면서 그도 나를 믿어주길 바라는 것은 세상에서 가장 두려운 일이다. 언제라도 균형이 무너질 수 있는 불안한 관계. 하지만 놀랍게도 우리는 그런 관계를 끊임없이 맺는다.

목사가 마지막 조사弔詞를 한다. 이제 무덤 파는 사람들의 일만 남았다. 그들은 모자를 고쳐 쓰고 삽으로 진흙을 퍼서 내 친구였던 소녀를 땅에 묻는다. 숲속에서 그가 나를 지켜보는 느낌이 든다. 고개를 돌려보니, 그의 검은 망토가 나무 뒤에서 삐져나와 있다. 교장 선생님이 크로스 부부를 위로하러 가자마자 몰래 빠져나온 나는 카르틱이 숨어 있는 커다란 대리석 천사 쪽으로 다가간다.

그가 말한다.

"참 안됐어."

이 얼마나 간단하고 솔직한 말인가. 주님이 너무 어린 천사를 하늘로 부르셨다는 둥, 주님의 불가사의한 뜻을 어찌 헤아리겠냐는 둥, 그런 건 죄다 쓸데없는 소리다. 비가 내 우산을 일정한 리듬으로 두드린다.

나는 머뭇머뭇 대꾸한다. 마침내 속마음을 털어놓을 기회가 와서 기쁘다.

"내가 그녀를 보내줬어. 가지 말라고 더 강하게 말릴 수도 있었겠지만 그러지 않았어."

내가 한 짓을 카르틱이 라크샤나에 전할까? 물론 상관은 없다. 난 이미 마음을 정했으니까. 이제 그 세계는 내가 책임져야 한다. 그곳 어딘가에서 키르케가 기다리고 있으며, 나는 오더를 재건해 실수를 바로잡고 앞으로 많은 것을 깨쳐야 한다.

카르틱은 말이 없다. 대답 대신 빗소리만 줄기차게 들려올 뿐이다. 마침내 그가 나를 바라본다.

"얼굴에 흙 묻었어."

나는 손등으로 뺨을 대충 닦는다. 그가 고개를 저어 얼룩이 그대로 남아 있다고 알려준다. 내가 묻는다.

"어디 묻었는데?"

"여기."

그의 엄지손가락이 내 아랫입술 가장자리를 천천히 문지를 뿐인데, 마치 시간이 느려지고 엄지손가락이 내 입가에 영원히 머무르는 것 같다. 내가 아는 그 어떤 마법과도 다르지만, 너무도 강한 그 마력 때문에 숨이 멎는 느낌이다. 자신의 행동을 의식한 카르틱이 잽싸게 손을 뺀다. 하지만 그의 손길은 내 입술에 남아 있다.

"부디 그녀가 편히 잠들길……"

그가 가려고 돌아서면서 웅얼거린다.

"카르틱."

내 말에 그가 멈춘다. 흠뻑 젖은 탓에 그의 검은 곱슬머리는 뒤통수에 착 들러붙어 있다.

"이제 돌이킬 수 없어. 가서 그렇게 전해."

그는 흥미롭다는 듯, 고개를 한쪽으로 갸우뚱한다. 내가 이제 그 힘에서 손을 뗄 수 없다는 뜻인지, 그의 손이 내 입술에 닿은 것을 물릴 수 없다는 뜻인지 모르겠다는 눈치다. 다시 분명히 해주려다가, 생각해보니 나도 잘 모르겠다. 어쨌거나 카르틱은 길 끄트머리에 보이는 안전한 수레를 향해 강한 두 다리로 힘껏 달려간다.

다시 친구들에게 돌아와보니, 필리시티는 새 무덤을 물끄러미 바라보며 빗속에서 울고 있다.

"피파가 정말로 죽은 거니?"

"응."

나는 확신에 찬 내 목소리에 놀란다.

"그 세계에 있는 나한테 무슨 일이 일어난 거지? 그 괴물이 날 어떻게 한 거야?"

"모르겠어."

우리는 회색 비의 바다에 뜬 검은 얼룩 같은 조문객들을 내려다본다. 필리시티는 차마 나를 바라보지 못한다.

"가끔 시야의 가장자리에 뭔가가 보여. 그것들이 날 비웃다가 사라지는 거야. 그리고 꿈도 꿔. 섬뜩한 꿈들. 만약 나한테 끔찍한 일이 벌어졌다면 어떡해, 제머? 내가 이상해진 거면 어쩌지?"

비가 내 소맷자락에 차갑게 입을 맞춘다. 나는 필리시티의 팔에 내 팔을 끼우며 대답한다.

"우리 모두 이상해졌어."

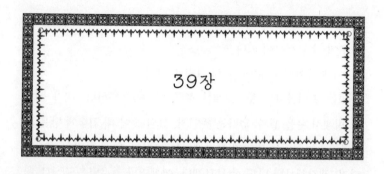

39장

　그날 우리는 쉬면서 반성하라는 지시를 받았다. 그래서 내가 프
랑스어 교실로 찾아갔을 때 르파르주 선생님은 나를 보고 놀란다.
깔끔하게 정리한 다섯 페이지짜리 프랑스어 해석 숙제를 내밀자
선생님은 몹시 당황한다.
　"전부 아주 잘했는걸."
　선생님이 내 숙제를 꼼꼼히 검사하고 나서 칭찬해준다. 전에 레
지널드의 사진이 있던 책상 위에는 예쁜 새 꽃병이 놓여 있다. 선
생님은 내 숙제를 책상에 올려놓고 틀린 부분을 잉크로 정정한 다
음 내게 돌려준다.
　"잘했다, 마드무아젤 도일. 너한테서 아직은 희망이 보이는구
나. 당 샤크 팽, 일 리 아 엉 데뷔."
　나의 해석 실력으로는 아직 버거운 문장이다.
　"결국에는 데뷔한다?"*

르파르주 선생님이 고개를 젓는다.

"모든 끝에는 시작이 있게 마련이다."

⁂

비는 그쳤지만 금세 쌀쌀한 가을바람이 불어와 내 뺨은 분홍빛으로 바뀌고, 방금 전에 따귀라도 맞은 양 빨개진다. 10월이 무르익자 사방이 빨간색과 금색으로 넘실거린다. 곧 나무들이 헐벗으면 온 세상이 황량한 알몸을 드러낼 것이다.

여기서 수십 킬로미터 떨어진 곳에서 피파가 관 속에 누운 채추억으로 흐려져, 늦은 밤 소녀들이 소곤거리는 스펜스의 전설이되어간다. 복도 끄트머리 방에서 죽은 여자애 이야기 들었니? 피파가자신의 선택을 후회하는지는 알 수 없다. 그냥 내가 마지막으로 본그녀의 모습만 기억하고 싶다. 나라면 꼬부랑 할머니가 되기 전까지는 가고 싶지 않은 곳으로 씩씩하게 가던 피파.

이 세상 너머의 어떤 세계에서는, 우리가 듣고 싶어하는 소리와우리가 보고 싶어하는 것으로 우리를 매혹하는 강이 감미로운 노래를 부르며 흐른다. 그 물속에서는 모든 절망이 잊혀지고, 모든잘못이 용서된다. 그 물을 들여다보면 힘센 아버지, 다정한 어머니가 보인다. 보호와 사랑과 관심으로 가득한 방들이 보인다. 그

---

* '시작'이라는 프랑스어 debut를 '사교계에 데뷔한다'는 뜻으로 착각하여 해석한것이다.

리고 우리가 맞이할 미래의 불확실성은 유리창에 서린 입김에 불과하다.

∿∿∿∿

땅은 여전히 질척하다. 장화 뒤꿈치가 푹푹 빠져서 걷기 힘들지만, 저 앞의 나무들 사이로 집시 캠프의 마차들이 보인다. 나는 선물을 주러 가는 길이다. 혹은 뇌물. 왜 이런 짓을 하는지는 나도 아직 잘 모르겠다. 중요한 건 내가 가고 있다는 사실이다.

오늘 신문으로 포장한 선물을 카르틱의 텐트 앞에 두고 살며시 숲속으로 돌아와 기다린다. 잠시 후 그가 비둘기 몇 마리를 묶은 끈을 쥐고 밖으로 나온다. 선물을 보더니 누가 두고 갔는지 궁금해 주위를 두리번거린다. 아무도 보이지 않자 그는 포장을 푼다. 아빠의 반짝이는 크리켓 배트가 나온다. 그가 선물을 받아들일지, 모욕으로 여길지 궁금하다.

그의 두 손이 애무하듯 나무 방망이를 쓰다듬는다. 세상에서 가장 아름다운 그의 입꼬리에 희미한 미소가 번진다. 그가 땅에 떨어진 사과 한 알을 집어 공중으로 던진다. 배트가 기분 좋게 딱 소리를 내며 사과를 날려보낸다. 운 좋게 힘과 방향이 조화를 이뤄 사과는 높이, 멀리 날아간다. 카르틱은 조그맣게 만족의 탄성을 지르고 하늘에 주먹질을 한다. 나는 앉아서 그가 사과를 계속 쳐내는 모습을 지켜보다가 두 가지 생각을 한다. 크리켓은 멋진 용서의 게임이야. 다음에는 공을 갖다줘야지.

510

용서. 학교로 돌아가는 동안 그 단어의 연약한 아름다움이 내 안에 뿌리를 내린다. 숲을 가로질러 동굴을 지나 골짜기에 이르자, 땅이 사슴의 살을 받아들인 장소가 보인다. 카르틱이 만들어놓은 초라한 무덤 위로 솟은 한두 개의 뼈가 그날 벌어진 일을 증언하고 있다. 그것들도 곧 사라지리라.

하지만 용서는…… 나는 그 연약한 희망의 조각에 매달리고 그 것을 항상 곁에 두면서, 우리 안에 선과 악, 빛과 어둠, 아름다움과 추함, 선택과 후회, 잔인성과 희생정신이 공존한다는 사실을 잊지 않을 것이다. 우리는 모두 우리 자신의 '키아로스쿠로'이며, 진짜 현실이 되고자 발버둥치는 환영의 조각이다. 우리는 그런 우리 자 신을 용서해야 한다. 나 자신을 용서해야 한다는 것을 잊지 말아야 한다. 인정하고 받아들여야 할 회색지대는 끔찍할 정도로 많기 때 문이다. 어느 누구도 늘 빛 속에서만 살 수는 없다.

바람의 방향이 바뀌자 강렬하고 향긋한 장미 냄새가 풍겨온다. 골짜기 너머에서 바스락거리는 마른 나뭇잎들 사이로 그녀가 보 인다. 암사슴. 그녀가 나를 보고는 숲속으로 달아난다. 나는 그녀 를 쫓아 달려가지만, 정말로 뒤쫓는 것은 아니다. 달릴 수 있기 때 문에, 달려야 하기 때문에 달리는 것이다.

지쳐서 멈추기 전까지 얼마나 멀리 달릴 수 있을지, 궁금하기 때문이다.

옮긴이 **이원경**

경희대 국어국문학과를 졸업했다. 주로 소설과 인문교양서를 번역하면서 어린이책도 번역하고 있다. 『고스트 라디오』 『신의 주사위』 『THE 33』 『마스터 앤드 커맨더』 『바이킹』 『사라지는 동물의 역사』 『말 안 하기 게임』 『우리의 영웅 머시』 『뿌지직!』 등을 우리말로 옮겼다.

문학동네 세계문학

스펜스 기숙학교의 마녀들

1판 1쇄 2011년 3월 25일 | 1판 3쇄 2012년 11월 29일

지은이 리바 브레이 | 옮긴이 이원경 | 펴낸이 강병선
책임편집 홍지은 | 편집 박여영 양수현 | 독자 모니터 박미진
디자인 김이정 이원경 | 저작권 한문숙 박혜연 김지영
마케팅 정민호 김도윤 박보람 | 온라인 마케팅 김희숙 김상만 이원주
제작 서동관 김애진 임현식 | 제작처 영신사

펴낸곳 (주)문학동네
출판등록 1993년 10월 22일 제406-2003-000045호
주소 413-756 경기도 파주시 문발동 파주출판도시 513-8
전자우편 editor@munhak.com | 대표전화 031) 955-8888 | 팩스 031) 955-8855
문의전화 031) 955-3576(마케팅) 031) 955-8863(편집)
문학동네카페 http://cafe.naver.com/mhdn

ISBN 978-89-546-1435-1 03840

www.munhak.com